COLLECTION FOLIO

Jean-Noël Schifano, silicien par son père et lyonnais par sa mère, a dirigé de 1992 à 1998 l'Institut français de Naples. Directeur littéraire aux Éditions Gallimard, critique à la *N.R.F.* et au *Monde,* il a traduit les grands auteurs italiens, parmi lesquels Umberto Eco (*Le nom de la rose,* entre autres), Leonardo Sciascia, Alberto Savinio, Italo Svevo, Elsa Morante. Son dernier roman : *L'éducation anatomique* (Gallimard, 2001).

à Elsa

Gravé dans le marbre, Chartreuse de San Martino :

Au peuple de Naples qui, dans les trois honnêtes journées de juillet 1547, en guenilles, mal armé et seul d'Italie, par un franc combat de rue et du haut de ses maisons contre les meilleures bandes d'Europe, tint loin de lui l'opprobre de l'Inquisition espagnole imposée par un Empereur flamand et par un Pape italien, et prouva une fois encore que la servitude est un mal voulu par le peuple et que la faute en est aux asservis plus qu'aux asservisseurs.

Cent ans après...

Alléluia !

Il y eut splendides ébats quand on le fabriqua, et il faut bien que je reconnaisse ce fils de pute.

SHAKESPEARE

Lisse comme un œuf de feu, il l'avait enfin forcée. Antonia ne se débattait plus. Coudes au sol, la tendre saignée des bras levés en folle ramure plus hauts que sa tête, violacée par de longues griffures, les ongles cassés plantés dans ses paumes, les jambes rondes, griffées de même, jusqu'à la cambrure tendue des pieds, secouées de mille spasmes fourmillants, ses jupons roses ajourés des jours de fête, lacérés, sa lourde et noire chevelure marine exhalant l'essence de mandorange jasminée, plaquée par larges rubans à la sueur huileuse de son front fuyant, de ses joues pleines et blanches : la dague miséricorde qui, pointée sur son cou, l'avait contrainte et contrainte au silence, était à présent plantée jusqu'à la garde dans la terre battue : et les quatre boules de sa fusée d'acier et les deux boules dorées du quillon de parade formaient un T luisant écrit à l'envers, six têtes de serpent en croix pour un supplice pétrifiant. De son cœur à son ventre, elle sentait battre des rouleaux de sang qui brisaient leur écume sur l'œuf turriculé, ainsi que la mer bouillonne autour de l'écueil de tuf fungiforme où la coque renflée du bateau à la dérive, en un cri déchiré, s'est prise pour sombrer dans le vertige déferlant des éléments cosmiques. Elle avait crié, elle aussi, jusqu'aux étoiles : et son ventre où l'homme venait d'ouvrir une voie de sang, qu'une autre chair d'homme, neuf mois durant, allait colmater pour l'ouvrir à nouveau dans de nouveaux cris, s'irisait d'une insupportable brûlure, se limait d'une lancinante efflorescence. L'homme à la furieuse et hennissante ardeur tombait et retombait sur son corps écarté, sur son corps fouillé, pillé, emmuselé, tel un pilon de corne en feu enté sur une âpre machine de fer et de glace.

Abattue d'abord sur le sol par dix doigts de cuir aux seins, et maintenue par deux lourds genoux osseux à la fourche-fière des cuisses qui, sous la double poussée en coin, s'ouvraient, Antonia, dont l'œil dilaté de gémissante génisse avait, sous la lumière laiteuse du soir, girouetté d'affolement, du plafond écailleux et noirci aux quatre murs chaulés et cloqués de son basso, Antonia s'était sentie libérée soudain au sein gauche mais, avec la même soudaineté, saisie et forée à la broussaille touffue, à l'entaille plissée de son jeune sexe replet, aux frêles lèvres ouatées de lymphe : sa bouche s'était grande ouverte en une stupeur démente et muette, étiré, son cou, sur l'arc bandé de la trachée, et gonflé d'une résille saillante de petites veines, échevelée, sa tête, et moite, renversée loin en arrière, seule partie de son corps à pouvoir échapper à l'emprise fatale, le regard révulsé maintenant et figé dans la fuite d'une fièvre houleuse, qui n'offrait plus que deux lunes blanches au démon de plomb acharné à son ventre et aux chairs écrasées de ses hanches ovées et nues.

Tout en se sentant élongée par le va-et-vient goulu et gluant d'un nain forlancé, de peurs inouïes et d'envies insatiables, affolé, et qui fonce jusqu'aux douves de ses entrailles, à elle, engorgée de ce dur corps fougeant en foudre, mais que son corps, à elle, crispé et déployé par brefs à-coups et longues, pleurantes déchirures, paraissait pouvoir, qu'elle le voulût ou non, dans la pulpe pénétrée, précisément, obstinément absorber, Antonia, dont le menton seul saillissait en tremblant d'angoisse vers le plafond, fixait le haut mur, là où fluait et s'élargissait une épaisse tache rouge. Dans une plainte pantelante de sa langue napolitaine rauque et douce rayée de soleil et d'ombre, elle murmura : 'E pummarole... 'e pummarole... 'e pummarole... C'était en effet l'une des huit énormes grappes de pommes d'amour suspendues à des fers recourbés, qui sculptaient en ronde-bosse, dans cette pauvre basse pièce unique située, comme des milliers et des milliers d'autres à Naples, trois marches au-dessous du niveau du vicolo, un merveilleux arc de corail, qu'elle regardait fixement, la plus haute des grappes, la clef de la lumineuse voûte qu'elle avait tout juste fini de tresser ce matin même, 7 septembre 1619, jour de grande liesse pour les trois cent mille habitants de la capitale, jour de la miraculeuse Madonna di Piedigrotta, et qu'avant de se parer pour la fête, elle avait réussi, sur la pointe des pieds, les bras tendus, à accrocher avec l'aide de sa mère, donna Giuseppina, qu'on appelait 'a Sciancata, sur la piazza Mercato, à cause d'une fâcheuse boiterie qui la déhanchait, toutes deux, la mère aux muscles d'homme et à l'œil de rapace, vieillie à frotter les pavements et les cuisines du cloître des Carmes et à gratter les démangeaisons culières des moines, la fille née avec le siècle, de la fougue hâtive d'un marin sicilien blond et brusque comme une demi-divinité surgie des flots, à bout de bras, tant ces grappes, lourdes de leur large avalanche d'yeux injectés de sang, pèsent. La plus haute, qui déroulait ses écarlates petites tomates rondes, toutes pourvues d'un minuscule bec de motteux à leur sommet, ces pummarole d' 'a Muntagna, uniquement cueillies sur les pentes bercelonnées du Vésuve, et suintait son jus rouge sur le mur chaulé, elle l'avait assemblée dans son giron, assise par terre, jambes écartées, où elle se trouvait maintenant couchée, jambes écartées, en croisant avec vive adresse les glauques tiges velues, et les gobilles remplies du suc nourricier s'étaient comme soudées les unes aux autres, et quand son ventre avait débordé, à droite, à gauche, et que son assemblage était devenu de la grosseur de dix grappes de raisin pis de chèvre montant jusqu'à la pointe de ses seins auréolés de l'odeur rugueuse et douceâtre des pédoncules cassés, elle avait fait une double boucle à la cordelette de chanvre, qui rassemble, intacts jusqu'à Noël, jusqu'à la mi-Carême, chacun de ces luxuriants lampions amarante, parures et délices des gloutonnes tablées napolitaines. L'aile effilée de la hallebarde brutalement appuyée contre le mur s'y était plantée. Avait éventré la mamelonneuse grappe dont la profonde blessure ouverte coulait lentement et répandait son humeur incarnate le long du mur. 'E pummarole... 'e pummarole... 'e pummarole...

Sa mère s'était acheminée en compagnie crieuse de vieilles parentes de saint Janvier, qui avaient frappé à la porte du basso, Permesso ! Permesso !, trois bonnes heures avant le début des festivités, car il fallait traverser toute la ville pour aller du vico dei Lanaioli, donnant sur la piazza Mercato, jusqu'à l'église de Piedigrotta, là-bas, au-dessus du port de Mergellina, au pied de la grotte qui fend le Pausilippe, là-bas, et mène à la Solfatara, à Pozzuoli, et à Baïa, au cap Misène, à Bacoli, et à la mer Morte... Malgré la fermentation, l'effervescence, l'ivresse de la fête, qui durerait, monde cul par-dessus tête, comme chaque année, toute la nuit et tout le jour suivant, et toute la nuit suivante, et le troisième jour encore et la troisième nuit, ô bacchanales napolitaines autour d'une vierge mère d'un dieu crucifié comme un bandit de grand chemin, ô grottes orgiaques où le bois de la croix se change en priapiques images et les anges en turgides phallus ailés !, 'a Sciancata était partie sans trop d'inquiétude : Antonia ne devait-elle pas attendre, pour s'aventurer au-delà du seuil grisaillant de leur basso, son crieur de poisson, Francesco d'Amalfi, le gros Ceccone qu'elle épouserait au printemps ?...

Le hallebardier qui poussa, d'un coup de botte, la

porte du basso et, d'un coup de botte, la referma derrière lui, apparut, dans son uniforme espagnol effumé par la lumière du soir qui mourait, tout cerclé de tissus jaunes, noirs et de fers brillants, son long aiguillon à la main gauche lançant des éclairs aux lames et aux pointes, aussi droit et muet que l'hast de l'arme. Le contre-jour lui avait dessiné deux ailes blanches au hausse-col de métal. Ce frelon monstrueux, qui se déplaçait vers elle dans une sorte de farouche et satanique immobilité, la statufia d'abord, et, à l'instant où un cri allait jaillir de sa gorge haletante, le plat d'une fine dague glaça ses lèvres et son souffle.

Ses paupières se serrèrent sur les lunes blanches. Une lame de sang, plus forte que les autres, vint insuffler en relief d'évanescents buissons de petits vaisseaux sur ses tempes et ses paupières, et un suave picotement l'aveugla tout à fait. Alors, de ses deux bras elle fit deux crocs autour du torse qui la couvrait, deux crocs qu'elle déplaçait avec fureur au creux des reins roulant de l'homme ailé qui la fouillait de son dard, et elle planta ses griffes dans le buffletin de peau chamoisée, douce peau, et têtue, comme la bourse lourde et nue caressant et claquant la rondeur de ses chairs, ainsi qu'un bouquet d'ulve à fleur d'eau la crevasse suceuse du rocher arrondi par la mer. Les cuisses d'Antonia s'étaient ouvertes largement et levées en double V fauve haut vers le plafond. Aussi vite que le frelon bourdonnant, aussi fort que le soufflet de la forge, elle lançait, ensauvagée, les pulpes meurtries et enflées de son ventre fendu contre le dard qui, sans trêve, la perçait et la perçait encore dans le fouillis de feu visqueux de ses entrailles.

C'est alors que le monstre sans voix, qui l'entraînait, en une chute exaltante, vers les célestes abîmes de son corps, se prit à psalmodier comme un prêtre à l'autel. D'abord avec une certaine rage dans sa voix basse où se mêlait une soif tumultueuse coupée de mépris. Puis cette hargne du désir se métamorphosa en une manière d'appel aigu, de supplication, d'ultimes appels au secours, comme d'un enlisé dont les sables mouvants montent déjà sous les aisselles. « Alléluia ! » commença-t-il à hurler de son noueux gosier, ployé sur la chair de la femme qui s'offrait enfin, et sur le A prolongé en une démentielle vocalise, il prenait son élan pour piquer encore plus avant, d'un grand coup de son abdomen jaune sanglé de cuir et de fer, qui chiaquait les fesses soleillées de sang — « A-lléluia ! » — et le ventre avalait le dard ruisselant — « A-A-lléluia ! » — et l'affreux nain démonté, la trogne à moitié sortie, filait, une joie maudite au corps, à nouveau dans les gouffres qui toujours se dilataient vers l'inconnu happeur — « A-A-A-lléluia ! » — et la voix du frelon devenait frêle comme la voix chantante d'un petit enfant frissonnant dans le noir, comme le chant de détresse du marin solitaire pris dans une tourmente de plomb, et le nain diabolique dardait la tête la première plus dure que la crête du morion qui avait boulé sur le sol, dans un sinistre bruit de métal creux, avant que ne s'y roulent les deux corps balayés par le cyclone des sangs — « A-A-A-A-lléluia !... » — et le vainqueur vaincu de jouissance emplit le ventre cruenté d'Antonia des fléaux blancs de son désespoir, et Antonia joignit son cri victorieux à l'alléluia de l'hombre secoué de mille agonies, et Antonia jouit jusqu'aux sept lunes pleines de feu et elle pissa son jet brûlant sur le dard qui se fit aussitôt lourd tentacule mort.

Tombée de l'œil carré ouvert au-dessus de la porte, une poussière d'or tournoie un instant sur les deux corps qui tressaillent encore. Vico dei Lanaioli et piazza Mercato, le plus grand silence règne, et une odeur de pourriture, que chasse par endroits le parfum sucré des épis de maïs bouillis et des châtaignes grillées, plane sur cet abandon. On n'entend que des caquets de poules et les grognements espacés des libres cochons de saint Antoine, qui courent par bandes folles, énormes et noirs, dans la glissière des détritus. Une rumeur, au loin, déchirée d'explosions soudaines : toute la ville s'arrache à la mémoire de ses malheurs et s'apprête à danser les danses d'antan au Pied-de-la-Grotte, et à chanter et à boire et à mangeailler et à se pétrir les chairs dans les cris et les rires de l'oubli : Naples jour et nuit dévaginera en jubilant ses enfants de volupté. La Madone de Piedigrotta, qui porte le soleil sur l'épaule droite et qui porte la lune sur l'épaule gauche, et qui touille sous son pied rêveur l'hydre de la tentation, préside, en prêtresse vénérée de la fécondité, aux heures affamées du jour, aux heures repues de la nuit, lesquelles sonneront soixante-douze fois les trois temps caprins, soufrés, fouettés de la tarentelle. Et le tambourin battu par les pleines paumes des femmes sourdement barrit là-bas et monte vers le ciel défait et descend vers la terre évidée au son sibilant de son cercle de grelots le long des hanches puissantes secoués, face à la roide Madone, reine, vierge et mère, qui a élu domicile sur les lieux mêmes où s'élevait, il y a des siècles et des siècles de cela, au pied de la Grotte, le temple phrygien de Lampsaque consacré au culte de Priape : dieu de la fécondité et de la résurrection, qui portait, lui aussi, les astres du jour et de la nuit sur sa robe de pourpre flammée d'étoiles à flagelles d'argent.

Hors la porte des Carmes, dans la baraque de l'octroi du poisson, deux alguazils hannetonnés dans leur uniforme retiennent prisonnier Francesco d'Amalfi ; une histoire de gabelle non payée sur une queue de thon, six mois auparavant, bien que l'accusé jure, sur la Madonna Bruna, n'avoir, de sa vie, jamais vendu de thon, et prouve, en comptant sur ses doigts, son innocence, et supplie Ses Seigneuries, la face contre terre, qu'on le laisse aller s'éjouir, comme tout le peuple de Naples, avec sa fiancée qui l'attend, avec l'Antonia, qui l'attend, la pauvre, pour prier et danser toute la nuit avec lui, povero Ceccone, à la belle, belle fête de la Madone de Piedigrotta. Sourds à ses raisons, à sa soumission, tantôt les deux alguazils écarquillent des yeux pleins de menaces, tantôt, renversés comme des vide-bouteilles, ils hennissent de rire. Francesco, le gros Ceccone aux bras si courts, à la panse si grosse et aux fesses si basses qu'il peut avec peine se torcher le cul, encore qu'habitué aux mille vexations des gabelous, ne comprend rien à ce nouveau jeu cruel. Roulant de larges larmes sur le saindoux de ses joues, il se sent fait, pour cette nuit-là, comme un Pullecinella démasqué.

La lune, déjà haute dans le ciel, coulait son huile sur la ville et la mer. Bercé par le tonnerre bourdonnant de la fête lointaine, qui ne finirait plus pendant trois jours, pendant trois nuits, et brimbalé par les borborygmes fleurissants de son estomac vide, Ceccone d'Amalfi, du tranchant de sa jambette, détachait, une à une, les écailles des muges qui faisaient des moirures de nacre autour de ses doigts boudinés. Naples, cœur en feu aux cent mille sexes endémenés, se barattait sans lui.

La noce

Sainte Mangerie est née avant Jésus-Christ.

(Dicton napolitain.)

Au mois de février 1620, Antonia Gargano, fille de Giuseppina 'a Sciancata, servante au monastère des Carmes, et de père disparu, sans tambour ni trompette venait de « s'unir dans la joie et pour l'éternité », à Francesco d'Amalfi, que, dans son bref sermon sur la famille modèle qu'avaient été Marie, Joseph et Jésus, le curé don Giovan Matteo Peta appela comme tout le monde, piazza Mercato, Ceccone : diminutif affectueux et rondouillard pour le jeune et ventripotent Francesco. Antonia, elle, sous l'abondant flot de ses jupons bouffants de foulard écru, cachait mieux ses déjà belles rotondités.

Le soleil, presque à son zénith, comme un demi-citron frais dans le pressoir infiniment bleu du ciel, laissait tomber son jus pulvérulent sur la maison de la mariée où, pour ne pas trop donner dans l'œil du voisinage et alimenter le moulin des langues, la cérémonie, après autorisation de l'archevêché de Naples, fut célébrée. Les registres de l'église paroissiale de Sainte-Catherine, qui jouxte la porte de Capoue, et s'adossait jadis, avec son beau cloître safrané à deux ordres, aux fortifications de la ville, a gardé mémoire de bien des heurs et malheurs de la vie de Naples. Et dans le Livre V des mariages : « Le 18 février 1620, Francisco, alias Ciccone d'Amalfi, et Antonia Gargano, tous deux Napolitains demeurant au Carmine, servatis servandis juxta formam du S.C.T. et les rites de notre Cour, tous deux ont été enjoyeusés au domicile de ladite Antonia G., par moi, don Giovanni Matteo Peta, curé, avec décret de Monseigneur le Vicaire général, en la présence d'Andrea di Rossi, Agostino Ceratolo, Salvatore Lizzibelli, et Giovan Battista Cacuri, don Olimpio Siciliani et donna Caterina Papara. » Tous, témoins, compères, commères, bambins endimanchés et morveux, applaudirent et s'écrièrent : Viva ! Evviva ! Du bonheur ! Du bonheur ! Pour cent ans !... Et beaucoup d'enfants !... Bien lardés ! Un bel maschio ! Comme son père !... Ouèèèè ! Evviva ! Cent ans !..., quand, selon la coutume napolitaine, la mère de l'épousée, déhanchée plus que jamais, 'a Sciancata !, et reniflant, et reniflant, s'empara brusquement du doigt de sa belle Antonia, et le lança dans la direction du gros Ceccone, et le soutint tendu sous le nez en trompe de l'époux, tant qu'il n'eut pas fait glisser, jusqu'à la dernière phalange, l'anneau nuptial.

Il soufflait, le Ceccone, rouge comme une tranche de melon d'eau, suait dans son habit saucissonnant ses lourdes chairs ; entre son pouce, son index et son médium, l'anneau d'or glissait, s'aplatissait, se couchait, paraissait devenir mou, et quand il réussissait, enfin, à présenter le cercle rigide au bout de ses trois doigts crispés, il tremblait tellement, le pauvre Ceccone, qu'il heurtait, en un picorement affolé, les cinq doigts de sa femme, les cinq doigts de sa belle-mère, n'arrivant pas à arrêter l'anneau sur le doigt immobile qu'on lui présentait. 'A Sciancata, impatientée, et qui voyait l'émotion de l'assistance passer de la curiosité attendrie à l'hilarité mal contenue, paralysa d'une main ferme les trois doigts divagants de son gendre, et les poussa droit sur l'annulaire d'Antonia solidement maintenu... Evviva ! Viva ! Cent ans ! : le cercle d'or avait changé de main : et la mère sautillante exhibait le doigt cerclé devant chaque invité, et elle ne lâcha la main de sa fille qu'aux cris répétés de tous : Le baiser ! Le baiser !... Allons ! Vite ! 'O vas' mmbocca !... Le baiser dans la bouche !... Alors, se tournant vers Antonia, lâchant la main qu'elle avait couronnée, boitillant deux ou trois fois sur place, les yeux plus noirs, les joues plus pâles que d'habitude, elle s'écria : Sù ! Vasatevi d'amore !... Et aussitôt il se fit un grand rire, un rire énorme, un rire qui partait de tous ces ventres creux réunis, pour éclater dans les gosiers de saindoux largement dilatés, un rire en dents d'égoïne sciant du bois de rose pour le ventre d'un crin-crin, un rire à faire osciller les murs de la grande pièce unique, le basso de la Sciancata, tendu, pour le mariage, de draps colorés, rouges, verts, jaunes, bleus, fins de coupons que les drapiers du Mercato avaient donnés, pour réjouir la fête, à la servante des Carmes, jetant, sur les quatre murs blanchis au lait de chaux, des taches de joie, un rire à faire la nique aux secousses de la terre et aux tremblements des cieux, à lézarder les cinq étages, sur toute leur hauteur, qui pesaient de tout le poids de leurs murs de tuf et de piperne sur la noce et les mariés... Allons ! Donnez-vous le baiser d'amour !... ordonnait à nouveau la mère en poussant sa fille dans les bras de Ceccone, qui avait déclenché l'éclatante fusion des rires... Un pet de mon cul veut faire l'homme ! cria quelqu'un, et les rires redoublèrent, et Antonia et Ceccone riaient eux aussi, et 'a Sciancata, pliée en deux, en bavait de rire et tapait des deux mains sur sa jambe folle, et il s'en fallait de peu qu'elle ne se changeât en toupie vivante, tant elle tournait vite sur sa bonne jambe, comme si elle eût dû, à la fin, balayer dans le tourbillon de ses noirs jupons tous ces témoins de la noce hilare qui prenaient son basso si bien paré d'étoffes aux vives couleurs, si bien rempli d'un fumet à faire frémir le nez des angelots de marbre cipolin papillonnant dans l'église des Carmes, pour le tréteau des farceurs.

Les voisins, ceux qui n'avaient pas été nommément invités au mariage, commençaient à s'agglutiner à la porte du basso que barrait une simple portière de joncs enfilés dans des ficelles, et qui pendaient par morceaux d'un empan jusqu'aux trois marches de terre battue. Les plus curieux écartaient le rideau cliquetant, demandaient, les yeux et la bouche ronds et avides : Qu'est-ce qui se passe ?... Giesù !... Giesù !... Mais qu'est-ce qui se passe ? !... O !... O !... Ouèèèè !... Ouèèèè !... Et le rire passait du basso au groupe pressé contre le rideau de joncs, et de là, comme un Salve Regina parcourant une nef houleuse de fidèles, se répandait sur toute la piazza Mercato, qui se mettait à bêler pareille à une bergerie sous les premiers rais du soleil levant. Mais pourquoi le baiser des époux déclenchait-il donc tant de larmes de rire et de brûlures de gosiers hurlant ? Ceccone, lourde panse en avant, sur l'ordre de la Sciancata, s'était brusquement retourné pour faire face à Antonia, sa panse mappemondeuse en avant, toute langée de tissus laineux assujettis par de lourdes agrafes de fer doré à gueules de lion rugissant qui le corsetaient ferme, et dans son mouvement il s'était trouvé nombril à nombril avec Antonia, dont le ventre avait déjà pris les majestueuses courbes de la maternité, que le flot du foulard écru ne dérobait qu'en partie. Ceccone lança ses bras courts, mais, tel un plongeur à qui l'air manque, il agita vers le visage tendu d'Antonia des mains violines qu'on eût dites rattachées directement, sans avant-bras, à son coude : rien à faire, il ne pouvait étreindre son épousée ; et quand il voulut enfin se déplacer sur le côté pour donner enfin le baiser dans la bouche réclamé par tous à grands cris, la gueule de ses lions dorés happa les robes d'Antonia, qui commencèrent à gémir de leurs premières déchirures, et il leur était impossible, aux deux époux, l'une rougissante et retenant ses robes, et protégeant des deux mains en croix son ventre gros, l'autre agitant ses nageoires de phoque, la bouche ouverte, semblant, muet, appeler à l'aide, la grasse figure rouge comme une pivoine mouillée, et oscillant, telle une boule aimantée sur une boule de métal tendre, impossible de faire autre chose que rouler légèrement l'un sur l'autre, debout, à la pointe du ventre... S'il n'arrive pas tout seul à se torcher le cul!... Eh! l'Antonia! La criatura va te sortir par le genou!... Maronna santa! Que font-ils tous les deux? La tarentelle?... Giesù!... Giesù!... Ne fais pas le malappris, Ceccone!... L'amour, comme ça, devant tout le monde!... Mais s'il ne sait pas où l'enfiler, sa caille, sa tourterelle!... Comment, s'il ne sait pas?... Alors, ça, c'est le Saint Esprit qui lui a soufflé dans la fente qui ne prend jamais le soleil!?... Giesù!... Giesù!... Ceccone, Antonia, allons, vasatevi d'amore!!...

Naples riait à crève-peau, la folle, avec ses belles dents pointues de truie : elle avait bien raison, Naples la folle, de rire à chaudes larmes, de rire du ventre de celle qui portait déjà celui qui lui ferait verser, la folle, des larmes d'ivresse et de sang. On dégagea les deux boules, en bramant qu'on voulait maintenant s'assurer si on avait toujours les boyaux bien en place : l'hôtesse comprit alors qu'il était grand temps de s'enfourner et de s'enfutailler.

Ils restèrent dix à table, après la lente retraite ponctuée de mille vœux assourdissants des voisins qui s'en allaient à regret du cœur de la fête, Auguri!... auguri!... Tanti, tantissimi auguri!... Felicità!... Felicità!... Cient'ann'!..., dans la main gauche, un sachet de figues sèches enveloppées de leurs feuilles poisseuses du délicieux miel roux dégorgé par les fruits pris, aussitôt que cueillis, au filet durci des jaunes nervures; un sachet de châtaignes grillées sur les fumerolles du Vésuve, dans la main droite, Auguri!... Auguri!..., pour que tous partagent, jusqu'au plus petit des enfants morveux, chassieux, pieds nus marbrés de crasse et cul râpé de courants d'air, assis dans leur vicolo ou dans leur basso, le gros bonheur de la tablée matrimoniale, dix en comptant le dixième, le maigre et long comme un jour sans pain et mélancolique curé don Giovan Matteo Peta, 'o ciuccio 'lla 'mmiezzo, l'âne là au milieu de tous, traduction napolitaine du dix dans la tombola grimaçante ainsi qu'un masque de sibylle, où les chiffres parlent et vous racontent à tue-tête les destinées de chacun. Et le 18, jour du mariage, entre le 17, le malheur, et le 19, l'éclat de rire, avait été choisi, ou imposé par les instances religieuses, bien à la légère : 'o sango aït' 'a jettà, autrement dit, immolation de l'innocence, défi de blessé ou expiation de coupable, il faut que le sang coule. Et le sang de Ceccone s'arrêta soudain de couler.

Le repas de noce avait commencé pourtant sous les meilleurs augures. L'on but lala quelques bons petits verres du blanc et frissonnant asprino en dégustant des mouillettes de pain passées à la flamme, frottées à l'ail et tartinées de saindoux ; l'on plaisanta lalère l'imprudente mariée et l'impatient fiancé, qui, avant de passer devant notre don Peta, s'étaient passé de bien furieuses envies, avaient joué bien fort, et dans le trou périlleux ! et dans le trou des époux ! vietato ! vietato !, avec le bandant père des criatures, et s'étaient fait péter de plaisir ! O ! certes, il n'avait pas de grenouillette sous la queue, le gros Ceccone ! Et l'Antonia bella, la chatte-mitouche, elle avait un bien grand feu dans son cratère, si elle se le faisait étouffer par son promis, à coups répétés, avant les giclées d'eau bénite !... Que voulez-vous, disait 'a Sciancata, en servant à pleines louches les dix estomacs défaillants assis sur des tabourets de paille tout autour de la table au plateau tailladé couvert en partie d'une nappe multicolore, de la même étoffe mate qui tombait le long des murs — et avec un pareil fumet, Naples entière l'aurait crue, 'a Sciancata qui versait dans les dix jattes égueulées le fameux pignato maritato, cette soupe des grands jours, ce chef-d'œuvre de la cuisine napolitaine, où domine un savant mariage entre les choux, des feuilles choisies de végétaux variés, le jambon et la couenne, aux fortes exhalaisons liées par un mélange de doux et de piquants ingrédients secrets, mieux, bien mieux que l'olla podrida tant vantée par ces fend-nuages d'Espagnols — que voulez-vous, la passion, la folie d'amour, on naît tous avec, c'est comme les poils et la langue, n'est-ce pas don Matteo ?... et don Matteo Peta changea sa cuillère de main, et sans s'arrêter d'aspirer timidement son pignato maritato, il empoigna sous la table la croix de son rosaire... La passion, un beau jour, vous tombe dessus, et vous ouvrez toutes les portes au sang de l'amour... Lui, le Ceccone, eh ! Ceccone, mange ! Prends des forces pour l'honneur de la famille ! Il est bien rouge, le gros lard de ma fille, vous ne trouvez pas ! ?..., il s'est attaché à elle comme un poulpe... et, à force de jouer à oiselle muette, ils ont fait pierre au ventre !... Au ventre de ma fille ! Gros porc !... Allons ! mangez, mangez donc que ça fait du bien à tous les trous ! Fête, aujourd'hui, jour gras, grâce à Dieu et à la Madone des Carmes, fête chez 'a Sciancata !...

Un léger incident suivit ces verts sautillements langagiers de 'a Sciancata, lorsqu'après le pignato maritato, Caterina Papara, la vieille et fidèle commère de l'hôtesse, revint du fond du basso où flambait le petit enfer d'un brasero, et elle courait plus qu'elle ne marchait, Caterina, entraînée par le poids brûlant de l'énorme chaudron des macaronis qu'elle portait à bout de bras. C'était un luxe inouï pour le menu peuple, qu'une fourchetée fumante de ces savoureux serpenteaux de pâte, Ouèèèè !... Ceccone ! qu'est-ce qui se met dur et se retire mou ? !... Ceccone n'en sait rien ! Ouèèèè !... doux au palais comme un sein de femme, et les Napolitains n'étaient pas encore baptisés du sobriquet méprisant de mangemacaronis, plût au ciel, en 1620 !, mais de mangefeuilles, feuilles de salades, fanes de carottes, toutes les herbes les plus pauvres de la terre, qui poussent à foison sur ces noirs humus labourés par les coulées de lave. Applaudissements de joie et cris de bonheur avide saluèrent l'apparition de ce mets princier, d'autant plus que du blanc et fumant macaroni montait et se répandait le parfum du basilic, où s'attendrissaient dans la large motte des souples tentacules, les tomates-cerises rondes et vergetées qui s'élevaient en une pyramide cramoisie et juteuse au milieu du plat. À cette vue, Antonia fut saisie d'un haut-le-cœur et, sur les pieds de Ceccone, en un seul jet épais, vomit sa jattée entière de pignato maritato. Elle était très pâle, fixait, comme fascinée, le monticule de globes rouges pris dans un tourbillon de vapeur, et la gouttière de ses lèvres se retroussait cruellement, en des spasmes de dégoût. Mais aussitôt couvert de cendres et balayé, cela fut oublié... Depuis qu'Antonia, passant et repassant, le jour de la Toussaint, le jour des Morts, et le lendemain encore et le matin suivant, finalement inquiète d'un pareil retard, Giesù, Giesù, qu'arrive-t-il ?, sa main entre ses cuisses, pour voir si son ordinaire allait enfin revenir, sa tête tournait dans le brouillard amer des nausées. Elle ne rendait pas toujours ; mais toujours, expliquait 'a Sciancata à la tablée bâfrante, qui faisait sauter sous ses canines les billes rouges tout en suçant, en gobant, en sifflant le macaroni, mais toujours, à l'odeur du jus de tomate, elle se retourne les intérieurs comme un gant de duchesse !... La mère n'avait pas fini de formuler ainsi son regret d'un gaspillage aussi insensé, Quoi ! Sa fille aurait dû manger le double et le garder, et le garder ! eh ! Ceccone, dis-le-lui à ta femme ! Le double ! Pour elle et pour la criatura, n'est-ce pas ?, que du rideau de joncs quatre diables de musiciens des rues surgirent dans le basso, brandissant leurs instruments, comme autant de pertuisanes menaçantes, et poussant des cris de joie ensauvagée. C'étaient les Coccopinti.

On les connaissait bien, au Mercato, au Lavinaro, de la porte de Capoue à la porte des Carmes, de Porto à San Lorenzo, autour de Sainte-Marie-de-la-Neige, de la Pierre du poisson, de Saint-Éloi, de la Madonna Bruna à la Vicaria, bref, dans tous les quartiers, dans chaque via, vico et vicolo, sur chaque piazza, qui forment à l'est, au nord, au sud, et même à l'ouest, derrière les murs fortifiés protégeant des barbares venus de la mer, le labyrinthe alvéolé de bassi et de palazzi, et cernent l'immense piazza

Mercato, l'effervescent amphithéâtre ovoïde de Naples. C'est sur la terre battue de la piazza Mercato au pourtour souligné par l'Inseliciata, étroite voie de blocs de piperne, cette pierre lavique crachée par le Vésuve, devenue grise et que le temps et les pas lissent et noircissent, et que les paillemenus bossellent à coups de pics quand elle devient trop glissante, gros blocs rectangulaires épais de trois empans, placés en V renversés sur une largeur de deux demi-cannes, c'est sur la terre foulée de cette place aux grouillantes foules, où le sang des Napolitains coule au gré des flots de l'Histoire et, au fil des siècles, fermente, où les nourritures des Napolitains s'offrent, fraîches à l'aube et éclatantes de couleurs, jusqu'à la pourriture lie-de-vin et mordorée du soir où bombinent des essaims de mouches, c'est sur cette piazza Mercato, place de Grève et halles à ciel ouvert à la fois, que Naples s'est toujours donnée, à elle-même et au monde, en de terribles, sublimes et veules spectacles. Le temps de trois villanelles et de trois tarentelles, qui feront se dilater les cœurs autant que les verres d'asprino les estomacs, et battre des mains et hurler, iioup ! iioup ! iioup !, et souffler, ahein ! ahein ! ahein !, la tablée trémoussante au son des quatre cordes du calascione qui déchirent l'espace du basso à demi enterré de longs frémissements aigus, des peaux de porc sourdement frappées, des grelots secoués haut sur la tête, grappes dont le jus métallique se répand du plafond jusqu'au sol sur les notes filées d'une diaule, le temps des refrains rebondissant dans la gorge des neuf follement égayés par cette riche nourriture et l'asprino doré, l'âprelet léger aux vertus hilarantes, et mis en branle par les contorsions obscènes des Coccopinti habillés en meuniers mais un bonnet phrygien écarlate leur tombant sur le nez et une large bande de toile safran leur ceignant les reins, le temps de secouer de rire les deux panses enflées des jeunes mariés, avait suffi à don Péta, qui s'était levé afin de prendre l'air dans les cliquetis du rideau, pour revivre, telle qu'il l'avait lue et relue dans les livres parcheminés de l'archevêché, l'histoire de la place, cette scène de Naples où tout commence, où tout finit.

Devant les yeux de don Peta, qu'il avait peine à garder ouverts, tant le manger et le boire l'avaient estourbi, se dessinait, comme au début de notre millénaire, un vaste marécage rempli de roseaux soyeux et coupants, qui balançaient le frisson de leurs longues feuilles lancéolées jusqu'au friselis des ondes bues par les sables blancs. Un lieu solitaire, que, le dos à la noce, il aurait bien aimé recréer, don Peta, un lieu encore informe tapissé de jaunes pulicaires, de blanches berces et sillonné de maigres oiseaux aux longues pattes et au vol incertain. La nuit, sous la lune si lourde et grosse qu'elle semblait, meule aérienne broyant le grain des étoiles, rouler sur Naples et blanchir de son lait farineux la fente noire des venelles et jaunir le crâne de ses habitants qui jamais ne dorment, un peuple de reptiles et de rats, de salamandres et de crapauds rampait, bondissait, courait et se dévorait, battant l'eau et les roseaux berceurs, trissant sous le vol en scie des pipistrelles sifflantes. Au milieu de cette eau sableuse, de cette vase épaisse aux longs filaments verdâtres et visqueux, seules s'aventuraient de vieilles femmes édentées aux noirs jupons relevés en tapon sur leur ventre. Dans les rougeurs du couchant, elles se plantaient entre les roseaux, à courts intervalles les unes des autres, épouvantails piailleurs, jusqu'à la nuit tombée. Et quand, de fatigue recrues, elles ne pouvaient plus échanger un mot, elles s'en allaient, chacune de son côté, soulevant en de prodigieux efforts leurs jambes de plomb.

À peine sorties des marais, elles tombaient sur le cul : fébriles, elles sortaient de leur poche, puis le pressaient aussitôt dans leurs doigts de saurien, un gros citron de Sorrente, et, en gémissant, tiraient de leurs varices violacées les grappes noires, molles, gluantes et tenaces : les grouillantes sangsues aux puissantes ventouses. Cela leur faisait, des orteils aux genoux, des bas effilochés, qui luisaient, ondulaient sinistrement sur leurs maigres chairs cloquées, où les trois mâchoires du ver arraché, et qui ne lâchait prise que frotté au jus acide du citron, laissaient un mince filet de sang, sous la blessure en étoile à trois branches. Sitôt détachée, et placée dans la petite boîte à demi remplie d'eau croupie qu'elles emportaient avec elles, la dernière ventouse au corps glissant gonflé de sang, les vieilles aux jupons retroussés et aux jambes d'ivoire bleui par plaques se regroupaient au bord de la mer et marchaient, l'écume cicatrisante léchant leurs genoux, jusqu'au niveau de la Porta Nova Domini Ursitate, qu'elles gagnaient lentement, procession d'ombres silencieuses, et passaient avant de se séparer à nouveau, chacune, avec sa boîte noire et gélatineuse cachée sur son ventre, qui ajoutait une bosse ballante à la monstrueuse déformation de leurs entrailles si fécondes, jadis, chacune se traînant vers son basso enfumé de mystérieuses pratiques. Et le lendemain à l'aube, certains barbiers de Naples remplissaient leurs bocaux du suceur petit ver de jais aux trois dents et à la féroce ventouse. C'étaient les barbieri sanguettari, toujours prêts à accourir pour appliquer un collier de sangsues au cou pâle et angoissé des moribonds.

Don Peta restait sourd au vacarme rythmé de la noce ; il était plongé et frissonnait dans le monde amphibie de l'immense marécage, qui mesurait l'infini passage des lunes et des soleils aux mille et mille lents métronomes des roseaux froissés par les vents, quand ce monde nu, frémissant, amer et glauque des premiers temps fut recouvert d'alluvions et cerné, du côté de la mer, des hautes murailles prolongeant les fortifications des quartiers du port, et prit d'abord le nom de Champ-du-Petit-Maure, en raison de la colonie de Juifs, appelés génériquement Mori, qui s'y était installée en grand nombre pour commercer au milieu d'autres trafiquants venus d'Orient, et pour y enterrer leurs morts. Le Campo del Moricino conservait encore, de son origine liquide, un ruisseau qui le sillonnait du nord au sud, souterrainement alimenté par des filets d'eau du Formelle et de la Bolla. Sous les déluges d'octobre, ou enflé par les cataractes de mars, le ruisseau débordait en amont du Campo, comme une lave grise et ocre poussée du ventre de la terre plutôt que tombée de la bourre nuageuse gris acier étouffant et aveuglant le golfe, et cette coulée d'eau virulente, les Napolitains l'appellent une lave, et le quartier traversé par cette lave venue de la boueuse voûte du ciel, le Lavinaro.... Avec Charles d'Anjou, ce frère lugubre de Saint Louis, le Campo del Moricino prit définitivement le nom de piazza Mercato. Et dès lors, cérémonies sanglantes coupant les négoces bigarrés de la paix, l'histoire de l'Europe et de ses crimes, l'histoire de Naples et de son peuple ont souvent donné leurs démentes représentations dans le théâtre superbe et fangeux de la piazza Mercato.

Pour les chroniqueurs, l'existence de la piazza Mercato ne commençait vraiment qu'avec la décollation d'un prince téméraire et l'épouvantable chagrin d'une mère. De cette tragédie originelle était issue la configuration définitive de la place dont l'histoire revivait, par éclairs, sous les paupières mi-closes de don Peta.

Ce frère de Saint Louis, Charles d'Anjou, était maigre, avait le teint jaune, la lèvre effilée, avare le verbe, l'œil enfiellé et personne jamais ne l'a vu rire. L'Angevin oublia l'amène douceur de son pays et versa le sang à flots, comme le ciel figé de juin les rayons rouges du soleil. Il anéantit la maison Hohenstaufen et, de peur que saint Thomas ne dénonçât au Concile de Lyon ses violences infinies et ses froides usurpations, il le fit empoisonner. Ces basses œuvres guerrières se précipitèrent à partir du 21 février 1266 : tout près de Naples, à Bénévent, Manfred, fils légitimé de l'empereur Frédéric II, prince de Tarente puis roi de Naples et de Sicile, périt par traîtrise et son corps fut abandonné au milieu du champ de bataille. Il avait trente-quatre ans. Sa veuve, Hélène d'Épire, mourut prisonnière dans le château de Nocera ; sa fille, Béatrice, à Castel Nuovo ; dans un château perdu au fond des Pouilles, ses enfants mâles. Les trois sœurs de Manfred, Marguerite, Constance et Philippine firent, dans trois culs-de-basse-fosse vermineux, la même terrible et ignominieuse fin... Persécutés par Charles d'Anjou, les barons lancèrent un appel pressant au dernier des Souabes, le très jeune Conradin, à peine sorti de l'adolescence, lisse, blond, plein de grâce et de sereine justice, un ange de gloire à l'épée de feu. Avec lui à la tête de son armée, un compagnon de son âge, de sa beauté et de son âme, son cousin Frédéric de Baden. Cette grande, jeune et fière armée réunie contre la volonté de la mère de Conradin, Élisabeth de Bavière, marchait sur Naples, lorsque, dans la plaine de San Valentino, elle fut écrasée. Les deux cousins s'enfuirent avec cinq cents lances courageuses et fidèles : ce qui restait de la grande armée. Mais, au cours de leur fuite, il fut jugé bon que, pour sauver la dynastie, les deux princes fissent route à part : ils se retrouvèrent seuls, déguisés en marchands, sur une plage entre Rome et le Bec de Circé... De Bénévent en Circé : ils étaient trop ingénus pour déjouer le piège des sorcières... Au moment de s'embarquer nuitamment pour la Sicile, ils furent reconnus par le seigneur du lieu, le triste sire Frangipane, allié des Angevins, qui les retint prisonniers et les livra à Charles.

Les grands du royaume étaient divisés : la plupart d'entre eux réclamaient pour les deux cousins vaincus la prison à vie. Charles laissa débattre quelques mois, puis il fit décréter : la mort. Le 29 octobre 1268, on dressa deux estrades sur la piazza Mercato. L'une, à gauche, était rouge ; l'autre, à droite, noire. Sur la noire, où s'installeraient le roi et ses dignitaires, un trône noir à brocarts d'argent et entouré d'un double demi-cercle de faudesteuils en cuir sombre ; sur la rouge, deux larges billots solidement fixés à une demi-canne de distance l'un de l'autre, et tous deux recouverts d'une lourde nappe de velours cramoisi. Tout était paré pour le sacrifice de deux enfants dont l'escapade vers le soleil, joueuse flamberge au vent, se termina soudain par l'éclipse sanglante de leurs deux vies.

Entre les deux estrades, là-bas, au fond de la place, du côté de l'Orient, dans un bloc de tuf lissé à sa base par la mer et tourmenté à son sommet par les taraudants tourbillons du sirocco, surgi là tout biscornu sur l'eau et dans le sable après quelque terrible cataclysme terrestre ou marin, se creusait une grotte assez profonde, assez vaste pour qu'un petit groupe d'ermites, des fidèles du croisé calabrais Bertoldo, y trouvassent refuge. Cette grotte, les frères carmes de l'ordre de la bienheureuse Marie du Mont-Carmel en avaient fait une chapelle où ils invitaient marchands, chalands et pauvres hères du Campo del Moricino à vénérer le simulacre de la Madonna Bruna del Carmine. À l'entrée de l'église de la Petite-Grotte, ainsi la voix populaire avait-elle baptisé la religieuse cavité, quatre moines entourés de femmes et d'enfants, tous agenouillés, regardaient pleins de pitié vers l'estrade rouge. Et ils murmuraient la prière des gens de Naples, qui se débattent dans les rets impitoyables du destin : Jésus-Christ ! entends notre voix / Toute Naples est sur la croix !...

Quand, sur l'estrade noire, lecture de la sentence de mort fut achevée par le Grand Protonotaire du Royaume, Roberto da Bari, le comte de Flandre, gendre du roi, tressaillant d'indignation, de rage devant cette injuste condamnation, et drainant dans son élan insensé l'exacerbation des esprits, en toute impunité se précipita l'épée nue au poing sur le Grand Protonotaire, qui n'était, en somme, qu'un porte-parole et n'y pouvait mais, l'embrocha, du cœur au sternum, comme un lièvre à rissoler : le jour même, on s'employa à organiser le transport du cadavre à Bari : dans l'église de Saint-Nicolas, le tombeau de la famille Chyurlia à laquelle il appartenait, s'ouvrit et se referma, bouche de marbre pour le froid annonceur du forfait légitime. L'incident clos, la colère de tous les dignitaires apaisée, Charles, assis sur son trône noir à lamelles d'argent, d'un geste nerveux de la main, donna le signal des exécutions.

C'est un érudit de l'époque, qui a laissé la plus fidèle chronique de cette double mise à mort, et qui, des années plus tard, allait accéder à un tout autre siège de gloire que les faudesteuils des témoins directs : Silvio Piccolomini, devenu pape sous le nom de Pie II. Et don Peta, qui savait le saint mémoire par cœur, tant l'émouvait la tragédie de Conradin, se signa tout soudain, et, n'entendant plus que comme une lointaine rumeur le tohu-bohu des Coccopinti, récita à voix haute : Des deux enfants princiers venus de Souabe enflammés par les espérances et les mirages de la renommée, partant, malgré les funestes pressentiments d'une mère, le cœur léger dans des armures trop lourdes pour leurs deux têtes roses, se jeter entre les griffes acérées de Charles d'Anjou, Nerone Neronior saracenis crudelior, Frédéric fut le premier à subir l'injuste tranchant de la hache. Conradin, debout et ferme admirablement à côté du corps décapité de son cousin, par des gerbes de sang éclaboussé, se pencha au pied du billot pour recueillir dans ses deux mains en coupe la tête pâlie et étonnée, tombée droite sur son cou, ainsi qu'il advient aux statues de marbre qu'un tremblement de terre arrache de leur socle, et qui semblait interroger la foule horrifiée, et, après l'avoir tendrement embrassée, il s'exclama : Oh ! ma pauvre mère, ton cœur va se déchirer quand tu entendras la nouvelle de ma mort !... Puis le prince Conradin, avec la mesure et la force de sa noblesse native, lança son gant à la foule afin qu'on le remît à Pierre d'Aragon, époux de Constance, l'unique survivante de la maison souabe. Il fit le signe de la croix. Il tomba à genoux. Il joignit les mains, les crispa, et elles devinrent blanches, comme pour demander au Tout-Puissant pardon de la démesure de son audace vengeresse, à l'Éternel qui allait à l'instant le juger. Il ploya le cou, ses blondes boucles se soulevèrent au vent et sa tête, dans l'éclair sourd de la lame, bondit et roula telle une boule de feu liquide parmi les premiers rangs de la foule, qui recula en hurlant...

Les dépouilles mortelles des deux cousins furent abandonnées par le tourmenteur sur l'arène sableuse qui entourait l'église de la Petite-Grotte. Aussitôt, le peuple guidé par les moines leur fit grossière sépulture, les recouvrant tant bien que mal d'un tas de pierres, ainsi qu'on en use pour les valeureux guerriers tombés sur le champ de bataille... Don Peta écrasa des pleurs sur sa joue creuse... L'immense place, qu'on appelait encore indifféremment Campo del Moricino ou piazza Mercato, s'inonda de sang pour des siècles et des siècles. Et comme la liseuse de draps déchiffre dans le lit des amants l'histoire de leurs amours, don Peta paraissait lire dans le sol bossué et bourbeux de la piazza Mercato l'histoire délirante et cruentée de Naples.

Que peut l'or d'une mère contre la haine d'un roi ? À peine Élisabeth de Bavière eut-elle appris que son fils était le prisonnier de Charles que, faisant fi des jours et des nuits, d'un voyage ininterrompu, des montagnes, des brigands, des principions et des intempéries, elle partit pour Naples chargée d'un lourd trésor, dans l'espoir que son or pût sauver la vie de Conradin, que l'Angevin, à la vue de ce métal prodigieux et tout-puissant, modérât son courroux... L'or est partout, n'est-ce pas ? L'or soutient tout... Trop tard : ô ! royale mère, tes sacs d'or étaient-ils devenus, le temps de ta course affolée, sacs de noix ? La veille de ton arrivée, les boucles d'or de ton enfant-prince s'étaient, en roulant du billot, noyées dans une glu pourpre. Tu ne pus, dans l'antre poreux des frères carmes, dans ce nombril en prières de la piazza Mercato, tu ne pus, pauvre mère éplorée, échouée sur une plage douce, sur une plaie blanche qui avait bu toute vie, et dont la douleur faisait pleurer toute Naples transie de compassion, que donner chrétienne sépulture à ta créature. Et l'or, qui aurait dû ouvrir les barreaux d'une geôle et rendre à Conradin les deux bras de sa mère, servit à élargir le culte d'une Vierge. Sur le trésor de la rançon, Élisabeth de Bavière voulut que s'élevât le vaste et beau vaisseau de l'église des Carmes, grande ouverte au peuple de la pitié ; que l'église de la Petite-Grotte, où, jeunes gisants, dormiraient jusqu'à la fin des temps les deux malheureux cousins, son Conradin et Frédéric, fût, à la mesure de son amour, démesurément agrandie de marbres et de pierres précieuses ; que le peuple du Mercato devînt digne du Prince Blond et de la Vierge Brune ; qu'un cloître attenant fût construit pour les bons frères dont les cellules, où n'entreraient que la rumeur infinie des ondes et le chant fuselé des oiseaux, donneraient sur un jardin où, sous le bleu éblouissant du ciel, la grasse vrille des pampres le disputerait à la solaire orange et aux rémiges de la palme toujours balancée. Élisabeth de Bavière voulut aussi qu'on célébrât, in perpetuum, une messe quotidienne pour l'âme des deux jeunes téméraires : et aujourd'hui encore, à quatre siècles de distance, don Peta, à son tour, ploie le genou devant l'autel du sacrifice et s'incline devant le désir impérieux de la mère, qui chaque jour s'accomplit.

Iioup !... Iioup !... Iioup !... Ouèèèè ! Vive la mariée !... Ceccone, mets-la dure !... Dure comme les cinq mois de la main !... Hahein !... Hahein !... Hahein !... Ouèèèè ! Antonia ! Et qu'un roi sorte de ton genou !... Iioup !... Iioup !... Iioup !... Toi qui as plus de vertus !... Ouèèèè !... Ouèèèè !... Ouèèèè !... que le romarin !... Hahein !... Hahein !... Hahein !... Et les quatre Coccopinti, comme quatre nuages blancs tourmentés par les vents et la tête caronculée roussie de soleil, qui frénétiquement dansaient ventre à ventre, cul à cul, autour de la table des noces, donnaient en claquant les marteaux de bois du triquéballaqué ainsi qu'une lyre chargée de pétards, en soufflant dans leur flûte double, trois trous pour le tuyau femelle, quatre pour le mâle, en lissant contre leurs paumes la tige du poutipou fixée dans une marmite de terre dont le couvercle est une peau de porc tendue qui vibre et grogne et brait et miaule à se rompre, quand la main mouillée de salive coulisse le long de la tige, en fessant bien haut les tambourins couronnés de crissants grelots, et les quatre Coccopinti, ventre à ventre, cul à cul, donnaient, renversés tels des faunes ivres, des coups de reins, hahein !, à en dépuceler toutes les vierges qui filaient la laine en chantant l'amour dans le vico dei Lanaioli. Et, l'imagination en feu, roulant des yeux, papillonnant de la langue, ils inventaient, sur les trois temps scandés de la tarentelle, l'air hululé et rocailleux et les paroles caressantes soudain boursouflées d'insolentes allusions, qu'ils déversaient, dans un roulis de hanches, sur les jeunes mariés et la tablée des dix repus.

Les écuelles étaient léchées, vides les marmites. 'A Sciancata, la trogne violacée sous ses cheveux gris, se mit debout en se hissant de ses deux bras, les pognes bien à plat sur le bord de la table : mais avant que ses bras fussent tendus, elle laissa échapper un long, gras et formidable pet, elle péta comme un trombone à pistons, si fort que les Coccopinti se figèrent en silence dans leurs contorsions, leurs instruments immobilisés et muets sous leurs doigts, et

Antonia et Ceccone et les sept invités, le temps du pet, demeurèrent bouches bées, un cri ou un mot coupé entre leurs dents, ainsi que les silencieuses poupées de cire noyées d'ombre et de mystère dans les hypogées païens des églises. Alors 'a Sciancata découvrit ses chicots, et un rire écarlate et puissant gonfla son cou de dindon, et tout le monde souffla sur la traînée soufrée du pet, et le basso tout entier trembla de rires, pleura de rires, pissa de rires, et les Coccopinti trépignèrent plus fort encore au son de leur diabolique musique. 'A Sciancata, hoquetant, riant et boitant plus que jamais, fila au fond du basso où se trouvait un tonneau d'asprino, et elle remplit une nouvelle fois encore trois gros pichets du léger vin blanc, qu'elle posa devant ses invités en s'écriant que c'était bon, ma bbbuono ! comme du pipi d'ange, foutre-en-merde !... Buvez, à la santé de ma fille qui, dans quatre mois me rendra le pipi avec l'ange ! Buvez ! Salute ! Salute ! Bénis soient la Mamà Bruna et San Gennaro !... Ouèèèè ! Don Matteo, vous voulez danser ? !... Et la vieille, face au curé cramoisi, mi-outré, mi-hilare, fit la mossa, le plus obscène des coups de reins de Naples, quand Pullecinella s'arrête soudain de tournicoter sur lui-même au battement des tambours et semble, sous les cris du public excité qui l'exige, 'A mossa ! 'A mossa ! 'A mossa !, vouloir embraquemarder la ville entière, du Pausilippe à Forcella. 'A Sciancata, bondissant tel un pied fourchu, fila de nouveau au fond du basso. Elle en revint, les bras chargés jusqu'à la plaquemine velue de son menton, de petits sacs de toile bombés à en craquer. Elle en posa six, alignés au milieu de la table à espaces réguliers ; puis, retenant son souffle, saisissant le gros manche riveté de cuivre d'un couteau pointu dont le fil s'était arqué sous les frictions régulières de la pierre à aiguiser, elle s'envola comme une flèche brisée d'un bout à l'autre de la table en se cassant six fois, six éclairs qui éventrèrent les six sacs. Aussitôt, avec le battement multiplié des mains et un redoublement de la tonitruante musique, six ruisseaux marron et blanchâtres roulèrent et se répandirent entre les marmites, les écuelles, les pichets, les gobelets et les branches d'oranger aux feuilles luisantes et sombres et aux boules pleines de soleils, offertes par les convives : et, vives, les paumes déployées formèrent contre le bord de la table des digues pour que les flots canalisés des châtaignes, des noix, des noisettes, des graines de courge, des amandes, des pistaches, des figues, des raisins secs ne se perdent pas sous la table, les sabots et les tabourets. Evviva !... Evviva !... Evviva !...

Le repas se prolongea jusqu'à la tombée du jour, avec cette large lave roulante des meilleures semences de la terre, ces noisettes, ces châtaignes, à la coquille, à l'écorce devenues blanches sous la chaux qui les a cuites pour en exhaler, dans la brûlure de la poussière laiteuse, toutes les douceurs et les tendretés et le croquant, ces graines rondes, plates, vertes, ivoire, qui ont séjourné sous le sel roux et suscitent, dans leur âpreté huileuse, des soifs d'août, ces figues fourrées qui pleurent leur miel granuleux et découvrent, dans la fente de leur nombril, la pointe blanche d'une amande... Tout ce bien de Dieu, grâce à la Madone ! Grâce à saint Janvier ! Ouèèèè !...

Ouèèèè !... 'Na canzone, Coccopinti belli ! 'Na canzone !... Et, la bouche encore pleine de figues et de châtaignes, les Coccopinti poussèrent leur plainte langoureuse accompagnée des quatre cordes frottées de la mandoline pansue, mimilarésoooolmiiii, bosse postiche lestement décrochée du dos d'un des blancs, rouges et safran musiciens, et ils chantèrent, en bondissant de rire à chaque retour du refrain : Passe la chèvre clopin-clopant / Si elle ne trouve pas qui la lui met dedans !... Et, tournant autour de la table, et tournant sur eux-mêmes, à la seule vibration buccale de la trompette des zingari, ils entrelardaient l'éclatant refrain d'un récitatif à l'adresse des jeunes mariés : Ouèèèè ! Madone Madone Madone / Qu'elle est dure et ronde la femme pendue au cou de cet homme !... Ééééé passe la chèvre clopin-clopant / Si elle ne trouve pas qui la lui met dedans ! Ouèèèè !... Toute poilue tu me l'as promise / Ouèèèè ! pour que le jus monte à la bise !... Ééééé passe la chèvre clopin-clopant / Si elle ne trouve pas qui la lui met dedans !...

'A Sciancata sauta comme un ressort de carrosse prêt à verser, empoigna en passant l'entre-jambes d'un Coccopinto, Ahouououou !... Ouèèèè !... et fila derechef au fond de sa tanière. Les bras chargés de choses ovales et velues, elle reboita jusqu'à sa fille, et, mêlant sanglots, hoquets et rires, elle laissa avec tendresse couler dans le giron proéminent d'Antonia les dons faits à la mariée : des dizaines d'œufs peints, jaune soufre, sang-de-bœuf, bleu de mer, orange, vert chou, rose gambasse, qui disparaissaient pour se remontrer soudain dans de beaux, de doux, de longs écheveaux précieux de laine barbaresque. Ceccone, qui voulait voir de plus près, en un mouvement empoté de son bras, renversa un pichet d'asprino sur les genoux d'Antonia : Porta fortuna !... Porta fortuna !... Et tous les invités se levèrent et vinrent, en admirant le monticule des dons, mouiller deux doigts aux genoux de la mariée. Don Peta caressa le lobe de son oreille gauche, Porta fortuna !, de son index et de son médius humides d'asprino, et, comme on tonitruait de nouveau les vœux de bonheur à Antonia, à Ceccone, à Ceccone, à Antonia, en titubant il bénit de nouveau le couple, appuyé de tout son poids au bord poisseux de la table. Les Coccopinti raflèrent, Permettez, bonnes gens ?... Permettez ?!..., des poignées de fruits secs, vidèrent gobelets et pichets, et, sur le seuil du basso, poussèrent un dernier accord languide d'où fusa soudain un seul cri de joie rageuse, et ils s'effilochèrent en agitant leurs bras, leurs jambes, leurs instruments, leurs pieds, leurs mains, leurs têtes, draps blancs barrés de jaune et bonnets rouges, hydre musicale issue du soleil et du soufre, apparue tout à coup dans la portière de roseaux qui cliquette les vagues de la fête, et filant vers une autre fête, et dessinant jour après jour, de basso en basso, le trépidant et bachique labyrinthe de la ville saturnienne.

Dehors, dans le ciel encore clair de cette chute d'après-midi du 18 février, le soleil venait à peine de disparaître derrière le Pausilippe, et dorait, comme chaque jour au couchant, l'énorme champignon de ouate que vomissait sans trêve le Vésuve endormi. Au-dessus de la mer cendrée de légères brumes, on devinait déjà la lune qui montait lentement dans l'écrin bleu du golfe, fin croissant de cristal safrané. Le temps était sec. Naples, ainsi qu'un encensoir lapis-lazuli aux guillochures d'or roux et de vieil argent, exhalait une odeur de mer, au mimosa et à l'eucalyptus mêlée. À ces effluves capiteux, s'amalgamaient, piazza Mercato, de moins suaves parfums. Côté sud, adossées aux remparts, s'entassaient sur huit rangées cent cinquante baraques de bois, les étals des petits détaillants de fruits et de légumes, où s'encastrait çà et là, l'échoppe branlante d'un artisan. Côté est, le quartier des tanneurs, gens robustes et hardis, qu'on employait aussi pour éteindre les incendies, mais dont le maniement des cadavres d'animaux, des raclures de peaux et du tanin de chêne dégageait, autour des fouleries, des puanteurs d'os bouillis et de chairs pourries, qui pimentaient les relents des tas de légumes et de fruits invendus, écrasés et devenus tas de fumier semé de papetons moisis, d'excréments d'hommes, d'animaux, et blasonnant la place de rigoles et de flaques de purin. Côté nord, derrière Sainte-Marie-des-Mouches, chapelle qui appartenait à la communauté des cordiers, se trouvait une grande écorcherie : quand les bouchers de la ville avaient retiré leurs quartiers de bœuf, leurs demi-veaux et leurs moutons, viandes encore tièdes et pissant le sang, c'était la curée des plus pauvres et des chiens, et il n'était pas rare de voir un va-nu-pieds tirer à lui le bout d'un intestin gluant de merde, tandis qu'un mâtin, les yeux rouges et la bave aux molles babines pendantes, tentait en grognant d'emporter le boyau par l'autre extrémité, à la grande joie des spectateurs, enfants, chalands, qui pariaient, cris rauques dans leurs gosiers de bronze, sur les crocs de l'animal ou sur les griffes de l'homme. Et quand, les jours d'émeute et de justice, les fourches et les billots, les roues et l'estrapade se dressaient aux quatre points cardinaux du Mercato, le sang fade des hommes allait se putréfier avec les choux gluants et aigres, les vermineux étrons, sous la langue des chiens gris et le groin noir des libres cochons de saint Antoine. Mais en février, la tramontane et le froid du soir, le mimosa et le sel de la mer, les branches d'eucalyptus coupées qui brûlent dans le feu des braseros avec leurs longues, belles et froufroutantes feuilles pointues aux reflets vert-de-grisés, qui semblent arrachées par les vents au plumage d'oiseaux des îles, et s'enroulent en flambant sur la minuscule lanterne chinoise de leurs graines, empêchaient la lourde fermentation de la terre battue et du sable gras de trop puissamment monter jusqu'à la narine de l'homme.

Les gabelous redoublaient de vigilance tout autour de la place où les murailles ouvraient tant de portes, trois sur le marché même, suivies d'une dizaine d'autres jusqu'à l'Arsenal, celle des Carmes, celle de la Tannerie, celle du Mercato, sur la mer et la contrebande, et où se faisaient, de la farine au poisson, des fruits par tombereaux rebondis aux viandes, aux pyramides d'œufs, aux fromages, aux fûts de vin, aux bonbonnes d'huile, au sel, aux volailles, le plus clair des échanges commerciaux de la ville : car, à Naples, rien de plus important que ce qui se mange : ce qui se mange est miraculeuse manne qui apaise la torture immémoriale de la faim, dont on veut rire pour éviter d'en mourir... Ici, on fait de l'esprit sur la faim... écrivait de Naples, le 12 juillet 1621, un agent du grand duc de Toscane. Qua spiritiamo dalla fame : l'esprit de la faim, une faim spirituelle, en somme, sous laquelle le Toscan repu et étonné ne pouvait voir, tout espion qu'il était, les sanglants abîmes de fier désespoir.

Comme chaque soir, par six, les noirs alguazils de cuir et d'acier faisaient leurs rondes sur le damier de lave. Au-dessus des baraques, qui commençaient d'éclairer leurs victuailles d'une torche de résine plantée au beau milieu des étals, on voyait luire les orillons des six pertuisanes. Les nourritures exposées depuis le matin se gâtaient, et les marchands mêlaient leurs appels chantés, suppliants, agressifs, mélancoliques mélopées que chacun inventait pour vanter son fruit touché, son légume ramolli, son poisson aux ouïes sombres, à la tête décollée, son morceau de viande qui se violaçait, Frisco ! Frisco ! Frisco !... Bbbuonoooo ! Un'affare, signora !..., et les prix baissaient avec le jour. Çà et là, vers le centre de la place, un petit feu sous un chaudron ou une plaque de fer posés sur trois pierres branlantes : des quenouilles de maïs longues, rousses, aux gras grains vernis, des châtaignes aussi grosses que des rognons de porc y grillaient ou bouillaient et, par vagues, répandaient sur le fourmillement des flâneurs leur douce et grinçante saveur. Depuis des mois déjà, on n'entendait plus le cri de l'émeute : Serra ! Serra !... Salva ! Salva ! Salva !, qui faisait en un noir éclair se serrer les boutiques, se fermer les baraques, se sauver et se terrer les gens, se déserter rues et places, avant que Naples ne devienne plus qu'un cri rouge de rage. Don Pedro Giron duc d'Ossuna, depuis trois ans vice-roi de Naples, avait parfaitement réussi à diviser pour régner : trop, peut-être, en alimentant la haine du peuple contre la noblesse. Avec sa tête de gros moine ou de paysan russe coiffé à la Brutus, à la mâchoire carrée, au lourd menton, au nez et aux oreilles charnus, à la moustache épaisse sous les larges narines et finement retroussée jusqu'au milieu des joues, à l'œil noir qui rit quand la bouche sinue dans un rictus, le vice-roi arborait sur son poitrail la toison d'or, et son blason, à l'image de sa destinée, portait des dents de scie sur champ d'argent. Par un de ces gestes spectaculaires si prisés des Napolitains, eux qui font de chaque instant de leur vie une représentation pour tous, le duc d'Ossuna conquit l'estime du peuple.

Impositions, gabelles, donativos : devant le nouveau parlement des cinq places nobles de Naples, qui venait d'entrer en fonctions au mois de février 1619, il y avait juste un an de cela, et de voter un double donativo — ponction extraordinaire, don forcé que faisaient très ordinairement, très douloureusement, les peuples soumis à la Couronne d'Espagne, pour que celle-ci puisse innerver son vaste royaume, depuis les Flandres jusqu'aux Indes, et les armées levées pour le défendre —, le vice-roi demanda que fussent allégées les taxes extraordinaires, car, selon l'expression de son grand amiral, le peuple napolitain se trouve dans un tel état d'épuisement qu'il peut à peine supporter les poids ordinaires... Les traitants, ces riches financiers issus de la noblesse ou du commerce, qui versaient d'abord l'or des gabelles dans les coffres de la Couronne, et levaient ensuite les taxes en impitoyables usuriers, doublant, triplant, quadruplant leur mise, commencèrent à murmurer. Le vice-roi rengrégea sur leur mécontentement, en déclarant qu'il regrettait de voir le peuple pressuré de la sorte, quand le roi d'Espagne ne recevait que les miettes et que la ville n'en tirait aucun avantage, puisque, dit-il, tout s'en allait en mangeries de ministres, barons, chevaliers et marchands... Le marquis de Corleto, mascaré sous ses boucles et sa poudre, tenta de parler de l'honneur de la noblesse. Le duc d'Ossuna tourna le dos à la noble assemblée, et disparut avant que les députés n'eussent eu le temps de se lever et de se courber en marque d'hommage et de soumission. Le lendemain, la gabelle sur les fruits fut abolie, qui, depuis treize ans, accablait les plus pauvres, eux dont la seule nourriture ne pouvait être que les biens de Dieu tombés des branches ou poussés de la terre avec une abondance unique au monde; et, dans le même mouvement, la gabelle sur la farine fut diminuée de moitié. La liesse dilata les bassi et les vicoli de la ville, ce tumultueux réseau de venelles et de grottes, ce royaume des misères hilareuses : et le geste grandiose du Vice-roi s'imprima dans les mémoires.

Accompagné de sa cour et d'une poignée de soldats, c'était un vendredi, l'un des jours où la piazza Mercato ressemble à un gigantesque essaim d'abeilles se défaisant, grisé de senteurs bariolées, au milieu d'un verger couvert de fruits qui se posent, lourds de sucs, sur un luxuriant tapis de verdures, le duc d'Ossuna traversait la place pour se rendre dans l'église des Carmes et prier la plus populaire des madones de Naples, la Bruna. Son escorte était prise dans un houleux bourdonnement. Alors, il fit halte, et tout parut s'arrêter sur la piazza Mercato. Il descendit de cheval : la foule s'ouvrait en silence pour le laisser passer. Seul, le vice-roi se dirigea sur la baraque de la gabelle des fruits, il tira son épée, la leva au-dessus de sa tête et d'un coup net il coupa les cordes de la balance. Puis, faisant volte-face sur lui-même, tourné vers le peuple qui retenait son souffle, il s'écria : C'est ainsi qu'il faut ôter la maltôte des fruits !... Oui ! Perds la vie, mon peuple, plutôt que de supporter plus longtemps cette gabelle !... Un hurlement de joie accueillit ces mots du trop habile vice-roi, qui plantait ainsi sans le savoir des graines de sénevé dont la fleur s'épanouirait, jaune éclaboussée de rouge, quelques années plus tard.

Pour l'heure, la ville semblait donc calme. Le bruit de la rampante rébellion de la noblesse contre le duc d'Ossuna n'était pas encore arrivé jusqu'à Madrid. Le vice-roi, bien assis au Palais, donnait des armes au peuple pour rêver de régner sans partage sur la ville et le royaume de Naples.

À quelques pas du seuil de la Sciancata, les enfants criards qu'on avait oubliés, comme un qui parle oublie les mouvements de sa langue, tant l'enfant, le rond guaglione, le maigre, le sale guaglione, ouèèèè ! guagliù !..., se confond à toute chair, dans Naples, les enfants endimanchés et morveux avaient allumé, avec des morceaux de planches à demi pourries arrachées sous les baraques des primeurs, un grand feu, et les flammes étaient si hautes qu'elles leur entaient aux épaules d'étonnantes ailes rouges. Un groupe de guaglioni faisait cercle autour du feu, tandis qu'un autre groupe, à peu près égal, courait se cacher derrière l'angle du vico dei Lanaioli et de la via Piazza Larga : les premiers jetaient, l'un après l'autre, une pierre dans les flammes, en criant : Pain chaud ! Et alors, ceux qui se trouvaient cachés surgissaient en courant vers le four imaginaire et l'éméchante chaleur du pain et le doré de sa croûte aux coquilles étoilées et le brûlant moelleux de sa mie, espérés et si rarement mordus, et les petits boulangers s'enfuyaient à toutes jambes pour ne pas se faire prendre... Qui était pris devait porter sur son dos celui qui l'avait attrapé, et le déposer près des flammes de la boulange convoitée. Et c'est à ces rouges centaures crottés que se heurtèrent les premiers convives sortis du basso de la Sciancata. Don Matteo Peta, d'abord, appesanti de pâtes et de pignato maritato, tout en mâchouillant une dernière figue, voulut tancer vertement les guaglioni : Attenzione ! Guagliù !... Vous voulez donc mettre le feu au Mercato ! ?... Il ne put en dire davantage : il fut aussitôt gratifié d'une cascade d'obscènes bruits de bouche, de rots sonores, de langues tirées jusqu'au menton, et même, un des plus petits, baissant vivement sa culotte, lui montra un cul largement caramélisé. Le curé, pestant contre ces petits Nérons, cette race païenne qu'il aurait aussi bien fait de noyer dans les fonts baptismaux, disparut dans le tambour de l'église des Carmes.

Le rideau de joncs s'écarta de nouveau et sur le seuil chancelèrent les deux compères, Agostino Ceratolo et Salvatore Lizzibelli, de leur état paille-menus au Mercato et au Lavinaro, mais qui s'endormaient, plus souvent qu'ils ne les balayaient, à l'ombre des tas d'ordures. Quand ils ne se trouvaient pas pris de langueur, leur grand plaisir c'était d'embrocher des rats gigotants sur le manche effilé de leur balai : ils harponnaient à quelques pas de distance les gras rongeurs, de cette race napolitaine qui partage son nom avec le sabot et la putain, la fameuse zoccola, pas moins gros que des matous, le sang giclait en éventail, le rat couinait, affreusement transpercé des reins au ventre, l'Agostino ou le Salvatore se précipitaient, assenaient un coup de talon nu dont l'épaisse corne écrasait la tête de l'animal, qui glissait jusqu'à la paille du balai ou jusqu'au corps agonisant d'un autre muridé, et le manche chaque fois se peignait de l'écarlate le plus luisant : Flambant neuf !... Neuf ! Neuf ! Tout neuf !... riaient-ils en se montrant le manche carminé de leur balai. Et, la main sanguinolente toute secouée des spasmes des rats, ils se sentaient les plus heureux des hommes.

Ils furent éblouis par les flammes, allèrent en se dandinant vers le feu des enfants et se mirent eux aussi à jouer à pain chaud... Mais regardez donc un peu ! Regardez ces fous !... Pire que des guagliù !... Ouèèèè ! Agostiiii ! Salvatoooo ! Guagliù ! Vous voulez coller le feu à la ville !... Éteignez ! Éteignez ! Croupions fêlés !... C'étaient le tanneur Andrea di Rossi, aux mains noires et gonflées comme des boudins de cuir, suivi du crieur de poisson Giovan Battista Cacuri, aux larges pognes marbrées de crevasses écrevisse, qui sortaient à leur tour du basso de la Sciancata, et dont les remontrances furent encore plus mal reçues que celles de don Peta... Foutre-en-merde ! Vieux étrons !... Ptou !... Par la mamà Bruna, tirez-vous de nos couilles !... Ptou !... Et les guaglioni leur crachaient dessus, ptou ! ainsi que des macarons antiques devenus rouge brique sous les langues des flammes ; et les paillemenus réjouis s'en grattaient le ventre de leur pierre ; et puis soudain, comme les deux compères aux doigts gourds, l'un avec une planche, l'autre avec du sable qu'il poussait du bout de ses sabots, faisaient mine de vouloir tout de bon étouffer le feu, et répondaient par de méchants mollards aux crachats d'écume blanche, les guaglioni, au lieu de jeter les pierres dans le feu, s'esclaffant de rage, en bombardèrent le Rossi et le Cacuri... Cacuri ! Attenziò ! Battagliò ! Cacuri, ici ça caque dur !... Ouèèèè !...

Les deux hommes auraient été lapidés dans la joie par ces diables d'enfants à l'œil et au crin noirs, à la dent et à la voix cassées, au cœur d'or et à la peau de crocodile, si la vieille Caterina Papara et la Sciancata, d'un seul cri monté en trompe suraiguë de leurs entrailles, AHOOOO ! GUAGLIÙ !... AHOOOO !..., n'avaient mis fin à l'infernal amusement. Suivies des jeunes mariés et de don Olimpio Siciliani, l'élégant don Olimpio en habit de velours à quatre, couleur d'Espagnol malade, un des jeunes et honorables protecteurs des petites gens du Mercato, un chivabo de la Belle Société Réformée, laquelle ne pouvait manquer de ratifier ou, le cas échéant, de refuser, tout acte, tout événement officiels en déléguant un de ses membres, suivies du représentant grassouillet et muet de la camorra et d'Antonia appuyée au petit bras trapu de l'énorme et flageolant tas de chair rubiconde, le gros Ceccone suant à grosses gouttes, les deux commères fondirent sur les huit enfants ailés de feu et figés sur place par le cri des vieilles. 'A Sciancata arriva la première et en saisit quatre par les cheveux : deux dans chaque main ; la Papara en attrapa deux par la culotte, les deux autres diables s'étaient évanouis derrière les baraques du marché ; quant aux deux paillemenus, don Olimpio leur signifia, simplement en leur faisant des yeux lait de ciguë, qu'ils devaient eux aussi rester près du feu... Et alors, éclata 'a Sciancata, vous voulez, malheureux, vous voulez me faire flamber moi, ma fille, mon gendre, mes invités, ma maison, la maison de Mamà Bruna, disgraziati, la noce, 'o Mercato, et tutta quanta 'a Città !... Potirons pleins d'eau ! Eh bien ! amis des rats et des pierres, vous allez la vider, à présent, cette eau qui vous embarrasse la cervelle : Pissez, allez !... Pines à l'air, porca miseria ! Pines à l'air, et pissez en rond sur ce feu du Démon ! Et s'il reste une seule flamme, je vous en rôtis le bout !... Les huit jets, auxquels d'autres généreusement s'ajoutèrent, eurent raison des flammes, sous les applaudissements, les encouragements d'une foule tout à coup rassemblée autour du feu nuptial des enfants ; et le rire de la Sciancata et le rire de la piazza Mercato secouèrent en un écho d'ivre bonheur toutes les tripes dilatées de Naples.

Le voyage

> C'est comme cela qu'ils deviennent, et la vie ne leur est pas donnée pour toujours ; mais pour autant que jamais ils ne cessent d'échanger leurs chemins, ils sont toujours, immobiles, dans le cercle. Mais allons, écoute ce récit…
>
> EMPÉDOCLE

Précédé de don Olimpio qui, sans un geste, ouvrait un chemin dans la fourmilière pétillante, le jeune couple, que suivaient les deux vieilles, entreprit de faire en flânant le tour de la piazza Mercato, avant de franchir la porte du logis de Ceccone, au vico Rotto, son domicile conjugal.

Ils tournèrent autour de la place, en un circulaire et pédestre voyage de noces, comme on tourne une vie autour d'un monde qui change à chaque instant, les méridiens fussent-ils de la largeur d'un pas et de la longueur de quatre cents demi-cannes. Ils allaient tous les cinq, la panse en avant, et Antonia, dans l'écume de ses jupons de parade, semblait une caravelle au ventre vainqueur voguant au milieu des vivats, sous le ciel bleu roi du crépuscule et la houle des torches résineuses qui éclairaient de leur œil bridé par la brise l'ondoyante mouvance de la foule et des fruits... Une heure content, t'oublies mille ans de tourments... allaient se répétant les deux vieilles qui tanguaient côte à côte comme des vieilles barques démarrées au milieu du golfe : et elles faisaient hi-hi-hi-hi, le regard attendri, lubrique par éclairs, le bout de la langue pointé entre trois dents d'onagre. Ils avaient pris à main droite, en débouchant du vico dei Lanaioli sur la piazza Mercato, tournant le dos à la via Piazza Larga, rue qui s'élargissait parallèlement à la piazza Mercato, méchante échancrure derrière le long bâtiment jaune soufre et sang-de-bœuf de la douane de la farine, et au tout proche vico Rotto où s'arrêteraient les jeunes mariés, faisant ainsi, à quatre ou cinq demi-cannes près, le tour complet de la place.

La petite procession avançait sur l'étroit damier de lave du Vésuve, l'ellipse de l'Inseliciata bossuée, grise aux éclats de nuit, en se dandinant d'aise ainsi qu'une portée de canards aux protubérants jabots. Sur leur gauche le marché tohu-bohuesque étalait encore une belle abondance de biens, qui luisait sous les torches dansantes et rougeoyait et s'enfumait par à-coups, et que la nuit, qui tomberait plus vite que le rideau du théâtre San Bartolomeo et que l'acier des six pertuisanes prêt à mordre plus vite que le croc d'un chien de garde, ferait disparaître jusqu'à l'aube prochaine. Sur leur droite, tels les noirs rayons d'une roue de la fortune, les venelles profondes qui allaient se perdre, au levant et au nord, sous les murailles de la ville, ces rayons de lave qui tournent avec la place entière et, dans le roulis de son ovale, brouette tout Naples à l'allure cahotante de sa roue voilée. Une truie noire aux seize mamelles pendantes jusqu'à terre, suivie de ses six petits marbrés de rose, traversa au trot l'Inseliciata, se faufila en grognant entre les pieds des promeneurs nuptiaux, et piqua du groin dans un tas de choux pourris : à l'exemple de leur mère, les gorets se mirent à vermiller autour d'eux, et la noce un instant hocha ses cinq têtes attendries. 'A Sciancata, les jeunes mariés, 'a Caterina Papara, précédés de don Olimpio, paraissaient, avec cette manière de lourde majesté qui les poussait en avant, passer en revue les êtres et les choses, la terre et le ciel, l'étoile de Vénus et l'humidité marine, comme si l'univers entier, avec ses gouffres d'angoisse et ses campaniles rieurs dressés en un défi sonore, était mû par la roue rayonnante du Mercato... Vico del Carminiello : l'église des Jésuites est fermée à double tour, à la tombée du jour, eh ! tant d'anges en or et tant de vases en argent et de pierres précieuses, eh ! eh ! un beau jour, pfuit ! les anges envolés ! Giesù ! Giesù !... La fontaine des Lions, où l'eau coule des trois gueules menaçantes, et la quatrième qui, on ne sait pourquoi, n'a jamais voulu donner une goutte d'eau, semble, les grises babines de piperne emplâtrées de poussière, la dépouille du roi des animaux mort au milieu d'un désert, trois gueules polies par la main des femmes qui s'y appuient pour remplir leurs cruches ou, dans le large bassin, qui sert aussi d'abreuvoir aux chevaux, aux bœufs, aux ânes et aux chiens, pour puiser de grands baquets aux vagues éclaboussantes à bout de bras... Toujours sale comme l'eau des macaronis, l'eau du bassin, avec ces bêtes qui y bavent et les guaglioni qui s'y lavent... rien à faire, mah !... Ah ! que le ciel est beau, belles les oranges, l'air bon ! Comme on est bien, n'est-ce pas ?... Et voici le vico dei Parrettari, toujours plus noir que les autres, celui-là, avec les reflets rouges de ses forges, et les coups sur les enclumes, et la respiration fiévreuse des soufflets, et le sifflement du plomb fondu... Un enfer... l'antichambre des batailles et de la guerre... Balles, couleuvrines, viretons encore, et matras, faucons, spiroles... Officines de la mort, ces bassi... Passons vite, eh ! touchons-nous le poisson d'argent et ses deux contrepoids d'or ! Hou ! Hou ! Facciamo le corna !... Cornillons, cornillons, cornillons de mon cœur !... Une heure content, t'oublies mille ans de tourments... Vico delle Barre : c'est ici, Giesù, Giesù, qu'a commencé la peste de 1529, juste quatre-vingt-onze ans ce juillet, comme si c'était hier... et hop ! piazza pulita ! des morts et des morts, blanchâtres, noirâtres, olivâtres, violâtres, brunâtres, couverts de grosses bulles rougeâtres, et la course des rats, ces zoccole plus grasses que le cul des putains des Incarnati... et don Olimpio pense à la Mimma, l'une de ses protégées, en riant sous la lune : tant il est difficile de trouver la fente promise dans les mille plis de sa graisse, qu'un client, certain Avitabile, un marquis, oui, et vicieux sorcier, à ce qu'on raconte... que ce client l'a surnommée Pisse-que-je-m'oriente !... des morts par chariots débordants de bras et de jambes ballantes... Et tout ça, ce grand malheur qui avait surtout frappé le Mercato et le Lavinaro, où les chrétiens sont plus entassés que l'or des Juifs caquebraies, ces meurtrières enflures des corps avaient précisément commencé dans la cour du palais des nobles Cenatiempo, dans les bassi où les domestiques en livrée gîtaient : deux palefreniers, qui bichonnaient un pur-sang d'Andalousie à la robe aile-de-corbeau, tombèrent dans le crottin, ventre en l'air, et on les retrouva agonisants, affreusement mutilés, plus noirs que le cheval aux yeux fous cernés de blanc, qui hennissait, se cabrait, ruait de peur et dépeçait les deux corps à coups trépignants de ses quatre sabots à la corne effilée... Saint Janvier, grâce à Dieu, limita les dégâts, Giesù ! Giesù !, à cinquante mille morts, le quart de la ville à l'époque... Ces Cenatiempo, dont le nom disait bien qu'ils passaient leur temps à table, payèrent eux aussi leur dîme au fléau... Pour une fois !... Chrétiens, eux aussi, Dieu ait leur âme... Mah ! Saint Janvier est grand... Rempli de rempailleurs, ce vico delle Barre, et de belles chaises toutes neuves, on les dirait travaillées en pâte d'amande, qui montent vers le ruban bleu du ciel, imbriquées en d'immenses pyramides branlantes, jusqu'aux terrasses des maisons... Grazie ! Grazie !... Il fallait bien sortir de sa majestueuse allure, pour remercier, grazie ! grazie !, et incliner le chef, et saluer à distance des deux mains tendues et qui s'ouvrent et se referment comme les ailes de deux papillons qui butinent sur la corolle d'une fleur, grazie ! grazie !, le boucher badigeonné de sang à son étal, la maraîchère aux bras noyés dans ses brocolis, à la tête béate, suint et crin corvin mélangés, dodelinant au milieu des boules ivoire de l'ovale melon d'hiver suspendu dans sa résille d'herbes sèches, le maruzzaro et son seau d'escargots cornes-de-nègre, et son baquet de praires cornues qui giclent, à chaque respiration, un double jet d'eau de mer, et ses baquets de moules aux liens filandreux, amoncelées à hauteur d'homme et luisant comme les étrons noirs d'un géant, et crissant quand par paquets on les sépare... Grazie ! Grazie !... Et les deux infatigables vieilles chargeaient leurs bras d'un échantillon choisi et offert par les marchands, qui bénissaient ainsi les mariés et comptaient bien, par la même occasion, que ce don porterait chance à leur commerce et leur gagnerait aussi deux nouveaux chalands... Et même lorsque don Olimpio aura prélevé sa part, Antonia et Ceccone entasseront chez eux, au vico Rotto, de quoi manger, manger, ah ! manger ! tout ce bien de Dieu, qui fait tant de bien à la panse, pendant une bonne semaine, oui, une semaine !... Auguri !... Vico dei Spicoli tout en angles rentrants et saillants, où les maisons ont l'air de cubes superposés par la main brusque d'un bambin maladroit, et alignées par un jeune Bacchus au rire plein d'ivresse et jouant de son bâton à la pomme de pin pour placer les cubes en un éternellement précaire, miraculeux équilibre... Là, entre chien et loup et jusqu'à potron-minet, coupe-gorge, coupe-bourse, gare à l'imprudent passant, gare au distrait, c'est aussi le raccourci des filles de morte vertu... Giesù ! Giesù !... Mieux vaut regarder la fontaine de la Marquise, et y boire, ouh ! quelle soif ! bonne, bonne et fraîche, Ceccone, mon pauvre gros Ceccone, bois, bois, ça te fera du bien, et un bon signe de croix devant les anges en bois doré de la Conception-de-la-Vierge-Marie, riche, riche cette toute nouvelle église... Vico dei Cangiani, de la très noble famille des Cangiani... Vico Orto del Conte, avant, il y a longtemps, ouh, deux cents ans, bien deux cents, don Peta dit qu'à la place de toutes ces maisons tordues, de ces venelles noires où deux chiens côte à côte te bouchent le passage, de cette saleté, de cette probiscuité, mah ! probiscuité, dit don Peta, c'est du latin, ma chère, pour dire qu'on se chie tous les uns sur les autres comme des anchois en caque, juste là derrière, derrière Santa Maria delle Grazie, c'était un jardin, le Jardin du Comte, justement, le plus beau de Naples, plein d'orangers, de citronniers et de cascades de glycines, odorantes, d'un mauve magnifique, lourdes, belles à faire tourner la tête, crois-moi, Caterì, ha !... les couilles du tout jeune fra' Savino, éclairées par les flammes de sa cheminée ! Ha !..., et des fontaines où l'eau coulait toute l'année, jour et nuit, plus pure que l'œil de la Vierge, et fraîche comme la première neige du Vésuve... C'était le Jardin de Diomède Carafa, comte de Maddaloni : il nous l'a donné, pour y construire nos maisons, Dieu ait son âme... Eh !... Il y a Maddaloni et Maddaloni, n'est-ce pas, Caterì ?... Ssssst ! et Caterina indiqua d'un coup de menton en avant le dos rond et épais de don Olimpio... La petite église de Sainte-Marie-de-la-Neige, un Christ aux plaies sanglantes, des copeaux de chair retournée, aux genoux, au milieu de la poitrine, sur le côté, et des rigoles d'un sang sombre, qui coule jusqu'au bouillonnement du pagne, Giesù ! plus vrai qu'un vrai crucifié !... Une Vierge toute blanche, aux yeux d'un bleu infini, ciel et mer mêlés à se confondre, foulant aux pieds un diable rouge, squameux et cornu, le Scurnacchiatttt !, qui crache de rage. Un autel à nappe blanche brodée de mille points jusqu'aux marches de chêne. Les murs couverts d'ex-voto en argent : des bras, des jambes, par centaines, des yeux, des yeux, des yeux, Santa Lucia priez pour nous, ora pro nobis... V.F.G.A., Vœu Fait Grâce Accordée... Saint Janvier est grand !... Des yeux, des cœurs, des foies, des pieds, des bassins, des mains, oui, une anatomie de miracles où la noce en passant reconnaissait les membres éclopés et les organes défaillants, les accidents, ah ! bien malheureux, les disgrazie tant bien que mal réparées, survenues aux membres de leur famille. Cette très ancienne église, légèrement surélevée, adossée à l'hôpital de Saint-Nicolas-du-Chou-Fleur et au conservatoire de Saint-Éloi pour femmes intactes seulement, selon l'ordre du grand puant vice-roi Toledo, qui a fait murer les grottes où, ah ! Caterì !, le foutre, après les danses, dégoulinait jusqu'aux orteils de nos grands-mères, Giesù ! Giesù !..., restait grande ouverte sur la place, toute la journée et tard dans la nuit, afin que les messes et les offices divers pussent se voir de quelque endroit que l'on fût placé sur l'étourdissante roue. Une cloche tintait à dix reprises pour avertir chalands, marchands, perd-temps et soldats, que le prêtre murmurait, penché sur le pain et le vin, les mots qui en feraient la chair et le sang du Crucifié : au dixième coup, il était admirable de voir comment, en un instant, l'innombrable fourmilière s'arrêtait soudain de grouiller, comment les gestes et les bruits cessaient avant que le battant se fût immobilisé sous le bronze vibrant, comment tout négoce se suspendait, et tombaient dans la boue ou la poussière les genoux de tout un peuple. Seuls les libres cochons de saint Antoine continuaient de plus belle à fouiller l'ordure et à grogner dans leur graisse. C'était aussi le moment où des bourses disparaissaient, où s'échangeaient des œillades d'amour ou de haine, et, pour détourner, chasser le mauvais œil, des cornes, des clefs, du fer, des entre-jambes rebondis et râpés se palpaient... Après quoi, la rumeur s'élevait de nouveau, entrecoupée des cris rauques des femmes et du chant aigu des marchands... Bella, buona città !... Pleine de tant de voleurs et de tant de beautés ! Auguri ! Grazie !.. Grazie !... Penchés aux fenêtres, des gens poussaient leurs jalousies, du premier au quatrième ou cinquième étage même, passaient la tête à travers la toile des châssis rouge ou verte ou jaune ou bleue, fendue en croix et que la nuit tombante uniformément grisaillait, Auguri !... Auguri !..., comme une série de têtes coupées et acclamantes, Auguri !... Auguri !..., fixées là, au petit bonheur, au-dessus de la noce, sur les façades de tuf forjetées, effritées, creusées de soleil et bosselées de salpêtre... La rua Franzese se trouve à deux pas, hou ! gare au mal français !, là derrière, et l'église de Saint-Éloi, c'est précisément le roi français Charles, pour se faire pardonner l'assassinat du guaglione Conradin... ah, oui ?..., qui a permis à des religieux français de la construire, avec sa porte en piperne, pointue comme un morion ou le parler de France, et son clocher de briques rouges renforcé de petites colonnes de marbre blanc jumelles, fuselées, et quand le soleil les balaie de ses premiers traits en se levant au-dessus du Vésuve, elles prennent la couleur douce des jambonneaux de laine prêts à carder après le dessuitage, n'est-ce pas Caterì ?... Et Caterina Papara, la plus ancienne des fileuses du vico dei Lanaioli, devenue sage-femme, 'a brava scioscia, maintenant, pense en hochant sa tête lait d'amande au front coupé de rides profondes, que la laine passée entre son pouce et son index, qui ne cessent de rouler, l'un sur l'autre, jour et nuit, sur un brin de laine ou sur le vide, depuis son enfance, pourrait former un écheveau de géante, tendu entre le vieux, trapu clocher rouge de Saint-Éloi, qui ferme la place à l'occident, et le jeune campanile gris perle des Carmes effilé jusqu'au ciel, qui ferme la place à l'orient : deux chevaliers bardés pour un combat singulier et s'affrontant pour l'éternité en un tournoi de pierre, dans une lice de laine... Auguri ! Grazie ! Grazie !... Aux murs de l'église, des centaines de fers à cheval suspendus à des clous comme les gencives édentées et rouillées d'une armée de titans hurleurs aux corps murés dans la brique rouge, le piperne cendré et le tuf blond : c'étaient les ex-voto des maquignons, qui rendaient grâce à saint Éloi, leur patron à Naples, chaque fois qu'une de leurs bêtes guérissait d'une foulure, d'un éparvin ou d'un farcin... À gauche de l'église, la grande Croix de pierre, taillée dans les écueils, dressée là par les pêcheurs du Mercato, et dont les bras tourmentés de blanches concrétions marines jetaient l'ombre et la lumière des heures sur la roue fruitée de chairs et de cris. La noce, d'un même geste, se signa. Commençait alors, adossé aux murailles concaves qui barraient la vue et protégeaient des dangers venus de l'onde, et ces hauts murs de lave étaient, à espaces réguliers, fortifiés de tours, percés de portes épaisses que gardaient soldats et gabelous, commençait l'inextricable athanor des cent cinquante baraques de bois, petits artisans, petits détaillants en fruits de la terre, en fruits de la mer, petits commerces de petits riens dont fièrement vit le petit peuple de Naples : grandiose grouillement du bonheur d'exister, qu'aucune civilisation étrangère n'arrive à pénétrer... Et là, avançant comme sur une large avenue bordée d'oléandres aux fleurs en hélices capiteuses rouges, blanches, roses, les cinq cérémonieux promeneurs recevaient et donnaient de grandes saluades : ils étaient tous du quartier, ils vivaient tous entassés dans les bassi, ils se prêtaient les uns aux autres la pincée de sel, la goutte d'huile, le long suppositoire blanchâtre de la chandelle suiffeuse et les brindilles sèches pour le brasero. Ils échangeaient ce qui ne leur servait plus contre ce qui ne servait plus aux autres. Ils troquaient quatre oranges contre deux tomates, une chaise défoncée contre un tabouret bancal, une poignée de farine contre trois œufs frais, un sourire contre un regard de bienveillance. Pour un cornado, un callo, ils vendaient deux choux pommés d'une semaine, amollis mais bien présentés sur une planchette où de la paille redonnait du lustre aux feuilles éteintes et jaunissantes du rond légume ; pour un cornado, un callo, ils vendaient leur dernière mesure de figues sèches, ou bien la queue d'un thon à la chair lâche et marron, ou bien trois pieds de mouton avec un peu de tripes de bœuf, ou bien une tête de chat bouillie... Ouèèèè ! Mangez, pour oublier la mémoire de vos malheurs, mangez tous la bonne cervelle des matous ! Ouèèèè !..., et la surface du chaudron bouillant roulait les yeux blanchis des chats, ou bien un bouquet de brocolis, ou bien une pièce cousue à votre robe, une ficelle à vos chausses, une bouffette à votre braguette, une empeigne de cuir à vos semelles de bois ; et puis, par places, de grosses matrones assises sur des caisses, les jambes écartées, le tablier noir tendu entre leurs genoux, offraient, pour un cornado, un callo, de quoi pétuner avec volupté, dans le jus ou la fumée, du tabac hollandais de contrebande, Olandéééé !... Cent cinquante baraques approximativement disposées le matin, sur huit rangées, et se métamorphosant au fil des heures, au fur et à mesure que l'attention des gabelous se relâche, en une inextricable forêt où les cris bêlés se mêlent aux couleurs dominantes, le rouge, le vert, où l'œil chavire et le pas chancelle, où les bras gris et roses s'élongent, tentacules innombrables du poulpe prodigieux, sur les têtes, dans les flots déchaînés des stridences où tout Napolitain entre et devient chair du monstre suant et jouit jusqu'aux larmes de la fusion cyclonique, de l'aérienne et charnelle et décomposante immersion... La noce tournait le dos maintenant à l'église de San Giovanni a Mare, mais les deux vieilles, aussi chargées de dons qu'un bât d'ânesse, riaient, une bosse devant, une bosse derrière... Ah ! Ah ! Hi ! Hi ! la fête de Saint-

Jean-à-la-Mer !... À la mer, oui, oui, la nuit de la Saint-Jean !... D'abord l'office religieux, bénédictions et tout le tralala, avec le Monseigneur tout en soie blanche, en or et chaussons rouges, et puis, la procession, et les psaumes et les rogations à se faire éclater la gargamelle, avec la miraculeuse statue du saint à la chair cireuse, nu, sa peau de bête autour des reins, et, le bras à jamais tendu, versant pour l'éternité l'eau lustrale d'une coquille sur l'invisible divinité, la haute statue à l'auréole branlante portée sur le lourd plateau d'olivier par douze gaillards !... Ha ! Caterì !... Ha ! mon amie !... le muscle de leurs cuisses était si gros, poussait si fort que le ruban des braguettes se dénouait !... On traversait la place, on allait jusqu'à l'orée de la rua Franzese, même les puttanes s'agenouillaient, le cul baigné de la bestialité des hommes, ouh ! ha ! Caterì !... Et le soir tombé, on revenait jusqu'à la mer. Là, ouh ! ha ! Caterì !... On commémorait, uommene et femmene ensemble, dans l'eau jusqu'aux reins, mouillés jusqu'aux seins, le baptême de Jésus-Christ, ouh ! ha ! Caterì !... Et hommes et femmes ensemble, on se lavait les jambes et on dansait, ha ! Caterì, plus fort que les jeunes d'à présent, povero Ceccone !, et moi, le baptême, comme nous toutes, je l'ai reçu une de ces nuits-là, à la Saint-Jean de mes quinze ans, un jeune et beau moine, un gros goupillon des Carmes, j'étais baissée, pliée de rire, m'a fendue d'un coup, ohiiii !..., et aspergesssme, aspergesssme !... Il criait Aspergesssme ! Et il n'en finissait plus de m'asperger dedans, dehors, comme un fou endiablé, à grosses giclades chaudes plus chaudes que l'écume de la mer de juin... Et moi... et Caterina n'en pouvant plus de rire, fit à peu près le même récit de son dépucelage à la Sciancata, et elles chantaient, les deux vieilles, le chant des nuits marines de la Saint-Jean,

> Li femmene la sera di San Gianni
> si lavano le gamme senza panne
> e mostrano a la luna grossa
> chella che non prende sole mai !...

la nuit de la Saint-Jean, les femmes, jambes nues, montrent à la lune ce qui, entre leurs cuisses, ne prend jamais le soleil !... Surgit le père des créatures, oui, la tête d'en bas qui se dresse sous la mer, et dans le corps fendu des femmes, Zac ! zac ! zac ! et zaaaac ! ohiiii !, c'est la nuit rouge de la fin du monde et de la résurrection, ouh !.. Ouffffah ! Ceccone soufflait, Ceccone ruisselait de transpiration, et c'était sa jeune épousée, grosse de cinq mois, qui paraissait le guider, qui le soutenait, comme un chêne vert un vieux sureau encroué... On aurait dit, Ceccone, un têtard monstrueux né de l'union d'un titan et d'une cane, et qu'il halait à lui seul, tant il ahanait au flanc moussu et rebondi d'Antonia, une galère dans la darse de l'Arsenal. Antonia lui disait : Allons, allons, Ceccone mio, on a bientôt fait le grand tour... tu as trop mangé... tu as trop bu... povero mio Ceccone... bientôt nous serons chez toi, à l'étage, au vico Rotto... chez nous, Ceccone... je te déshabillerai, je t'épongerai, sinon tu pourrais attraper mal, je te frictionnerai, je te coucherai... écoute, mon Ceccone... le gros oiseau que tu as là !... Et comme Antonia lui plantait, tout en marchant péniblement, les cinq doigts de la main gauche dans sa braguette molle, Ceccone poussa le cri du becfigue pris à la glu et qui voit la main du braconnier s'avancer vers sa tête rousse pour l'écraser entre le pouce et l'index, ouhiiii !, et il dit à Antonia que le chemin était bien long, pour aller chez eux, que l'Inseliciata toute bosselée glissait maledettamente, qu'il avait chaud, qu'il avait froid, qu'il frissonnait, tiens touche mon front, qu'il lui fallait des sangsues sur tous les membres plutôt que sa main dans ses couilles, que plus ils avançaient, plus il avait l'impression de se noyer dans l'eau même que, des pieds à la tête, son corps dégorgeait... Et puis, depuis combien de temps marchaient-ils ainsi, sans s'arrêter !... Santa Madonna ! ce n'était pas le tour de la piazza Mercato qu'ils faisaient, mais le tour de la ville, santa Madonna !, le tour du royaume !... J'ai soif, Antonia, un peu d'eau... Antonia lui tendit aussitôt une tranche de melon, qu'elle enleva en passant, Auguri ! Grazie !... Grazie !..., à l'étal d'un maraîcher qui mouchait sa torche et abandonnait aux plus pauvres des flâneurs les légumes affaissés et les fruits à demi émarvelés qu'il n'avait pu et ne pourrait plus vendre. Ceccone s'en barbouilla goulûment la face entière, du menton aux cheveux, rebavant les grains noirs qui roulaient sur les veines enflées de son cou, et il aspira le jus suret tel un orque rejeté sur les sables, qui aspire l'écume grésillante par toute la surface de sa peau noircie en ses derniers spasmes de vie. D'autres torches s'éteignaient sur les pas de la noce, qui allait toujours son lent train cérémonieux, couverte de vœux, de rires et d'offrandes. Les deux vieilles, tant elles étaient chargées maintenant, avaient l'air de deux tortues gigantesques, plus grosses encore que les tortues ramenées des mers chaudes par d'aventureux marins, transportant entre leurs pattes écailleuses un verger et un potager. Don Olimpio, la panse en avant, les mains ballantes, larges de pulpe et de sang, se laissait, de temps à autre, prendre la main gauche par d'autres mains, rugueuses celles-ci et pleines de dévotion, pour que des lèvres sèches y plaquassent un baiser mort... Ouèèèè ! Ceccone !... Ceccone reconnut les voix qui le hélaient, et, lentement, il tourna sa pesante, noctiluque paupière de saurien vers un petit groupe d'hommes tassés contre les remparts et qui se fondaient, les jambes léchées par les courtes flammes d'un brasero, entre la lave sombre et la pâleur défaillante de la nuit tombée, en une seule voix éraillée de pitié hilare et d'amicale envie : ses compagnons de la Pierre du poisson, ceux de Pozzuoli, aux regards bleus, aux cheveux blonds, aux joues de femme, aux pognes boucanées, en pale de rame, rongées par le sel et les nageoires... Ouèèèè ! Ceccone !... revendeurs de poissons, comme lui, et qui, au chant de la Pierre se pressaient, comme lui, quand, à l'aurore soyeuse, les pêcheurs déversaient sur les sept demi-cannes du bloc de piperne géant formant table de son plateau aussi lisse qu'une glace au tain d'ébène, devant les balances des gabelous, l'avalanche poisseuse des poissons fuselés aux yeux ronds, aux ouïes rouges, aux corps encore traversés, sous la main ravisseuse de l'homme, des ondes vives de la mer... Ouèèèè ! Ceccone !... crieurs de poisson, venus de Pozzuoli, eux, le port, depuis plus de mille ans, de tous les marchés, poissons et fruits et légumes des riches campagnes de Cumes, de l'Averne, des Champs Phlégréens, et des produits d'Orient, jadis, quand Paul de Tarse débarquait, abandonnait derrière lui la Sibylle mugissante, et, par la voie Domitienne, s'en allait au supplice, à Rome, en laissant sur sa gauche le mont de Circé, la magicienne aux chaudes cuisses... Ouèèèè ! Ceccone !... de Pozzuoli où le soufre de la Solfatare envoie ses jaunes effluves d'œufs punais sur le billot de pierre à jamais rougi par le sang giclé du cou coupé de Janvier... Ouèèèè ! Ceccone..., de Pozzuoli, eux ; d'Amalfi, lui, Ceccone, de la plus ancienne république maritime d'Italie, à la boussole, ici inventée, indiquant nord-nord-ouest et dont le cadran ailé vogue sur les flots, deux petites ailes pour la nage, deux grandes pour l'envol, oiseau marin aux quatre ailes battant autour de la roue aimantée, flottant au vent sur les étendards, dessiné sur les armes et les écussons, d'Amalfi la belle, la bleue, la blanche, la creusée de grottes émeraude, le dos aux rochers, les genoux dans l'eau, de père en fils ayant toujours vécu de la mer, avec leurs yeux noirs de Sarrasins, leurs nez épais ou effilés, droits comme des nez grecs mais qui descendent sur les lèvres comme des trompes de chair normande, soldats, pêcheurs, esclaves rameurs sur les bateaux des Normands envahisseurs, réfugiés pour fuir, avec leurs petits ânes aux gros engins porte-bonheur, les incursions barbaresques, sur les parois de la Vallée des Moulins, gorge profonde affouillée dans la montagne où dévalent les citronniers voilés de noir telle une procession dévergondée de veuves aux seins safranés ballottant entre ciel et mer, et où se nichent les fabriques de papier de l'Europe, et où, derrière le bouillonnant rideau cristallin d'une cascade, en pleine canicule, sorti comme un boulet rouge du ventre de sa mère, cria pour la première fois le gros crieur de poisson... Ouèèèè ! Ceccone !... qu'est-ce qu'on met dur et qu'on retire mou ?... tu sais pas hein ?... pas encore, hein !... demande à l'Antonia !... Alors, Antonia, riant à pleine glotte, prise de roulis sous le poids mort de son mari et tanguant sous le poids remuant de son ventre, lança la réponse au groupe d'hommes léchés par les flammes et nimbés d'étoiles et de lune : 'O maccarune !... Ceccone, Ceccone !... sois grâcieuzeux à la couchée, et brille comme la lanterne du môle dans une tempête d'équinoxe ! Auguri ! Auguri ! Auguroni !... Mais attention aux ruisseaux !... Ceccone brillait de la trogne et des mains, et, s'il avait été tout nu, on aurait vu luire sous la lune les bourrelets gélatineux de son corps blanc, tant il transpirait ; ruisselant lui-même, il pataugeait, comme un buffle bayant et bavant dans la boue, dans les ruisseaux des tanneries qui débordaient là, par endroits, les plus basses dalles de l'Inseliciata, et il entraînait dans le jus couleur purin puant des écorces de chêne et des peaux, sa blanche et ronde et rieuse épousée dont la traîne buvait le tan et devenait marron et s'alourdissait... Ahoooo ! Madonna santa !... Antonia soufflait, vacillant sous ses fardeaux, et d'un coup de hanches vigoureux ou d'une prise énergique de la main gauche, libérait sa robe dont la traîne se transformait en serpillière et se coinçait dans le damier de l'Inseliciata. Comme, enlacée à Ceccone, elle cherchait son équilibre en posant le pied sur le piperne glissant, le couple blanc et noir donnait l'impression, à chaque pas, de commencer, par défi insensé à sa masse pyramidale, la première volte aérienne d'une tarentelle. Et les crieurs de Pozzuoli, embrassés deux par deux, déhanchés, tournaient, par à-coups pliés de rire, autour du brasero, et semblaient vouloir danser dans les flammes la danse ébauchée par le lourd cétacé blanc et noir... Ouèèèè !... Iioup ! Iioup ! Iioup !... En patouillant, en titubant, les deux vieilles qui n'y voyaient goutte derrière les collines d'offrandes entassées de leur nombril à la broussaille de leurs cheveux, qu'elles transportaient sur leurs bras en équerre osseuse, evviva ! evviva ! auguri !, grazie ! grazie !, recevaient encore, remerciaient au hasard et se racontaient dans les moindres détails leurs nuits de la Saint-Jean-à-la-Mer... et les queues de poireaux à la lisse racine blanche tenue sous leur menton, et les aubergines au bout si enflé que vernissait la lune, et les longues courgettes à la peau râpeuse qui frottaient contre leur aine n'étaient pas grand-chose à côté, Giesù ! Giesù !, des queues de la Saint-Jean, lesquelles, ah ! si monstrueuses, si impitoyables, vives comme des viretons en feu, surgissaient de la mer... et tous et toutes, ah ! nus dans la mer, le baptême du Christ devenait, hein, Caterì ?, au son lancinant du tambourin, le baptême des ciacelle velues et des mazziarielli pointus... hou !... Che bellezza !... Le poitrail velouté en avant, le mollet sûr, sautillant d'un pavé à l'autre, donnant sa main gauche à baiser, son bras droit faisant balancier, don Olimpio ne mouillait pas même le bout de ses élégantes bottes à entonnoir. Et la noce alentie en son voyage circulaire allait dans le noir lactescent de la nuit, maintenant, à peine éclairée çà et là par une torche qui grésillait avant de s'éteindre, par un brasero où semblait flageoler un groupe d'ombres aux voix charnues, qui criaient leurs vœux et leurs compliments. Laissée sur leur droite la porte du Marché avec la haie des baraques aveugles de la gabelle, et qui s'ouvrait, entre les murs et la mer, presque en face de la Pierre du poisson, laissée la porte de la Tannerie et son quartier des tanneurs, gens hardis, robustes et généreux, et qu'on appelait au secours pour éteindre les incendies, eux dont la peau s'était durcie comme cuir de salamandre à force de tremper dans le jus des chênes, à force de fouler les peaux de ruminants, eux qui vivaient en amphibies dans leurs cuves alimentées par un ruisseau souterrain qu'ils avaient capté, les eaux du Formello et de la Bolla traversant jadis le Campo del Moricino, les mêmes eaux dont se servaient aussi les teinturiers de la laine et de la soie, dans le suint et la poussière graisseuse, entre les cuveaux débordant de rigoles garance, safran, guède, noires, jusqu'à en barioler les choses et les êtres, à l'ouest de la place, et les mornes de terre à foulon, la noce se figea comme sous le charme soudain d'un fantôme de pierre... Les deux vieilles monticulées de victuailles, les jeunes mariés pesamment engravés et l'honorable jeune homme, autrement dit le chivabo, pour user du grade qu'on lui donnait dans la Belle Société Réformée, levèrent ensemble la tête vers la blanche apparition. Ils semblaient, tous les cinq, ébaubis d'une rencontre inattendue, eux qui passaient dix fois par jour et depuis des années et des années devant le rond et trapu piédestal de porphyre, et s'y appuyaient, parfois, pour souffler entre deux courses et échanger un rire, un lazzi, un mot, un cri, et des gestes de la main et des grimaces de la face, qui traversaient muettement, comme un entretien secret entre deux personnes isolées, la foule la plus dense, le plus bigarré des charivaris. La lune coulait en plein sur la statue. C'était une femme couronnée, aux longs cheveux tombant sur son long cou, jusqu'aux épaules nues qu'entouraient les deux cordons d'un manteau passés dans une fibule ronde comme une roue et large comme une main posée sur le sein droit. Au-dessous du fermoir, le manteau majestueux s'ouvre en V renversé, évasé vers le bas, jusqu'aux pieds, sur le bliaud aux plis profonds et lourds du riche brocart ; mais c'est le regard, d'abord, c'est le creux regard qui frappe de stupeur, sous des sourcils droits, l'angoisse de la terrible injustice subie : cette statue sans yeux regarde vers le centre de la piazza Mercato avec l'expression perdue du désespoir. Et dans la petite bouche si triste, qui pèse sur le menton arrondi de ce bel ovale pâle, gîtent aussi un amour blessé et une douceur infinie. Du bras gauche replié contre elle, cette femme à la royale couronne soulève les pans trop longs de son manteau qui entrave sa marche ; sa main droite, elle la tend, d'un geste à la fois digne et suppliant, vers le centre de la place : elle serre dans ses cinq doigts, prête à la lâcher, une lourde bourse remplie d'or : et le peuple sait qu'il est trop tard, que la mère de Conradin, pietà, ô pietà ! arrive trop tard et que, la veille, le fils aventureux a, par la main du bourreau ignorant la main tendue d'une mère, malheureuse, ô malheureuse !, accompli son jeune et cruel destin... Fascinée par la blanche apparition lunaire de cette mère dolente et fière, la noce se retourne d'un seul mouvement pour suivre le regard de pierre et la main chargée de la bourse d'or, offerte et suspendue aux doigts royaux comme un cœur chaviré : la noire potence, immense, se détache dans la nuit, toujours là, veillant ou réveillée, triste moyeu de la roue du Mercato, avec son nœud coulant qui pend telle une orbite transparente, menace sur ceux qui douteraient, dans leur sommeil même, que les meilleurs marchés sont décidés par le vice-roi, les nobles et les traitants, par les traitants, les nobles et le vice-roi, pour le plus grand bonheur des va-nu-pieds, des va-sans-toit ; et les deux poutres dressées, vues du pied de la reine des douleurs, paraissent former l'ombre noire du bourreau, qui abat, dans les siècles des siècles, sa hache... Antonia, aussi vite qu'un coup d'aile de motteux affolé, se signe, Père, Fils, Saint-Esprit, et la croix tracée par l'index recourbé d'Antonia déborde sur la chair de Ceccone à demi enveloppé de la robe blanche, et Antonia porte son index à la bouche, baiser de la croix volante, et puis elle serre plus fort encore Ceccone, qui chancelle et frissonne. Don Olimpio a perdu un instant son assurance, il a fait, à la vitesse du coupe-bourse, le signe de la croix, lui aussi, front, Père, nombril, Fils, pfuit, pfuit, Saint-Esprit... Giesù ! Giesù ! a lancé la bouche des deux vieilles couvertes de fanes et de fruits... Et la noce, oubliant aussitôt sa station entre une mère de pierre étrangement vivante sous les rayons de la lune, et l'œil vague du chanvre balancé sous les étoiles, et la noce reprit son train processionneux... Des rires, le débit saccadé, grave et chantant de voix espagnoles, le bruit de hampes qui se heurtent et raclent le sol, des crissements, gémissements de cuir, six silhouettes gaillardes de la soldatesque du Torrione des Carmes coupèrent l'Inseliciata à vingt pas des mariés et coupèrent la place en direction de l'ouest, vers les Quartiers des troupes et des lupanars, les Gelsi, quadrillés de cent petits carrés de deux étages rampant en lignes serrées au pied couvert de mûriers de la blanche dentelle chenillante du monastère de San Martino, elle-même dominée, au faîte de la colline du Vomero, par les hautes arêtes menaçantes du fort Saint-Elme à la forme d'étoile filante fondant jour et nuit sur la ville tapie. L'acier tranchant et pointu des six hallebardes parut rayer la nuit, ainsi que le clou d'un sabot dans l'église silencieuse raie un marbre lisse, fait grincer des dents, donne la chair de poule, et Antonia, le temps d'un nouveau signe de croix, fléchit à peine, privée tout à coup de la force rayonnante de ses entrailles, les deux genoux.. Tel un tonnerre, le galop de quatre cavaliers au large feutre abaissé et flammé d'une longue plume rouge, roula entre la noce et les hommes en armes, heurta des planches qui s'écroulèrent comme un château de cartes et claquèrent sur le sol d'où partit un cri déchirant, et disparut, entre la tour Honneur et la tour Gloire, par la porte des

Carmes, dans la direction du Vésuve, en giclant, au passage de l'Inseliciata, sous les sabots des chevaux hennissants, des gerbes d'étincelles... Alors, tout autour de la noce, il y eut des appels sourds, une vermiculure d'ombres rampant, courant, boitillant, sautant, des grognements, des sons de gorge rauques, des pieds nus, des mains nues plaqués sur la terre battue, des Giesù ! Giesù ! ouh ! ouh ! des Per la Madonna ! des Aiuto ! Aiuto ! Venite ! Venite ! Correte ! Correte ! Malheur ! Malheur !... C'est Giuseppe l'Aveugle, Giuseppe ! San Gennaro !... pire que des bêtes sauvages, ils l'ont écrasé sous son banco !... Oh ! Oh ! Oh ! Poverino !... Des centaines de banquiers, cul nu, pieds nus, mains nues, tête nue, récemment immigrés, pour la plupart, des provinces aux impitoyables lois féodales, alluvion continue d'affamés qui préféraient jouer leur vie précaire dans la capitale du royaume, à l'affût de toutes les cocagnes, plutôt que de ployer une tête grégaire dans les campagnes muettes de soleil, de peur et de sueur, où la seule tache d'ombre sur l'herbe roussie est celle d'une bedaine baronale au fouet toujours levé... Des banquiers : ceux qui n'ont que les banchi, les étals du marché abandonnés, la nuit, quatre planches sous quoi, l'hiver, sur quoi, l'été, se recroqueviller et dormir, comme d'autres sur les marches des églises, sous les portiques de la via dei Tribunali, dans les grottes, celles de Chiatamone, sous la butte de Pizzofalcone, derrière le château de l'Œuf qui plonge depuis toujours son infrangible coquille de miel dans la mer, ou dans les niches de la rondeur d'un dos, que le tuf friable laisse éroder, par lents frottements d'échines humaines, au bas des murs latéraux des palais, ô ! ville poreuse comme la chair d'une mère, au sol et aux murs se dilatant pour accueillir et protéger les chairs de ses enfants qui s'abandonnent... Giuseppe l'Aveugle, jeune encore, de naissance deux taies blanches sur les yeux, venu de Pozzuoli, lui aussi, mais pour crier sa misère, pas le poisson, et tendre un poing ouvert aux généreux passants... Mort, Giuseppe l'Aveugle, Upà ! Upà ! Upà ! Du pain ! Du pain ! Du pain ! avait-il demandé pendant des années en trébuchant de la voix au hasard des vicoli et des piazze, là, maintenant, soufflé par seize sabots de feu, écrabouillé, l'œil plus blanc encore, plus étonné dans la bouillie rouge, le banquier de la belle étoile... soudain éclairé par un vieillard à la blanche barbe en bataille, qui avait surgi au milieu du cercle pleurant et contorsionné, une torche à la main, qu'il tendit aussitôt, d'un geste impérieux, aux mains hagardes des vermineux, avant de disparaître, comme il était apparu, dans le noir d'où il lança d'une voix puissante : Giesù Crì ! sient' sta voce / Tutta Napule sta in croce !... La noce avait détourné la tête, et à peine ralenti son allure : mais tous les cinq eurent en même temps l'index et l'auriculaire de la main droite pointés vers la funeste disgrazia, pour conjurer le mauvais sort, pour crever le mauvais œil décidément toujours aux aguets, même la nuit, même aux flancs d'une noce. Ceccone aussi, qui n'avait pourtant rien vu, presque rien entendu, mais qui, dans son malaise et son bain de sueur, pressentait un vague danger, laissa tomber une main molle d'où se détachèrent à peine deux appendices boudinés... Hommes, touchez-vous, cazzo ! touchez-vous la corne !... et les contrepoids ! Touchez-vous la corne du bonheur ! disaient les deux vieilles, qui revinrent ainsi, dans l'odeur anisée des fenouils mâles aux bractées jamais creuses, et les rondeurs d'artichauts violets, gros et doux comme des mamelles, les mamme de février, roulant à chaque pas sur leurs mamelles flasques, à leurs nuits de la Saint-Jean du temps jadis... Devant eux, quand ils eurent contourné le ventre de la Grosse Tour, le Torrione, qui abritait un petit détachement de soldats espagnols en vigie au levant de la ville, le tout nouveau campanile des Carmes, gros doigt de neuf phalanges dressées, qui se fuselle sur ses cinquante-cinq demi-cannes pointées vers le ciel et auquel, disait-on, il manquait encore, tout là-haut, projeté par un certain fra' Nuvolo... beau nom, eh, Caterì, pour un dominicain qui vit sur les campaniles et les coupoles, au milieu des nuages !... toujours en l'air à élever les dernières pierres !... ah, les carmes ne grimpent pas dans le ciel, eux, mais comme ils grimpent sous l'eau, la nuit de la Saint-Jean, et font voir les étoiles !..., l'ongle de cuivre. Soudés aux deux premières phalanges du campanile, et dans le même alignement, faisant ainsi la façade hétéroclite d'un unique édifice : à droite, le mur du cloître en blocs de tuf écaillé par plaques, où se découpent une lourde porte goudronnée, aux larges ferrures rouillées, cloutée, toujours close, et trois fenêtres à entablement de dur et gris piperne, si densément grillées de gros fers qu'on les dirait aveugles ; à gauche, le mur de l'église, pareillement écaillé mais fenêtré, dans sa partie supérieure, de deux grands yeux ovales jaune et vert, et d'un large nez rouge et bleu, et décoré, dans sa partie inférieure d'un aileron de piperne renversé formant aître et reposant sur les pilastres cannelés de la haute porte à l'armature en bronze vert-de-grisée, dont les vantaux sont flanqués de deux petites niches vides ; entre l'aileron et le nez de vitrail, une inscription sculptée en latin, UNA EX SEPTEM, unique vierge noire, sur les sept que l'on vénère à Naples, mais que la Sciancata traduisait en une impossible résolution de pureté, UNE FOIS PAR SEMAINE ! Ouèèèè ! Caterì !... Juste sous l'arcade de l'aileron, un petit carré bleu nuit, au centre duquel le brun visage oblong de la Madone s'ouvre comme la pupille d'un chat : douceur rêveuse d'un regard couronné posé sur le Mercato, et qui pardonne les passions sanglantes, et qui apaise les douloureuses blessures et fait oublier l'œil triangulaire et vengeur de Dieu. Entre le cloître et l'église, le campanile dressé : dans la nuit fusionnelle, dans la coulée crémeuse des étoiles et de la lune, Antonia, face aux édifices des Carmes, eut la vision obscène d'une main fermée, paume dirigée vers elle, dont le seul médius, étiré de toute sa longueur, allait trifouillant les trous noirs du ciel... Un frisson la parcourut. Ses cuisses un instant la brûlèrent... Ouèèèè !... Guagliù !... lança 'a Sciancata tournée vers les jeunes mariés, piannpiano !... vous me semblez bien pressés de noyer le Diable dans le bénitier !... Arrêtons-nous un peu, païens !... Et ce disant, elle écarte les jambes, ploie légèrement les genoux, et chie debout, hhan ! le nez dans la nuit... Qui pleure un mort, perd ses larmes !... Hhan !... Presque arrivés au terme de leur voyage circulaire, tous les cinq, cinq effraies chuintant côte à côte, tombent assis sur le gros bourrelet de lave formant, de part et d'autre de la porte des battants, qui donne, au bout d'un bref couloir sombre, à l'intérieur du cloître, dans le jardin carré, la base trapue du campanile. Ils ont tous vu construire, les chariots de marbre de Carrare, les tombereaux de lave durcie, les briques cuites, crues, réfractaires, ce fameux campanile, le plus haut, le plus beau de Naples, pas tout à fait terminé, explique 'a Sciancata, familière, depuis cinquante ans, des pierres et des secrets des Carmes, et qui tient ces dernières nouvelles du tout jeune et savant cuisinier, ouh ! tout ce qu'il sait !..., fra' Savino ; et on le voit saillir de loin en mer, et on l'entend retentir, ce phare sonore sur lequel s'orientent, pendant le jour, les marins et les pêcheurs... Hein ! Ceccone ?... Ceccone s'est endormi d'un coup, la bouche ouverte comme un denté fatigué de l'étal et qu'on tient par les ouïes et par la queue pour le vendre en dernière extrémité, suant et bavant sur l'épaule d'Antonia... Il est soûl, il est sourd, ton époux !... Poverino !... Eh bien ! les décorations blanches, autour de chaque étage, autour des fenêtres où gigotent les cloches, et de plus en plus nombreuses au fur et à mesure qu'on lève les yeux, jusque là-haut, où les quatre derniers étages n'ont pas quatre côtés, si vous savez compter, mais huit avec balustrades blanches, hublots blancs, oui, tout ce tralala blanc, c'est du marbre, et c'est dur, et ça brille sur le piperne, même la nuit, et c'est du marbre qui vient d'où ?... Hou ! Guagliù ! vous ne savez donc rien !... Excusez, don Olimpio... Caterì ! Devine ! Comme la nuit de la Saint-Jean !... Tout ce blanc qui coule le long du campanile, le long des nerfs et des veines du piperne, il vient, aussi sûr que je tire la patte, il vient de Cazzare !... Excusez, don Olimpio !... Il più bel cazzo del mondo, c'est notre campanile !... Hi-hi-hi-hi, Caterì !... Et ding ! et dong ! et ding ! et dong ! ding-dong ! ding-ding ! dong-ding-dong !... Même Ceccone, qui s'était mis à ronfler dans les aigus, paraissait rire à en crever, comme le reste de la noce et quelques enfants dépenaillés et gratteux qui poussaient des grands cris de joie, et se reculaient pour mesurer à l'œil nu la plus belle bite du monde... Des banquiers, que la mort violente de Giuseppe l'Aveugle apeurait, s'approchèrent, des paillemenus, des pissasards avec leurs tonneaux ammoniaqueux fixés sur une brouette, qu'ils ont lavés dans le sable et la mer, et qui sillonneront les vicoli avant les premières blancheurs de l'aube, en criant Pissace ! tous les vingt pas, et jusqu'au petit matin où l'urine cuivrée des bassi et des palazzi ira engraisser les jardins ; et firent cercle aussi des ombres inconnues venues glisser, l'estomac vide, sur la piazza Mercato, et disputer un trognon de chou, une pomme à moitié pourrie, une poire blette, une courge éclatée, un os à faire bouillir, aux libres cochons de saint Antoine et aux chiens errants ; et quelqu'un déposa même des braises rouges entre la noce et l'auditoire de 'a Sciancata, et des bras, tels des tentacules sortis soudain de la nuit, s'allongeaient et donnaient du bois aux braises, qui firent bientôt des flammes vives et chaudes comme une nuit d'amour... Autour de la porte des battants, les rires fusaient vers les cloches, qui bombaient leur panse lisse d'étage en étage, et dont le bronze tout récemment fondu renvoyait sur la place des éclats dorés de lune... Mais au moins, ô! guagliù! vous savez qu'il y a des cloches là-haut... Ah! si, bravi!... et combien?... Comme les doigts de la main, pour vous frictionner l'oreille!... et ne pensez pas à mal, hein, petits rois du rien-faire et du peu-savoir!... Excusez, don Olimpio!... Et comment elles s'appellent, toutes baptisées, comme des chrétiens, mais pas par don Peta, elles! par, essissssignori! par la calotte rouge du cardinal archevêque de Napule!... 'O Buvero, qui donne du côté de la Muntagna, sur le bourg de Sainte-Marie de Lorette, et sonne comme la voix d'une pucelle qui rêve et mouille en caressant ses amours, et ding! ding! ding! petit battant sous son capuce!... Et ding! aussi, font les pauvres garçons améliorés du conservatoire de Lorette, ding! il ne leur reste que le battant entre les jambes, et ils chantent comme des anges, le gosier aussi gras que le prépuce de Ceccone promené dans une jatte de saindoux!... Do-ors ma colom-om-be...! 'A Sciancata avait déposé entre ses pieds les offrandes faites à la noce, et qui pyramidaient jusqu'à son nombril... Élévation! Consécration! Per+isso, et cum+isso, est tibite Deo Patri+omnipotenti, in unicazzate spiritus+sancti, omnis Honor et Gloria, comme les deux tours qui encadrent la porte des Carmes, mais où est l'honneur, où la gloire?... Ouèèèè, Ceccone! Là!... Et pour la deuxième fois au cours du voyage de noces, cinq doigts de femme se refermèrent en serres voraces sur sa braguette... Houiiii !... Les yeux hagards et blancs, il put crier : Mais quand donc en finira-t-on !... au milieu d'un énorme charivari d'éclats de rires, et sa tête, comme sous un ressort redressée, aussitôt retomba sur l'épaule d'Antonia. Les flammes du petit brasier éclairaient les assis et les debout, et tous, et les vauriens et les traîne-orteils, semblaient tressauter et danser, secoués, emportés par les langues rouges qui serpentaient sous leurs faces de lueurs mouvantes déformées, masques vivants pour le bal masqué des misères hilareuses... La deuxième cloche, un peu plus grosse que la Buvero, ouèèèè ! écoutez donc, ignorants, excusez, don Olimpio, c'est la Lavinaro, qui, par sa fenêtre, surveille, non point le Vésuve, elle, mais, à l'opposé, toute l'eau sale qui descend de Capodimonte, quand tous les saints du Ciel, vautrés comme des Turcs dans leurs nuages noirs, s'oublient au même moment sur Naples, en septembre, en octobre, et que, depuis l'Arenaccia, hors la porte de Capoue, jusqu'à nos pieds, ici, ces grandes pissées du Ciel se transforment en coulées de lave torrentielle, et la Lavinaro roule dans ses jupes son battant tel un torrent de bronze aérien, et le temps de dire : Attenziò ! Guagliù ! la lave a déjà tout emporté sur son passage... Rappelez-vous, le lundi 23 septembre, 23, o' scemo ! le crétin ! oui, crétin de Ciel pas pour chrétiens ! ce jour-là de l'année dernière, les désastres de la lave, quatre jours après le miracle du sang de San Gennaro, 4, o' porco ! porco tempo ! 19, 'a resata ! mais Janvier ne riait pas, son retard à couler ne présageait rien de bon, avec les quatre jeunes hommes étouffés par le déferlement boueux, et jetés à la mer, aussi morts que Giuseppe l'Aveugle, bonne âme !... Personne se souvient !... Cinq mois passent, tant il s'en passe, et tout s'efface... Rappelez-vous donc : deux frères avec deux amis... toujours ensemble... Si, si ! les Esposito de Forcella !... Bravi !... toujours à fourrager sous terre, dans les égouts, les grands collecteurs, à chercher fortune dans la merde que les laves charrient et déposent là, et ils ramenaient quantité d'objets, qu'ils revendaient, et aussi des pièces de monnaie, la foudre plus souvent que le tari d'argent ou l'écu d'or... et ils vivaient de ça, ces malheureux... et ils sont morts de ça... Ils étaient dans l'égout du Saint-Esprit, quand il a commencé à pleuvoir... et rien ne laissait prévoir ce déluge. Caterì et moi, on se trouvait sous le Pausilippe, à Margellina, on sortait d'une visite à la Madone de Piedigrotta, et le soleil transperçait d'un bout à l'autre la Grotte qui mène à Pozzuoli : aux équinoces... si, équinoces m'a dit fra' Savino, seulement les jours d'équinoces le soleil se couche exactement en face de la Grotte, noire comme vos trous puants le reste de l'année, un million de torches, une splendeur à vous arracher les yeux, aux équinoces, la Grotte, écoutez-moi, avale le soleil, oui : elle avale le soleil !... Et quand le soleil eut disparu dans la Grotte, le déluge... Eux, dans le Saint-Esprit, qui pouvait les avertir ?... Nous deux, hein Caterì ? à la première goutte on était plus mouillées que la nuit de la Saint-Jean !... Et ils ont été surpris, entraînés, étouffés, noyés par la lave, qui les a recrachés, mous comme des macaronis trop cuits, où donne l'égout, au Chiatamone... Une voix cassée se fit alors entendre au milieu du cercle guenilleux, 'O Lavinaro, scenne 'o marito e saglie 'o cumparo !... Quand descend le mari, monte le compère, au Lavinaro... Il y eut quelques rires, surtout dans la marmaille, car plus d'un, parmi l'attentive assemblée, était du tout proche Lavinaro, avait femme, pas forcément sans vergogne, et compère, pas forcément traître à l'amitié : comme un ange, des cornes passèrent, et après une forte exclamation à l'adresse du maladroit, Etronnet !... 'a Sciancata reprit... Ne confondons pas les cloches et les cornes, ouèèèè ! guagliù !... Et qui a parlé se tâte le haut de la citrouille !... Tout le monde éclata de rire, et une ombre quitta le cercle... La troisième a été baptisée, la grosse juste au-dessus de nos têtes, Mercato, et elle en voit, elle en voit sur cette place, du haut de son perchoir, elle en voit tant que son bronze est devenu, en quelques mois, presque aussi rouge que le cul astiqué d'un chaudron de cuivre !... Mais savoir si elle rougit de honte ou de plaisir, quand elle se met en branle et coule ses lourdes coupetées au milieu des marchands qui jouent de la panse contre les plateaux de leurs balances, les yeux dans les yeux du chaland benêt, les mains honnêtement tendues loin de la pesée, hop-là, la panse effleure le plateau chargé de fruits, et un rotolo d'oranges pèse un rotolo et demi, et vous partez contents et volés !... Les Génois avares, les Vénitiens madrés, les Pisans calculateurs, les Français jolis cœurs, et les Espagnols à l'épée et à la dent pointues, l'honor dans un œil et dans l'autre l'or, la main et la queue lestes, les Espagnols comme les

Français, les Génois, les Vénitiens, les Pisans et les étrangers tutt' quant', volés et contents !... Et eux contents, tous contents !... Et hop-là, panse en avant ! comme notre Mercato de bronze rougi !... Mais, aho ! guagliù ! vous qui faites passer les bas, de la jambe au mollet dodu à vos pattes pleines de crasse, et ça, bravi ! bravi ! sans enlever l'escarpin, attenziò !... Qui risque, ronge ! Et chiper, c'est beaucoup risquer pour ronger son frein au cachot !... Même les étrangers savent pousser des cris de cochons qu'on égorge, et la bourse coupée doit avoir talons aux épaules et jarret de cheval, pour s'en tirer !... Mais vous, tutt' quant', vous êtes gens honnêtes, n'est-ce pas ? !... D'ailleurs, regardez la Mercato : elle est noire, ce soir, elle ne rougit pas de vous... Et le cheval qui s'enfuit n'a pas toujours sa tête... Écoutez 'a Sciancata, ouèèèè ! et cette nuit, en vous couchant, vous serez moins ignorants et meilleurs chrétiens, excusez, don Olimpio... Il y a longtemps de cela, Caterì, ni toi ni moi on était nées, deux cents ans de cela, à œil et croix, bien sûr, eh ! que voulez-vous, à mon âge, et avec tout ce que j'ai vu, tout ce que j'ai entendu !, je peux me tromper d'une année ou deux, et qu'est-ce que ça peut vous faire, à vous, qui ne savez même pas l'année exacte où votre mère a eu l'idée saugrenue de vous caquer au grand jour !... Donc, en ce temps-là, les Français, ceux du Château angevin, les jolis cœurs, qui ont la langue plus pendue que la bourse, et la trombine plus rouge que la pine, étaient les maîtres de Naples... un maître de perdu, dix de retrouvés !... pas pour longtemps encore : l'Espagnol bombait le torse autour de la ville et bombardait dru les Français, mais il nous démolissait nous, pauvres Napolitains, comme toujours, tant le monde entier nous assaille, nous saille, nous aime à nous faire mourir !... Chacun son tour : descendus du nord ou grimpés du sud, parce qu'ils veulent faire, et comment !, à tout prix notre bonheur : et là, ils voulaient tellement nous rendre heureux, qu'ils dirigeaient leurs bombardes, depuis le bourg de Lorette, en plein sur nous, sur le Torrione, le monastère et l'église, en plein sur le Carmine hérissant son dos rond devenu le dernier point de résistance de la ville, qui faisait la farouche et ne voulait pas encore desserrer les genoux... Mais écoutez l'horrible chose : c'était un enfant, oui un enfant, qui dirigeait l'armée espagnole et ses bombardes, des spéciales, aux gueules larges comme des fours à pain, qui crachaient des boulets de pierre d'une cantara, plus lourds qu'un homme, les Messinaises, qu'elles s'appelaient, demandez à fra' Savino, sur nous et la Madone des Carmes : c'était l'Enfant Pedro de Pastille... Il avait des yeux de feu, une armure d'or, il était féroce... Il avait sucé de la mitraille et du soufre au sein de sa mère. Et il tirait tant et si fort, ce fils de... brave femme, qu'un de ses gros boulets traversa l'abside, en somme le derrière de l'église, fonça droit sur notre bienheureux Crucifix pour le pulvériser, oui, celui qui se trouve sur l'autel, siffla sur toute la longueur de la nef et s'enfila juste au-dessus de la porte principale, là derrière nous, entre la poutre et le piperne, où il est resté : et si vous entriez plus souvent prier la Madone, vous pourriez voir encore la moitié du boulet qui n'est pas entrée dans le mur, noire et ronde comme la varice qui vous gonfle le trou mignon !... Or, guagliù, vous m'entendez au lieu de rire de vos infirmités culières ? !... le boulet a défoncé l'abside, il a traversé la tribune sacrée, il a fait éclater le tabernacle où, à l'époque, était enfermé le Crucifix : et tout le monde, du moins ceux qui ne sont pas morts de peur, l'église était pleine et il y en a eu des cadavres verts !, tout le monde pensa qu'il ne restait plus rien, ni de la croix ni du Christ... Miracolo !... Tout le Mercato criait Miracolo !... la statue était intacte : seule la tête du Christ en croix s'était penchée sur l'épaule droite, et la couronne d'épines avait roulé par terre, pour éviter le coup mortel, Miracolo !... Avant le tir de l'Enfant de... brave femme, Giesù avait la tête et les yeux dirigés vers le ciel, après le passage du boulet la tête était humblement courbée sur l'épaule droite, la bouche et les yeux fermés dans une douce désapprobation, Miracolo !... Alors, devant cette profanation inouïe, tout le Mercato criait : Miséricorde ! Miséricorde !... et les frères des Carmes décidèrent de transporter ailleurs le Crucifix, de le protéger... Ils s'y prirent à deux ; à trois, à quatre : Miracolo !... Ils ne réussirent pas à déplacer Giesù, même pas d'un poil de porc, Giesù voulait rester où il était, pour bien montrer que, devant l'étranger violent, la douceur fait force, et on l'emporte au Paradis, et eux, avec leurs bombardes, ils s'emportent en Enfer !... La preuve... L'Enfant féroce avait un frère, un certain Alfonso, de Pastille lui aussi, mais peut-être pas sorti du même ventre, ou de la même queue, toujours est-il que ce grand frère d'Alfonso voulut raisonner le Guagliù bombardeux... À peine il apprit l'incroyable sacrilège, il lui dit : Aho ! guagliù ! ne fais pas le fendu !... Arrête tes étronnades, ne tire pas tes boulets sur el Redentor, si tu veux pas qu'il nous arrive malheur... L'Enfant Pedro, aussi têtu qu'une mule du Vésuve, aussi capricieux qu'une balance du Mercato, aussi péteux qu'un mangeur de fenouils, aussi luneux qu'une fille aux pummaroles irrégulières, aussi peu chrétien que les emplumés des Indes, ne voulut pas renoncer à son action mauvaise contre les Carmes... Bien mal lui en prit... Du haut du Torrione, une bombarde appelée la Folle parce qu'elle n'envoyait jamais son boulet où on pointait sa gueule, et quand on visait à droite, le boulet tombait à gauche, et quand on pointait court, elle envoyait aussi loin qu'elle pouvait, mais tout aussi bien elle faisait parfois le contraire de ce qu'on prévoyait dans sa folie !... Eh ! bien, la Folle, inspirée par le Ciel offensé, envoya un boulet en plein sur l'Enfant et lui arracha, en passant, la moitié de la tête, tout le front jusqu'à la nuque, décalotté, pour ainsi dire !... L'Enfant Pedro de Pastille se trouvait à cheval, et le cheval partit au galop sous son cavalier mort, mais toujours en selle, les yeux écarquillés de surprise et remplis de coulées de sang et de cervelle, la bouche bâillante, le nez et le menton pendants... Et le cheval noir à la couverture d'or, les yeux blancs qui, d'épouvante, lui sortaient de la tête, écumant des naseaux à la croupe, et l'Enfant écervelé couché sur la crinière comme sur les premières flammes de l'Enfer, furent un si terrifiant spectacle que le silence s'abattit soudain et pendant deux années entre les deux armées ennemies... Le grand frère, l'Alfonso, s'était précipité dans l'église la plus proche de son camp, à Sainte-Anne-des-Marais, où il hurla son deuil, remplit un bénitier de larmes et se retira pour pleurer encore, avec toute sa soldataille, à Capoue, avant de revenir à la charge, deux ans plus tard, mais cette fois, craignant la justice divine, et pas un boulet ne siffla aux alentours de notre église... Comme je vous le disais, guagliù chipeurs et détrousseurs du Mercato, attenziò ! le cheval qui s'enfuit n'a pas toujours sa tête !... ¿De qué se trata aquì ?... ¿Qué passa ?... ¡Réunión, discurso, día y noche, prohibido !... ¿Quién está ahí ?... Giesù ! Giesù ! les alguazils, il ne manquait plus qu'eux !... Don Olimpio, dites-leur qu'on se pelote, qu'on ne complote pas, et qu'ils nous laissent, ces pantins de cuir et de ferraille, gratter nos puces et triturer nos cazzi entre nous !... Don Olimpio se leva, et lentement, la panse en avant, l'œil droit braqué sur les trois plumes du chef de l'escouade, traversa le cercle des ombres dont plus de la moitié s'était évaporée en un clin d'œil : Somos nosotros..., il se fit reconnaître à la clarté des deux soldats porte-torche, Se divierte uno... Don Olimpio fut reconnu, il palabra quelques secondes, et les alguazils, comme ils avaient surgi, disparurent dans le noir... Ouffffah ! Grazie don Olimpio, nous vous baisons les deux mains... Bien, bien, guagliù, approchez d' 'a Sciancata, que je vous raconte, les épouvantails sont partis, et un peu de bois sur ces flammes qui languissent comme certaine chose que vous cachez mal entre vos jambes, ouèèèè !... La quatrième cloche, c'est la Marina, elle regarde la mer et elle garde les pêcheurs, et elle donne aussi de sa voix claire aux galériens qui tirent sur les rames au fond du ventre à rats des bateaux, et aux marins qui se suspendent aux voiles et aux mâts, elle les avertit tutt' quant' que la bonne ville de Naples est toujours là, suspendue dans le vide entre ses deux volcans, le Vésuve noir, mauve, et, en face, derrière Piedigrotta et le Pausilippe, la Solfatare jaune, blanche, et que tous les guagliù du monde peuvent y venir trembler de peur, de faim, de peste et d'amour, eh ! eh !, entre les bras toujours ouverts de notre golfe toujours bleu... Oh ! la Marina, toi qui annonces aux gens du monde entier courant sur les mers, notre belle Naples, ô bella Napule ! tant de joies à tant de souffrances mêlées ! Tant !... Moi, je suis vieille, j'ai beaucoup d'ans et peu de dents, je sais que la vie n'est qu'une ouverture de cuisses, un coup de poisson hop ! et la fermeture d'une caisse, avec des langueurs de ventre creux et des ardeurs de poils soufrés... mais qui se contente est heureux... cul autant que couvres, terre autant que flaires... J'ai vu cavalcader une bonne douzaine de vice-rois autour de notre place, et je me souviens de quelques noms... L'année de mes dix ans, en 1559, Perafan de Ribera duc d'Alcala ; lui, il est arrivé à Naples le jour où, pour la première fois, en passant la main entre mes jambes, je me suis rempli les doigts de pomme d'amour... Inigo Lopez Hurtado de Mendoza, quelques années plus tard, je passais et repassais la main, il n'y avait plus rien, et mon ventre devenait rond comme celui d'Antonia... on a beau dire aux filles que pinçons et baisers sur la bouche ne font pas de trous et que mains aux tétons ne font pas d'enfants, c'est le sang qui commande et c'est le trou qu'elles veulent... mais au bout de trois mois, en frottant les dalles du couvent, pfuit ! un ange de plus au Paradis... et d'autres encore... Juan de Zuñica prince de Pietraperzia... Enriquez de Guzman comte d'Olivares... et puis, au départ de Fernandez Ruiz de Castro, en 1601, qui emmenait avec lui, en Espagne, un Sicilien de malheur, le marin beau comme un soleil noir quand il grimpait au mât de cocagne, Salvatore, mon roi des mâts !..., et que tu as connu, Caterì, n'est-ce pas ?... des yeux, une langue, des bras, tout, Giesù !... et des promesses de marin... Antonia poussait dans mon ventre... quand lui se faisait pousser au loin par les vents... et d'autres encore... jusqu'à notre bon Pedro Giron duc d'Ossuna, que nos très chers nobles, nos sangsues dorées, ne peuvent pas voir en peinture !... Ô ! bella Napule ! cœur de crème et murs de pâte feuilletée, toujours prise et toujours mangée et toujours recaquée... Et la Marina, par vagues vibrantes d'émotion, bat sur son bronze ailé les dangers qui viennent de la mer... Mamà ! li Turchi !... Les Turcs !... Les Sarrasins !... Mamà !... dong-dong !... dong-dong !... dong-dong !... et les filles de Naples ont les jambes qui tremblent quand cogne dans leurs entrailles le gros battant affolé de la Marina... Tant d'années !... Si vous saviez, guagliù !.. mais pour qui se contente, toute douleur se change en petit-lait... Les puissants sont trois : le roi, le pape et qui n'a rien... Pensez-y, guagliù, pensez-y bien... 'A Sciancata a connu, a soigné toutes les blessures du Mercato... J'en ai appliqué des étoupes et des étoupes, de quoi remplir un bassin de l'Arsenal, des étoupes trempées dans des œufs, de l'huile rosée et de la térébenthine, sur des milliers de bras, des milliers de jambes... J'ai l'impression, ce soir, d'être devenue tout entière une vieille pilule agrégative, vous savez, de celles qui servent à tous les maux... Et vous n'avez pas idée, guagliù, des paniers et des paniers de fines figues iédételles, fermes et douces, veloutées, longues comme le petit doigt, que j'ai transportées dans le cloître, de cellule en cellule, dans mon tablier, en plus de cinquante ans de services, de quoi faire une mont-joye de iédételles, au beau milieu du Mercato, à la place du gibet !... Je frappais, maintenant c'est une autre qui le fait à ma place, la Picoscia, une jeunette de la Selleria, je frappais à chaque porte, et je disais : Iédételles !... Et quand le moine répondait oui, j'entrais et le trouvais déjà allongé sur le ventre, la robe troussée, découvert le cul nu, les jambes écartées, couilles grouillantes au milieu... mais c'est le trou qu'il fallait viser, pour les soulager de leurs mangeailles qui se bloquaient en fin de trajet !... Une, deux, trois iédételles, selon les cas, et largement ils se vidangeaient !... Dans chacun de ces trous bouchés, j'ai enfilé, croyez-moi, des arbres entiers de iédételles !... Eux, souvent, voulaient me rendre la pareille... pas avec le doigt, pas au même endroit... mais, guagliù, 'a Sciancata n'a jamais grogné sous le foutre qu'avec le porc qu'elle s'est choisi !... Ouèèèè ! Et les frères des Carmes, une iédételle de plus et une bonne tape sur les fesses, ils se remettaient à prier, pour eux et pour moi !... ça, du moins, de mon temps... à présent, ce qui se passe derrière ces murs, je ne veux pas le savoir : les cuisines et fra' Savino, je ne connais que ça au monastère, pour me remplir la panse et la tête, à mon âge, guagliù, le Paradis !... Les flammes dansaient entre les assis et les debout, on riait, on somnolait, on écoutait, on rêvait. Antonia, qui connaissait par cœur les histoires de sa mère, s'était endormie, les reins calés contre les robustes pieds godronnés du campanile ; Ceccone bavait et suait sur l'épaule d'Antonia, et tous deux semblaient deux grosses boules, une blanche, une noire, l'une à l'autre aimantées par les flux humides de la nuit. De nouvelles ombres, léchées par la lueur ascendante et serpentine des flammes, s'étaient soudées aux anciennes... Ouèèèè ! Guagliù !... Espérons que mes petits-enfants dormiront moins que ces deux jambons fumés là ! Auront plus de nerf, plus de vigueur, plus de feu dans les yeux, plus de sang chaud dans les tripes !... Dormez, les jeunes mariés, qu'ils prennent des forces pour s'agiter tout leur soûl, et avec la bénédiction de don Peta, cette fois-ci, cazzo ! Cette nuit et ad vitamen !... Et la Carmela, la plus grosse, la reine entourée des quatre autres, celle qu'on ne branle que pour les plus grandes solennités ou pour les plus grandes catastrophes, la Carmela qui pèse ses dix-neuf hommes bien bâtis... je ne parle pas de vous, guagliù ! tous tordus, goitreux, galeux, chassieux, couverts de tant de crasse que vous en avez des écailles sur tout le corps, vous les passelave, qui prenez une bosse en attendant le prochain déluge, vous les égorgerats, qui attendez, pour l'occire, qu'une zoccola vienne vous ronger l'ongle du pied, vous les paillemenus qui prenez les tas d'ordures pour des paillasses où piquer un somme, vous pas plus hauts que trois nèfles et pas plus épais que la tige d'un épi de seigle, le ventre en chair de moule, la tête d'en haut, vide, et la tête d'en bas, molle !... Chaque ombre, déchiquetée par le feu de la nuit, se secouait de rire en regardant sa voisine trembloter des mêmes sanglots phosphorescents d'hilarité... La Carmela, dix-neuf cantares, une demi-canne et demie de large, cent galériens pour la hisser et la placer au milieu du campanile... Savez-vous qu'il faut, et je les ai vus s'envoler comme duvet ! cinq moines à taille de barrique pour lui tirer la corde !... Et alors, vous n'entendez plus qu'elle, Carmè grosse belle, dont la panse soulevée, en avant, en arrière, en avant, en arrière, donne le vertige au campanile, à l'église, au Mercato, à la ville entière, du château Saint-Elme, qui trempe dans le ciel, au château de l'Œuf, qui trempe dans la mer, de la porte de Capoue au Palais royal, du Pausilippe à Capodimonte, et tout le long de la soyeuse, fraisée, escarpinée strada di Toledo, qui fait une grande croix dans Naples avec le sombre, boueux, pouilleux Spaccanapoli : sous la ville, les grottes vibrent des échos de son battant, massue de titan, et jusqu'au fond de la mer les poissons tressautent et se renversent de peur, et, le ventre en l'air, les ouïes serrées, portés par les ondes métalliques et non plus par l'onde liquide, ils giclent en gerbes d'argent au-dessus de l'eau et s'enfoncent par bancs, en flèche, au plus creux des rochers... Comme si, de nouveau, écoutez, guagliù ! la Sirène ailée, qui s'appelait Parthénopé, couverte de plumes et d'écailles, comme si la Sirène, prise dans les hoquets d'une nouvelle agonie, voulait de nouveau s'échouer, les bras écartés et arrondis au-dessus de sa tête aux yeux blancs pour une dernière tarentelle, sur notre plage, afin de redonner, en mourant de désirs, son nom, sa forme et son chant de sorcière à Napule, qui ensorcelle tutt' quant'... Mais ça, guagliù, c'est trop, bien trop pour vos cervelles encossées de sardines !... Plumes ou écailles, on n'a jamais su pour l'image de Cola Pesce qui se trouve sculptée dans la pierre, à main gauche, quand vous passez par la via Mezzocannone : en tout cas, si vous levez le nez en partant du port pour monter à San Domenico, vous verrez que le petit homme, lui, lève un poignard plus long et plus pointu que votre zinzolin !... Allons, guagliù, avant de vous envoyer tous au dodo, vous gratter vos écaillettes et vous sucer les dents, je vais vous raconter la véritable histoire de Colas Poisson... Antonia, réveillée en sursaut, fixait sur 'a Sciancata des yeux étonnés, pleins d'une douloureuse douceur et d'une fière résignation... la fatigue, au terme du grand tour nuptial où ce bon Ceccone s'était transformé en une chape de chair qu'elle allait devoir porter, plus lourd qu'une grappe de bambins pendus à son cou, à ses seins, à ses reins, toute sa vie ; l'appréhension, mêlée de bouffées de désirs, pour la petite créature qui l'arrondissait de jour en jour comme une constellation de pleines lunes et qui ondulait dans son ventre, ainsi qu'une braise sous la cendre caressée par la brise ; et puis, l'histoire de Cola Pesce, l'histoire de cet enfant rebelle, qu'elle avait demandée si souvent, quand elle était morveuse au milieu de la marmaille, le soir, avant de s'endormir, à sa mère pleine de fables, qui revenait épuisée du monastère, et dont elle entendait résonner, à des bassi de distance, le pas claudicant sur la terre battue et creusée de gouffres mystérieux. Elle redevenait une petite fille chargée d'inquiétude, à entendre de nouveau, ce soir, et après tant d'années, la belle et terrible aventure de l'enfant-poisson. 'A Sciancata enfiévrait ses mains, lançait ses bras dans le noir et dans le feu, ouvrait démesurément la bouche, exposait aux lueurs dansantes sa langue et ses chicots, resserrait les lèvres, les avançait en bogue éclatée et blanchie, roulait des yeux, se hérissait les cheveux, qu'elle empoignait de ses dix doigts secs, crachait ferme, interpellait haut, parlait en confidence et soudain poussait des cris d'égorgée, tout à coup se soulevait à demi et retombait sur les os de son cul roui, projetait dans le cercle des ombres fascinées ses grimaces, ses caresses, ses hululements, les sillons de sa trogne ridée, ses silences brisés de cascades de mots rebondis, déchirés, de mots tirés de la boue et des étoiles... Antonia, comme enclose dans une bulle de cristal, voyait 'a Sciancata et son agitation de tisonnier des ombres, mais elle n'entendait plus la vieille emportée dans les flammes et la houle de son récit : elle écoutait, venues des profondeurs de son enfance et de sa chair levée pour une autre enfance, la vie et la mort marine de l'enfant-poisson... Plus qu'il n'est admis dans la ville aux ailes immenses battant aveuglément la douce mer, dans la cité au grand cœur cryptique où tout est permis aux enfants qui font loi de leur imagination solaire, enroulés par les jupons noirs des mères ou roulant au fil des ruelles jusque sous le ventre flasque des libres cochons de saint Antoine, Cola Pesce faisait tourner sa mère en bourrique. Non qu'il fît plus que les autres des coups pendables, ou qu'il fût considéré comme un risque-tout, une tête brûlée, en somme : né avec une échelle sur le cou, non : il criait moins que les autres, écartait moins souvent les cuisses persillées des filles, participait plus distraitement que la plupart aux sarabandes des tombées de nuit ou des heures caniculaires, et ne suivait pas volontiers le chef Pierreux du Mercato, pour les batailles rangées de l'Arenaccia, dans le champ des Pierreux qui voyait parfois jusqu'à deux mille frondeurs de tous les bas quartiers de la ville, dépenaillés, breneux, pissant la glaire, mais l'œil et la main tels l'éclair et le tonnerre, quand la foudre tombe à deux pas de vous, tous guaglioni de six à quinze ans, sortis des bassi et des grottes pour s'affronter en de sournoises mêlées, en de pervers combats singuliers, et revenir couverts de stigmates plus ou moins profonds, que la mer cicatrisait en brûlant... Et c'est lors d'un de ces bains cautérisants que Cola décida d'abandonner la terre caillouteuse et blessante pour passer le plus clair de son temps dans le vaste, berceur baume liquide et salé. Plus qu'une décision, le poussait une irrépressible, irréversible inclination. D'abord, des journées entières, il se mit à parcourir à la nage les deux seins bleus qui forment, avec l'aisselle du Pausilippe au couchant, l'aisselle des villages vésuviens au levant, et l'avancée du château de l'Œuf au milieu, le golfe incandescent de Naples. Comme sous un charme, il quittait son basso du Mercato, presque chaque matin à l'aube, croisait sous la porte des Carmes les maraîchers venus de Pozzuoli ou des pentes de la Montagne et, sous le regard amusé des douaniers qui saluaient le petit homme au caleçon et à la chemise de toile écrue flottant, déchiquetée, sur son maigre corps ainsi que les plumes en émoi d'un jeune sacre tombé du nid : buon bagno, eh, Cola ! buon bagno !..., il filait au-delà du bourg de Lorette, jusqu'au pont de la Madeleine, à l'orée des villages vésuviens, et là, à longues foulées, voluptueusement, entrait dans la mer. Il ne revenait que le soir, à l'heure du souper, et sa mère, aux yeux fous et aux lèvres pincées, d'une seule gifle puissante et griffue, l'asseyait à table, avant de se mettre à hurler à l'ingrat, au maudit de la Maronna, au sang d'infâme, au petit Sarrasin de potence. À l'aube du lendemain, Cola retournait dans la mer. Bientôt bassiné avec ces jalouses violences maternelles, et désireux d'autres horizons, Cola ne se contenta plus d'effleurer en tous sens et la joie au corps porté, emporté, enlacé, depuis le pont de la Madeleine, qui arquait son baiser de pierre sur la bouche du fleuve Sebeto, jusqu'au cap Pausilippe, les deux seins bleus de sa ville, mais, se laissant aller sur les flots, entraîner par les courants sous-marins, car il devenait chaque jour plus familier des glauques profondeurs peuplées d'algues chevelues, de coquillages cornus et gicleurs, de ramures de coraux, d'éventails de gorgones, de poulpes ballants sur des dunes mouvantes, de poissons-lunes, poissons-globes tombés des nues, d'orphies au long bec, de gros poissons gorge-de-pigeon, vifs comme des anguilles, entraîner par la panse des barques et les flancs des galions, jusqu'au large de la verte Procida et de son îlot sauvage, Vivara, gardé par un moine fou, qui portait deux noms dont il changeait à chaque nouvelle lune, Je m'appelle Ulysse, et toi ?... Moi, Cola... Je m'appelle Pénélope, et toi ?... Moi, Cola..., jusqu'au large d'Ischia la blonde aux monumentaux champignons de tuf, des Faraglioni de Capri au sommet desquels courent, à la surprise des hardis écumeurs, les longs lézards bleu tendre... et puis plus loin, plus loin encore, si loin qu'il restait souvent plusieurs jours sans revenir s'asseoir à la table furieuse de sa mère. Alors, un soir qu'il franchissait le seuil cendreux de son basso, ébloui d'eaux vertes et d'azur, saoulé des lieues nagées et des silences infinis de spectacles traversés, la peau gaufrée par son séjour sous-marin et le sel séché lui dessinant des cirres blancs sur les bras et les jambes, des petits lambeaux de toile tenus encore et voletant sur son ventre et son dos, sa mère rouge de rage et l'œil blanc lui jeta sa malédiction : Puisque tu me fuis jour et nuit, foutre-en-merde, pour te vautrer sans trêve dans la mer comme un merlan, eh bien ! cœur froid, deviens donc poisson !... Un couteau à lame brillante, effilée, incurvée par l'incessant frottement de la pierre à aiguiser, au manche noueux d'olivier, et dont sa mère se servait pour fendre et vider les poissons, se trouvait au beau milieu de la table : Cola vivement s'en saisit, bondit hors du basso et s'échappa de l'antre maternel qui le maudissait... Désormais, Cola vivait dans la mer et faisait des voyages prodigieux, grâce à un stratagème, qu'en fils rusé de Naples il avait inventé. Nu, le couteau à l'odeur de brouailles assujetti à sa hanche gauche par une corde faite d'algues tressées aussi souples et résistantes que les lianes des forêts chaudes, il nageait maintenant sur les fonds de l'élément liquide, surgissant parfois au ras de l'onde, aveuglé de lumière, pour se replonger aussitôt dans les fabuleuses profondeurs, bien au-delà des Îles napolitaines, bien au-delà de la presqu'île de Sorrente aux citronniers voilés de noir qui dévalent du ciel, dépassant même le triangle de feu appelé Sicile, puisqu'il ne craignait pas de s'éjouir à quelques brasses à peine des côtes barbaresques. Vous me direz : Comment cet enfant pouvait-il accomplir de si miraculeux périples ?... Plus malin que le biblique Jonas, Cola faisait semblant de flotter, esche morte, au gré des courants sous-marins, lorsqu'il apercevait du coin de l'œil l'horrible hure affamée d'un énorme poisson qui, d'un coup de queue, se propulsait droit sur le petit homme aussitôt gobé. Et Cola, souriant aux anges, se reposait une heure ou deux, allongé à même le matelas d'air de l'animal qui le véhiculait à folle allure sur de très longues, longues distances. Jusqu'au moment où Cola se sentait engourdi de froid et chatouillé sur tout son corps par les sucs corrupteurs et avides du poisson : il empoignait alors le couteau volé, d'une détente énergique de l'avant-bras fendait largement la paroi de sa coque vivante, d'où il s'expulsait, les membres léopardés du sang et des excréments de l'animal, pour s'élancer vers la surface des eaux, à la découverte de nouveaux éblouissants paysages, pour continuer sur-le-champ, plus ailé qu'une holothurie, sa merveilleuse errance sous-marine... Un jour pourtant, pris de la nostalgie de sa ville aux seins bleus, et peut-être un peu las de s'enrouler sans cesse dans l'immense et oublieuse robe de soie de la mer, et peut-être regrettant aussi l'acre violence de certaine robe corvine, Cola émergea à la blonde proue du château de l'Œuf. L'air filant de suaves effluves printaniers lui fit tourner la tête. Il dut s'asseoir sur un rocher, ébouriffé comme un oiseau, moucheté d'écailles salines comme une sirène, le couteau libérateur encore serré dans son poing... Le vice-roi, dans sa felouque d'or et de bois précieux, doublait à ce moment-là le château, vaquant, voguant ainsi sur l'eau pour se défatiguer des affaires compliquées de la ville. Eho ! dit le vice-roi, n'es-tu pas Nicolas du Mercato, celui qu'on appelle Cola Pesce, et qui, tel un poisson, peut vivre dans la mer des jours et des nuits ?... Oui, c'est bien toi, c'est lui, aussi nu qu'un merlan, et l'arme à la main !... Alors, petit, fais-moi voir de quoi tu es capable, en vérité. Ohé ! Soldats !... Vous, là-haut, sur les créneaux !... Le vice-roi vous ordonne de donner de la bombarde, au large, le plus loin possible, chargée du plus beau boulet de porphyre !... Baoummmm !... Il y eut un grand jet d'écume, dans la direction de l'île aux côtes capricieuses toujours cernées d'étoupe blanche, puis l'eau redevint le sombre miroir du ciel. À toi, Cola, ramène-nous le boulet, et de ton basso je fais un palazzo, foi de vice-roi !... Pour Cola, cette épreuve n'était qu'un jeu. Il disparut sous l'onde. Fendant l'eau, en profondeur, de l'effilement nerveux de ses jeunes membres, inclinant sa direction d'une légère secousse du pied, il trouva sans grand-peine le gros boulet de porphyre, qui avait roulé sur un tapis d'algues brunes, laissant dans les fonds marins la trace d'une longue déchirure. Cola s'empara de la boule de pierre couleur de bruyère et, tel un énorme bouquet luxuriant que l'on offre, les deux mains tendues devant soi, la remonta du fond de la mer, hissé vers la surface par vifs frémissements de ses jambes. Il pensa à sa mère : un palazzo !... Il eut un soleil au cœur. Son jeune sexe, jusqu'alors souple boucle folle, lui harponnait le ventre. À l'instant même, il devait surgir hors de l'eau mais, à l'instant même, comme le couvercle de marbre glacé d'une tombe qui retombe, la mer se durcit et Cola, l'enfant rebelle, la belle sirène, l'oiseau ébouriffé, le poisson aux écailles de sel, avant que de saisir son couteau, fut pris dans les amers cristaux de la mort, et mourut droit, la bouche ronde d'étonnement, muette de baisers, ainsi que meurent les hippocampes, debout, effleurés de la lente dérive des courants invisibles, la trompe ouverte, ébrasant la nuit. Ainsi Cola disparut à jamais dans le grand orgue spectral de la mer, qui souffle les noces du silence... Ouèèèè ! Guagliù !... vous me semblez des morts debout, vous aussi !... Et c'est ce qui vous arrivera, si vous ne filez pas droit, tout droit, tutt' quant', au lit !... Couchés, a cucca ! Les choses longues deviennent des serpents !... Allons, tutt' quant', et nous aussi, si vous permettez, don Olimpio, allons, Antonia, ma belle, secoue donc ton Ceccone, il m'a tout l'air d'une barrique de saindoux sous le soleil du mois d'août !... Caterì, la part de don Olimpio, et ramassons le reste des offrandes pour la mariée... Guaglione ! oui, toi, le roux, prends ce que don Olimpio te dira de prendre et accompagne don Olimpio jusque chez lui... Ouèèèè ! et éteignez bien le feu, j'entends ces bons alguazils qui reviennent nous faire gentille visite !... Grazie a tutti !... Grazie, don Olimpio... comment ? ah !... oui : Caterì ! la part du trois-plumes, qui nous tenait pour une bande d'excommuniés !... mais grâce à l'intervention de don Olimpio, nous a laissés, grâce à Dieu, prendre le frais, jouir d'un bon feu et bavarder en paix... Grazie a tutti !... Auguri !... Auguri !... E figlio bello !.. Ssssst !... Auguri !... E notte bella !... Cient'anni !... Auguri !... La noce, prise une dernière fois dans une traîne de vœux criards, dont les ombres mouvantes, par petits groupes, la ceignaient en riant, s'ébranla pour clore enfin la grande boucle du voyage. Don Olimpio dit à la ronde Auguri guaglioni, de la voix basse et râpeuse du protecteur ; il étendit les mains en signe d'au revoir, et disparut dans la nuit, dirigeant ses pas vers la porte de Capoue, le quartier des Incarnati, célèbre jusque dans les Flandres pour ses filles rauques aux vulves canailles à l'encan. En se dandinant d'aise, et précédé du guaglione titubant chargé jusqu'à ses boucles rousses, don Olimpio allait ainsi à la ricotta, c'est-à-dire prélever le produit cliquetant des émulsions vénusiennes... La jeune pyramide de chairs suivait péniblement les deux vieilles dont le fardeau de fruits, de légumes et d'autres victuailles, oeufs, poissons ou morceaux de viande, parcimonieusement offertes, s'était bien allégé. Au bout de quelques pas, Antonia dut s'arrêter afin de mieux amarrer Ceccone, qui glissait contre ses seins, qui glissait contre son ventre, au risque de les entraîner tous deux dans une flaque ou sur un tas d'ordures, car ils avaient quitté l'Inseliciata pour la terre battue, et se dirigeaient maintenant droit sur le vico Rotto. Et, tout en resserrant ses bras, ses doigts autour des aisselles suantes qui se dérobaient comme un sac d'olives huileuses, elle tourna un instant la tête vers le campanile et fut parcourue d'un long frisson d'angoisse, en fixant le gigantesque et noir médius aux neuf phalanges fascinantes d'obscénité et de défi... Allons, allons, Ceccone mio, on est arrivés... D'un tic violent qui lui fit voler les cheveux dans les yeux, elle avait détourné la tête et, de toutes ses forces, tirait Ceccone vers la fontaine où les deux vieilles attendaient, le dos appuyé à la large demi-lune du bassin. Plaquée au mur de la douane de la farine, la fontaine faisait face à la piazza Mercato et servait d'abreuvoir aux animaux, de lavoir aux femmes, qui remplissaient aussi leurs cruches d'une eau divinement fraîche, pure et désaltérante aux seins gicleurs de la statue du milieu. Trois statues de pierre blanche, placées dans trois hautes niches et surmontées d'un dais de piperne en courbes et contre-courbes, se reflétaient dans l'eau claire ou boueuse du bassin, dans l'eau encrée de nuit aux heures lunaires. La statue de gauche était un homme nu tenant des deux mains un trident dont la hampe passait entre ses jambes et la fourche aux trois dents, qui montait jusqu'à lui frôler la tête, faisait trois barreaux d'ombre sur son visage barbu ; la statue de droite était une femme au corps mince plissé dans une robe antique : les mains aux hanches, elle portait une amphore sur la tête, menton satiné, nez à fine arête, yeux en amande, qu'elle détournait pour chercher, eût-on dit, une issue secrète dans la concavité de sa niche en forme de coquillage cannelé ; entre l'homme et la femme, un monstre immobile dans ses ailes immenses repliées formant une cape de rémiges depuis le col élancé jusqu'à la terre, un monstre à la tête d'ange rêveur ornée d'une cascade de drus cheveux bouclés, les bras repliés, coudes au corps, et les mains en coupe pressant les deux globes de ses seins de femelle d'où giclaient deux jets d'eau, qui s'incurvaient en l'air avant de s'écraser en écume chantante sur le plan d'eau du bassin, ou en gazouillis sonores dans la panse d'une cruche, un monstre au ventre galbé chantourné d'un profond nombril, au dodu sexe de femme, aux cuisses de géante recouvertes d'un épais plumage, aux pattes d'échassier, aux serres de pygargue. Sur le côté gauche de cette étrange trinité des eaux, que les femmes du Mercato appelaient en riant, le Père, la Mère et le Saint-Esprit, tout en frottant leurs jupons dans le bénitier, s'ouvrait, en une brusque brisure, le vico Rotto al Mercato, que les anciens appelaient aussi, pour le vigoureux poirier qui avait poussé tout seul, autrefois, au coin de la venelle, à la place de l'habituelle ramure serpentineuse des glycines, dont les lourdes grappes, sensuelles comme le balancement d'une hanche ronde, sont chargées de tous les parfums mauves de Naples, vico del Pero. Ceccone habitait la première porte à main gauche, une pièce au premier étage, dont la fenêtre donnait sur la piazza Mercato... Quand le couple en tanguant arriva près du bassin, 'a Sciancata et Caterì branlaient la tête, gentiment réprobatrices, et 'a Sciancata disait à Caterì : Il sera décidément bon à rien, cette nuit, et tant mieux, au fond, pour Antonia, dans son état, et après un pareil jour et un pareil tour, elle doit avoir plus besoin de s'allonger en paix que de se faire pafouiller le coquillard!... Ouèèèè! Antonia, tout doux avec ton pauvre gros lard de mari, tout beau, tout rond, un vrai jambon!... L'homme, c'est le nom des enfants et le respect de la femme, et plus il est gros, mieux ça vaut! et lui, il éclate de santé, bello Ceccone!... Attends ici, Caterì et moi, on va déposer tout ça chez vous, et puis on t'aide à le monter, le pauvre, il a tellement mangé, et bu!... Lorsque Ceccone, poussé, tiré, arraché par les trois femmes, retenu, calé, hissé, à demi porté dans le petit escalier de briques jaunes qui menait aux étages, fut enfin couché, tout habillé, tout endormi, sur le lit matrimonial qui, par sa largeur, occupait un bon tiers de la pièce, les deux vieilles allumèrent un brasero, se redressèrent et vinrent ensemble embrasser Antonia, en lui souhaitant, à travers leurs caresses, leurs larmes et leurs rides, tout le bien de Dieu et tout le bonheur de la terre; puis, soudain, 'a Sciancata qui allait franchir le seuil, se retourna, cria : Figlia mia! tomba dans les bras de sa fille, se redressa, et, boitant comme jamais elle n'avait boité, elle disparut dans le trou noir des escaliers... Une chandelle brûlait sur la table. Antonia referma la porte en s'essuyant le nez et les yeux du revers de sa main. À sa gauche, grimpant contre le mur telle une géante salamandre aux écailles vertes ocellées de jaune, d'orange, de rouge, elle vit le monticule des offrandes, qui coulait en effluves légèrement alliacés jusqu'à ses pieds ; à sa droite, entre le mur et le lit, la cuvette d'étain et son broc ciselé de pampres, le seul luxe de la pièce, sa dot ; frôlant le haut plafond, une grande armoire en frêne aux grossières rosaces sculptées occupait tout l'espace parallèle, entre le lit et le mur donnant sur la piazza Mercato ; à deux demi-cannes du pied du lit, la table rectangulaire à l'épais plateau de pin, qui s'étirait jusqu'à quelques empans de la fenêtre. Sous la table, trois tabourets. Accrochées au mur chaulé de neuf, deux lourdes grappes de tomates de la Muntagna, une gerbe de piments rouges, deux tresses d'oignons, deux tresses d'ails ; sur le bout de la table, vers la fenêtre, un vase de basilic, un pot de rue ; contre la fenêtre, une manière de trépied bancal servait de support à une vieille marmite de terre craquelée où poussait un romarin touffu. Au chevet du lit, suspendu à côté d'une image de la Madonna Bruna, un crucifix barré d'un rameau d'olivier et où s'enroulaient, d'un bras à l'autre de la croix, les grains noirs d'un rosaire ainsi qu'une infinie procession de fourmis. Antonia passa, les yeux baissés, entre le crucifix et les grappes corail de la Muntagna pour aller à la fenêtre, qu'elle ouvrit. Sa mère et donna Caterì passaient, cornets d'ombre renversés, en bas, à ses pieds ; elles la virent, avec son gros ventre blanc qui pointait dans les ténèbres, elles lui firent signe de rentrer, l'humidité, de refermer la fenêtre, elles lui indiquèrent le ciel et la terre, l'humidité, de refermer, juste avant d'être absorbées, les deux vieilles, l'une qui boitait, l'autre qui se taisait, par le vico dei Lanaioli, d'où la noce était partie. Antonia porta alors son regard sur l'immense ovale de la place où clignaient, çà et là, les lourdes paupières de cendres des braseros, qui s'ouvraient à peine et se fermaient aussitôt sur leurs pupilles de tisons. La piazza Mercato entière, émaillée de dizaines de feux sommeillants, paraissait couver un brasier d'enfer, et, s'il s'éveillait soudain, il pourrait bien rivaliser avec le soleil. Le long des maisons qui, alignées en creux et en jarrets, sommées de leurs terrasses en escaliers de guingois en guise de toit, s'élevaient irrégulièrement de deux, trois, quatre, cinq étages même, et semblaient, telles les dents d'une scie circulaire, soudées les unes aux autres, d'incertaines silhouettes, solitaires, groupées, verticales, horizontales, silencieuses, grognardes, rieuses, des ombres glissantes, comme issues soudain du sol, et disparues aussi soudainement... Moins noir que l'ellipse qui frôlait les murs, l'ovale de la place, souligné par le trait charbonneux de l'Inseliciata, et planté de la poutre potencée en son centre, se tachetait d'une lueur de nuit baignée de lune et d'étoiles. L'horloge de Saint-Éloi tinta à plusieurs reprises, grêles flèches lancées du sonore carquois des heures. Une brume de voix venues des couvents voisins se répandait sur la place. Surgit, de la porte de la Tannerie, un buisson d'orillons, de pointes, de croissants aux efflorescences acérées d'éclairs blancs. Antonia eut un mouvement de recul, tira les jalousies et ferma la fenêtre. La toile des châssis était coupée d'une fente en croix : le souffle court, les deux mains réunies et serrées sur son sexe, Antonia, l'œil à la croix toilée, suivit la ronde des hallebardiers, jusqu'à ce qu'ils disparaissent, là-bas, au loin, vers la chapelle de Sainte-Marie-de-la-Neige... Elle se retourna, repassa entre le lit et la table, et, face aux offrandes gravissant l'arête du mur, elle s'accroupit en un mouvement d'animal mélancolique, et se mit à trier lentement les fruits, les légumes, les poissons, les morceaux de lard, de fromage, les œufs, tout ce qui roulait entre ses jambes écartées et s'arrêtait contre la bosse ronde de son ventre... Tiens ! elle avait oublié chez sa mère les œufs peints et les laines de Barbarie... Demain... La flamme de la chandelle dansait sur sa tête pleine, brune, blanche, sur la mousse blanchâtre de sa robe de mariée ramassée en tapon autour d'elle, dansait sur la joue lisse des pommes, sur la peau grêlée des mandoranges, sur le tétin turgide des citrons, sur les poivrons fendus, exposant leurs doux ventricules carmin tel un cœur coupé à l'étal, sur les nageoires décollées des merlans, sur l'œil écrasé des sardines, dansait sur la boule cloquée des choux, sur la flûte ivoire et chevelue des poireaux, sur le bulbe blanc, blond, violacé des oignons, sur l'alliance d'Antonia qui renvoyait, en émergeant des plongées surprises, un œuf !... comme un masque, deux fenouillets ronds pris dans le crin dressé d'un fenouil !... un demi-caciocavallo, ce fromage au derme dur comme cuir, à la chair ronde formant un 8, étranglé tel un lacs d'amour, aussi douce que deux poings de beurre fumé !... des gésiers de poulet !... deux pieds de mouton en sautoir sur un artichaut !..., des lueurs aciculaires au plafond. C'est en suivant, distraite, le reflet de sa bague, une branche de citrons suspendue à la main droite, qu'Antonia entendit le souffle de forge et curieusement précipité de Ceccone. Elle laissa retomber les globes jaunes et s'élança vers le lit... Le corps affaissé sur le couvre-lit de dentelle écrue ainsi qu'un tertre de fressure, le visage décomposé comme le sac d'une musette jeté à l'abandon, et si gras, si cramoisi, si dégoulinant de sueur qu'il ne pouvait entrouvrir les yeux et semblait bouillir dans un pot-au-feu, Ceccone, avec sa bouche qui n'en finissait plus de s'écarquiller, de se serrer tour à tour, d'avaler l'air à grandes et gargouillantes goulées, était un hybride de tête de veau couverte de sang caillé par plaques et de tête de poisson à peine sortie de l'eau. Antonia se pencha sur lui, embrassa cette bouillie vivante, qui commençait à s'agiter... Ceccone ! Ceccone mio ! Qu'est-ce qui se passe ? Qu'est-ce que tu as ? Tu as mal ?... Où ça ? Dis-le à ta Tonietta !... Ceccone porta ses deux mains à sa poitrine, au milieu, et les appuya fort... Tu as mal au cœur, Ceccone mio, il faut rendre, rends ! tu te sentiras mieux après... Attends, tiens la cuvette... Ceccone repoussa la cuvette, puis replia aussitôt ses deux mains sur le haut de sa poitrine. Il bougeait à peine dans son bain de sueur. Ses vêtements étaient trempés, la transpiration dégorgeait de toute part, jusqu'au cuir des bottes qui s'auréolait de taches d'humidité. Le couvre-lit, les couvertures se trouvaient largement mouillées... Giesù ! Giesù ! mais que t'arrive-t-il povero mio Ceccone ?!... Antonia attisa le brasero, arracha des serviettes épaisses de l'armoire, de celles qui servent aux femmes après leurs couches, lui en épongea la face, et, écartant veste, chemise, lainages, dégageant son torse et son ventre, lui en tamponna le corps, jusqu'au pli de l'aine, jusqu'aux cuisses. Tous les linges furent bien vite appesantis de l'âcre liquide, en ruisselèrent, et Ceccone, aux bras moignonnés, gras-double à la tête suiffeuse, qu'Antonia, par morceaux, avait péniblement et complètement dénudé, prenait de plus en plus l'air d'un nouveau-né gigantesque à peine expulsé du ventre de sa géante mère, boulet rougi de chairs molles, gluantes, plissées, aveugles, sauvées d'une noyade certaine, et palpé, poli, séché par une femme. Mais rien n'y faisait : Ceccone, lui, semblait vouloir retourner dans le bassin des origines, retourner derrière la cascade de la Vallée des Moulins, redevenir fœtus de lui-même exsudant lui-même son propre liquide où de nouveau flotter, dans ce monde obscur et doux des entrailles et des limbes... Il eut un appel plaintif, comme un grave vagissement... Il dit en bavant, des bulles de salive cloquant sur sa face, Heureusement, je m'endors enfin, et on aura beau m'appeler, je ne me dérange plus !... Ceccone mio ! Maronna mia ! Mamà mia !... Giesù ! Giesù ! Qu'arrive-t-il ?!... Oh ! Antonia, gémit-il encore en resserrant fort ses paupières brûlées par le sel que distillait sa peau, Oh ! Antonia mia, pourquoi ?... elle est bien trop étroite, cette mort, comment, ohiiii ! mon cœur !, comment je vais faire, moi, Ceccone, pour y passer ? J'étouffe ! Je me noie ! Je suis trop gros, Antonia, pour cette mort... Mais tu es fou ! Il est fou ! De quoi tu parles, Ceccone mio ?... De quoi il parle, ce fou !... C'est notre nuit de noces, et nous devons nous aimer, nous devons faire l'amour, l'amour, Ceccone, tu as compris ?... ma lourde, ma belle, ma grosse queue, là, donne-la-moi, que je la fasse monter, monter jusqu'au plafond, que je te suce, ah ! suce et resuce, tu vas, mais tu vas jouir, Ceccone mio, viens ! viens ! le cazzo t'engorgeait les sangs, viens, viens, oui, oui, gonfle, gonfle, ô mon gros, mon beau Ceccone ! arrose notre lit, couvre-moi du foutre à l'odeur qui m'affole ! couvre-moi du foutre clair de nos enfants, oui, Ceccone !... Viens !... Ceccone sursauta, gicla cinq longs jets entre les seins d'Antonia, émit un râle aigu, cria : Non !, pressa des deux mains le milieu de sa poitrine, fut soulevé d'un dernier sanglot du cœur et du cazzo, et, poids mort, fit un creux plus profond dans le lit, plus ne bougea... Antonia poussa un hurlement, qui lacéra les voiles noirs de la piazza Mercato : GIESÙÙÙÙ ! et tomba sur Ceccone, qui exhala, dans le silence angoissé du vico Rotto, un long pet sonore, innocent comme le rot d'un nourrisson gavé, le pet béat de l'âme simple et heureuse s'élevant au Ciel. Il y eut des cris. Des appels longs et déchirants comme la plainte de l'oliphant. Des cris, des cris de femmes à trouer de traits aveuglants le monde des ténèbres. Le plus proche barbier accourut, tenant des deux mains son ciboire de verre qui grouillait de noirs éruciformes petits vampires gluants à féroces mâchoires, à ventouse suceuse. Et Ceccone, pour un improbable miracle, fut affublé du mouvant collier de sangsues.

Signum crucys

Fronn' 'e limone
io ce so' nnato cu 'e rros' 'e giugno.

Feuillage de citron
je suis né avec les roses de juin.

(Nénies napolitaines.)

Potenzia, fetenzia.

Puissance, pestilence.

(Dit de Masaniello, 15 juillet 1647. veille de son assassinat.)

Au mois de juin, Naples est un fol encensoir d'argent serti des larges pierres azur du ciel et de la mer, et qui répand ses fruits braisés de soleil et ses fleurs ivres de lumière, dont la lourde pulpe parfumée et les vives teintes pulpeuses grisent tous les sens engerbés de ces violentes douceurs, depuis les aubes déjà tièdes jusqu'aux ardeurs des soirs. La ville est pleine de moiteurs qui alanguissent et énervent à la fois, mouillent l'œil et avivent le geste, gonflent et durcissent les veines, ensommeillent soudain et éveillent en sursaut, donnent aux voix du grenu et du moelleux, et le cri des marchands se fait douloureuse supplique, et le râle des amants se fait voluptueux supplice. La ville fermente tout entière, comme si les ailes vertes et dorées de la Sirène ne s'arrondissaient plus autour des seins bleus de la mer, mais enserraient des gigantesques cuves de moût, lacryma-christi violâtre que le Vésuve, dans sa diabolique générosité, foulerait chaque nuit entre les longs étrons froids de ses coulées de lave villeuse couleur de bruyère. Et plus vous vous enfoncez dans la ville, plus vous plongez bas dans les vicoli de lave des antiques quartiers, Porto, Mercato, Lavinaro, Pendino, San Lorenzo, Stella, Forcella, Incarnati, plus les aigres relents huileux des bassi à la bouche noire surmontée de leur petite narine carrée comme unique fenêtre, haleinent les venelles, plus vous chavirez de l'angoisse ailée et du lourd bonheur de vivre.

Le matin du 29 juin 1620 était doux comme une langue d'ange, se fit agité comme un antre luciférien, et devint aussi bruyant que toutes les forges réunies du vico de' Parrettari.

Deux événements, qui illustrent l'histoire de la ville, eurent lieu ce jour-là. L'un, très ordinaire : la naissance tumultueuse d'un gros garçon rose et blond dans une pauvre famille du Mercato ; l'autre, peu ordinaire : la disparition silencieuse du vieux conseiller favori de don Pedro Giron duc d'Ossuna, vice-roi de Naples. Les unes miroir des autres, toutes les destinées humaines, hors des petites haines habituelles, se lient indissolublement, à Naples, du basso imaginatif et puant au palazzo suave et souverain ; et la ville cesserait de respirer, et mourrait, s'il lui manquait l'un ou l'autre de ces deux poumons à nu, à cri et à sang, le palazzo en haut soutenu et secoué par le basso en bas. Car à Naples, tragiquement ou turlupinesquement, tout se tient, du berceau au tombeau, et, sous vos yeux, le passé le plus lointain et le présent le plus proche, les vieux et les jeunes, les riches et les miséreux, tressent sans trêve, visqueux, friables, dilatés, la réalité et le rêve d'un éternel aujourd'hui... La Naples du nouveau-né, c'est aussi celle du « vieux démagogue » rudenté, qui clame son amour du peuple en briguant l'acier du pouvoir, qu'une paille gamine, à Naples, fait toujours éclater...

Entre Naples et Salerne, mais plus près de Salerne et à quelques courtes lieues de la côte amalfitaine, tapi tel un caillot à l'extrémité orientale des monts Lattari, qui obturent toute vue sur la mer et le large, se tasse le gros bourg toujours humide de Cava dei Tirreni, que les mauvais esprits ont rebaptisé le Pot-de-Chambre de la Campanie. Ce surnom n'est pas tout à fait volé : quand le temps est serein à Naples comme à Salerne, que le voyageur ne s'y fie pas : souvent il tombe des hallebardes dans la cuvette de Cava, où se déverse, par ailleurs, comme les rayons d'une roue au moyeu concave, l'eau de canaux, de ruisseaux, de torrents, par dizaines, et dont seuls les habitants taciturnes et laborieux de cette étroite vallée cernée de monts verts aux denses cépées, connaissent les noms. C'est là, à Cava, entre les deux terribles tremblements de terre de l'année 1561, lesquels firent de la moitié de l'âpre bourg une carrière labourée et désolée sous un ciel bas, que naît Giulio Genoïno. Depuis le 12 juin 1559, le royaume de

Naples est gouverné par l'un des meilleurs vice-rois de son histoire, don Parafan de Ribera, duc d'Alcala, esprit religieux au plus haut point et, ce qui est encore plus rare pour un vice-roi, dont quasi tous les pairs étaient venus ou viendraient pour s'enrichir dans ce que l'Espagne appelait les Indes napolitaines et prenait pour un Potosi inépuisable, pur de toute passion du lucre. Mais la nature se joua de la justice de l'homme, comme si la démesure ne pouvait être que la mesure de Naples, l'injuste souffrance, sa juste jouissance : pendant les douze années de gouvernement du vice-roi don Parafan de Ribera, il n'y eut qu'ouragans dévastateurs, kyrielle de séismes destructeurs, épouvantables famines.

Dans un acte notarié du 3 mars 1470, document qui porte le paraphe en volute de maître Simonello Mandrella, se trouve la plus ancienne trace des Genoïno, famille d'artisans en soieries, éleveurs de vers à soie, tisserands et commerçants, mais aussi maîtres maçons, exploiteurs de carrières et bâtisseurs de murs, tel Colandrea Genoïno, qui, le 22 septembre 1550, ainsi qu'on peut le lire dans une minute du notaire Giovanni Federico David, avait livré à Naples, au sieur Bernardo Sparano, une grande quantité de pierres; ou tel encore, d'après un acte notarié du 26 septembre 1576, certain Giovanni Andrea Genoïno de Cava dei Tirreni, maître ès arts de la maçonnerie. Mais dès l'année précédente, une partie de la famille Genoïno s'était transférée à Naples, afin d'y exercer le métier de la soie. Le 30 octobre 1575, le notaire Gian Michele di Adimulfo enregistrait la création d'une société entre les frères Giulio,

Battista et Gian Domenico Genoïno, d'une part, et Gregorio et Michelangelo Genoïno, père et fils, d'autre part : Giulio s'engageait à prendre demeure fixe à Naples, pour y développer le commerce de la soie, avec Michelangelo ; les autres, à tisser sur place, à Cava, où l'art de la soie était florissant.

À Naples, les Genoïno s'agrégèrent à la grande famille des soyeux, presque tous originaires de Cava, et tous liés par des intérêts communs ; et ils constituaient ensemble une nouvelle noblesse, non point relâchée et affadie dans le luxe, celle-ci, mais industrieuse, endurcie et affinée dans les travaux et les marchés. Et l'art de la soie était considéré comme un art noble : et l'on conférait la qualité de nobles non seulement aux maîtres soyeux, mais aux commerçants en soie. Dans la minute du 30 octobre 1575, les frères Genoïno sont dits, sans détour, nobles.

Quand, en l'année 1561, Gian Domenico eut un fils, il lui donna tout naturellement, selon la tradition méridionale, le nom de son frère aîné, Giulio, le plus estimé de tous, puisque c'est lui qui devait étendre la ramification familiale jusque dans la capitale du Royaume. Ainsi, le 18 août, le jour de ses quatorze ans, le jeune Giulio, plutôt maigrichon, le regard noir et feu, l'esprit bien meublé de latin et de mathématiques grâce au curé de Cava, qui vantait à qui mieux mieux l'intelligence de son fougueux élève, quitta le cirque vert et sauvage de son bourg natal pour suivre son oncle dans la ville volante et lourde d'humeurs, dans la fourmilière napolitaine haillonneuse et dorée, dans les longues fentes glaireuses de la ville de lave, qui voile d'un tourbillon de stridentes rumeurs ses deux seins frôlés des vents chauds d'Afrique et palpitant d'azur.

Le petit Giulio fut abasourdi de contrastes. Le noir et le blanc, s'il le rencontrait au coin des venelles, dans le grotesque personnage grimaçant et déhanché de Pullecinella, masque noir au nez en bec de rapace, chemise blousante, caleçon, et bonnet cassé vers l'avant, le tout, blanc comme le ciel chauffé d'une heure contraire, comme l'habit d'un meunier, le blanc et le noir, il le voyait, il l'entendait, il le sentait à chaque pas qu'il faisait dans la ville capitale. Les Napolitains, ceux qui rampaient dans l'ordure, la poussière et la boue, les banquiers qui disputaient aux cochons de saint Antoine la chair d'une bête pourrie, le trognon d'un chou, les papetons où restaient accrochés deux chicots de maïs, les rafles arachnéennes de raisin, lui rappelaient les tas de crottin qu'il brouettait au milieu des mûriers ; mais l'odeur du crottin épandu était bonne, tandis qu'eux, dans l'ombre moisie, ils empestaient plus qu'une potée d'urine et de merde exposée en plein soleil. Il voyait bien que ce peuple abruti, et vif en lazzi pourtant, et survivant en riant, pourtant, et faisant mille petits métiers sans en avoir l'air, pourtant, servait à fumer quelque chose, comme le crottin ses mûriers de Cava. Les feuilles des mûriers devenaient plus larges, plus grasses, d'un vert sombre plus luisant quand les ronds étrons s'ouvraient et se délitaient à leurs pieds. À Naples, le peuple d'étrons fumait d'autres plantes, porteuses de fils de soie, elles aussi, et dont les carrosses étaient plaqués de larges feuilles d'or.

Pris entre les ors et les étrons, ayant goûté, derrière l'établi de son oncle, tous les artifices, mystifications, servilismes, hypocrisies des commerces humains, Giulio avait l'impression de devenir la brouette chargée et cahotante, bien huilée, bien entretenue, et il ne supporta pas de voir sa vie rouler ainsi sur une seule roue de maigre fortune, fût-elle cerclée d'un fer épais et inusable. Il voulut d'abord se faire prêtre. Les lenteurs de l'Église l'exaspérèrent. Il ne prit patience que jusqu'aux ordres mineurs. Puis, à la suite d'un rêve qu'il fit, où, sous les allures d'un géant dont les pieds trempaient dans la mer et les mains, sans effort, touchaient les arêtes du château Saint-Elme haut perché sur la colline du Vomero, il enveloppait, comme un paquet de tripes bouillies dans les pages déchirées d'un vieux grimoire, le Palais Royal et ses dépendances, il décida de se plonger dans l'étude du droit. Au bout de deux ans, connaissant le droit grec, romain et napolitain comme le Pater, l'Ave et le Confiteor, il reçut le diplôme envié de docteur parthénopéen en lois.

Ainsi mûrissait Giulio Genoïno, dans le violent spectacle de la vie napolitaine et l'âcre science des règles civiles, à la lisière d'un monde où, sur l'homme de merde, poussait l'homme aurifère. Genoïno était né au milieu des mûriers, entre les épines et les cocons de soie, et cette soie, il la rechercherait tout au long de sa longue, longue vie, avec une rare obstination, en se déchirant les chairs aux épines impitoyables des pouvoirs. Dès le début, lui, le provincial laborieusement anobli par la grâce d'un ver, sa quête se nourrirait de sa haine infinie pour ces Napolitains oisivement anoblis par la grâce de Dieu.

Rien n'échappait à l'œil du jeune homme, comme rien n'échappera, des lustres plus tard, à l'œil du vieillard. Il observait les jeux pipés de la tribu napolitaine. Les gouverneurs espagnols et la noblesse de Naples, cent vingt-six princes, cent quatre-vingt-dix-huit ducs, cent quatre-vingt-cinq marquis, soixante-deux comtes et un nombre presque incalculable de barons, qui, d'un commun accord, commettaient tous les abus que permettent la morgue, l'ignorance et l'or, et faisaient de leur vie une parade de paresse et de luxe ; les gens d'Église, vingt et un archevêques-cardinaux et cent vingt-sept évêques, pour ne parler que des calottes violettes et des calottes rouges ; le défilé des vice-rois, chacun, à de bien rares exceptions, arrivant d'Espagne le ventre creux, et s'en retournant sur un galion au ventre rempli d'or. Après quinze autres vice-rois qui, depuis 1504, s'étaient succédé, le 10 juillet 1575, don Innigo Lopez Hurtado de Mendoza prenait possession du vice-royaume ; suivi, en 1579, par don Juan de Zunica, prince de Pietraperzia ; suivi, en 1582, par don Pedro Giron, duc d'Ossuna ; suivi, en 1586, par don Juan Zunica, comte de Miranda ; suivi, en 1595, par don Enrique de Guzman, comte d'Olivares ; suivi, en 1599, par don Ferrante Ruiz de Castro, comte de Lemos ; suivi, en 1601, par don Francisco de Castro ; suivi, en 1603, par don Juan Alfonso Pimentel d'Herrera ; suivi, en 1610, par don Pedro Fernandez de Castro, comte de Lemos. Et le soir du 20 juillet 1616, débarqua à Pozzuoli le nouveau vice-roi, lieutenant et capitaine général don Pedro Giron, duc d'Ossuna, comte d'Urenna, marquis de Peñafel, grand chambellan de S.M. et grand notaire de S.M. dans les royaumes de Castille, neveu du vice-roi homonyme, qui avait régné trente-quatre ans plus tôt. Les vice-rois percevaient une solde de deux mille ducats par mois, que le second duc d'Ossuna parvint à faire augmenter de mille ducats ; avec les cadeaux des courtisans, des nobles napolitains, des traitants, et autres avantages royaux, ils soutiraient autour de leur vice-royale personne environ la fabuleuse somme de mille doublons chaque année... Quant aux nobles, certains avaient jusqu'à trente mille écus de rente ; les calottes rouges et violettes, jusqu'à douze mille : de quoi acheter pendant un an tout ce que des milliers de Napolitains mangeaient chaque jour au Mercato. Mais les traitants, eux, quand ils s'enrichissaient devenaient les plus riches de tous, tel ce favori du mélancolique et cauteleux vice-roi don Fernandez de Castro, le financier portugais Michel Vaez qui, secondé par les chevaliers corrompus des Sièges, avec les adjudications des gabelles et les fournitures de l'annone, n'ayant crainte de vendre à la ville des milliers de cantares de blé pourri, avait amassé, en moins de trois ans, une fortune de deux millions de ducats. Et, au grand rire de perles et de peaux embaumées des dames de la Cour atteintes, parfois au visage ou aux mains, des chaudes battitures liquides et dorées, on faisait pisser les fameux chevaux de Bisignano, race créée par les Sanseverino di Bisignano et appréciée et célébrée dans l'Europe entière, dans des seaux d'argent au fond martelé de vermeil et au bord finement gaudronné.

Giulio Genoïno entra, vers 1595, au collège des Docteurs, et là, il consacra tout son temps à l'étude de l'histoire de Naples. Plus de deux mille ans d'histoire, depuis les Grecs venus d'Ischia et de Cumes pour fonder Paleopolis, la Vieille-Ville, sur le mont Echia qui s'avance comme la tête et le bec d'un rapace entre les deux ailes recourbées du golfe, et qu'on appela d'ailleurs, plus couramment, Pizzofalcone, Pic-du-Faucon, puis la Ville-Nouvelle, Neapolis, sur l'aile gauche, quand, perché sur les collines, on regarde la mer. Et le jeune Giulio pouvait voir et toucher du doigt tout ce qui restait hellène dans Naples, depuis la finesse et vivacité d'esprit de ses habitants, jusqu'à la structure urbaine : trois décumans larges de six demi-cannes, qui coupent la ville du couchant au levant, et que cisaillent, à angles droits, des dizaines de cardins, ces venelles larges de trois demi-cannes où deux cavaliers galopant de front doivent se mettre au pas et en file pour en croiser un autre : via, vicolo, vico, comme des rides profondes au front de la Sibylle, l'Immortelle : mais qui ne quête pas sa mort, ainsi que nous la montre Pétrone, horrible mère veillant pour prévoir sans cesse les souffrances humaines, terrible métamorphose de la pythonisse en insecte, mais qui vit en suppliant de vivre encore et toujours, jour après jour, dans les plis de sa peau tous les âges voluptueux de l'humanité. Giulio, qui feuilletait par hasard ce recueil des plaisirs vénériens, uraniens et luculliens, sans que ses sens en fussent le moins du monde éméchés, fut ainsi arrêté par un dialogue plutôt anodin, qui lui sembla pourtant révéler une constante de l'histoire de Naples : Car j'ai vu, de mes yeux, à Cumes, la Sibylle suspendue dans une ampoule, et lorsque les enfants lui demandaient en grec : Sibylle que veux-tu ? elle répondait : Je veux mourir... En grec : en 326 A.C., l'armée du consul Quintus Publius Filon écarte d'une chiquenaude les populations autochtones de l'intérieur, les Samnites, les Osques, les Étrusques, renverse les alliés, Cumes et Nola, et la République romaine plante ainsi ses serres dans la Campanie Heureuse. Or, à Naples, toujours la force s'incline devant la grâce : Rome victorieuse demande une alliance avec la cité hellène bourdonnante d'activité, avec ses trente mille habitants : et c'est, entre les deux villes, le foedus neapolitanum, pacte qui sera respecté par Naples en échange d'un inhabituel et scrupuleux respect de ses propres rites, de ses mœurs, et surtout de la langue grecque, par Rome acceptée même dans les actes publics. Cette apparente libéralité de l'envahisseur ne laissait pas de faire réfléchir Giulio, qui crut découvrir enfin le pot aux roses et la manière dont les occupants occupaient Naples, tout en donnant l'impression de jeter le glaive à la mer pour tendre, grandes ouvertes, leurs mains nues. La grive d'Agrippine, qui gazouillait des mots grecs, appris à Naples, jusque sur les balustrades des palais de Rome, lui mit la puce à l'oreille.

De grande ville libre et industrieuse, Naples devenait, sous la main gantée de Rome, une ville pour discourir, pour courir et pour rire. Quand les Romains voulaient aller en Grèce, ils se rendaient à

Naples, qui servait d'abord à étancher la soif d'exotisme et d'hellénisme de leurs philosophes, de leurs poètes, des patriciens et des empereurs eux-mêmes. D'un côté, la ville subit un flux constant d'immigration grecque ; d'un autre côté, le bec rapace de l'hôte forcé arrache à la ville de lourdes contributions en navires et marins ; peu à peu Naples doit négliger son trafic maritime et prendre avec philosophie le rien-faire où Rome l'installe... Stades, hippodromes, théâtres se remplissent. Des athlètes se distinguent et laissent aux Italides la mémoire de leur nom, Iatrocle et le favori de Titus, Mélancome... Des disputes de rhéteurs et de philosophes s'engagent, auxquelles participent César, Marc Aurèle, Stace, Virgile. Les théâtres, l'Odéon surtout, regorgent de spectateurs. Naples fait rire : mais Auguste rase Atella pour avoir donné à Naples et au monde romain les célèbres atellanes, miroir grotesque et obscène de la condition humaine. Et Atella, tant la force supporte mal la farce, sera rebaptisée, plus tard, l'Adverse, Aversa. Faut-il rire sur commande ? Néron, lui, il faut l'applaudir quand il faut, quand il se produit sur les planches napolitaines et que les plauditores, payés pour cela, donnent le signal : alors Naples applaudit à se rompre les paumes l'histrion doré au monocle vert, l'empereur du monde qui ressemble de plus en plus au fou ventru, baveux et grimaçant d'une atellane. Naples s'engraisse d'applaudissements. Romains, Alexandrins, Asiatiques, Grecs, Orientaux, tous bariolés de leur costume d'origine, se croisent sur la scène napolitaine où les décorateurs, architectes, marbriers, ferronniers, parfumeurs, orfèvres ajoutent leurs travaux au fabuleux décor naturel, pins parasols, baie azur, Vésuve bruyère... Augustule, le dernier empereur romain, vient mourir sur cette scène, sous les cerisiers rapportés de Perse par Lucullus, dans cet amphithéâtre gigantesque ouvert aux flots de la mer et des temps, où tous les peuples de la terre voudront donner leur comédie du pouvoir.

Giulio Genoïno voulait comprendre, en ouvrant les livres d'histoires, en compulsant les chroniques anciennes, pourquoi le peuple napolitain demeurait pauvre spectateur, ironique et tendre, devant les cupides acteurs étrangers, se payant souvent de bons mots, parfois de mauvais coups, au lieu de sauter sur les tréteaux, de suggérer un autre jeu ou de jouer, une bonne fois, sa propre comédie... Après, il y eut les Normands : et Naples se plia devant les beaux géants aux yeux bleus, qui s'appuyèrent sur d'autres plauditores pour mieux asservir, en le faisant rire, ce peuple aux mille plaies... Après, il y eut les Souabes : en 1224, ils fondèrent l'Université de Naples, bien; mais pendant ce temps-là, les barons et la soldatesque mettaient à sac les campagnes, et les nouveaux plauditores, les nobles et les gens de Cour, s'enrichissaient sur le dos de la plèbe devenue cariatide sous les tréteaux, et tout au service des nouveaux maîtres... Après, il y eut les Angevins, qui fortifièrent et embellirent la ville, et firent l'admiration des visiteurs, tel messer Boccace, qui ne tarit pas de louanges devant « l'heureuse, la joyeuse, la pacifique, la généreuse, la magnifique cité », où Pétrarque, de son côté, vient passer son diplôme de poète, certes,

certes... Le caractère monarchique du gouvernement de la ville s'accentue. Les plus beaux couvents du monde y sont construits par les plus grands architectes d'Italie, décorés par les plus grands artistes, et deviennent de fabuleux jardins ceints de hauts murs blancs protecteurs, qui font une ombre bénéfique aux milliers de va-nu-pieds errant dans Naples... Pas facile : il faut payer et rire à la fois : maltôte sur maltôte, donativos sur donativos. Les artisans aux mains agiles et les marchands à l'échoppe baladeuse, grâce aux plauditores qui s'enrichissent entre leur labeur et le sceptre, ont le ventre creux, la bourse creuse et se creusent le crâne pour inventer chaque jour un nouveau moyen de ne pas crever de faim. Il faut que la nuit passe : adda passa' 'a nuttata : et le lendemain, le soleil aux yeux, au fond de sa manche on trouve encore une pièce à donner au traitant qui l'exige en agitant l'épouvantail du recors et de l'alguazil. Que de nuits devront encore passer, dans cette ville de toutes les clartés ! Incursions sarrasines, turques, brigandage, pestes, choléras, jusqu'à trente mille morts par jour, et encore de nouveaux maîtres à faire rire.

Voilà les Aragonais : le commerce de la laine et de la soie reprend vigueur, avec Alphonse le Magnanime, et la vie culturelle fleurit : mais tout s'en va en dragées données en pâture aux chevaux, et en ruisseaux de vins précieux qu'on fait largement couler, à coups de hache dans le chêne ventru de la futaille, du sommet des collines à la mer. Naples applaudit et se soûle au spectacle prodigieux du gaspillage de ses rois. Le carrousel des puissants fait tourner la tête à Parthénopé, tombée d'une ivresse d'air et de reflets d'or et de fumets de luculliennes cuisines, et qui se réveille enragée de ses rêves, comme une femme prise et délaissée au bord d'une jouissance promise. D'un fol enthousiasme, elle passe à une désillusion rampante, et de désillusions en désillusions, à la haine larvée ; et elle accueille bras et cuisses ouverts le nouvel envahisseur, qui dressera, à son tour, son décor de charme, qui apportera quelques minces variantes à son spectacle ondoyant, avant de hérisser, sous de méchantes répliques, le parterre fourmillant de spectateurs affamés et ne riant plus que pour rire.

Genoïno voyait le poulpe de la servilité étendre partout, autour du Palais, les visqueuses ventouses de ses tentacules. Et, à partir de l'année 1503, il en alla de même avec les vice-rois espagnols : la cité aux seins bleus siffle, conspue la compagnie de comédiens qui traîne encore sur sa scène dans l'attente de nouvelles entrées lucratives de spectateurs, et n'a de cesse qu'elle n'applaudisse l'apparition foudroyante et majestueuse du nouveau premier rôle et de sa troupe. Et Giulio Genoïno, qui voulait de toutes ses forces soulever la chape de fatalité pesant sur Naples, fustigeait ainsi en lui-même la sinueuse, l'écœurante obséquiosité des Napolitains, de ses compagnons d'études, qui lui disaient : Nous sommes nés serviteurs, servons ! avec l'ironie du mouton qui ferait de la philosophie sur les bonnes dents du loup. Servons ! Ils servent le maître du moment, ils regrettent le maître du passé, ils attendent le maître qui viendra. Et, pour Genoïno, point de doute, la faute de ce misérable état d'esclavage était moins imputable à un Néron ou à un vice-roi qu'aux nobles sangsues napolitaines. Si au moins les Napolitains parvenaient à jouer le rôle du chœur, que l'on donnait à un groupe de masques dans les pièces antiques !

En 1620, le jeune Giulio indigné d'injustices était devenu « le vieux démagogue » : il avait cinquante-neuf ans obstinés, et ses adversaires, c'est-à-dire l'oisive noblesse qui tout asservissait à ses caprices, l'appelaient aussi « le nouveau Catilina ». Depuis plusieurs mois, on le voyait entrer au Palazzo Reale, où il était retenu des demi-journées entières. Il endossait immuablement, quelles que fussent l'heure et la saison, une ample cape gris-noir, de la couleur du piperne, volant autour de lui au ras de la terre comme une peau de couleuvre géante ; jamais rien sur sa tête aux cheveux blancs et coupés court ; deux bosses à son vaste front luisant donnaient l'impression des deux cornes d'un chevreau prêtes à sortir ; une barbiche soigneusement taillée, où trois longues rides ravinant les deux joues venaient se perdre ; les lèvres éclataient ainsi qu'un bouton de pavot sur cette face ardoisée, où des yeux de poix se cachent sous de broussailleux sourcils : larges, épaisses, fluides lèvres rouges, qui semblaient toujours mouillées d'une cascade de mots. Son allure était jeune, malgré la légère contre-panse de l'homme qui a vécu voûté sur les livres, en a écrit, sans doute, et consomme à sa table plus d'huile que de vin ; leste, son pas, avec une vigueur presque militaire dans la façon dont le talon attaquait le sol. Il baissait le chef, en marchant, et fonçait droit à son but, ne paraissant voir personne, tel un enfant puni et têtu. Ainsi s'engouffrait-il, depuis des mois déjà, et à n'importe quel moment de la journée, dans le palais du vice-roi, don Pedro Giron duc d'Ossuna, sans qu'il eût le moindre rôle officiel dans le gouvernement de la ville : et les gardes, quand il parcourait les allées du Palazzo, lui rendaient les honneurs.

Les chroniqueurs nous ont laissé un portrait contrasté du vice-roi qui tant conférait et, selon la rumeur, tant confabulait avec l'homme gris, le demi-prêtre, le demi-juriste, le noble soyeux de Cava, mangeur de nobles napolitains. Un historien de la république de Venise, certain Battista Nani, plume naine et vengeresse griffant un farouche ennemi de sa patrie, écrivit que, pour le duc d'Ossuna, se laisser guider par la raison et par la loi n'était qu'une preuve d'esclavage; et que le duc violait l'immunité de l'Église, piétinait la noblesse, lançait mille injures à l'adresse de tous les princes italiens; et que le royaume de Naples était devenu une géhenne sous la tyrannie de l'Ossuna toujours en proie à deux fureurs, la luxure et l'ambition, et bouleversant jour et nuit les choses sacrées et les choses profanes. Par ailleurs, d'autres chroniqueurs rapportent que le duc d'Ossuna aidait la plèbe, partageait sa solde entre les plus pauvres, et que souvent il libérait, de ses propres doublons, les prisonniers pour dettes. On se rappelle la manière dont il supprima, d'un coup d'épée au filin d'une balance, qui fut un coup de théâtre devant la ville entière, honni par les traitants, inoubliable pour tout le bas peuple de Naples et pour les fruitiers à la joie changée en feux d'artifice pendant trois nuits de suite, la gabelle sur les fruits. Par ces actes railleurs, il voulait donner plus d'indépendance au peuple, au détriment de la noblesse, il voulait saper l'autorité féodale des principions, et établir un équilibre antagonique au cœur de cette Naples si labile, si difficile à mener dans sa friabilité narquoise, dans ses mouvantes dilatations, dans sa porosité lunaire, afin de planter avec force son trône d'arbitre entre les deux parties. Ce qu'un autre chroniqueur appela, à l'époque, « un prodige de bon gouvernement en bouffonnant ». Et à Rome, ses ennemis mêmes tissaient des louanges à ce ministre aux fertiles initiatives et au gras bon sens. Mais comment l'aversion calculée et profonde que le duc d'Ossuna éprouvait et prouvait pour la noblesse napolitaine, eût-elle été au goût des Conseils d'Espagne ?

À Naples, peut-être plus qu'ailleurs, et, en tout cas, plus tôt qu'ailleurs, la plèbe avait eu une fière horreur hilareuse de ses nobles prépotents aux titres pompeux, qui l'écrasaient de mépris, de fiel, de tourments, de faim. Et le duc d'Ossuna fit savoir, au grand bonheur du peuple, qu'il voulait abolir un proverbe et d'abord en supprimer les causes. Le proverbe : Dans les filets, on prend la piétaille, les gros poissons déchirent les mailles. À Naples, les gros poissons dépassaient toute mesure, tant ils dévoraient. Et ce sont ceux-là que le vice-roi décida de harponner, sans pitié pour aucun, allant même jusqu'à frapper des gens d'Église, qui s'opposaient plus ou moins sournoisement à son vouloir. Au cours des deux premiers mois de son gouvernement, la main dégantée et l'index pointé, il envoya ad patres plus de trente personnes de la plus haute noblesse. Et comme il avait fait pendre un prêtre par trop simoniaque, l'archevêque de Naples, cardinal Decio Carafa, le déclara « exposé aux censures ». Alors le duc, exposition pour exposition, fit dresser le gibet devant le palais épiscopal, menaçant de la hart quiconque y entrerait, quiconque en sortirait : ainsi fallut-il, à l'émerveillement des Napolitains, qui jouissaient au délire des tragi-comédies qu'on jouait à leur bénéfice et en leur honneur, l'absoudre. Le peuple disait : Dieu soit loué pour nous avoir envoyé un vice-roi qui rend égale justice à tous. Les nobles disaient : Sous le duc d'Ossuna, mieux vaut être artisan, culterreux ou cul-nu, que noble et couvert de titres glorieux. Les barons poudrés à frimas, rosis de confusion, faisaient antichambre des journées entières, et quand le vice-roi se montrait enfin, il passait sans daigner leur jeter un regard, écrasait ostensiblement les escarpins pastel à boucles d'or de ceux qui s'enhardissaient à lui murmurer un mot courtisan, et filait, toutes affaires cessantes, lancer des bourses de réaux aux plus dépenaillés de ses sujets : détresse contre noblesse, telle était la mise.

Genoïno avait une connaissance parfaite du terrain. Le duc d'Ossuna, tous les pouvoirs, que lui déléguait le plus puissant monarque du monde, le roi d'Espagne. L'un et l'autre, hommes déterminés, visaient à briser l'arrogante noblesse napolitaine. Ils étaient faits pour s'entendre, et la noblesse unie pour les exécrer. Les suppliques dénonciatrices des barons pleuvaient sur l'entourage de Philippe III. À trop jouer avec les nobles, seuls vrais représentants, dignes ou indignes qu'ils fussent, de la monarchie, le duc d'Ossuna se brûla, et le vent de l'Histoire mit aussi le feu aux trousses de Genoïno.

Le 8 janvier 1620 marqua, pour le duc d'Ossuna, l'acmé de sa puissance et le début de sa chute rapide. Ce dimanche-là, le vice-roi fit du Palazzo Reale une grotte enchantée, où, entre d'immenses stalactites et stalagmites torsadées de fruits, de gâteaux, d'oiseaux confits piqués en éventail de plumes multicolores, de daurades fumées auxquelles on avait greffé, à la place de la nageoire dorsale, une aile blanche de colombe, entre les tables à nappes de fils d'argent et vaisselle de vermeil préparées pour le déferlement des mets, et sous les lustres de putti à pattes de boucs dansant aux mille et une chandelles allumées, vibraient de vives et suaves musiques : son fils, don Juan, venait d'épouser une des très gracieuses femmes du royaume d'Espagne, doña Isabelle. Les plus beaux draps armoriés, ou richement brodés, flottaient aux façades. Le vin coulait aux fontaines. Multipliant ses habitudes « populacières », le duc d'Ossuna fit distribuer des pains blancs et le contenu de cassettes de réaux avec une largesse inouïe, et ordonna d'élargir des terribles prisons de la Vicaria, des basses-fosses du château Saint-Elme, des cachots du château des Angevins et du Grand-Amiral, quantité de prisonniers, dont certains, que dévorait la vermine, titubaient en aveugles sous les grandes orgues bleues du ciel. Des éphémères, chevauchées de tritons sur des palais de paille nattée, peints comme de vrais palais, étaient bourrés de soufre, de salpêtre et de charbon de bois, et prenaient feu, et explosaient, et les tritons en flammes, âmes monstrueuses du Purgatoire ailées de feu, volaient sur toutes les places de la ville saisie d'une délirante liesse et étourdie de joyeuse fureur et miragée de faim à la vue des mâts de cocagne qui ployaient sous les victuailles grouillantes.

Autour de ses tables, le vice-roi avait disposé, en politique exsudant de renardise, les nobles les plus intègres et méritants des anciens Sièges de Nido et Capuana : deux places composées des grandes et des riches familles de la Cité, toujours opposées aux impôts ruineux pour la ville, et constituées par ce patriciat napolitain qui voyait avec dégoût la corruption des nouveaux Sièges de la noblesse de Porto, Porta Nuova et Montagna, cette même noblesse vipérine que le duc d'Ossuna traitait comme de la litière à bourrique. De nombreux représentants de Nido et Capuana, aimant l'ordre et la justice et se trouvant en friction perpétuelle avec les nobles verveux dorés et percés des nouveaux Sièges, entouraient donc le vice-roi lors de ce fastueux festin en l'honneur de son fils. Après le repas, où le gibier du Vésuve, où les vins du Vésuve, où les oranges du Vésuve, où les neigeux sorbets du Vésuve avaient roulé et coulé sur les nappes toisonneuses d'argent et d'or, le duc d'Ossuna fit conduire ses invités dans la salle du Trésor, close sur les très précieux objets des temps passés. La salle, plongée dans l'obscurité, fut soudain léchée par la lumière de dix pages porte-flambeaux. À hauteur d'homme, surgirent trois pyramides de gemmes rouges, vertes, blanches, bleues, violettes, serties dans les sceptres, les coupes, les diadèmes, les couronnes, les châsses et le lourd flot des parements, qui éblouirent de leurs feux les visiteurs plus vacillants que la flamme des flambeaux. Un balcon donnait sur la place du Palais, noire et criarde de peuple : deux pages, d'une révérence harmonieuse, ouvrirent les deux battants de la haute porte-fenêtre : le soleil, déroulant ses derniers rayons érubescents sur Pizzofalcone, aveugla tout à fait la très noble assemblée, qui se retourna vers l'intérieur de la salle.

Le duc d'Ossuna était en train d'observer avec une attention d'orfèvre la couronne du roi Alphonse d'Aragon, jadis roi de Naples. Ses larges narines frémissaient; son œil de busard passait, en d'avides éclairs, de la couronne au cercle des nobles, du cercle des nobles à la couronne; ses oreilles charnues étaient violacées d'un excès de sang. Il prit le cercle d'or entre ses paumes largement, solennellement ouvertes, et le plaça sur sa tête de gros moine retors. Il prit le sceptre dans sa main droite. Il fit trois pas mesurés dans la direction du balcon noyé de soleil et de brouhaha. Il s'arrêta. Se retourna vers les présents médusés, et, forme pulvérulente silhouettée par le contre-jour, il demanda :

« Mes amis, qu'en dites-vous ?... Cela ne me sied-il pas bien ?

— La couronne sied parfaitement sur la tête du roi, répondit, sévère et la voix grave, le prince de Bisignano, don Tiberio Carafa. Et le vice-roi, du ton badin qui eût convenu à un jeu de société des plus innocents, rétorqua en souriant :

— C'est bien ainsi que je l'entends !... »

Le soir même, scellée d'une double queue verte aux armes du prince de Bisignano, signée par les nobles de Nido et Capuana, une lettre s'envola, qui apprenait à Sa Majesté le roi d'Espagne, comment le duc d'Ossuna, entre sa noblesse et son peuple, jonglait dangereusement avec un sceptre et une couronne. Il y fut aussi insinué que le vice-roi avait mis patiemment tout en œuvre, et tout disposé, pour qu'on supprimât le vice devant son titre et qu'on le proclamât roi : par acclamation de ses invités de la meilleure volée et puis, en se présentant au balcon du Palais Royal, par hurlement de l'anonyme multitude rassemblée sur la place où se trouvaient, disséminées comme l'ivraie au milieu du bon peuple, certaines personnes félonnes chargées de crier aux quatre vents : Viva don Pedro d'Ossuna nostro ré !

Qu'il y eût plus de vrai que de faux, dans cette lettre accusatrice, le chroniqueur ne peut en douter ; sur la place, dans la foule, on pouvait entendre l'homme gris à la cape de couleuvre, qui, de sa voix de théorbe, avait entrepris l'élu de Porto, Pietro Macedonio : ce dernier, vêtu de soie tourmaline, de bottes à revers ornés de dentelles, ruisselant de ruchés aux poignets, était entouré d'un groupe d'hommes à soubreveste de cuir et dont la rapière, au passage, caressait les mollets. Genoïno disait que le peuple payait, payait toujours pour qu'on le traîne, guenilleux, par le bout du nez ; que la noblesse le saignait, l'étripait en triplant, quintuplant les taxes et les donativos demandés par Madrid ; que le peuple cachait son mécontentement et ses terrifiants malheurs sous des farces et des rires ; qu'il lui fallait, pour s'exprimer, un bon représentant élu, et, surtout, qu'il y eût parité de voix entre peuple et noblesse; qu'on protestait de plus en plus haut autour des bassi, et que ces protestations, mille fois justifiées, pourraient bien mal tourner; que, dans ce monde, ce n'est pas à sa peau que l'on tient, c'est à son habit : et Genoïno dévisageait, l'œil moqueur, les délicates fanfreluches de l'élu de Porto; que celui qui est tout nu ne tient à rien; que l'écrasante richesse des nobles était comme le son : farine du diable; et que, d'ici peu, les bouilles enfarinées d'or auraient à payer pour le peuple qui s'égosillait, en riant et bouillant d'impatience, sur ses douleurs; et que... L'élu de Porto, excédé par l'insistance de Genoïno, lui souffla à la face, avant de tourner le dos, en un geste ostentatoire de mépris :

« Vous êtes donc enragé ! Est-ce la bave des vers à soie de Cava qui flanquerait de tels accès de furie ?... Vous nous obligez chaque jour à pisser sur les brandons que vous allumez ! Laissez-les donc protester en paix ! Et buvez une bonne décoction de passerage !... Ne le saviez-vous pas, malgré vos cheveux blancs ?... Protester et mendier : idem est, caro avvocato !... »

L'élu de Montagna, lui aussi venu, ce jour de fête, sous les fenêtres du Palais, lui aussi protégé de lames de Tolède bien trempées et sigillées de la fameuse louve, héla Genoïno, son vieux condisciple de l'Université :

« Eh ! Genoï !... Genoï, mon cher, ne fais pas la figue aux représentants de *ta* noblesse : je te le dis en ami : tu files un mauvais cocon !... Et tu nous défiles la laine sur le dos !... En somme, que veux-tu, au juste ? Par ton influence sur le vice-roi, avec tous les bons conseils que tu prodigues, tu travailles à écarter du pouvoir les familles napolitaines, ou, du moins, à les rendre odieuses au peuple. Avec quel résultat, dis-moi ?... Que le pouvoir espagnol fera peser plus fort sa force tétanisante sur notre ville, que nous deviendrons des sujets d'un vice-roi plus puissant qu'un monarque, que nous circulerons dans Naples comme si nous avions les pouces aux orteils liés, l'œil d'anchois en caque, la bouche de cire...

— Tant mieux ! coupa l'imperturbable voix de théorbe, dont les cordes ne vibraient plus d'indignation flambante, mais d'une intense, d'une profonde satisfaction à peine contenue. Je préfère l'autorité royale espagnole à la ramageuse union avec les nobles napolitains !... »

C'est ainsi qu'au mois de mai les choses se précipitèrent. Dans l'ensorceleuse cité saturée de grisants effluves, ramifiée d'éclatantes couleurs, regorgeant à chaque pas de monceaux de fleurs et de fruits parmi les plus beaux de la terre, flexueuse de femmes enchanteresses, toute volupté, fors celles que procurent à certains les âpres jeux du pouvoir, fut oubliée au Palais. Dès le 9 avril, le duc d'Ossuna avait élu, contre la noblesse, Giulio Genoïno, l'élu du peuple. Dans ses vœux, qu'il lui adressa publiquement, le vice-roi fit l'éloge du zèle démontré par l'avocat Genoïno au service de la cause royale ; il l'appela « mon ami des heures cruciales », et choqua sa joue carrée de moine contre la joue creuse du demi-prêtre. Des rumeurs, peut-être pas toutes infondées, circulèrent. D'une part, limaçonnait le bruit que c'est en offrant huit mille ducats, tenus d'un dénommé Matteo Vitale, de Cava dei Tirreni, lui aussi, sous la promesse écrite d'obtenir la juteuse charge de gouverneur de l'Annunziata, huit mille ducats au duc d'Ossuna, que Genoïno avait été élu ; d'autre part, qu'avec ce choix le vice-roi se munissait de l'instrument idéal pour détrousser la noblesse napolitaine, lui faire payer des impôts et remplir ainsi les caisses du Palais, dont le contenu s'évaporait en un luxe effréné ; bref, l'homme gris se révélait, jour après jour, le meilleur, le plus énergique fauteur des anciennes prérogatives du peuple et des nouvelles dépenses voluptuaires du vice-roi.

L'élu du peuple, après une solennelle procession dans Naples, où il allait recueillant des tonnerres de vivats, précédé et suivi de douze portiers exposant les clefs du peuple à bout de bras sur un coussinet de velours cramoisi, et accompagné par un nombreux cortège de parents rengorgés et d'amis bien armés, envoya aussitôt une supplique au roi. En douze chapitres, il demandait que le Siège du Peuple pût s'adresser, pour ses besoins de vie et de dignité, directement à Sa Majesté le roi d'Espagne, et insistait, entre autres réformes nécessaires, sur l'égalité des voix entre peuple et noblesse, sur la juste répartition des charges de la Cité entre nobles et peuple, enfin sur le maintien, souhaité ardemment par toute la population fidèle à Sa Majesté, du duc d'Ossuna au gouvernement de Naples.

Enroulé dans ses haines aveugles et ses désirs légiférants, comme la chenille du bombyx dans le fil inextricable qu'elle sécrète, Genoïno, l'avocat de la bonne cause, ne voyait pas que le royaume de Naples n'était qu'une partie — mais une partie où l'Espagne avait trouvé, plus précieuse que celles des Indes, une mine d'or inépuisable — de la grande Couronne ibérique, un corps unique, fait de bras, de jambes, d'ongles, de cheveux, de viscères, dirigé par une seule tête déléguée et délébile, le vice-roi. Découper ce corps, d'un côté les nobles, de l'autre le peuple, revenait, pour Philippe III, à avouer qu'il ne se sentait plus le maître absolu de ses sujets. Et puis, pourquoi un roi aurait-il voulu qu'une puissante noblesse, dont la puissance procédait du droit divin, laquelle seule pouvait étayer son trône, devînt son ennemie ? Pour s'affaiblir soi-même et prendre enfin place, un beau matin, sur un siège bancal, quoique encore royal ? L'avocat et le vice-roi tiraient des ficelles qui ne pouvaient devenir, pour l'un comme pour l'autre, que fatals nœuds coulants.

Genoïno, grappillant gracieusement dans les vignes du vice-roi, venait de faire nommer capitaine du Mercato, Francescantonio Arpaïa, son neveu.

Le 18 mai, le duc d'Ossuna déclara, lors d'une séance du Conseil Collatéral, à la fois Conseil d'État et Conseil de Guerre, composé de douze ministres d'entre lesquels trois napolitains de robe, et dont la résidence ordinaire était auprès du vice-roi, que l'avocat Genoïno serait incessamment promu au rang de Juge criminel de la Grand-Cour de la Vicaria. Les nobles, surtout ceux qui voulaient à tout prix débrider leur puissance, virent aussitôt que, de sa haute charge officielle, le démagogue abhorré se ferait rempart contre toute condamnation, contre toute accusation même, sans qu'il lui soit le moins du monde besoin de claironner, comme il l'avait fait par le passé, ses privilèges d'homme d'Église. Il n'avait été que légèrement condamné, à une amende minime et suspension de sa charge, malgré une grave faute de lèse-majesté, lorsqu'il s'était arrogé le droit d'élire les consuls de l'art de la soie : un décret de la Chambre royale de la Sommaria, qui sommait tous les crimes contre le royaume, tança Giulio Genoïno en tant qu'« homme séditieux, lequel ne devait plus exercer aucune charge dans ledit art ». Désormais, peu lui importait l'art, pourvu qu'il mordît au pouvoir.

Daté du 20 mai 1620, tombe le décret du vice-roi : À Son Excellence le Régent de la Grand-Cour de la Vicaria, Octave d'Aragon du Conseil Collatéral — l'avocat Giulio Genoïno, par volonté suprême du vice-roi, et dans l'intérêt du gouvernement du royaume de Naples, se voyait promu au rang de Juge criminel. Le duc d'Ossuna ne pouvait prendre meilleure disposition, d'abord pour sa propre politique — jouir d'une royauté sans vice en divisant —, ensuite pour favoriser avec éclat, mais dans les limites du possible au regard de Madrid, un bon serviteur de son gouvernement, l'homme exemplaire qui, plus que tout autre, et, maintenant, non seulement à visage découvert mais en figure de proue, le soutenait sans l'ombre d'une mésentente, allant jusqu'à devancer, tant leur vision, sinon leurs visées, politique à tous deux convergeait, ses volontés. De conserve, les nobles élus s'abstinrent de se rendre aux séances du tribunal, que présidait le nouveau Juge criminel. Genoïno, entre une haie de gardes emplumés et bardés de lames, s'installait ponctuellement, majestueusement, à San Lorenzo, sur son trône de Juge à baldaquin grenat frangé d'argent, chaque matin : chaque matin, puisque ses collègues envenimés contre le « Catilina du cocon vice-royal » dédaignaient de venir siéger, il fit rédiger une protestation circonstanciée contre ces absences concertées, en soulignant que les nobles subvertissaient, par leur conduite rebelle, l'ordre et le calme de la vie publique. Et sur son lutrin, il dessinait des figues béantes, comme ce général romain qui semait de bornes sculptées de vulves les champs de bataille où l'ennemi, sans combattre, avait fui.

Le 31 mai, le duc d'Ossuna ordonna à son Grand Amiral d'armer, avec toute la pompe d'une solennité, la *Negra* et cinq autres galères, car il voulait partir, délaisser Naples l'ingrate.

Genoïno ordonna que la place se réunît à la quatrième heure de l'après-midi du 1er juin, dans la salle de Sant'Agostino. Le cardinal Decio Carafa interdit aux pères augustiniens de recevoir le peuple dans Sant'Agostino, et la réunion ne put avoir lieu. Le même jour, le vice-roi fit une grandiose cavalcade de Siège en Siège, à travers toute la ville, tambours, trompettes, oriflammes, en compagnie de Genoïno et de nombreux cavaliers de parade, qui cascadaient de rémiges légères et de lourds brocarts. Au milieu de la marée humaine enfiévrant les rues, les ruelles, les venelles, sur les places débordant ainsi que des lacs de chair en crue, houleuse Naples rieuse et hurleuse de tout spectacle servie, le vice-roi fit montre de douceur et d'amour envers tous ses sujets, les plus pauvres surtout, qui se pressaient d'admiration, d'humiliation et de gratitude autour de sa monture frémissante au harnais à cabochons d'or. Il se penchait sur l'encolure de son genet rubican à la crinière tressée ornée de rubans pourpres, afin de prodiguer caresses et promesses aux têtes inquiètes d'adoration qui levaient des yeux suppliants vers lui et faisaient, de la croupe aux naseaux du cheval, à hauteur de ses genoux, des vagues rondes crêtées d'une écume de crin noir. Il jeta des poignées de patacons, jura, en se dressant sur ses étriers aux cris enthousiastes de la foule, d'abolir complètement la gabelle sur la farine et d'augmenter le poids du pain, et ce devint un délire, et la monture et son cavalier furent, quelques instants, soulevés de terre et flottèrent dans le ciel chauffé à blanc de Naples. Alors, il demanda : Qui voulez-vous, ô mon peuple, au gouvernement de notre ville, de notre royaume ?... Et les flots noirs se renversaient et, moutonnantes, dix mille faces lunaires s'ouvraient, s'écarquillaient, s'époumonaient : Votre Excellence ! Votre Excellence ! Votre Excellence !... Levant le menton, haussant la broussaille de ses sourcils, battant le premier des mains, donnant à sa droite et à sa gauche et devant et derrière lui le signal de la jubilation, Genoïno, dont la cape couleuvre flottait sur les flancs de son cheval à la riche houssure brodée de fils d'argent et de soie bleue, incitait la foule à applaudir, à acclamer le vice-roi, à manifester un filial et farouche attachement au maître de la ville, pour qu'il ne mît pas sa menace à exécution, qu'il ne disparût pas de Naples, et qu'il désarmât la *Negra* prête à voguer... Qui ?... Qui ?... Qui ?... Votre Excellence ! Votre Excellence ! Votre Excellence !...

L'élu de Montagna s'était penché au balcon de son palais, pour suivre des yeux le cortège embrasé qui traversait son Siège. Il applaudit, d'abord, puis il se mit à crier en pouffant de rire et en agitant devant lui son chapeau à larges bords, révérencieux et bouffon :

« Genoï !.. Genoï !... On te fait danser la séquidille, cher grand avocat ! Ne sais-tu pas que leurs grandesses d'Espagne, pour paraître plus grandes encore, sont toujours accompagnées d'un nain !... Ah ! Ah ! Ah !...

— Nain toi-même ! Monté sur un balcon, il se prend pour un géant ! répliqua Genoïno. Mais sans la sueur du peuple, le balcon serait moins haut et l'élu de Montagna, moins gras !... »

On commença de s'esclaffer de haine dans la foule ; le balcon à l'instant se vida du chapeau et de l'homme.

Au milieu de la nuit, comme la cavalcade, qui s'ajoutait à la menace d'embarquement, d'abandon de Naples par le duc d'Ossuna, n'avait pas produit le mouvement de révolte escompté chez le peuple, Genoïno fit attacher des vases de cuivre à la queue de dizaines de chevaux arabes, déjà si nerveux de nature, et les lâcha dans la ville à grands coups de lanières cloutées. Cabrés, bondissant dans un galop panique, pris de folie au tintamarre qui les poursuivait, à la féroce douleur de leurs jarrets contre lesquels venaient frapper et mordre les récipients égueulés, les chevaux sillonnèrent effroyablement les rues, avec des hennissements qui faisaient trembler les hauts murs des couvents, claquer les portes des bassi, battre les jalousies, jusqu'à ce que, les uns après les autres, l'œil rouge cerclé de blanc, et les naseaux noyés de bave, et la croupe baveuse d'écume sanglante, et les flancs soufflant comme soufflets de forge défoncés, ils s'effondrent, tout secoués des spasmes flagellants de la mort, les tendons des jarrets sciés par le métal roux.

Au petit matin, il ne restait plus, à l'angle des rues, que quelques flaques de sang : les Napolitains, comme les Hébreux dans le désert, s'étaient partagé la manne chevaline. Naples, gavée de viande, loin de se soulever, s'était voluptueusement endormie.

Le duc d'Ossuna et Genoïno avaient échoué. On les accusa, plus tard, d'avoir poussé la ville à la discorde, jusqu'à lui faire frôler la guerre civile. Giulio Genoïno se réfugia dans le Palais Royal, et, dès lors, dans Naples personne ne le vit plus. Le bruit courut, le 29 juin, que le duc d'Ossuna l'avait faire occire et jeter au fond de certain puits de tuf dont nul jamais ne revient, afin que les détails de leurs machinations ne fussent pas révélés. Peut-être encore une autre ruse, que cette rumeur, un autre nuage de seiche lancé à la face des nobles napolitains et de l'Espagne... Et le duc d'Ossuna, la moustache moins noire, le large menton plus pâle, s'embarqua pour Toulon, laissant à son successeur, le cardinal Borgia, la charge du vice-royaume. Le calme sembla revenir dans la ville reprise de fourmillantes langueurs, et les Napolitains, tous y compris le bas peuple qui avait pourtant largement lapé dans les paumes ouvertes du duc d'Ossuna, soupirèrent d'aise quand les deux excitateurs se furent évanouis.

Le même jour, le même matin, à l'autre bout de la ville, mais à mille lieues des soubresauts du Palais Royal, au premier étage du vico Rotto al Mercato, des flots de lumière noyaient l'aigle à deux têtes qu'un anonyme fresquiste napolitain, prophétique et ironique à la fois, avait peint sur ordre des gabelous, quelques mois auparavant, d'un pinceau léger trempé dans des couleurs largement étendues d'eau de mer. Ainsi, noir, ourlé de jaune, serres et becs acérés et symétriquement écartés, pennage épineux, grand de cinq empans, le bicéphale oiseau de puissance prenait déjà des pustules, s'écaillait par endroits, et le mur chaulé qui le portait cloquait sous les chaleurs humides venues d'Afrique et le sel du peintre mêlé au sel des blocs de tuf granuleux. De la fenêtre ouverte, fusait, depuis une heure qui paraissait un siècle, un cri de vieille à la voix cassée d'émotion.

... Caque-le ! Mais caque-le donc ?... Caque-le, caccalo, per la Madonna !... Giesù ! Giesù ! Il ne veut pas sortir !... Giesù ! Le nouveau-né ne veut pas naître !... Caque-le, Antonia, ma belle !... 'A Sciancata qui, depuis la mort de Ceccone, sant'om' !, ne gîtait plus dans son basso du vico dei Lanaioli mais habitait, depuis quatre mois, donc, la grande et unique pièce au premier étage du vico Rotto, juste au-dessus de la gabelle du blé au rotolo, dont la façade était celle-là même de la douane de la farine, 'a Sciancata se démenait et criait ses exhortations dans les cuisses de sa fille s'ouvrant, béantes, entre deux genoux pointés aux rotules blanchies, sur un ventre gros et rond comme le boulet de porphyre d'une bombarde. Elle boitait, la mère, clapeclope-clapeclope-clapeclope, du lit, où Antonia s'écartelait sous d'incessantes vagues de douleurs, à la fenêtre grande ouverte sur la piazza Mercato qui se préparait, ce 29 juin à 9 heures du matin, ainsi que tous les matins que Dieu fait, à voir s'abattre sur ses monticules de fruits et de légumes des nuages criards et voraces de Napolitains. Elle clapeclopait, 'a Sciancata, surveillait l'eau qui cornemusait sur le brasero, tâtait de ses doigts racornis et brouis les linges épais de la parturiente, le léger trousseau du bébé, s'élançait telle une corneille blessée vers la fenêtre, quittait soudain l'aveuglante clarté de la piazza Mercato, l'assourdissant charivari des charretiers venus de Pozzuoli et des villages vésuviens, pour plonger de l'œil et des mains dans la vulve tendue, distendue, disparue d'Antonia. Antonia gémissait, hululait en faisant non de la tête à tant de douleurs, mordait ses lèvres au sang, se noyait la face dans les mèches de ses longs cheveux corvins huileux de sueur, appelait Mamà ! Mamà ! Mamà ! appelait au secours, appelait San Gennaro, appelait 'a Maronna !... Des griffes de feu lui labouraient les reins, elle se cambrait, elle s'écartait, elle retombait. Donna Caterì tardait, l'amie scioscia, qui savait tous les secrets du ventre gros des femmes. Un guaglione, la trogne en bataille et le caleçon déchiré, passa sous la fenêtre, et leva le nez, où se découpait la silhouette noire de la Sciancata penchée, à en basculer dans le vide, du côté du vico dei Lanaioli. Elle vit le guaglione, se racla la gorge, visa et cracha sur la terre battue, juste entre les deux pieds nus de l'enfant... Guagliù ! Va, cours vico dei Lanaioli, demande donna Caterì, 'a scioscia, dis-lui que ça presse, elle comprendra, et ramène-la avant que ce crachat soit sec, tu as bien compris, Santa Madonna !... Cours !... Et elle piqua de nouveau du nez dans la tomenteuse grenade éclatée.

Une bouffée d'air chaud se déplaça au-dessus du lit. Une grande cage rectangulaire aux barreaux de bois dans la main droite, un flacon pansu dans la main gauche, donna Caterì, d'un coup de fesses, venait d'ouvrir la porte. Finalmente !... s'écria 'a Sciancata. Mamà !... hurlait Antonia... Giesù, Giesù, Giesù, soufflait Caterì, qui expliquait, hors d'haleine, son retard : Trouver quatre poulets à Naples, ce matin, était plus difficile que trouver le Diable dans un ciboire : à croire que toutes les femmes de la ville accouchaient au même moment, et à bien compter, neuf mois après la fête de Piedigrotta, quoi d'étonnant !... Mais le même jour, toutes, le matin, toutes, comment prévoir et retenir à l'avance les quatre poulets ? !... Si mille femmes dans la ville font un enfant à 9 heures du matin, où dénicher sur-le-champ quatre mille poulets !... Une chance que la vieille scioscia de Caterì connaisse tous les caquets de Naples !... Et puis, dans sa hâte à venir, elle avait brisé deux flacons ; le troisième, le plus beau, le voici, pour toi, Antonia, hou ! hou ! mais elle va bientôt nous le caquer, un bel maschio, eh ! Antonia !... Allez, ma belle, souffle fort dans le flacon, souffle, souffle, allez !... Caterì avait posé sa cage au pied du lit, et, lorsqu'elle eut palpé, dehors, dedans, la ronde montjoye de chairs suppliciées, aussitôt elle immobilisa la tête d'Antonia, la serrant de son bras droit contre son vieux sein flasqueux, pour l'emboucher du flacon vide... Souffle fort !... Antonia soufflait, soufflait et ses douleurs diminuaient et son ventre s'ouvrait, s'ouvrait... 'A capa ! 'A capa bionda !... La tête ! La tête blonde !... s'exclama 'a Sciancata, à l'instant où Caterì plongeait des deux mains entre les cuisses d'Antonia, où Antonia, retournée comme une peau de lapin, déchirait la piazza Mercato de son hurlement, où le troisième flacon de donna Caterina roulait du lit et éclatait sur les dalles tel un coup d'arquebuse.

Flétrie, virgulée de sang, la tête du nouveau-né à la mèche roussie d'humeurs fut d'abord crêtée puis, comme le crâne d'un jeune moine, auréolée d'un crin noir et luisant, qui se resserra en une collerette velue retenant dans le ventre de la mère le reste du petit corps... Mais pousse, Antonia ! Caque-le tout entier, ton saucisson au thon !... Poverino ! Il a trop chaud, avec sa fourrure autour du cou !... Fais-nous-le entier, ce pauvre décapité !... Qu'on voie s'il a une ciacella ou un mazzariello entre les jambes, ou les deux, mazzariello devant, ciacella derrière, ouèèèè !... Antonia s'était mise à rire aux plaisanteries de Caterì, malgré les tenailles rougies de ses muscles qui l'écartelaient en de sauvages élancements, et, soudain prise d'un grand rire fou, à la vision d'un thon poilu, membru devant, fendu derrière, et sautant sur sa queue saucissonnée, elle expulsa d'un coup le gros paquet de chairs molles.

Brava ! Bella ! Un maschio !... s'écria 'a Sciancata... Je le savais bien, moi ! ... Et de ses deux chicots elle cisailla le cordon... Un beau mâle, deux contrepoids de plomb et un poisson d'argent ! Hop ! dans la cuvette, le petit saligaud, hop ! à l'eau... Attends ! Attends !... intervint donna Caterì, 'nu momento, ne vois-tu pas qu'il respire mal, ce couinement de souris, ça te suffit !?... Laisse faire, veux-tu, laisse faire 'a scioscia, et donne-moi la cage !...

Antonia, qui, entre-temps, s'était libérée de la sombre bouse buissonneuse et glaireuse de sang, avait assujetti elle-même les linges épais entre ses cuisses lardées de taches rouges, marron, violâtres, et, béate, abandonnée à sa délivrance, elle regardait en spectatrice adorante les deux vieilles désormais uniquement affairées autour du morceau vivant de sa propre chair : une marionnette dont les fils invisibles, tirés par d'invisibles mains, agitaient sans trêve, et successivement, et spasmodiquement, le poing droit, le pied gauche, le pied droit, le poing gauche, parallèlement levés et abaissés, en de tragiques, impérieux et muets appels, que voulaient formuler les piaulements éraillés d'une bouche largement fendue sur des membranes nues, dans une face de cenelle écrasée dans la boue. 'A scioscia plaça le nouveau-né à plat ventre sur les genoux de la grand-mère, qui, de l'index et du pouce, écarta le petit cul de boudin mou. Elle ouvrit la cage, s'empara d'un beau poulet aux plumes acajou et aux grenus barbillons cramoisis : elle coinça le volatile entre ses genoux, lui saisit la tête de la main gauche, lui tendit le cou, cracha sur le bec, serré de sa main droite, qu'elle enfila dans le trou tendre et mignon du nouveau-né ; puis, l'œil enfiévré, bandant toutes les forces de sa vieille carcasse, tel un étau d'acier, elle resserra petit à petit ses genoux anguleux, jusqu'à ce que les os du poulet craquent tous et que le dernier soupir de l'animal étouffé pénètre le bébé d'un nouveau souffle de vie. Quatre fois de suite, avec les quatre poulets, donna Caterina répéta l'inhalation sacrificielle. Le fils d'Antonia ne couinait plus comme un souriceau pris au piège : le cul en sang, il s'égosillait à pleins poumons, à la joie triomphante des trois femmes comblées... Ecco !... Ecco !... C'est un homme, maintenant !... Il crie ! Il a faim ! Il veut se rouler sur les tétons d'Antonia ! Tu peux le laver, la grand-mère !... Tu peux, à présent, moi, je vais avertir fra' Savino et don Péta, et dire à nos commères qu'elles pourront bientôt voir ce gros gueulard blond !... Tout son pauvre père, bonne âme, quand il criait par les vicoli : Anchois ! Anchois frais !... Et, pendant qu'ils sont encore chauds, les poulets, n'oublie pas de les plumer ! Le bouillon aux yeux d'anges, pour Antonia, il lui fera monter un lait crémeux de la Maronna !... Eh ! oui, ma belle, tout supplice se change en délice !.. Grâce à Dieu !...

Vers les 6 heures de l'après-midi de ce même jour, 29 juin 1620, se fit le baptême et, sitôt après, comme Antonia, florissante, les joues, les seins et tous les membres gorgés d'une solaire vie nouvelle, et l'œil noir perlé de fier bonheur, était tout à fait sortie de la bienheureuse léthargie de l'accouchée, et qu'elle sentait ses vigueurs lui revenir au galop, avec le désir radieux de montrer sa créature, de se montrer avec sa créature, d'exposer aux yeux de tous sa gloire roucoulante d'être mère, la seule gloire qui vaille à Naples, sitôt après le baptême, sans attendre le surlendemain, le souper de relevailles. Et, dès la fin de la matinée, quand le soleil, si haut, si chaud, aveuglait l'assourdissante piazza Mercato, et que chaque maison, jalousies baissées, se plongeait dans la tiède pénombre des heures contraires, il fut procédé au rite de la reconnaissance.

Les commères du vico dei Lanaioli, avec, à leur tête, donna Caterì, la bouche ouverte et la langue flambarde dans la brûlante poussière du ciel, Un maschio ! un homme, un de plus que, grâce à son doigté, tiptip ! son flacon et ses volatiles, et à Dieu, aussi, oui, oui, et à la Maronna, elle avait réussi à faire rondement caquer et bellement gueuler, ouèèèè ! brava, brava la scioscia !..., arrivèrent les premières autour du lit, Nunzia, Renza, Maria 'a Pelosa, poilue, en effet, la bonne Maria, hachurée de poils, du menton au bout des ongles, mais qui, à cinquante ans sonnés, était encore vierge, malgré le goûteux, juteux, pelucheux dicton napolitain, donna pelosa, donna gustosa, et Mimma 'a Bella, qui avait vécu de ses charmes généreux et vivait à présent de ses maigres rentes, toutes tirées à quatre épingles, le muño grisonnant tressé comme un œuf au sommet de la tête, ce muño énorme et parfait qu'en napolitain elles appelaient, en se le tâtant avec volupté, chignon, les sabots de sumac brillant de saindoux, Mimma, la plus élégante, portait une chemise de toile de Bretagne, une jupe de sergette frappée terre de Sienne recouverte en partie par un tablier rose de zizena, à la bordure brodée au point de Burano ; les autres se rengorgeaient dans des robes de toile légère, grises ou bleu nuit, rehaussées d'une dentelle au col et aux poignets ; les perles d'un collier de corail peau-d'ange ou sang-de-bœuf roulaient ça et là dans la houle rose des mamelles.

Les compères du Mercato suivirent peu après, et firent cercle autour du lit matrimonial d'où régnaient la mère et l'enfant endentellés, avec les femmes. Tous étaient propres et vêtus de fête. Les deux paille-menus harponneurs de rats, Agostino Ceratolo et Salvatore Lizzibelli, et le tanneur Andrea di Rossi, aux doigts noirs de salsifis, tous trois avec la casaque cloche de doblet marron ou grise, fermée de gros boutons de chamois, les pantalons de tarantola blanche et des chaussures à martingale noire ; et le crieur de poisson, Giovan Battista Cacuri, ami du pauvre Ceccone, bonne âme !, aux mains rouges, comme son bonnet, aux caleçons de toile blanche, comme sa chemise largement fendue sur la panse, jusqu'au Fils ; et don Olimpio Siciliani, le protecteur, toujours en habit de velours à quarante, couleur d'Espagnol malade ; et puis le parrain et la marraine, vert pomme et rouge cerise, Agostino Monaco et Giovanna de Lieto, venus d'Amalfi, eux aussi, et lointains cousins du pauvre Ceccone, bonne âme !, habitant la porte à côté, au vico Rotto, et maigres et vifs comme la couple de serpettes dont ils usaient du matin au soir, sur le Pausilippe, sur le Vomero, au pied du Vésuve, pour couper des herbes, la houlque laineuse surtout, qu'ils entassaient dans de grands sacs, tout en choisissant et cueillant des simples pour les apothicaires du Mercato, de Porto et du Lavinaro. Aux douze présents, qui formaient une couronne rieuse et caquetante autour du lit et que paraissaient ceindre au chevet de la mère et de l'enfant, donna Caterina, à droite, 'a Sciancata, à gauche, vinrent s'ajouter don Matteo Peta et fra' Savino.

Le pauvre Ceccone, bonne âme!, n'étant plus de ce monde, 'a Sciancata avait décidé que, pour la reconnaissance, fra' Savino, s'il le voulait bien, ferait office de père. Et le gaillard frère des Carmes, dans sa robe tabac cernée, sur sa jeune bedaine, du blanc cordon, savant au savoir barboteur et cuisinier à la science sûre, main leste et grand cœur, avait assené, en disant oui, une grande tape sur la plus haute fesse, et la plus ronde, de la nouvelle grand-mère, qui s'était alors figée de bonheur dans sa boiterie, et tous deux étaient partis d'un grand rire carné... Sur la longue table de pin, une jatte remplie de bouillon, et, à même le plateau de bois clair, les quatre poulets, gonflés par la cuisson comme de petits dindons, au milieu d'une avalanche rouge et blanche de tomates et de fenouils; une cruche d'eau fraîche, tout juste giclée des seins du Saint-Esprit, fraîche à te faire sauter les dents! Des branches de cerisiers, noires de cerises, recouvraient de leur feuillage le reste de la table. Tous les invités étaient là : 'a Sciancata fit signe à donna Caterina qu'on pouvait commencer.

Donna Caterì enleva le nouveau-né des bras de sa mère, lui tapota le derrière avec une fine poudre de pierre ponce et le langea de neuf, avec un beau lin souple et adouci de quelques gouttes d'huile d'amande. Après quoi, elle plongea la main dans ses vagantes mamelles et en retira un collier chargé d'amulettes, quatre dents de loup, deux petits cochons de corail rouge et poreux, deux demi-lunes en os, qu'elle boucla d'un nœud de soie au cou du nourrisson. Antonia, muette, souriante, croisait les mains sur l'aréole brunie de ses seins. Soudain, projetant à bout de bras la créature parée, donna Caterì demanda à la ronde : Et quel nom — fufufufufu — va-t-on donner à ce beau mâle rond — fufufufufu — comme un gros épi de maïs à la barbe — fufufufufu — rousse ?... et, ce disant, elle soufflait de toute sa force sur le crâne du nouveau-né, où voletait un long duvet blond... Quel nom ?... Tommaso ! crièrent, d'une seule voix, tous les hommes impatients... Quel nom ?... répéta donna Caterì... Agnello ! crièrent à leur tour les femmes réjouies... Ouèèèè ! Ouèèèè !... poursuivit donna Caterì, tu es donc, petitou, Tommaso Agnello, d'Amalfi, comme ton père, bonne âme !, ô-ô-ô-ô-ô

Marò, nu fa' chiovere,
cà papà 'e gghjuto fore,
e tene 'e scarpe rotte,
e 'a Maronna 'e Perrerotta...

Madone, fais qu'il ne pleuve pas, papa est sorti et ses sabots sont troués à la Madone de Piedigrotta... Les grands yeux de jais d'Antonia s'agrandirent et débordèrent des larmes du bonheur présent mêlées au souvenir des neuf derniers mois de sa vie traversés d'éclairs rouges et noirs... Sans homme pour la protéger des autres hommes. Sa mère. Son fils. Le mol et acidulé rempart des femmes, qui la protégerait, puisqu'elle était mère, maintenant. Déjà son fils était tout pour elle, puisqu'elle, Antonia, ne se sentait plus que le miroir charnel de son fils... Mais cette joie de faire une autre vie déroulée de sa propre chair, pleine de son propre sang, la remplissait déjà du seul moment présent, de la bienheureuse innocence de l'instant, le passé et le futur disparaissant au fond du sac de poils noirs qu'on leste d'une pierre et qu'on jette au large, dans une mer d'oubli... Hiiii !... Antonia ! Gioia ! Gioia !... Écoute la comptine des jours de la semaine, qui versera du miel dans les oreilles de ton Tommas'Agnello, quand il ne voudra pas dormir, et que ses rages de dents te feront enrager les sangs !... E allegria, tutti !...

Lunnerì 'ngui 'ngui,
marterì pure accussì,
miercurì 'a merculella,
gioverì chesta e chella,
viernarì se canta 'o passo
sabbato se scioglie 'a gloria
dummenica 'o mangiatorio,
lunnerì 'o cacatorio !

Ouèèèè ! Evviva 'a mamma si belle e 'o figlio si bien caqué ! Ouèèèè !... La couronne de commères et de compères était ébranlée, tordue, secouée de rires énormes, et Antonia se tenait les côtes du grand rire qui l'avait prise, et elle s'écriait, entre deux éclats de gorge, Mais donnez-moi la cuvette, que je me pisse dessus!... Mais donnez-moi la cuvette!... Et Tommas'Agnello, lui, tordait sa petite gueule de matou chiffonné en des miaulements de terreur, si bien que donna Caterì demanda 'nu poco di silenzio, cazzo della Maronna!..., Puis, après une dernière envolée de rires, la couronne se redressa, encore frémissante et gémissante de joie, et attendit. Donna Caterì berça quelques instants l'enfant qui s'apaisa.

Il faisait chaud dans la pénombre de la pièce, la cruche passa de lèvres en lèvres. Caterì déposa alors, à même le sol, son menu fagot de chairs agitées, et, s'adressant à fra' Savino, elle lui dit, comme elle aurait dit au père de la criatura : Allons, compère, relève de terre cet enfant qui est tien, et bénis-le et baise-le sur la bouche!... Ce que fit, dans un élan de grande allégresse, fra' Savino qui tendit ensuite l'enfant à son voisin qui fit de même, qui le tendit à sa voisine qui embrassa elle aussi le nouveau-né sur la bouche, ainsi de suite, jusqu'à ce que le bébé, embrassé par tous les présents, arrive dans les bras de 'a Sciancata qui l'embrassa de même sur la bouche et le rendit enfin à Antonia, qui le roula de bonheur entre ses deux mamelles roses aux puissantes veines bleues. Après chaque baiser, chacun, selon la coutume, avait ajouté ce vœu : Comme nous l'avons vu sortir d'une femme, nous le verrons prendre femme!... Ouèèèè!... Ouèèèè!... Ouèèèè!... Alors, donna Caterì s'empara de la jatte de bouillon, la huma à pleins poumons, en avala une gorgée, pointa son index, qu'elle paraissait vouloir visser, au milieu de sa joue, et dit : Bbbbuonoooo!... Elle en but une autre gorgée et tendit la jatte à Antonia, qui fit de même, et qui la tendit à 'a Sciancata, qui dit, en se vissant la joue : Bbbbuonoooo !... Et ainsi de suite, la jatte du bouillon aux yeux d'anges fit plusieurs fois le tour de la couronne goulue, jusqu'à ce que don Peta, souriant, en un geste mutin, inhabituel chez lui, la renversât au-dessus de sa tête, aux applaudissements et vivats de tous, pour faire bien voir à tous qu'elle était aussi vide qu'un crâne d'âne, et qu'on pouvait, à présent, dégarnir la table à belles dents, et dans des hurlements d'affamés, d'assoiffés — une cruche glacée de greco di tufo, ce vin blanc divin aux reflets d'aube citronnelle, venait d'apparaître à la place de la cruche d'eau des seins du Saint-Esprit —, de voluptueux décortiqués de la vie.

Deux heures plus tard, dans le Livre XII des baptisés, au folio 44 verso, don Giovan Matteo Peta consignait, de son écriture appliquée qui penchait de droite à gauche et de gauche à droite, un peu plus que d'habitude, l'événement de la matinée : Ce 29 du mois de juin 1620, Thomaso Aniello, fils de Cicco d'Amalfi et Antonia Gargano, a été, par moi, D. Giovanni Matteo Peta, baptisé, et porté sur les fonts sacrés par Agostino Monaco et Giovanna de Lieto, du vico Rotto, qui ont signé l'un et l'autre d'une croix + Signum Crucys.

Entre le couic et le couac

Les dents sont plus proches que les parents.

(Proverbe napolitain.)

Onze ans avaient passé sur Naples aux seins bleus, aux ailes de sirène et au masque de faucon, comme onze minutes, comme onze siècles. Onze ans avaient passé, 'a Sciancata avait passé, elle s'était déhanchée une dernière fois, la bouche ouverte pour une dernière fable, la fable muette du royaume des ombres, qu'elle aurait bien voulu, ouèèèè, guagliù !, nous raconter, pour faire la figue à la mort et encore éclater de rire dans un brasero de nuit, une dernière fois déhanchée en roulant sous les dalles de l'église des Carmes, dans l'insondable fosse commune, où tout redevient poussière grise et sèche ; donna Caterina Papara avait passé, 'a brava scioscia, poursuivant 'a Sciancata, comme redevenue guagliona pour jouer une dernière fois à cache-cache avec sa vive amie clopclopante ; don Olimpio avait passé, au cours d'une rixe dans les Quartiers espagnols, aux Gelsi où il s'était risqué, loin de son territoire des Incarnati, si jeune mais d'un si mauvais coup de miséricorde, à lui percer le cœur, lui, le protecteur à la main de ricotta et au pas de sénateur; et puis, d'innombrables banquiers pouilleux avaient passé, remplacés, sur et sous les étals abandonnés à la nuit, par d'innombrables banquiers pouilleux, comme les vice-rois se succèdent sur leur trône, sur leurs planches ou dans leurs trous, couverts du manteau royal de l'infini aux ferrets d'étoiles. Naples, depuis deux mille ans ne changeait pas, ne changerait pas, ô ville éternelle bâtie sur des pilotis de tuf et bercée, dans la cendre blonde et les glaiseuses pourritures, par les colères de deux volcans !, quand bien même notre planète durerait encore deux mille fois deux mille ans; que pouvaient être alors, onze années et leurs douces et leurs atroces morts ? Dans ce décor fascinant de splendeurs, de violences naturelles et de monstruosités humaines, quoi de plus attachant au monde que la vie transfigurée chaque instant par des enfants de feu, par des femmes toujours belles, par des hommes qui n'ont quitté leurs langes que pour entrer dans les langueurs des songes et des amours ? Mise hors jeu par les puissants du jour, Naples renchérit et dit : Pouce ! et se joue avec volupté, jusqu'aux larmes de sang, des sangsues aux dents d'or qui s'endorment, repues, sur le cœur sept fois poignardé des vierges et des mères. Qui passait. Qui naissait. Et les nouveaux venus, dans l'enchantement des visions d'azur et des baisers mouillés qui ne finissent pas, foulaient gaiement du pied, refoulaient gaiement du cri ceux qui, la veille encore, s'extasiaient de clarté devant leur jeune vie. Onze ans avaient passé, et Antonia, qui avait succédé à sa mère dans les cuisines et les couloirs des Carmes, par trois fois avait perdu son ordinaire, par trois fois s'était arrondie comme un boulet de bombarde et s'était retournée comme une peau de lapin. Tommas'Agnello, que tout le monde appelait, du Mercato à l'Arenaccia, Masaniello, lui qui avait régné seul avec sa mère sous la croix au rameau d'olivier et au rosaire serpentant ses grains de jais, sous l'image de la Madonna Bruna qui enlaçait son Fils de ses longs doigts fuselés, sans partage au milieu de l'immense nef du lit matrimonial, s'était vu, ces cinq dernières années, peu à peu repoussé vers le bord du lit, pour faire place à Grazia, puis à Lucia, enfin au dernier-né, Giovanni. Les trois petits étaient couchés du côté de la fenêtre ; lui, Masaniello, du côté de la porte ; et Antonia étalait entre eux ses débordantes chairs. Désormais, Masaniello ne s'endormait plus dans les bras en berceau et les yeux perlés de nuit et d'amour de sa mère, qui se retournait lourdement tous les soirs vers son frère encore au sein et ses sœurs toujours agitées de rires et de pleurs. Il rentrait à point d'heure, se jetait sur le lit, mort de fatigue, fermait ses oreilles aux reproches dolents d'Antonia, et fermait aussitôt les paupières, tourné vers la porte.

Masaniello était si vif, si inépuisable d'inventions ludiques, de farces sulfureuses et de cruels mauvais tours, sous les flammes jaunes et rouges de sa tignasse, qu'il épuisait à courir dans Naples tous ses compagnons de rues et de ruses, bien avant de s'effondrer lui-même, tard le soir, écorché et rompu, au bord du grand lit. Sur ses talons nus mastiqués de crasse, filait une petite bande de cinq ou six guaglioni, dont deux, en particulier, ne le quittaient presque jamais : Mimmo Perrone et Peppe Palumbo, tous deux l'œil plissé et sournois, le cheveu noir et frisé, ramassés et miaulards comme des harets prêts à bondir sur la première faible proie à portée d'ongles et de dents. Tous deux, comme Masaniello, surgeonnaient au Mercato, mais, encore plus pauvres que Masaniello, ils vivaient chacun dans un basso, trois marches au-dessous du niveau du sol, au milieu des cris des femmes, des ronflements des hommes, de l'innocence roteuse, pisseuse et caqueuse, des bouffées suries de la marmaille. L'un et l'autre eurent à goûter semblable aventure.

Ainsi que les étoiles de mer, les bassi digèrent leurs trop nombreux habitants à l'extérieur, sur le damier de lave du vicolo : ils dévaginent leur lourd estomac cendreux dans la poussière et la boue, dans les détritus, les étrons d'hommes et d'animaux domestiques, la fiente de volaille. À chaque excrément son fumet, sous le fil bleu du ciel, que découpent les hauts murs irréguliers des maisons. Et, malgré ce continuel mouvement de l'intérieur vers l'extérieur, souvent l'estomac, en somme le basso et son bout de vicolo, devient un dégorgeoir qui projette au loin son trop-plein ; dès leur plus jeune âge, entre cinq et neuf ans, on plaçait les enfants mâles, soit dans une troupe de comédiens, si l'on voulait bien de leur agilité et de leurs grimaces, soit dans un conservatoire pour castrats, s'ils avaient, de nature, une assez belle voix, qu'une incision de barbier, en plein couillaminet, devait encore améliorer : et cet embellissement du gosier, devenu gras et féminin grâce au coup de rasoir donné dans les nervures du jeune sexe à la pulpe tremblante, pour la plus grande gloire du chant angélique, était irrémédiable.

Peppe, tant il avait piaillé après le lait de sa vieille mère aux mamelles flasques et ravinées comme un placenta de bufflesse, que sa voix s'était cassée dès ses premiers mois de vie ; en revanche, avec ses mines, ses cabrioles, sa façon de danser, en poussant des cris rauques, la tarentelle à coups de reins endiablés, 'A mossa ! 'A mossa !, il faisait rire tout le monde, et dès l'âge de trois ans il aurait pu faire la nique à une guenon savante. Lorsqu'il en eut cinq, son père le plaça, par un contrat dicté à l'écrivain public du Mercato, don Zampogna, autrement dit Cornemuse, ainsi appelé car il envoyait toujours quatre pets geignards aux quatre points cardinaux, avant d'ouvrir sa corne d'encre et d'y tremper sa première plume. Et don Zampogna écrivit, après qu'il eut mandé ses quatre messages intimes à la rose des vents, que Palumbo père mettait « Peppe d'environ cinq ans au service de Maria de Los Angeles, actrice comique espagnole, pour la durée de quatorze ans ». En contrepartie, « ladite Maria de Los Angeles s'engage, pendant ledit temps de quatorze années, à garder ledit Peppe auprès d'elle, à le bien traiter, à lui donner à manger, boire, chausser, habiller, lit pour dormir, à lui enseigner à lire et écrire et autres vertus qu'elle, Maria de Los Angeles, jugera bon de lui inculquer aux fins de servir la Comédie, selon les capacités de son esprit, et, pour salaire, à lui donner un habit d'une valeur de quarante ducats, habit que ladite Maria de Los Angeles promet de remettre audit Peppe, au terme des quatorze années révolues ».

Un chapeau pointu à grelots de basin jaune et rouge enfoncé jusqu'aux yeux, Peppe se fit, dans les villes, les bourgs et les villages des Calabres, le fou de la reine Maria, l'espace d'un lustre, et puis un beau jour, par une aube douce baignée de rosée, alors que la troupe de comiques campait et dormait encore, entre Cava dei Tirreni et Naples, sans attendre plus longtemps l'habit fameux de quarante ducats qui lui collait à la vie et l'oppressait comme une cauchemardesque tunique de Nessus, il sauta dans un chariot de choux cahotant vers la capitale du royaume, entra par la porte des Carmes et courut se réfugier dans les cuisines de fra' Savino, qui le prit bien simplement sous sa protection — T'as faim ? Trempe ton doigt et suce ! —, et le surnomma Scquacquara, du nom de ce Matamore nain, tordu et bossu, traînant sa longue épée de bois sur les tréteaux des comédiens en menaçant, tout gerbé des lazzi et des rires des spectateurs, d'anéantir le monde. Et Peppe, qui n'en finissait pas de raconter ses exploits de fou de la reine, y allait de son couplet irrésistible au milieu des fourneaux pleins de flammes et de sifflants chaudrons : Nous, Mameo Scquacquara, roi de Naniquania et de ses États, aussi bien unis qu'éparpillés et pillés de-ci de-là dans l'Univers, prince de Tordellons et Jambetorses, duc de Culbas et Navescient, marquis de Quanquinari y de Squinquinari, comte d'Effacetoiz y de Tordugnagna, chevalier de Basgnagna y de Piedtors, baron des terres de Nanhombre et de toutes étendues aqueuses et vineuses avoisinantes, et cætera... et cætera... C'est ainsi que Masaniello fit la connaissance de Peppe Palumbo.

Le jour de ses neuf ans, Mimmo Perrone eut la surprise, et aussi ébahis que lui se trouvèrent Masaniello et les guaglioni qui avalaient à pleines mains les macaronis rouges de la fête, tous en demi-lune à la porte du basso des Perrone, vico dei Lanaioli, Mimmo eut la grande surprise de voir s'arrêter net sous son nez une chaise à porteurs aux armes des ducs de Maddaloni. Les porteurs, en livrée ocre et argent, ouvrirent la portière chantournée de dorures, et s'inclinèrent jusqu'au sol devant un homme en amphore de saindoux recouvert d'un drap noir. L'homme, sans mot dire, entra dans le basso, jeta une lourde bourse qui s'écrasa ainsi qu'une bouse sonore dans l'écuelle du père, ressortit, fendit le cercle des guaglioni, se figea devant Mimmo en lui pointant un index jaune sur la gorge : Chante ! Chante : *Les filles des Gelsi ont des culs de velours*, allez chante !... Debout ! Chante !... Pas de mais, pas de quoi, pas de... sinon... Du fond de la chaise, les deux porteurs aux puissants mollets avaient extrait chacun un fouet de cuir roux à la mèche tressée. Les mèches crépitèrent dans l'air. Un silence de mort était tombé sur le basso et le vicolo... L'abbé eut son audition. Parfait !... souffla-t-il : et, à l'instant même, les deux valets fondirent sur Mimmo, le soulevèrent comme une plume, le jetèrent au fond de la chaise, dont la portière claqua sur l'amphore de saindoux, et repartirent au trot.

Une haute et épaisse porte cloutée s'ouvrit, grinça sur ses gros gonds de fer et dans le vibrant bang ! des deux battants heurtés, se referma. Une cour. Un palmier. Un carré de ciel. Un dortoir. Des salles d'étude sur trois étages d'arcades, d'où ne cessaient de fuser des voix... pas des voix d'hommes, pas des voix de femmes, des voix sans chair définie : Ni viande, ni poisson, des voix d'œufs, pensa Mimmo. Dans un couloir, il croisa un petit groupe de garçons de son âge, lesquels, dès qu'ils l'aperçurent, se mirent à rire avec des cridolins et des mimiques de filles. L'un d'eux, en passant, l'attrapa brusquement à la fourche des jambes, et lui dit en lui mordillant l'oreille : On va t'améliorer toi aussi, mon mignon !... Après-demain, c'est le jour du barbier, et couic ! Et tu ne feras plus de couacs ! Ah ! Ah ! Ah !... A-A-A-A-A-A-A !... et les enfants aux rires et aux gammes melliflus disparurent dans la pénombre d'une salle.

Dès lors, Mimmo ne songea plus qu'à échapper à ce châtiment imprévu qui lui tombait, parce qu'un abbé jugeait qu'il avait belle voix, entre les cuisses. C'était la fin septembre. Le lendemain, par chance inouïe, un vieux vigneron du Pausilippe, que les guaglioni du Mercato connaissaient bien, Errico 'o Gobbo, bon bossu qui les laissait grappiller librement dans les vignes du prince de Bisignano, son maître, franchissait la porte du conservatoire de la Pietà dei Turchini, plié en équerre sous un profond verveux débordant de raisins. Errico 'o Gobbo vit Mimmo, qui faisait mine de regarder ailleurs : ils se comprirent d'un coup d'œil. Le vieil Errico haussa un sourcil en direction d'un coude obscur du couloir qui conduisait au réfectoire où, précédé d'un père répétiteur, il dirigeait ses pas chancelants. De retour, il s'arrêta un instant, où le couloir faisait un angle qui s'enfonçait dans le mur, le temps — Allez, mon père, allez, je vous rejoins — d'ôter sa veste de grosse futaine pour l'étaler au sommet du verveux.

Au pied du Pausilippe, un peu plus haut que le palazzo Donn' Anna dont la mer creuse et évide par endroits les murs de tuf blond pour changer la demeure abandonnée d'une reine en un immense rayon de miel, il fit enfin halte, et secoua de sa bosse, jusqu'à ce qu'il roule dans les genêts et le romarin, son chargement de chair légère : et tous deux, le vieux vigneron et l'enfant ivre de sa liberté, se vautrèrent dans les prés, la glèbe chaude et l'herbe attiédie qui ondulaient vers l'onde bleue, en éclatant de rire, faces au ciel renversé comme un éblouissant vaisseau de soie. Mimmo resta plusieurs mois, tout l'automne, tout l'hiver, caché dans la hutte d'Errico 'o Gobbo qui, un soir de printemps, l'introduisit dans les cuisines des Carmes où fra' Savino, tout comme Peppe, l'adopta — T'as faim ? Trempe ton doigt et suce ! —. Ainsi, Peppe Palumbo et Mimmo Perrone s'étaient retrouvés en l'inséparable compagnie de Masaniello, jouant de la capuce et du prépuce en belle franchise, et jugeant que, hors de toute contrainte, les farces folliantes valaient bien les manipulations vocalisantes.

Trois, quatre, six, dix, douze, déchirés, rapiécés, loqueteux, pieds, jambes et bréchet nus, aussi largement ocellés de boue, de crotte, de poussière que les gorets de saint Antoine, maigres et nerveux, l'œil en fièvre à la paupière enflée et rougie, aux cils englués, des poux plein la crinière, des vers plein le cul, ils se rencontraient sur la piazza Mercato, affalés contre le mur de l'hôpital de Saint-Éloi, du côté de Sainte-Marie-de-la-Neige, dont la blanche hostie statufiait, le temps de l'Élévation, les milliers de chalands et de marchands braillards : alors, le caquet d'une poule, une oie qui cacardait, le meuglement d'un veau, le grognement d'un porc, le moindre cri d'animal se changeait en un chafouin ricanement satanique, qui faisait froid dans le dos et inclinait la foule, par les commerces rassemblée, à plus de dévotion. Ils quittaient le mur de Saint-Éloi, après une partie de pain chaud, défilaient en flânant dans l'étroit réseau de vicoli qui tapissent la ville, allaient, séparés, par deux ou trois, se retrouvaient sur une place, à l'angle d'un vico, selon les hasards de l'immense athanor napolitain, au gré de leurs rencontres, de leurs trouvailles, de leurs aventures, qu'ils se racontaient et mimaient par le menu, avant de se séparer à nouveau, la faim au ventre et un fourmillement rapace aux mains. Passa 'a vacca : la vache passe, cette vache maigre de la misère, et l'unique marmite du soir ne faisait qu'attiser leurs langueurs d'estomac, qu'enfiévrer leurs langues, qu'égrigner leurs dents; par intervalles, ils interrompaient leurs jeux pour mendier ou chiper de quoi avaler, ne se départant jamais de leur douce, moqueuse, farouche hilarité. Ils étaient, comme tous les obscènes enfants de Naples, la main à la queue, la hanche mouvante, le pied véloce, les lèvres gercées de rire dans une raillerie, ivres chaque matin de la volupté d'exister de leur existence viscérale... Que fais-tu? — De la merde... Faire de la merde, les fesses fendues sous la divine caresse du soleil, le corps en boule, la gorge lâchant un caverneux soupir et l'œil cerné de plaisir, prenait toute son importance cosmique dans le bonheur qu'ils avaient d'offrir le fruit de leurs entrailles à la terre nourricière. Et où ils se trouvaient, les guaglioni, ils faisaient.

Souvent, celui qui faisait n'avait pas le temps de se relever : saisi à la tête et tiré en avant, il était maintenu à quatre pattes, la face coincée entre les cuisses de qui l'avait pris, le nez vers le sol, les yeux obturés par deux paumes. Aussitôt, un autre guaglione sautait à cheval sur la croupe nue du prisonnier, et chantait à tue-tête : Hanche de Nicolas, Tu es belle et tu es bonne! Et tu es mariée : Combien de cornes as-tu au front?... Ce chantant, le chevaucheur plaquait une main sur l'occiput du chevauché, déployant, selon son caprice, un, deux, trois, quatre ou cinq doigts. Le chevauché devait deviner le nombre de cornes qui, si soudaines, lui avaient poussé sur le crâne. S'il tombait juste, il pouvait reprendre la position verticale et remonter sa culotte. S'il se trompait, le chevaucheur lui pinçait au sang les deux fesses, sous les battements de mains et de pieds et les cris d'encouragement du cercle de guaglioni, et répliquait : Et si tu avais dit trois (qui était le nombre exact), À cheval c'était écrit, À cheval du pape-roi : Combien de cornes as-tu au front?... Le chevauché devait derechef deviner, et tous les guaglioni chantaient en chœur : Hanche de

Nicolas, Tu es belle et tu es bonne, Tu es bonne et tu es belle, Comme le cul de la patelle!... Ouèèèè!....

Parfois, au début de l'automne, quand le Vomero et le Pausilippe prennent l'amène rousseur des fruits mûrs, la petite troupe déambulait dès l'aube dans la ville matricielle, à l'heure où le soleil, à peine expulsé du Vésuve, donne aux seins bleus et aux ailes du golfe la couleur d'une chair tendrement ouverte. Leurs jeunes membres étirés de sommeil et de faim, les guaglioni suivaient aux cris l'éveil commerçant des vicoli. C'était d'abord l'ammennolaro, qui, la veille au soir, avait fait le tour des tavernes pour remplir son tonnelet de tous les fonds de pichets, de gobelets, de bouteilles, qui traînaient sur les tables abandonnées : ces restes de vins et d'alcools, touillés avec une bonne dose de cannelle, étaient réputés aider à la digestion et préparer l'estomac à de fabuleuses agapes, et le crieur des aubes douces allait s'égosillant à la porte des bassi, sous les jalousies entrebâillées, pour vanter les vertus de sa potion amère : Stomateco!... Stomateco bôôôôno!... Les guaglioni faisaient alors leur première ronde endiablée : autour de l'homme stomachique hurlant les malédictions de l'Enfer et du tonneau clapotant et suintant sa panacée couleur de purin, qu'ils parvenaient enfin à débonder sur les jambes flageolantes de l'ammennolaro qui pleurait sa ruine en faisant le poing, en lançant des pierres contre les petits étrons de putains disparus en un éclair de rires, pour filer vers l'odeur affolante d'un chaudron de châtaignes bouillies, dont quelques-unes sautaient de la puiselle à leurs mains tendues, de leurs mains à leurs bouches, dans un tourbillon de bras et de chevilles tel qu'en feraient des jongleurs voraces. Et hop ! ils volaient à l'intersection du Spaccanapoli et de la strada di Toledo, entre les bras de la grande Croix découpée dans la ville, là où les vachers et les chevriers entraînaient, hélaient, poussaient, à la force du cri, Chia ! Chia ! Chia !..., des troupeaux de centaines de bêtes. Et les guaglioni, avant que les ruminants ne gagnent les collines, sans attendre le bon plaisir et la générosité du vacher ou du chevrier qui, devant les bassi, arrêtait sa chèvre ou sa vache à la mamelle grosse pour traire et vendre une écuelle de lait, roulaient sous les ruminants, et de la main et de la bouche passaient de pis en pis, jouaient en virtuoses des trayons, et avalaient goulûment de larges jets de lait chaud. Les vachers et les chevriers leur couraient sus, le bâton levé prêt à s'abattre, excitaient leurs chiens, rarement parvenaient à bâtonner ou faire mordre ces guaglioni qui têtaient en roulebouland au milieu des pattes, entre les sabots ongulés, assourdis de malédictions, d'aboiements, de beuglements, de bêlements, et s'éclipsaient, sirénant de rire, quasi rassasiés, tout couverts de bouse, de crottes et de poussière. Ils détalaient ensuite vers le Mercato, de nouveau, où la place commençait à se remplir de verdures, de fruits, de viandes, de fromages, de poissons, et ils finissaient d'entasser dans leur petit ventre, dans leurs caleçons, dans le bout de chiffon qui leur servait de chemise, ce qui tombait des étals. Ils allaient d'un trait, chacun dans son basso, et sous le regard attentif et soupçonneux... Tu as mangé le meilleur, ça, c'est pour les cochons, fils de Sarrasin !... des mères, ils vidaient le produit de leur hasardeuse cueillette. Peu après, s'éclaboussant dans les ruisseaux de teinture dont ils s'arrosaient jusqu'au front, versicolores oiseaux déplumés, en poussant des cris de faisandeaux, ils se retrouvaient à la porte des Carmes, passaient entre la tour Honneur et la tour Gloire, et disparaissaient en direction du pont de la Madeleine, qui arquait son baiser de pierre sur la bouche du Sebeto. En longeant un haut mur gris du bourg de Lorette à plaques losangées jaune safran et rouge sang-de-bœuf, ils ralentissaient toujours leur course, et chantaient *Les filles des Gelsi tchica-tchica-tchica aïe-aïe-aïe* ! à s'en faire éclater les tympans, afin de couvrir de leurs voix égrillardes les voix d'œufs qui fusaient et fondaient sur eux, les enturbannaient ainsi qu'une sinueuse menace. Du haut du pont, l'un après l'autre, ils plongeaient dans la mer. Et ils nageaient, par grappes de trois ou quatre, pleins de bonheur, portés, bercés par les eaux calmes du golfe, à quelques brassées du rivage. Seules leurs boueuses frimousses baignées de lumière dépassaient l'onde bleue, et, de loin, les pêcheurs penchés sur leurs filets, levant de temps en temps leurs yeux éblouis vers la ville bruissante, pouvaient les prendre pour des têtes d'angelots, ces têtes de cipolin ébouriffées, en sautoir sur deux ailes éployées, qui volent par couples au faîte des douze pilastres du vaisseau de l'église des Carmes. Leurs joies et leurs jeux marins duraient jusqu'au milieu de l'après-midi, quand le soleil commençait à dorer l'extrême pointe du cap Pausilippe et que l'Écueil du Sel, qui surgissait, là-bas, comme une boule de neige pétrie par la mer et la terre, envoyait des éclats de diamants sur les pentes mauves du Vésuve.

Tout écailleux de sel, ils replongeaient dans les dédales de leur ville. Mais, à cette heure de la journée, ils traînaient plutôt autour des palais, dans la strada di Toledo, dans le Spaccanapoli, autour des couvents, devant la Vicaria et les églises les plus riches, Giesù Nuovo, San Domenico Maggiore, San Paolo, San Lorenzo, partout où passaient, où ralentissaient, où s'arrêtaient en piaffant et crépitant les plus fringants, les plus dorés des attelages. C'était la chasse aux carrosses espagnols : tant qu'ils n'avaient pas reçu un cornado, un callo du beau caballero à gants de cuir brodé et musqué ou de la belle doña aux fausses manches de moire de soie jaune ou noire ou rose flottant comme des ailes de séraphins, depuis les picadilles jusqu'aux poignets, caballero et doña qui, d'un escarpin délicat, descendaient le marchepied vivement déplié par le laquais, un cornado, un callo, ou un coup de fouet du cocher engoncé dans sa livrée et pestant contre la morveuse, rouscailleuse racaille, les guaglioni mimaient 'a caruta d'o Diavulo. Bientôt aussi croûteux de crasse que le groin des gorets qui grognaient autour d'eux, ils effectuaient en criant, en riant, en miaulant, en glapissant, en chicotant, en feulant, en tutubant, en clappant, en bububant, en ramageant enjôleusement, en hurlant, en cacabant, en roulant des yeux et en se roulant sur la terre battue ou les pavés de lave entre les roues du carrosse et les pieds du beau caballero et de la belle doña, une série vertigineuse de culbutes, de cabrioles, de sauts périlleux, en avant, en arrière, de roues volantes, pour s'immobiliser soudain, d'un coup tombés par terre, les bras en croix, comme morts : c'était, en un hommage moqueur aux puissants, la chute du Diable aux pieds de l'archange saint Michel. Si les guaglioni, pour prix de leurs pirouettes dignes d'un tréteau des farceurs mâtiné de Mystères, recevaient le cornado, le callo attendus, alors ils se relevaient d'un bond, ils s'éloignaient, boitillant et déhanchés, et se mettaient à singer mille courbettes hidalgottes, le front dans la poussière, le cul dépenaillé bien haut dans le soleil, avant de s'évanouir en un éclat de rire. Si on les déprisait, et que le fouet cinglait l'air, et que le fouet leur brûlait les reins pour les chasser sans plus attendre, ils faisaient, avec leurs doigts et leur bouche aux joues météorisées, une infinie variété de pets, du caquet trompeté au souffle chevalin sorti de naseaux vibrant de viscosité, en une course effrénée autour du carrosse ainsi encerclé de démons à fourche de sang, à semelles de poussière, qui exhibaient, en passant devant la porte dorée entrouverte, leurs petites queues agitées couleur de cerne et de fête. Et, lorsque deux alguazils accouraient au secours des nobles promeneurs incommodés, offensés et prisonniers de leur coquilles peintes de larges armoiries, les guaglioni s'égaillaient comme la foudre, en se rebiffant à la cantonade : Ehiiii !... Mais qu'est-ce qu'ils se croient ! Non mais... Ouèèèè !...On est tous nés avec une fourrure autour du cou !... Ils ont peut-être deux trous pour manger, eux, et deux trous pour se faire chier !... Ouèèèè !... Puants que vous êtes !... Ladres ! Mort à vos morts !... Alors, au premier troupeau de porcs rencontrés, ils fonçaient en grinçant de farouche désir sous les truies ronflantes et noires prises de peur, qui s'effondraient, égosillées, avec l'enfant griffeur suspendu à leur ventre, entre les deux gélatineuses rangées de pis.

Ces Iacchos des vicoli de lave qui coupent de ramures bleues, blanches, noires ou lie-de-vin le ciel ballonné, jouaient à d'autres jeux plus doux ou plus cruels encore, douceur et cruauté qu'ils puisaient d'abord dans l'air caressant et brûlant et sur la terre généreuse et tremblante où ils vivaient. Certains jours d'automne, le lundi et le vendredi surtout, qui voyaient sur la piazza Mercato les plus gros arrivages de fruits et de légumes jaillir, couler, se répandre, s'amonceler ainsi qu'une éruption multicolore prête à ensevelir la foule corvine et criarde des marchands, des chalands, des va-nu-pieds, des va-cul-nu, des banquiers, les guaglioni, Mimmo, Peppe, Masaniello et leur petite bande, glanaient, de-ci de-là, tombés des étals ou débaroulés des chariots inclinés sous leur poids, les fruits et les légumes les plus beaux qu'ils pouvaient rafler. Torses nus, tannés de mer et de soleil, ils remplissaient le morceau de drap fendu de deux trous pour les bras et percé de déchirures, qui leur servait de chemise. Une fois bien pleine, ils emportaient leur chemise jetée en baluchon par-dessus l'épaule, et se rendaient tous sur la plage, entre le Torrione et le bourg de Lorette.

Avant de passer la porte des Carmes, l'un ou l'autre d'entre eux s'était précipité dans les cuisines du monastère pour crier à fra' Savino : Fiura e' frutta, venite ampressa !... Et fra' Savino répondait, imperturbable, que ça ne pressait pas tant que ça, qu'il arriverait toujours assez tôt pour voir leurs merdouillardes horreurs... Figures de fruits : c'étaient là les horreurs, dont ils trimballaient le brouillon sur l'épaule. Chaque guaglione courait occuper son carré de sable, et tombait à genoux dans la chaleur soyeuse des grains, dos à la mer. À côté de chacun d'eux, se déversait le trésor de couleurs et de saveurs qu'ils avaient entassé dans leur chemise. C'était comme s'ils venaient de remonter, essoufflés de joie rapace, des fonds marins où ils auraient puisé des ors et des joyaux dans les coffres enfouis d'un galion naufragé. Haletants, silencieux, affairés à quatre pattes, ils lissaient leur carré de sable blanc avec la calandre ailée de leurs doigts et de leurs paumes. Chacun moirait ainsi la surface granuleuse et fluide de sa toile. Ensuite, à doigts agiles, mettant en œuvre tout le génie de la transfiguration qu'ils portaient en eux, ils assemblaient fruits et légumes sur leur toile de sable, et chacun essayait de former sa figure, grosse chevelure bouclée de raisins noirs, de pampres et de rousses feuilles de vigne, front d'une demi-courge orange, nez d'une poire jaune et bien charnue, une ou deux rondes pommes rouges pour les joues et les bajoues, l'éventail des lamelles d'un gros champignon terre de Sienne en guise d'oreille, une pêche veloutée ou une grenade couperosée pour menton, une barbe verte ou blanche avec la fleur des brocolis ou des choux, une bogue de châtaigne largement fendue, et c'est la bouche à la moustache piquante, que vient lécher à peine une langue brillante de salive, aux reflets marron ; le sourcil arqué, bien dessiné, est un épi de blé fixé entre la courge et la petite queue de la poire, et dont la pointe touche presque les cheveux bouclés des raisins qui entourent le lobe pruineux de l'oreille fungiforme, l'œil, plein de lueurs inquiétantes, est noir comme une mûre dans la sclérotique d'un blanc mousseron ; parfois, une figue, pendentif de jais aux grains de rubis, perce une oreille et se balance sur la nuque de raves et de salsifis ; un grain de groseille fait une loupe au bout du nez ; une petite baie blette se plante en furoncle sur le sommet de la pomme ; deux avelines mises cul à cul font les lèvres plus douces ; une joue citron donne un teint barbare et avide au visage ; des cheveux blonds, une aménité de chantre au barbu... Et chacun des guaglioni donnait ainsi forme au profil sensuel d'un homme, boucanier ou Bacchus, Neptune sorti des mers ou ogre surgi de l'arène brûlée des feux de la terre et des feux du ciel ; et tous s'exclamaient, s'esclaffaient à contempler la douzaine de décapités qui semblaient vouloir se fuir ou s'interpeller, impuissants, ahuris de hargne muette à se sentir nés du doigt créateur et facétieux d'une fluette et mouvante troupe d'enfants... Fra' Savino arrivait enfin, et, d'un coup d'œil, se grattant la bedaine, il émettait son verdict, l'index pointé vers le plus vivant des portraits. Aussitôt le vainqueur prélevait les plus beaux nez, les plus grosses joues, les touffes de cheveux les plus dorées ou les plus noires, les mentons les plus rouges et les boucles d'oreilles aux mielleux rubis : et il commençait de s'empiffrer, en recrachant les grains de sable qui craquaient sous ses dents, ptou ! ptou ! ptou !, et en poussant des grognements de plaisir. C'était le signal pour les autres, qui se précipitaient sur les restes des têtes défigurées, et le pillage cannibale devenait la plus sauvage des luttes, où giclaient le suc et la pulpe des fruits, les coups de pied, les coups de dent, les cris de victoire vite étouffés, les cris de douleur sous les piquants tenaces des bogues, et la bagarre finissait en mêlée dans la mer où les cous de rave se changeaient en contondantes massues.

Depuis longtemps, fra' Savino avait quitté les enfants écumant de clameurs et de cruautés, et, la face rougeaude jusqu'à ses larges narines fleuries de rousses vibrisses, les avant-bras ailés de flammes, il s'était remis, comme un passeur plantant sa gaule dans un fleuve de feu, à fourgonner ses fournaises.

Au théâtre des martyrs

Amore mio, faisons-nous la promesse.
(Fronna dansante.)

En cet automne 1631, fra' Nuvolo plaçait un ongle verni sur la neuvième phalange du campanile des Carmes. Les cinquante-sept demi-cannes de ce doigt grisé de lave et de marbre planté dans le ciel et ébranlé par cinq cloches bombées d'ondes d'airain, se terminaient donc, onze ans après les derniers travaux et grâce à un dominicain qui portait un nom aérien et dansant, par une poire de nouettes aux couleurs jaunes et vertes de la folie.

C'étaient aussi les jours où commençait à Naples la folie du tabac. Toute la ville, des enfants aux vieillards, et les hommes et les femmes, et les haillonneux et les lardés d'or, des bassi aux palazzi, de la strada di Toledo au vico dei Lanaioli, par tous les trous de toutes les faces humaines, pétunait. Jets de jus marron, boulettes juteuses projetées des bouches suceuses aux lèvres enflées et carminées, soufflées par des narines distendues, boulettes incandescentes tombées des pipes, pierres à feu enflammant le végétal à l'arôme de bruyère, de réglisse et de menthe confondues dans sa grésillante ou lente combustion, têtes soufflant des bouffées de fumée, chaque Napolitain se déplaçait comme un petit Vésuve en douce, rêveuse, purificatrice éruption.

1631 fut encore l'année qui ouvrit le vice-royaume à Manuel de Guzman comte de Monterey, l'un des vice-rois les plus cupides qu'ait connu Naples. Sous le comte de Monterey, chose inouïe pour les Napolitains si viscéralement liés à leur ville, des milliers d'hommes et de femmes furent contraints, par la rigueur des impositions, d'abandonner leur séjour natal et d'aller demeurer dans les États du Grand Seigneur : qui, pour dix pistoles, pouvait à peine satisfaire aux gabelles du Royaume de Naples, satisfaisait avec dix carlins toutes les daces du Turc. C'est à cette époque-là que les chroniqueurs étrangers qualifièrent Naples de Potosi d'Europe... Le comte de Monterey imposa, pendant les six années qu'il y fut vice-roi, relate un voyageur anonyme de ce temps, et il convient de rapporter mot à mot ses propos sans fioritures, éloquents dans leur vieillotte et parfois élégante sécheresse même, le comte de Monterey imposa, pendant les six années qu'il y fut vice-roi, quarante-quatre millions d'or de gabelles extraordinaires, dont il employa une partie en la levée de cinquante-quatre mille hommes de pied, et de huit mille chevaux ; que pendant ce temps il tira et envoya hors de cet État, pour le service de son maître, le duc de Médina de la Torres qui, lui succédant en l'an

1637, gouverna six autres années, y établit encore durant son Administration : pour quarante-sept millions d'or de nouveaux impôts. L'Amiral de Castille qui y vint après mit encore un carlin sur chaque tomolo de farine, ce qui faisait la somme de onze cent mille ducats, et il est certain que, suivant les ordres secrets, il aurait surchargé le peuple de maints subsides, si, en considérant que le Royaume payait annuellement plus de onze millions d'or pour le seul intérêt des gabelles imposées de temps en temps, et dont le fonds avait été aliéné et vendu à des particuliers intéressés au nombre de quatre-vingt-dix mille personnes, la compassion de tant de misères n'eût touché le cœur de ce vice-roi, qui dit et protesta bien haut qu'il aimait mieux se retirer, que de contribuer davantage à la ruine d'un État dont la chute était apparente... Mais, poursuit notre voyageur, qui avait consulté en espion les comptes cachés du Royaume de Naples et tout noté ce qui tombait sous ses yeux sagaces d'étranger, mais, bien que les sommes provenues de tant d'exactions soient prodigieuses, elles ne sont rien au prix de celles qui sont procédées des vols et des concussions privées que les vice-rois et les ministres subalternes ont faites dans ce pays qu'ils ont toujours considéré comme l'asile et la ressource des larrons, des banqueroutiers et de tous les hôpitaux d'Espagne. Il serait malaisé de nombrer les trésors que le comte de Monterey et le duc de Médina de la Torres emportèrent en Espagne ; non plus que ceux que le dernier employa à l'acquit des dettes d'Anne Carraffe princesse de Stilliane, sa femme, dont il liquida la maison. Il ne serait pas moins difficile de compter ceux qu'ont volés les ministres inférieurs, dont plusieurs étant arrivés à Naples presque nus et sans équipage, sont retournés dans peu chez eux avec des vaisseaux chargés d'une infinité de richesses, et en état de réparer les ruines d'une vieille maison, ou d'en élever plusieurs neuves... Enfin, relève notre observateur, qui chauffe alors sa plume ancienne jusqu'à friser la métaphore, cette insatiable avarice avait tellement détruit le Royaume, qu'il semblait qu'à l'exemple du Colisée de Rome, sa grandeur ne fût plus remarquable que par celle de ses ruines, comme s'ils eussent tenu pour une prophétie l'opinion du comte de Monterey, qui disait ordinairement : Je prévois, sans grande crainte de me tromper, que Naples retournera un jour entre les mains des Français. Bien : en somme, mal. Et d'aise, il lissait ses moustaches : à croire que cette prévision, loin de le chagriner, le remplissait de contentement. Alors, pour ne leur rien laisser à prendre, il faut en tirer la graisse et la substance de bonne heure!... Et suivant ce conseil quasiment superflu, chacun y courait comme en un pays de conquête que l'on veut tâcher de détruire, quand on ne le peut conserver. Dans la pitoyable décadence de ce Royaume, on voyait agir une infinité de mains, non pour empêcher la chute, mais pour avoir part au débris. Le Palais des vice-rois et les tribunaux de la Justice étaient des boutiques publiques où l'on trafiquait et faisait ouvertement argent de toutes choses, les dignités, les commissions, les privilèges, les décrets et les grâces s'y vendaient à deniers comptants, le mérite ni l'innocence n'y avaient aucun crédit, le cabinet des ministres n'était ouvert qu'aux donneurs d'avis, et à ceux qui concouraient le plus ardemment à la destruction du peuple... Et Naples supporterait encore seize années ce régime de boyaux vides, d'un côté, et de tripes pleines, de l'autre, comme le montre, avec tant de précision, l'anonyme voyageur ; et puis un beau matin, exsangue, quand le vin est doux, le vinaigre se fait plus fort, elle ferait du boudin avec le sang des nobles et des traitants, comme elle avait fait des grillades et des pot-au-feu avec les chevaux de Genoïno : le temps de jouer et de jouir voluptueusement, de mettre dix jours et dix nuits le monde à l'envers, avant de s'incliner, de tomber, de ramper de nouveau, et de servir d'humus en riant à la joie du monde...

Mais dans Naples à larmes et à cris, à rires et à lazzi, les guaglioni du Mercato, l'œil plus vif que l'éclat des nouettes neuves de fra' Nuvolo, la main plus leste que la dent de la zoccola, le ventre pas toujours aussi plein, malgré la course aux pis et aux fruits, que les marmites de fra' Savino, les guaglioni, bouffons du soleil et de l'ombre, inventaient pour chaque instant du jour l'effervescence magique de la nuit. Ils étaient le rêve et le cauchemar vivants, que se disputait, que se rejetait, que s'adorait le monde barbu et mamelu, ils étaient l'allégresse et l'ivresse que les frères des Carmes endêvés protégeaient et nourrissaient et corrigeaient, angélisaient, endiablaient, emportaient avec eux dans les plis ténébreux de leur robe de bure.

Mimmo, Peppe, Masaniello, tous les guaglioni

connaissaient Naples pierre à pierre, et, dans ses girons infernaux et célestes, s'y dépatouillaient, quels que fussent la saison, le vice-roi et l'heure. Ils s'y divertissaient follement aussi, et n'auraient pas donné leur royaume de poussière dansante et d'humide ouate pour toutes les paillettes d'or d'un exil. Égrillards et tapageurs, ils vivaient en se jouant de tous, Espagnols et Napolitains, pauvres et riches, fauchaient à la tire, de nécessité faisant jeu, mangeaient en sautillant, fondaient la nique au corps sur le distrait niquedouille à délester, et livraient leurs jambes au vent, telle une troupe d'oiseaux piaillards et pillards s'envolant d'un coup d'aile d'un bout à l'autre de la ville, le bec ouvert sur toute proie. Ils traversaient les six Sièges, et pissaient en demi-lune sous les blasons des origines, et s'enfuyaient, le mazzariello encore gouttant contre leurs cuisses, à l'approche tempétueuse du premier chapeau à plumes... Le Siège de Nido, au cœur de Naples, cheval noir cabré sur champ d'or, Nid ou Nil où, jadis, les Égyptiens s'étaient installés au milieu des Grecs et des Romains : les portiques du marché toujours visqueux de fruits, de légumes écrasés, des brouailles de poissons, des boyaux de volatiles, hauts et sombres comme une grotte marine aux mains de corail, qui puisaient sans trêve dans des baquets de bois pour rafraîchir de gifles d'eau et faire reluire les victuailles fatiguées ; en face, l'église des Âmes du Purgatoire, que signalent, en bronze sur deux boute-roues de piperne, en plâtre rouge sang-de-bœuf sur sa façade, des têtes de morts placées sur deux os en sautoir, église creusée d'un antre secret pour des prières mystérieuses, hypogée où les vivants, des guaglioni aux vieillardes, communiquent, en toute tranquillité, avec les morts et entre eux, comme installés dans une taverne des limbes, entre deux emplettes, entre deux jeux, à dix demi-cannes sous le sol, au milieu des narcisses plantés en pleine terre et fleurissant au bord des allées, au milieu des quatorze tertres oblongs, sept de chaque côté de la salle du fond, les derniers morts descendus et suspendus à l'intercession des vivants, des squelettes récemment sortis de leurs tombes, des files de chandelles qu'on allume en faisant un don aux trois vieilles gardiennes des Âmes ailées de feu, tas de chiffons noirs, vifs et pyramidant qui s'échangent les dernières nouvelles des bassi de Nido... Ouèèèè !... commères, vous avez vu comme moi les trois soleils se lever sur la Muntagna, le trois septembre, annonce d'un grand brasier, Giesù ! Giesù !, avant la fin de l'année !... Et la Gobba, sur le point d'accoucher à quatre-vingt-huit ans !... Et la jeune folle de San Lorenzo : elle a sept ans et jette de l'eau claire par ses mamelles ! Oui ! Oui ! Je l'ai vue !... Giesù ! Giesù !... Ouèèèè ! Guagliù !... et chassent, sciò ! sciò ! sciò !, comme on chasse les poules, les guaglioni culbutant et riant les uns sur les autres dans les coins les plus sombres où dégringolent en avalanches cliquetantes des monticules d'ossements... Et puis, le Siège de Porto, petit homme couvert d'écailles ou de plumes sur champ d'azur, avec ses galères, ses carrosses aux roues plus hautes que des hommes, et ses vieux nobles et ses Espagnols, à la bouche et à la bourse serrées, à l'habit de soie noire, et dont la fraise blanche à larges godrons est si épaisse, que leur tête semble détachée de leur corps et flotter en l'air, grimacière, à trois mains de leurs épaules... Et les guaglioni font la chute du Diable au pied de ces saint Michel fraisés et emplumés et cuirassés de cuir, d'or et d'acier, en imaginant les faces verdâtres tombant de leur plateau de dentelles immaculées et roulant avec eux, pour leur plus grande joie, dans la poussière et la boue et le crottin et l'immondice... Ouèèèè! Cavalié!... la charité, pour nous, pauvres diables!... Et, le nez au niveau des bottes ou des escarpins, ils lançaient des regards plus ardents et plus fiers que s'ils venaient, eux, de sortir du palais d'un Maddaloni, d'un Carmignano, d'un Rocco di Torrepadula, d'un Mamoli, d'un Bisignano, d'un Spinelli, ou d'un carrosse aux armes des Monterey, le cul couvert de brocart à ramages : ils clappaient, ils faisaient un pet, le fouet claquait, et, troupe de toupies tournoyantes, bondissantes, sifflantes, mugissantes, ils se retrouvaient en demi-lune sous le blason du Siège de Montagna, trois cimes vertes sur champ d'argent; derrière eux, l'église de San Paolo et ses colonnes doriques, qu'ils comparaient à des fraises monstrueuses, ceignant des cous élongés de géants à la tête invisible et lourde de menaces effrayantes, cachée sous les combles du temple : un seul œil énorme dans son triangle jaune s'allumait au tympan et faisait déguerpir la petite troupe, qui se cherchait couillebittes pour les palper à pleines mains, contre le mauvais œil... Ils filaient alors, par la porte de San Gennaro, traversaient hors les murs la bourgade des Vergini et se faufilaient au milieu des genêts, des lauriers-roses et des myrtes jusqu'au pied de la colline de Capodimonte où s'ouvraient les catacombes de saint Janvier. Ils allumaient une torche de poix à la veilleuse de la salle du bas, et, par des souterrains qu'eux seuls connaissaient, se retrouvaient dans la salle supérieure, immense, large comme la nef d'une église à la voûte et aux murs de tuf recouverts de lichens verts et violacés, avec, grossièrement creusées, des chapelles sur les bas-côtés décorés de fresques primitives, Janvier et ses deux acolytes, Fête et Désir, tous trois saints et martyrs, mais Janvier le plus glorieux des trois, pour avoir, ainsi qu'on le voyait sur les murs rongés de lichens, résisté au feu, aux fauves et conseillé au proconsul romain d'en finir en lui tranchant net le chef... Les guaglioni s'amusaient à compléter les images effumées par les siècles des premiers chrétiens lucifuges de Campanie. Avec des têtes de dents de lion, ils jaunissaient l'auréole des saints ; ils mettaient du jus de coquelicot dans les plis dorés de la noble robe de l'évêque ; ils faisaient des ailes vertes à Fête et à Désir, en frottant des poignées d'herbes contre le tuf. Et puis, après ces restaurations dont le rite avait été fixé par Masaniello, ils couraient, telles des chauves-souris affolées par la lumière, torche en avant, évitant de se retourner sur leurs ombres démesurées qui se coulaient dans les anfractuosités et les poursuivaient, ils couraient tout au fond des catacombes, vers une petite salle en demi-cercle : là, au beau milieu, se dressait, aussi grand qu'eux, rond comme un gros fût de cloître, l'énorme Phallus, qui portait son nom régénérateur écrit en grec à sa racine, PRIA-

POS. En ronde autour du membre vainqueur des ténèbres, mi-silencieux, mi-couinant d'angoisse, les douze guaglioni sortaient leur queue brûlante et se branlaient en rapides secousses jusqu'à la dernière glissade des prépuces rougis sur les glands zinzolin, qui, tous, au même instant, s'auréolaient, crâne en feu, roulis de ronrons, d'une larme de terrible jouissance. Et les douze, chavirant d'exultation, jambes et bras ouverts, offerts au triquant dieu antique, ventre en l'air, tombaient à la renverse sur ce sol battu par les premiers disciples du Christ, voluptueusement morts au pied du Phallus de la résurrection, jubilante, palpitante, cosmique étoile de chair, corolle de sang au pivot d'un sexe divin éperdument planté dans le ventre cryptique de Naples... Et puis la troupe de guaglioni déboulait jusqu'au Siège de Porta Nova, porte d'or sur champ d'azur, et se faufilait, petits félins fous, dans les vicoli les plus étroits, les plus sombres, et débouchait, par ces boyaux de lave, à Forcella, l'extrémité orientale du Spaccanapoli, transformée en marché où grappiller de quoi calmer les faims, sur ce triangle grouillant de vie et de filous, jadis hérissé de fourches où se balançaient les pendus : Ad bene agendum nati sum, telle était la devise de ces lieux... Quelques bonds encore, ils se trouvaient au Siège de Capuano, à l'orée des délices qu'en rêves indéfinis, évanescent, étourdissant mélange de chairs à manger, de chairs à caresser, ils vivaient à chaque impulsion de leurs jeunes corps, cheval d'or à l'amble sur champ d'azur, et, pivoine aux joues, poussaient un pet hilarant, dos à l'église de San Martino, où, passant un soir avec fra' Savino, ils s'étaient esclaffés sous le simulacre du fameux saint tremblant à la flamme grésillante d'une torche : du haut de sa monture, sire Martin offre royalement, de la pointe de son épée, la moitié de son manteau à un mendiant demi-nu qui grelotte de froid... La moitié ! s'exclamait le cuisinier des Carmes. La moitié ! Et pourquoi pas le quart ! Pourquoi pas le quart du quart !... Avare ! Pingre ! Prudent laineux ! Ladre !... La moitié ! Grigou ! Moitié à moi, qui suis bien habillé, chaudement, et bien monté ! Moitié à toi, qui es nu, pauvre à crever, traîné dans la boue, poulet plumé !... Voyez-vous, guaglioni, ce Martin, évêque de Tours, c'était, à n'en pas douter, un bon Français, aussi vrai que la caque d'oie emplumée, qui passe là-bas, raide comme le goupillon de notre évêque, et morvant l'orgueil par tous les pores, est, à n'en pas douter, un bon Espagnol !... Aspergesme ! Aspergesme !... Guaglioni ! Faites comme moi, un grand tonnerre de pet de Judas dans la moitié puante du père Martin !... Et fra' Savino, les hémisphères de son cul tournés vers le saint, penché en avant, la bedaine pendante, avait grondé sourdement, puissamment, longuement, ainsi que grondent parfois les entrailles de la ville suspendue sur le vide des grottes entre ses deux volcans. D'abord figés de stupeur, les guaglioni pleurèrent bientôt de rire, et quand ils eurent séché leurs larmes, fra' Savino avait disparu, avalé par la visqueuse nuit des vicoli... Et puis, les guaglioni, reprenant la direction de la piazza Mercato, descendaient vers la mer. Ils longeaient le couvent maudit de Saint-Archange, où tant de sang de nobles religieuses, et si jeunes, et si belles, affolées par les désirs de leur sexe, avait coulé : là où avaient régné les désordres des sens, régnait le silence de la poussière ; et les guaglioni, frissonnant au froissement des reptiles, à la chute sourde du tuf effrité, s'asseyaient, parfois, autour du puits mangé d'herbes et traînant sa chaîne rouillée sur le marbre éteint, pour rêver ensemble aux voix charmeuses, aux voiles dansants des belles en allées, et rendaient, à queue que veux-tu, leur hommage priapique aux cloîtrées mortes d'avoir trop librement aimé... Ainsi, errant et jouissant, ils arrivaient, un peu plus bas, au couvent de Sant' Agostino alla Zecca, Siège du Peuple, P noir coupé d'or et de gueules : et ils se disposaient en un parfait croissant lunaire pour, une dernière fois, lâcher un jet de pisse sous le blason du peuple gras, eux, les fils du peuple maigre et nu. Dans les dernières décennies, méprisé et contraint à se faire nomade par les cinq Sièges de la noblesse, le Siège du Peuple avait eu, dans un petit périmètre de vicoli éclatant de vie, autour des ombres voluptueuses de Saint-Archange, trois Sièges successifs, que l'ironie napolitaine avait su baptiser avec grande sagacité. Le premier, au bout de la via della Selleria, le « Siège peint », celui dont les ornements architecturaux et les statues solennelles n'existaient pas en réalité, mais se dessinaient sur les murs, en trompe-l'œil, comme en trompe-l'œil était le pouvoir réel du peuple, une voix solitaire contre cinq, et un élu choisi par le roi ou le vice-roi du moment ; le deuxième fut un tréteau de bois, qu'on pouvait déplacer à merci, mais qui fut longtemps adossé à la tour campanile de Sant' Agostino :

ce tréteau, où siégeait le peuple, était couvert, recouvert, pompeusement enroulé dans des draps jaunes et rouges, des étendards jaunes et rouges, des enseignes déployées jaunes et rouges, et, en dépit du soufre, du feu de ses couleurs, on l'appela aussitôt « le Catafalque » ; le troisième, où pissaient les guaglioni, était formé de deux salles prêtées, selon leur bon vouloir du moment, par les pères augustiniens, et touchait à la Zecca, l'Hôtel des Monnaies : augure, tentation railleurs, et miroir narquois aussi, tendu par le hasard des lieux aux représentants hâbleurs du peuple, puisqu'une zecca, à Naples, c'est aussi une personne dont la pétulance ininterrompue ennuie ; et les guaglioni noyaient et emportaient dans leur ruisseau doré, jusqu'aux regards voilés des égouts du Saint-Esprit, les mots de bois qui s'envolaient en rosaires entiers des murs protégés par un saint patricien, et, morts, retombaient à leurs pieds.

Quand venait le temps des sermons prêchés par fra' Savino sur les collines cernant la mer, le Vomero, le Pausilippe, ou dans les villages vésuviens, San Giorgio, Portici, Torre del Greco, ou, après un détour jusqu'au hameau de Nazaret, dans les Champs Phlégréens encensés par les bouffées de soufre de la Solfatare, Fuorigrotta jusqu'à Agnano, Pozzuoli, d'où se découvraient, au loin, le cap Misène et l'île verte de Procida et Capri gris souris, et, entre deux bosquets, les sombres reflets du lac d'Averne, quand venait le temps des sermons, avant Noël, avant Pâques, après les vendanges et les récoltes, c'était fête et théâtre pour les guaglioni. Et pour atteindre l'église bondée de maraîchers, de vignerons, de bergers, de lavandières, de pêcheurs, ils parcouraient des lieues enchanteresses, tout en se soûlant de mots, de cris, de bleu, de verts, de soleil, ainsi qu'un joyeux essaim de criquets pèlerins. Et puis, pour faire rager fra' Savino, qui les poursuivait alors, essoufflé, comme un ogre dévorant, ils entonnaient tous en chœur la fronna dansante, qui raconte l'histoire amoureuse de la nonne et du prêtre... Amore mio faisons-nous la promesse / n'épouse pas et moi non plus / Toi, tu t'en vas faire la nonne / moi, je m'en vais faire le prêtre / Et puis je vais dire la messe à la chapelle / et tu viens me sonner la clochette / la clochette que m'a donnée ma mère / Tu la sens comme elle sonne et comme elle tinte... Ouèèèè !... Guagliù !... je vais vous sonner les oreilles, moi, je vais vous peler les fesses, avec ce bon battant-là !... Et fra' Savino courait sus à l'essaim chanteur, plus rouge qu'une pomme d'amour, le bâton haut levé et prêt à s'abattre sur les parties charnues de ses petites ouailles, qui, s'égaillant, cacophonant, trompetant et éclatant de rire, continuaient à se renvoyer en écho la gaillarde fronna... Tu la sens comme elle sonne et comme elle tinte — et tinte !... / on dirait la petite cloche de l'église des Bains — Bains !... / Ô ! — Ô ! — Ô ! Madonna dei Bagni, voilà que je m'évanouis — nouis !... / tant tinte la clochette — chette !... que m'a donnée maman !... Ouèèèè ! Guagliù !... Comme un harponneur de thons, tantôt Peppe, tantôt Masaniello, tantôt Mimmo, fra' Savino attrapait soit l'un soit l'autre : il leur lançait son bâton entre les jambes, le guaglione tombait, il s'en saisissait, le soulevait tout gigotant et hurlant sous son bras gauche, lui découvrait complètement le cul et, d'un coup, lui plantait le médius de la main droite dans le trou. La proie ainsi empalée poussait des cris de mouette, et les guaglioni hurleurs faisaient une ronde endiablée autour du moine et de l'enfant statufiés. Soudain, fra' Savino retirait son doigt et le pointait haut dans le soleil... Regardez, tas d'excommuniés ! Comme mon doigt, vous êtes tous pleins de merde !... Et il laissait tomber sa proie, qui se relevait en boitillant, courait en criant au porc et en grimaçant, nez épaté, langue dehors, cul nu et rebondi de rougeurs, se fondre à nouveau dans l'essaim happé à l'horizon par la lèvre azur du ciel et la lèvre émeraude de la terre.

En cet après-midi floché d'ouateuse langueur de l'équinoxe d'automne 1631, fra' Savino et fra' Nuvolo, précédés ou suivis par le tourbillon des guaglioni, gravissaient de concert les pentes vertes et dorées du Pausilippe. Les guaglioni étaient tout à la maraude des plus belles grappes de raisins noirs et or, si lourdes que pampres serpentins ni vrilles ne parvenaient à les garder suspendues, et qui se vautraient, comme les mamelles des matrones frottant leur lessive, sur les douces mottes rousses. Le carmélitain et le dominicain, à l'allure de monstrueux merles siffleurs, l'un tabac, l'autre blanc, piquaient du nez à espaces réguliers, grappillaient des grains de la taille des noix, par-ci par-là, et les croquaient en bavant des giclées de jus. Le gros cuisinier des Carmes et le maigre architecte de la poire galbée de nouettes s'étaient liés d'amitié : le savant bâtisseur de campaniles et le tonitruant touilleur de chaudrons s'étonnaient tour à tour, et s'admiraient l'un l'autre. Ils avaient donc décidé de faire ensemble une théâtrale tournée de sermons, qui s'accompagnaient de joyeuses parties de campagne autour des bergeries et des fermes, grâce aux dons des paysans révérencieux et craintifs. Les guaglioni, dans leur complicité, dans leur turbulence même, ajoutaient encore à leur plaisir partagé. Mimmo, chargé d'un sac de verges, Peppe, qui portait dans sa main droite un pot de poudre rouge, dans sa main gauche un pot de poudre bleue, suivaient pas à pas les deux prédicateurs.

Par le sentier du Canalone, on arriva enfin à Villanova di Posillipo, tout au sommet de la colline : Naples à gauche, Pozzuoli à droite, des bâtisses carrées couleur rose et bleu pastel sur la crête, et l'église blanche au milieu. Le soleil déclinant déjà vers le cap Misène, où il sombrerait bientôt, après avoir enfilé de son flot éblouissant, d'un bout à l'autre, la Grotte qui mène à Pozzuoli ; là-bas, face au cap Misène, l'entonnoir renversé exhalant son mince panache de fumée, le Vésuve, 'a Muntagna, couleur de bruyère. Le golfe, où trois galères se reposaient, où un galion déployait ses voiles, où se penchait la voile ailée de deux felouques, où se balançaient, comme des yeux noirs sur un bouillon rosi, les barques oblongues des pêcheurs qui, autour du château de l'Œuf aux puissantes arêtes dorées plantées dans la mer, faisaient un collier dansant, paraissait un morceau de ciel découpé par les anges pour miroiter sur la terre. Toute cette splendeur incomparable, ces alliciantes, appétissantes grâces, cette infinie douceur, cette séraphique harmonie pénétraient, sans qu'ils le sussent, jusqu'au fond de leur âme, les habitants de la crête de Villanova et tous les habitants de la ville étendue au pied des collines, lorsqu'ils sortaient de leur labyrinthe de vicoli et s'élevaient au-dessus du cendreux réseau de lave pour s'exclamer, fiers et le cœur en émoi ainsi que des rois couronnés de rêves contemplant l'étendue admirable de leur féerique royaume... Bella ! Bella ! Cumm'è bella Napule !... Et chist'aria, cumm'è bbbbona !... Bella !... Bella Napule !...

Les vignerons et les blanchisseuses de Villanova, tous, selon son sexe, vignerons ou blanchisseuses, à Villanova, comme à Naples même, dans la rue des luthiers, il n'y a que des luthiers, et dans la rue parallèle, que des ferronniers, et dans la rue parallèle, que des menuisiers fabricants de cercueils, et dans la rue parallèle, que des menuisiers fabricants de coffres, et dans la rue parallèle, que des ébénistes, et dans la rue parallèle, que des tailleurs couturiers, prodigieuse union rayonnante, salvatrice du monde créateur et obstiné des artisans, et dans la rue parallèle... vignerons et blanchisseuses, tout Villanova assis et debout s'entassait dans l'église. Les deux prédicateurs, en grimpant vers le village, avaient accordé leurs mandolines pour illustrer, chacun à sa façon, le septième commandement de Dieu : Le bien d'autrui tu ne prendras, ni retiendras à ton escient : En somme deux bons prêches sur le vol valent mieux qu'un ! s'était esclaffé le carmélitain en assenant une tape amicale sur l'épaule osseuse du dominicain qui venait de si parfaitement réciter le fameux commandement... En somme, il faut leur faire comprendre, à ces culs-terreux, qu'ils vendent hors de prix, sans compter les gabelles, ce que la grâce de Dieu fait pousser toute seule et en abondance sur cette terre bénie !...

Sous l'abat-voix surgit la ronde face rubiconde de fra' Savino, qui, l'œil attiré d'abord par le parterre de jeunes femmes, épanoui sous la chaire, suivant son impulsion, s'adressa tout à trac aux blanchisseuses, au nom du Père, du Fils et du Saint-Esprit. En deux coups de cuillère à pot, il expliqua que, dans le sentiment de l'Église, se servir, pour son usage particulier, d'un objet appartenant à autrui est, sinon un vol, du moins un bien vilain péché... Éparpillés dans l'assistance, sauf Mimmo et Peppe, qui devaient rester, l'un avec ses verges, l'autre avec ses pots, immobile derrière la chaire, à la disposition des prédicateurs, les guaglioni se déplaçaient sans cesse et sans bruit, invisibles presque, au milieu des têtes levées que fascinait la fougue du frère prêcheur... Ainsi ! lançait fra' Savino, penché comme un diable au-dessus de la fournaise des damnés, vous autres mes filles les blanchisseuses, vous mettez les chemises, les jupons, les pantalons et les bas des nobles dames qui vous confient leur linge, oui ! regardez-moi, oh ! filles pleines de honte ! fra' Savino le sait !... Oui, oui, ne le niez pas ! Mal, mal, c'est mal d'enfiler, par vanité et plaisir de peau, le bien d'autrui !... Et soudain, comme pris d'un irrésistible prurit à la bedaine, il se mit à dénouer son cordon, le roula en boule et le jeta sur les genoux d'une grosse fille rousse aux larges yeux verts humides, qui le fixaient, assise au premier rang, juste en face de lui... Toi ! la belle ! s'écria-t-il, fais-nous voir tes jambes !... Allons, debout ! relève tes jupes, tes jambes, per la Madonna !... Je parie que tu portes des bas fins qui ne t'appartiennent pas... La blanchisseuse fit non de la tête, baissa les yeux avec confusion, devint plus rouge que ses cheveux, serra les genoux et plaqua les deux mains sur ses cuisses. Sans doute fra' Savino avait deviné juste... Ah ! Ah ! La belle !... Regarde-moi ! Ne tremble pas !... Et, allons, per la Madonna ! montre tes jambes, montre tes épaules, continua-t-il à rugir d'une voix de tonnerre... Voyons tes bas ! Voyons ta chemise !... Mes frères, si elle porte des pantalons, ce ne sont pas les siens !... Et l'assistance, mise en joie, hurlait à la fille en pleurs : Oui, oui ! fais voir !... Fais voir ce que tu as sur les nichons ! Fais voir ce que tu as mis sur ta figue rousse !... Ouèèèè ! Qu'elle se retrousse, qu'elle montre au moins ses mollets !... L'œil endémené, fra' Savino regardait les jeunes vignerons qui avaient coincé la fille contre la table sainte, où les fidèles allaient bientôt tendre leur langue pour recevoir la blanche hostie consacrée, et ils lui relevaient les jupes jusqu'aux seins, et lui tâtaient l'entre-jambes comme on fouille le cul d'une poule pondeuse, au milieu des hurlements de la fille et des éclats de rires aigus de la foule excitée. Et la nef consacrée à la paix de l'Éternel, à l'humble prière des cœurs en peine, résonnait maintenant comme une nef de fous emportée par une tempête de lubricité.

Fra' Savino réclama le calme : aussitôt, vignerons et blanchisseuses regagnèrent leur place et relevèrent leurs mines hilares et graveleuses, redevenues attentives. La rousse s'était rassise, elle aussi, secouée de silencieux sanglots. L'intermède passé, fra' Savino prit à partie le sexe fort, il enfla la voix et accusa tout de go les vignerons, avec l'indignation convaincue de l'appréciateur de bon vin, de mélanger les crus, de faire de la piquette, du vinaigre avec les plus doux raisins de la terre, de fourrer toutes sortes de cochonneries dans leurs tonneaux, après avoir foulé les vendanges avec des pieds lavés dans le purin... Tas d'excommuniés ! poursuivit-il, vous ne méritez pas, non, aucun de vous, oui, aucun ! d'assister à la sainte messe ! Pourquoi ? Hein ? Pourquoi ?... Parce que aucun de vous ne pourrait fournir le vin pur, le vin vierge de tout mélange, que le Christ, le pape et les canons exigent... les canons, oui ! à voir vos têtes, on dirait bien, ma foi, que vous ne savez que couper le raisin pour alléger nos bourses et brûler nos estomacs !... Les canons : pas ceux qui crachent leur feu du haut des murs de Saint-Elme, et vous envoient au Purgatoire avec des flammes dans le dos, vous et votre basso, à peine un Napolitain pète et dit non au lieu de ramper et sourire ! Pas ceux, non plus, qui vous arrachent les oreilles quand la légère galère du nouveau vice-roi arrive et que part le lourd galion de l'ancien, non ! Mais ceux qui sont écrits dans le gros Livre de l'autel et qui disent : si tu fais ça, baoummmm ! tu vas au Paradis ; si tu fais du poison au lieu de bon vin, baoummmm ! tu vas tâter du trident brûlant du Démon, compris ?... Or donc, les canons exigent, m'entendez-vous ?, un vin pur pour le divin sacrifice.

Frères vignerons, attention ! attention vous dit fra' Savino, quand vous rôtirez en Enfer, quand vos os calcinés tomberont en poussière, quand votre chair fumera comme le lumignon charbonneux d'une lampe qui s'éteint, vous demanderez : À boire ! À boire ! À boire ! Per carità !... Et c'est un diable qui vous fera la charité : il vous présentera les saloperies mises par vous dans le jus pur de la vigne. On vous servira, ô vignerons du Pausilippe, le pot de chambre de ceux qui auront bu votre vin frelaté ! Ouèèèè !... Ce sera votre unique boisson, pisse de chrétien contre pisse d'âne : voilà la charité qu'on vous fera, plaignez-vous ! et quand, grillant au fond de l'Enfer et ouvrant des bouches comme celles des grenouilles, vous verrez un chrétien sur le point de vider sa vessie, vous lui crierez : Aho ! Frère ! Secours-moi... Et fra' Savino, emporté par l'ardeur oratoire, se prit à mimer son discours : en parlant du chrétien secourable, il releva sa robe jusqu'au cou, découvrant aux yeux de tous sa villeuse bedaine blanche et noire. Alors, un rire grassouillet, inextinguible commença de fuser du côté des blanchisseuses, auquel firent écho les mâles gosiers des vignerons. La belle rousse riait, elle aussi, à gorge déployée, et ne pensait plus ni aux bas ni aux chemises ni aux doigts avides qui s'étaient plantés dans les moelleux coussinets de sa chair.

Fra' Savino s'éclipsa. Apparut fra' Nuvolo, qui se lança, au nom du Père, du Fils et du Saint-Esprit, aussitôt dans son prêche... au milieu des rires et du brouhaha, qu'un cri de fra' Savino changea en un silence de tombe... son prêche sur les diverses formes de vol, sur l'abus de confiance et le simple gain illicite, suivant les légistes et les théologiens. Il indiquait, par le menu, les fautes qui conduisent à l'éternel Brasier, et celles qui, au regard du souverain Juge, méritent seulement une peine temporaire, les flammèches du Purgatoire... Ce prêche trop savant endormit bientôt blanchisseuses et vignerons, déjà fourbus par les travaux de la pleine saison. Comme il ouvrait les yeux à la fin d'une série d'inductions et de déductions sur le vol et les vertus théologales, fra' Nuvolo vit qu'il lui fallait, sans attendre, renoncer aux enchaînements logiques et théologiques, avec un auditoire si glébeux, et, de sa face émaciée aux orbites creuses, aux cheveux gris sale, au teint jauni, jaillit un cri pointu et sec et glapi comme une volée de coups de trique : la nef sursauta et leva de nouveau le nez vers la chaire.

Fra' Nuvolo ne regardait pas les assistants, il fixait à présent la Vierge des Sept Douleurs, sept poignards d'argent à garde d'or dans le cœur d'argent flammé de vermeil, quatre à gauche, trois à droite, placée en face de lui, et il se trouvait comme sous un charme puissant. Il ne soufflait mot. Il paraissait à peine respirer. Il tomba brusquement à genoux, et seules sa tête et ses mains jointes projetées en avant vers le cœur sept fois transpercé, dépassaient le rebord de chêne de la chaire où brûlait, sur le côté, un faisceau de cierges : on eût dit d'une tête de cire prête à rouler sur le triangle aigu que formaient les mains, et à rebondir et à se cabosser sur le tapis de faces levées, pleines d'ébahissement. Les doigts s'écartèrent, et, peu à peu, s'approchèrent des flammes, et semblèrent fumer au contact du feu. La bouche s'ouvrit... Ô Santissima Maria, Madre di Dio, proféra-t-elle suavement, pour te voir dans la gloire du Ciel, que n'ont pas souffert les saints !... Grillés... Écartelés... Empalés... Découpés... Dévorés... Écorchés vifs... Arrachés, les ongles... Coupés net, les seins et les pudenda... Énucléés, les yeux... Enroulés au treuil, les intestins... Bouillis, frits, saignés, désossés... Ainsi, mes frères, poursuivait le dominicain, dont les doigts continuaient de fumer dans les flammes, les bienheureux sacrifièrent-ils leur corps pour le salut de leur âme, et la vôtre, vignerons aux doigts crochus, blanchisseuses aux entrailles habitées du Démon !... Puis les doigts se joignirent à nouveau, mais comme carbonisés, et la bouche de cire se mit à dépeindre les délices du Paradis, les joies infinies des âmes dans les quatre sphères de cristal du Ciel... Tu vas de sphère en sphère, ô Santissima Maria, Madre di Dio, pour qu'aucune des places de l'empyrée ne puisse avoir l'air moins heureuse que les autres... Dans toutes les demeures du Très-Haut, on te voit passer et semer des brassées de roses... La tête ouvrit ses yeux. L'auditoire, qui tournait encore ses regards vers la chaire, baissait pourtant du nez, et semblait vouloir s'assoupir de nouveau. Un glapissement claqua sous l'abat-voix... Fous ! Folles ! Il est pourtant des hommes et des femmes assez fous, ô Santissima Maria, Madre di Dio, assez ignorants pour placer un bien périssable, ignoble et trompeur, l'or, les bourses gonflées comme des ventres de noyés, au-dessus d'un bien impérissable, vrai et divin, le salut de leur âme. Il est des hommes, des femmes qui demandent à être, en monnaies trébuchantes ou en nature, à être payés de leurs travaux : passe encore ! Mais d'autres cherchent le profit dans le crime, au moyen du vol ! Ô ô ô ô Maria ! Que ta grâce divine les éclaire, qu'ils comprennent leur mortelle folie. Je te le demande, au nom des souffrances des saints martyrs... Quelques têtes recommençaient à dodeliner.

Alors fra' Nuvolo se dressa de toute sa haute et maigre stature, son crâne frôlant la colombe du Saint-Esprit qui rayonnait sous l'abat-voix, et, brusquement, il déchira sa robe, découvrit ses épaules, et, tendant les bras vers la Vierge des Sept Douleurs... Ô Maria, supplia-t-il, fais-moi participer aux mortifications des Bienheureux !... Aussitôt, Peppe, Mimmo, auxquels s'était joint Masaniello, apparurent, verges levées, qui sifflèrent et tombèrent en cadence sur le dos et les reins nus du dominicain. Plus les enfants frappaient fort, plus fra' Nuvolo souriait, ravi en extase. Dans la nef, la foule qui, une demi-heure avant se tordait de rire au spectacle de la fille troussée, tâtée, renversée, hurleuse sur la table sainte, et puis s'endormait dans les doctes empyrées de fra' Nuvolo, la foule, à genoux, geignant, pleurant, criant, réclamait, implorait, exigeait les verges, les verges ! les verges !... Les dos se mettaient à nu, les dos noueux des vignerons, les dos gras des blanchisseuses, les guaglioni distribuaient, aux buissons de bras et de mains tendus, des roseaux et des baguettes de coudrier, et toute l'église sifflait, claquait et gémissait, tant on mettait de vigueur et de passion à s'administrer réciproquement la discipline. La blanchisseuse rousse semblait touchée par la grâce, et, se pétrissant les mamelles dans ses larges paumes violacées, elle recevait, en roulant des yeux blancs, en poussant du fond de sa gorge des soupirs d'orque, une pluie de coups de baguette sur les sauvages efflorescences de son semées sur ses rondes et larges épaules largement découvertes. Les dos et les reins se couvraient d'horribles estafilades rouges ou bleuâtres. Et pourtant, le sang ne coulait pas, ne perlait même pas, les peaux se zébraient sans que les souffrances parussent insupportables. Parfois, les cris suivaient de loin ou annonçaient la probable volée de verges. Les roseaux, les tiges de coudrier recouverts d'une mince peau d'anguille, sifflaient atrocement, mais effleuraient les dos offerts, s'y posaient, se relevaient en sifflant encore, et laissaient leurs traces rouges ou bleuâtres : poudres humidifiées, dérobées dans les vicoli des teinturiers, et dont les guaglioni avaient enduit chaque verge qui crayonnait, sans entamer les chairs. Mais dans ce théâtre des martyrs, la nef entière prise de douleurs imaginaires grâce aux petits artifices connus de tous... ainsi, fra' Nuvolo trempait-il ses mains dans une jatte d'eau saturée de sel, pour jouer avec la flamme des cierges, et réduire ses dix doigts à des sarments carbonisés, sans se brûler..., l'émotion touchait à la douleur la plus réelle, et chacun vivait, le temps de cette déchirante scène collective, la terrible et salvatrice agonie des témoins du Christ.

Une heure plus tard, pressés sur le parvis de la blanche église, blanchisseuses, vignerons, carmélitain, dominicain et guaglioni, tous gloussaient de rire en effaçant sur les peaux nues les stigmates de la flagellation, et l'on buvait les meilleurs vins, et l'on croquait les meilleurs fruits, et l'on savourait les meilleurs fromages et les meilleurs jambons, plus fondants et lisses qu'un palais de nourrisson. Seul fra' Nuvolo, qui, des deux mains, embouchait goulûment la bouteille, montrait encore les doigts brûlés d'un démon à peine sorti du feu éternel, pour laisser couler entre ses lèvres un vin plus pur, plus enivrant qu'une vierge de Judée.

En redescendant sur la ville noire et blanche balafrée des couleurs pourpres du couchant, les guaglioni, à l'admiration grondeuse des deux prédicateurs titubants, faisaient surgir de leurs caleçons, et comparaient, et échangeaient le produit de leurs larcins : du mouchoir de batiste à la médaille en or, des bas, des fichus, des bourses légères mais sonnantes, des chaînettes, des chapelets, des peignes de tortue, tout ce qu'ils avaient pu chiper à l'assemblée des fidèles poussée au martyre par deux prêches édifiants sur le vol. Et ils dévalaient vers le cœur de Naples, la roue voilée de la piazza Mercato aux cent rayons de vicoli, en riant, en chantant à tue-tête la fronna dansante : Amore mio faisons-nous la promesse / n'épouse pas et moi non plus / et tu viens sonner ma clochette / tant tinte la clochette que m'a donnée maman !... Et le dominicain et le carmélitain, bras dessus bras dessous, se soutenant l'un l'autre au milieu des hautes touffes de genêts, des haies de romarin, des grands eucalyptus argentés et des gros cailloux du Canalone, reprenaient en canon grave, hoquetant et désaccordé : Amore mio faisons-nous la promesse / Toi tu t'en vas faire la nonne / moi, je m'en vais faire le prêtre !... Et le ciel gris lavande et la mer gris lavande se refermaient sur eux, comme les deux valves feuilletées d'une huître géante.

La semence du feu

Face jaune
accours et éteins
cette flamme de l'Enfer !
Ora pro nobis.
Ô mon puissant saint Janvier,
chasse cette cendre
et sauve tous ces gens
de la mort par lave ardente !
Ora pro nobis.
Miserere ! Miserere !
C'est les péchés, c'est les péchés !
Saint Janvier miserere,
saint Janvier ora pro nobis.
Dis-leur à Dieu, à Christ, aux saints
que repentis nous sommes,
que pécher plus ne voulons.
Grâce, grâce, saint Janvier !
Des foudres déchaînées
libera nos, Domine,
ce peuple est fidèle,
saint Janvier miserere !

Faccia 'ngialluta,
accurre e stuta
'sta vampa de lo 'nfierno !
Ora pro nobis.
San Gennaro mio potente,
scioscia chesta cennere
e sarva tanta gente
d' 'a morte e lav'ardente !
Ora pro nobis.
Miserere ! Miserere !
So' 'e peccate, so' 'e peccate !
San Gennaro miserere,
San Gennaro ora pro nobis.
Dille a Dio, a Cristo, a 'e Santi
ca pentite simme nuje,
ca peccà' cchiù nun vulimme.
Grazia, grazia, San Gennà' !
D' 'e furmine tempestate
libera nos, Domine,
chisto popolo è fedele,
San Gennaro miserere !

Le lit matrimonial fit un bond soudain vers la fenêtre, il y eut un fracas d'ustensiles renversés et rebondissant, et Masaniello, qui dormait sur le bord extrême du lit, fut projeté, les quatre fers en l'air, sur les dalles de brique. Il vit la monstrueuse paupière d'un cyclope s'ouvrir sur un œil rouge, et se refermer aussitôt : c'était le brasero renversé, dont les tisons s'allumaient par intermittence sous le gros tas de cendres. Masaniello se dressa sur ses pieds, il perdit l'équilibre, tomba de nouveau devant l'œil rouge à la paupière volatile. Une poignée de secondes chues dans un gouffre de silence, une éternité cauchemardesque, une autre secousse poussa encore le lit vers la fenêtre, fit pivoter l'armoire et cabrioler la table jusqu'au pied du lit, et Masaniello, qui n'arrivait plus à retrouver son équilibre, fit une nouvelle culbute, glissa à plat ventre les deux mains en avant, fut retourné comme la pâte aplatie d'une pizza et assis dans la cuvette d'étain, qui se mit à tournoyer comme la roue des supplices. Enfin, tout s'immobilisa, et, de l'abîme du silence, les souffles figés de Naples fusèrent soudain en cris déchirants jusqu'à la voussure noire du ciel.

Antonia hurla, ainsi que peut hurler une Napolitaine dont les entrailles, de peur panique, montent dans la gorge : elle se fit obscène chair hurleuse, et ses cris semblaient descendre de sa vulve, plutôt que s'exhaler de sa bouche : AHAHAHAH ! GIESÙÙÙÙÙÙÙÙ ! MARONNNNAAAA ! BAMBINIIII ! 'O TERREMOTOOOO ! AHAHAHAH !... Et, au hasard de la nuit profonde hachurée de sommeil, elle s'empara de bras, de pieds, de membres agités convulsivement qu'elle pouvait happer, elle tira par les cous, par les cheveux et serra sur son ventre et ses mamelles Giovanni, Grazia, Lucia, qui perçaient l'obscurité de leurs cris en dents de scie, de leurs appels pleins d'effroi : MAMÀ ! MAMÀ ! OUHOUHOUHOUHIIII ! MAMÀ ! MAMÀÀÀÀÀÀÀÀ ! ! ! !... Chargée des trois petits, Antonia fit une enjambée vers la porte, chancela en heurtant Masaniello, qui se dirigeait lui aussi, mais à quatre pattes, vers la porte, et se rattrapa au mur... Masaniè !... Disgraziato !... Le Sarrasin de merde ! Malheureux ! Au lieu de m'aider, il me fait tomber !... Allons, allons, vite dehors ! In piazza ! Masaniè ! Prends Giovanni, je tiens tes sœurs, vite ! VITE ! ! ! !... À peine débouchèrent-ils du vico Rotto qu'ils furent jetés à terre par une nouvelle secousse, et unirent leurs cris aux cris des centaines d'habitants du Mercato, qui tous, affluant vers le centre de la place, autour du gibet à la hart vide, mais agitée comme sous le poids d'un pendu, où l'espace libre les protégeait de l'oscillation périlleuse des murs et des terrasses, étaient jetés à terre par le terrible roulis des grondantes ondes souterraines. Les corps, tel un immense tapis bossué, mal étendu sur la boue et dans les nids de poule, et dont seule la frange de piperne s'étire en une ellipse noire, frémissent et s'occocoulent les uns contre les autres, et se relèvent, et se lacère alors le tapis de chairs à moitié nues, et huchent à oreilles étourdies, et chutent à genoux pour implorer l'aide de la Maronna del Carmine... Pietà ! Pietà ! Santissima Maronna ! Pauvres pécheurs que nous sommes ! Pietà !... Et, tout à coup, le fils de l'Antonia, le Masaniello qui va l'échelle sur le cou, et ne craint personne, et joue si bien du plat de la langue, droit, le guaglione, appuyé contre le bois de la potence, tend le bras et pousse un cri, qui fait tourner toutes les têtes, s'ouvrir, soudain toutes muettes, toutes les bouches, s'écarquiller, d'infinie frayeur, tous les yeux : 'A MUNTAGNA !!!!... 'A MUNTAGNA !!!!... Et la foule médusée se déchire en une épouvantable hurlade, que couvre un titanique coup de canon tiré des viscères de la terre.

C'était la nuit du lundi 15 au mardi 16 décembre 1631, et ce n'était pas le froid glacial, humide, pénétrant, qui faisait claquer des dents les Napolitains, ni les rats, les grosses zoccole qui, par fols serpentements, couraient en couinant entre leurs pieds, leurs jambes nues, ni les cochons noirs paniqués qui, groin en avant, fonçaient par troupes criardes et renversaient et piétinaient les bipèdes chancelants, mais le Vésuve, la terrifiante explosion du Vésuve... Le Vésuve, depuis des centaines d'années endormi, on l'avait presque oublié, ce volcan qu'on appelait simplement, pour se rassurer sans doute, la Montagne, avec sa végétation luxuriante, verte et rouille, ses vignes au raisin de jais et ses genêts jaunes, ses avalanches gobilleuses de tomates rouges, et son bonnet de neige immaculée, en hiver. Et voilà tout à coup que ce cône au panache paisible prenait feu, craquait, se fendait et crachait des roches en flammes, et voilà que le totem irrité vomissait sa colère formidable sur la ville couchée comme une chienne battue. La mémoire aux entrailles, le peuple se souvenait qu'il vivait sur une terre traîtreusement ballerine, où l'abondance des fruits paradisiaques se mirant dans les seins bleus de la mer n'était là que pour jouer des tours d'orviétan à la mort, et masquer le bouillonnement des abysses infernaux.

La terre, la mer, le ciel devenaient, d'instant en instant, un unique et tonnant brasier. Un vieillard tout blanc, une cape noire volant sur son corps maigre, le bâton levé et s'abattant au hasard sur les dos voûtés d'épouvante, traversa, d'un pas vigoureux et ferme, la piazza Mercato d'est en ouest, et sa voix de tonnerre fit taire la bouillie de pleurs et de cris qui se répandait à ses pieds... Alors, clamait-il en enjambant les corps, en donnant du bâton sur les gerbes de membres épars, comme les moissonneurs donnent du fléau sur les épis entassés, le temps d'apparaître à la porte de la Tannerie et de disparaître dans le lacis de vicoli qui entourent l'hôpital et le conservatoire de Saint-Éloi... Alors, il se fit un violent tremblement de terre et le soleil devint aussi noir qu'une étoffe de crin, et la lune devint tout entière comme du sang, et les astres du ciel s'abattirent sur la terre comme les figues avortées que projette un figuier tordu par la bourrasque, et le ciel disparut comme un livre qu'on roule, et les monts et les îles s'arrachèrent de leur place ! Hélas, hélas ! Immense cité ! À la mesure de son faste et de son luxe et de sa luxure et de sa paresse, et de ses coutumes païennes et de son foutre répandu et de ses rouges menstrues, qu'on lui donne tourments et malheurs !... Et le bâton du vieillard sans pitié s'abattait sur les échines courbées... Un ange puissant prit alors une pierre comme une grosse meule et la jeta sur la ville des meurtres, des débauches, des sorcelleries, des rapines, et tout et tous roulèrent dans l'Abîme !... Et sans pitié le bâton s'abattait... Heureux ceux qui lavent leurs robes !... Et le vieillard s'évanouit dans un nuage de poix sillonné de jets de sang.

... Mais qui c'est, celui-là ?!... hurla Masaniello, toujours droit contre la poutre de la potence, et une bouffée de soufre lui coupa la parole. La Muntagna se mettait en furie, vomissait en un large éventail un torrent de lave rouge, lançait contre les étoiles des rochers en fusion, et, dans cette ténèbre issue de la terre où tous les astres disparaissaient, ces météores que projetait le cratère enflammaient l'espace entier sur leur dévastateur passage et la Muntagna par ses bouches rageuses grondait, terrible et grave, plus fort que mille bombardes. Le sol n'arrêtait pas de trembler, comme pris d'un accès de fièvre quarte ; et, au tumulte des éléments naturels déchaînés, vint s'ajouter le tumulte des gens qui, par groupes affolés, parcouraient la ville en tous sens, à la recherche de parents, d'amis, de réconfort, de lieux où se protéger ; et certains, déjà, de bonne aventure, de violences à perpétrer sur les biens et les hommes, de vengeances à assouvir à la faveur de la chaotique et cruelle nuit de feu et de sang.

Le peuple de Naples se faisait peuple de rats. Et les nobles, et les marchands enrichis, et les riches maltôtiers, ceux qui avaient carrosses, entassaient leur or et leurs bijoux, et le fouet des cochers qui claquait à en entamer le cuir des chevaux, ne s'entendait pas plus, dans le pandémonium chtonien, que le bourdonnement d'un moustique. Des lances de feu, sorties de la gerçure infernale, jetaient des lueurs effrayantes sur le spectacle quasi muet des fuyards hurlant en vain à pleine gorge. Antonia tira Masaniello par la tignasse, les yeux impérieux et fous, d'un geste de la main lui ordonna de la suivre, lui avec Giovanni, elle avec Grazia et Lucia : ils revinrent au vico Rotto, s'enfermèrent. Les trois petits pleuraient et gémissaient, la tête enfouie dans le giron de leur mère affalée au pied du lit, les nerfs aux aguets et prête à bondir. Masaniello, droit devant la fenêtre ouverte, regardait, le cœur défaillant, la lave couler, par langues de trois cents pas de large, vers la ville, oscillait avec les murs secoués, s'assourdissait aux canonnades de la terre, s'enivrait du soufre qui lui tirait des larmes, et observait à ses pieds les rats, les hommes et les porcs, qui ne pouvaient plus s'arrêter de s'enfuir en rond, comme pris dans un démoniaque piège circulaire, jusqu'à ce qu'ils tombent, roulent, se piétinent, se mordent, s'empoignent, s'écrasent dans cette nuit où la Muntagna crachait la lumière et la mort sur l'ombre même des hommes et des bêtes terrés au fond des vicoli.

Le mardi, à l'aube, tous les yeux rougis de Naples suivaient avec angoisse les deux chemins que prenaient les funestes éructations du Vésuve : celui du ciel, où les roches en feu se perdaient au-dessus des nuages ; celui des pentes de la Muntagna, où le fleuve de terre ignée n'en finissait plus de couler et de s'élargir. Le soleil, qui allait se lever, fut avalé d'un coup par un monstrueux champignon de fumée noire qui étendit son chapeau sur la ville entière : et Naples se trouva plongée dans des ténèbres plus profondes que la nuit. Seuls les éclairs de la lave étirant ses flots à écailles de dragon, striaient de lumières sanglantes les deux ailes du golfe. Le champignon déroula ses gigantesques volutes de poix plus haut au sommet du Vésuve, se changea en un immense pin parasol et, autour du fût de l'arbre de fumée, il fit de nouveau jour, un jour gris, un jour jaune, un jour de cendres au soufre mêlées. Enfin, par les paysans qui avaient dévalé les pentes du Vésuve, par les habitants des villages vésuviens, Barra, Torre del Greco, San Giorgio, Torre Annunziata, on apprit l'étendue du désastre. Les Napolitains accueillaient le flot charbonneux des rescapés poursuivis par les flots de la lave en fusion. Et ils demeuraient bouche bée aux spectacles que racontaient, Hou ! Giesù !, ces hommes, ces femmes, ces enfants aux membres, aux visages brûlés, plusieurs avaient eu le bras ou la main coupés par le jaillissement ou la chute de pierres en feu, et exhibaient en pleurant leurs moignons cruentés aux peaux pendantes et à moitié cramées, boudinés de caillots, presque cautérisés par les flammes à l'instant même de la mutilation, bouches bées, distraits sans plus penser à l'imminence des dangers, buvant le récit de ceux qui avaient vu la mort avec leurs yeux.

À mesure que les langues de lave aux sanglantes ondulations se développaient, l'air, de glacial et humide qu'il était, devenait sec et se troublait comme sous de longues loupes effilochées que l'insupportable chaleur aurait rendues concaves ou convexes. Tout prenait, avant de fondre, et l'air et le ciel mêmes, d'épouvantables creux carminés. Bien avant d'être touchés par la lave, les objets enchaînés à la terre, et en apparence insensibles, les chênes nus de tout feuillage, ou les murets de pierres sèches et déchaussées, ou les globes violets, verts, blancs des choux, ou encore les lumignons orange des orangers, les lumignons jaunes des citronniers aux feuilles vernies comme une marqueterie de sacristie, à l'approche du danger semblaient recevoir les palpitations de la vie pour mourir aussitôt d'impitoyable crémation. Les sources se tarissaient en sifflant, les herbes grésillaient en agitant leurs pointes jaunies, les arbres se tordaient en se courbant comme pour fuir du côté opposé à celui d'où venait la course des flammes. Les chiens, acculés contre les murs, hurlaient leur thrène, et chuintaient en s'évaporant. À l'approche des torrents de terre en fusion, les plus gros châtaigniers se desséchaient soudain, paraissaient ébaucher un pas de danse, et la flamme, jaillissant de leurs racines, montait en un éclair à leur cime. Chaque arbre, tout en brûlant, conservait sa forme jusqu'au moment où il s'abîmait en cendres dans l'inondation ardente qui s'avançait sans trêve. Une lame de lave, de plus de quarante demi-cannes de large vint aboutir à Torre del Greco, heurta la muraille des Carmes, qu'elle eut bientôt renversée, entra au réfectoire où elle ne fit qu'un fort léger repas de tout ce qui s'y trouvait ; de là, elle traversa le grand chemin et se mit à glisser dans la mer. L'eau noire bouillonnait, ocellée d'immenses lunes blanches : des milliers de poissons flottaient, raides, ventre rebondi en l'air. Et les fuyards racontaient que fuir était aussi chose périlleuse car les éléments enflammés qui dévalaient la Muntagna étaient plus rapides que des flèches ou des balles et semblaient poursuivre ceux qui détalaient le plus vite ; et les cendres, qui pleuvaient des nuages, rendaient les chemins impraticables jusqu'au pont de la Madeleine, sur le Sebeto, dont les courants charriaient de l'encre et du sang...

Alors, aux récits de l'extraordinaire et barbare spectacle, les plus curieux, suivis et précédés par des groupes de guaglioni, se précipitèrent par la porte des Carmes vers le bourg de Lorette, croisant la foule affolée qui s'était enfuie avec des chariots aux grandes roues, tirés par un homme ou tirés par un bœuf, avec des berceaux de bois, des nourrissons, des cages de lapins, des vases de cuivre et des tonneaux, des paniers de volaille, des hottes débordantes de chiffons et d'ustensiles cabossés, des sacs de farine ennuagés de ténébrions, des fiasques d'huile, des ânes hihanant de peur, aux bâts chargés de couvertures, de paillasses et de larges bassines renversées, des vieillards déchirés aux bâtons noueux, des femmes échevelées et hagardes, des ballots se déliant et se répandant comme des ventres largement fendus, un tohu-bohu d'exode et de guerre, sous les tirs de bombardes et les mousquetades d'une armée de Titans aveugles, qui ébranlaient le monde et tonnaient le branle-bas de combat contre une ville ouverte et un peuple nu, implorant, désarmé, à genoux, priant, criant pitié à l'atroce inconnu.

Dans le lointain, encore en partie cachée par de géantes et noires volutes qui déboulaient sur le sol pentu ainsi que des rouleaux de plomb, on voyait s'avancer lentement, droit sur le pont de la Madeleine, la pointe aveuglante d'une épaisse langue de lave. Les guaglioni, saisis de frayeur, crièrent Mort à tes morts ! à la vomissante Muntagna, et, le soufre aux talons, rebroussèrent chemin, se replièrent, yeux agrandis et poils hérissés, poussins piaillants et le cœur au gésier, sous les ailes battantes de leur ville. En se faufilant sur le pont de la Madeleine que la foule, les charrettes, les animaux, un cataclysme d'objets, de chairs et de cris obstruait irrémédiablement, ils virent les plus faibles des fuyards s'étouffer contre le parapet de pierre, et, d'une chiquenaude des plus vaillants, s'écraser dans le lit du Sebeto.

Le lendemain, mercredi, l'écailleuse et dévorante et fascinante horreur, on pleurait déjà des centaines de morts, nourrissons et vieillards surtout, rongés par les exhalaisons du sol, enfumés, bronzés, vert-de-grisés de létal effroi, avalés par la lave, le mercredi matin, la formidable coulée rouge clignotant de ses milliards d'yeux noirs, était à l'entrée du pont de la Madeleine. Réuni sur les places, à genoux et hurlant devant le Palais épiscopal et le Palais Royal, le peuple demandait qu'on se décidât enfin !... Qu'on fît intervenir San Gennaro !... Miserere ! Miserere ! So' 'e peccate, so' 'e peccate !... Grazia, grazia, San Gennà' !... Il se mit soudain à pleuvoir. Dans la grisaille rubescente et safranée par lents éclairs, la lave du ciel rivalisait avec la lave de la terre. Naples n'était plus qu'une nef de fous ballottés par la folie des éléments cosmiques. Des boucheries furent saccagées ; pillées, des boulangeries. Peppe, Mimmo, Masaniello, la chiasse au cul, grimpaient dans les maisons, jusqu'aux terrasses boueuses de cendres, poussaient les portes mal fermées, entraient en coup de vent dans les pièces abandonnées, remplies, à huit jours de Noël, de provisions pour la joie des yeux et des ventres, et dérobaient ce qui tombait à portée de leurs mains, petits objets de cuisine ou de beauté, et victuailles, pissaient sur les tables, caquaient sur les lits, et, la bouche pleine, le gosier noué, partageaient leurs vols dans les coins les plus noirs des vicoli. En dégringolant une volée d'escalier, ils bousculèrent une vieille titubante, qui roula comme un sac derrière eux, et les maudit, Maledetti ! Maledetti ! Maledetti !..., en suffoquant, le nez et la bouche dans la patioque de cendres soufrées.

Le déluge qui se déversait sur Naples et le Vésuve tirait des torrents de roches liquides une puanteur sulfureuse insupportable : les têtes tournaient, les estomacs se retournaient : des torrents d'eau jaunâtre semblaient couler d'un immense ciel d'œufs punais cassant leurs coquilles au-dessus de la ville. Et on eût dit que cette pluie glaireuse excitait, au lieu de les éteindre, les flammes sillonnant les langues de lave. Malgré les innombrables secousses sussultoires, malgré l'épaisse boue de cendres où s'enlisaient les rues de Naples, tant le désespoir éclatait parmi le peuple, qui pouvait dès lors se porter à n'importe quelle extrémité, le cardinal archevêque Buoncompagni, depuis vingt-quatre heures immobile dans la grand-salle armoriée de son Palais, passait le plus clair de son temps devant un miroir de Venise au cadre d'argent finement guilloché, s'épongeait le front de son mouchoir de linon, frottait le mouchoir longuement au ras de sa calotte rouge, puis le portait à son nez crochu, afin de humer tous les effluves acidulés de sa transpiration, signe que Son Éminence allait prendre une importante décision, et décida, en effet, comme le vice-roi l'en avait prié pour apaiser le peuple, sinon les éléments déchaînés, de faire une procession grandiose sous la protection de saint Janvier... San Gennaro ! Le Puissant, le Beau, le Généreux, le Miraculeux Gennaro, auprès de qui, à Naples, on demande à Dieu et à la Vierge d'intercéder... Sois loué, saint Janvier ! Car de Naples tu es le gardien. Avec ton sang et avec ta tête, libère-nous de toutes les tempêtes !... Le sang ! Le sang !... clamait la foule qui prenait d'assaut le Dôme.

Les deux battants de la haute porte de chêne et de bronze aux cabochons de fer s'ouvrent tout à coup et tout grands, le tumulte s'éteint, la foule s'écarte, tombe à genoux. Par rangs de cinq, le troisième tenant à deux mains la croix d'hast en argent, une file de jeunes clercs à robes noires, surplis blancs et tonsures roses, s'avance d'abord, solennelle, repoussant d'un coup d'escarpin les chairs nues prosternées trop près de la procession ; aussitôt, entouré d'une haie de hallebardiers tout de pourpre vêtus, le baldaquin aux huit hampes à pommeaux d'or tenues par huit chevaliers de l'ordre de Saint-Janvier, et tendu d'un drap de soie et d'argent à larges franges carrées, apparaît sur les marches de marbre du parvis ; et les quatre porteurs, deux frères Blancs sans capuce, devant, deux frères Blancs sans capuce, derrière, pataugent et glissent sur les cendres boueuses, et retrouvent un périlleux équilibre, en bloquant les brancards du lourd plateau d'olivier d'une main ferme, au creux de leur cou. Recouvert d'un épais velours purpurin, le plateau offre, à gauche, le buste à mosette et mitre d'or de saint Janvier, à droite, tel un soleil aux rayons d'or, avec, en son centre, au lieu de la blanche hostie, deux bulles de cristal tachées chacune d'un caillot brunâtre, l'ostensoir du sang... San Gennaro miserere ! Miserere ! Miserere !... C'est la fin du Monde ! C'est le Jugement Dernier ! San Gennaro mio potente ! Miserere ! Miserere !... Le sol tremble et gronde, les cieux sont terres brûlées, et les femmes à genoux, les cheveux répandus et collés de sueur sur leurs épaules dénudées, les mains jointes comme pour plonger dans la patioque, percent de leurs cris gutturaux la poix et la pluie.

Marchant derrière le baldaquin, entourés de deux rangs de hallebardiers rouges, géants, l'œil aux aguets, la moustache aile-de-corbeau et l'arme à la botte, don Manuel de Guzman, Zunica y Fonseca, comte de Monterey, enrubanné de décorations papillonnant et barrant son habit noir à fraise blanche, chevalier de l'ordre de Saint-Jacques, commandeur de los bastimientos de Castille, cubiculaire de S.M. et son conseiller d'État, président du Suprême Conseil d'Italie, ambassadeur extraordinaire près le souverain pontife Urbain VIII, vice-roi, lieutenant et capitaine général du royaume de Naples, aux côtés duquel, transpirant à grosses gouttes, s'épongeant, reniflant, ne cessant de tourner à droite, à gauche, sa tête inquiète coiffée de la barrette de satin, et d'essayer de voir même dans son dos recouvert du camail cramoisi où il s'enfonce jusqu'aux oreilles, le cardinal Buoncompagni serrant la croix de son rosaire glisse de prudentes enjambées.

« Chaud, cardinal ? lui dit le vice-roi.

— Mon Dieu, monseigneur, chaud à la tête, oui ; mais froid dans le dos... » Et, en un réflexe protecteur, deux doigts faiblement levés, il se met à bénir onctueusement la foule hagarde.

Suivent, après le député de la chapelle de saint Janvier, haut personnage habillé de noir et le buste barré d'un ruban de satin rouge, une bourse de cuir souple contenant les clefs du Trésor à la main, et cravaté de l'ordre de San Gennaro, In sanguine foedus, après les dignitaires de la cour et de l'archevêché, après trois rangs de hallebardiers pourpres, les flagellants encagoulés de blanc, la robe découpée dans le dos en un cœur de peau, d'une omoplate à l'autre, pour recevoir, tout au long de la procession, la morsure des cinglantes lanières, l'un d'eux ployant sous la croix du Golgotha... Et puis, des dizaines de chevaliers espagnols, noirs à cols de dentelle immaculée, un flambeau dans la main droite tant il fait sombre par moments ; des dizaines de chevaliers napolitains, marron et gris, à cols de dentelle immaculée ; et des moines, dominicains, théatins, carmélitains, un long serpent de moines innombrables flottant dans leurs barbes et dans leurs bures, et s'arrêtant, de-ci de-là, pour réconforter une pécheresse éplorée, pour confesser un marchand repentant, pour donner l'absolution à un moribond, et même baptiser un nouveau-né noyé dans les lourdes mamelles taries de sa mère devenue verte et folle de peur. Derrière les moines, et doublant, triplant la largeur de la procession, le bas peuple dépenaillé, et les vieilles parentes de Janvier, plus noires que du charbon et le chicot plus branlant que leurs trognes, qui encerclent le baldaquin de leurs lamentations, de leurs exhortations, de leurs injonctions, de leurs insultes adressées au saint, pour qu'il fasse, Ouèèèè!... Gueule jaune! tu te décides à saigner!... Ouèèèè!... Gueule jaune! chasse cette cendre et sauve tous ces gens! Ouèèèè! Grâce, grâce! Bon saint Janvier, sauve-nous de la mort par lave ardente!..., pour qu'il fasse cesser l'infernale colère tellurique. Et, à peine la procession a-t-elle parcouru une centaine de demi-cannes, que le miracle commence.

La pluie s'arrête soudain, d'un seul coup, comme une torche qu'on mouche. Pas une face qui ne soit levée vers le ciel; un ciel où toujours se déroulent en bouillonnant les rouleaux de plomb du Vésuve; un ciel gras et enfumé au-delà de l'horizon et traversé d'éclairs limaçonnant jaunes et rouges, les jets de feu et de soufre de la Muntagna qui continue de dégorger et épandre ses flots ardents de roche fondue. C'est à cet instant précis où plus une goutte d'eau ne vint rabattre sur la terre et le piperne et les briques des vicoli, et les places, sur la façade des maisons de bouteille et des nobles palais, sur les coupoles à nouettes vertes et jaunes des églises, sur l'ongle et les phalanges du campanile des Carmes, sur les tables et les paillasses, dans les chaudrons et les écuelles des bassi, sur les corps à demi nus et suppliants, sur les corps vêtus de soie et statufiés, dans la gueule gueulante des porcs, des chiens, des moutons et des hommes, où plus une goutte d'eau ne vint rabattre les tourbillons de cendre, que San Gennaro apparut. Il apparut au-dessus du Dôme, et pas un qui ne l'ait vu, il apparut, majestueux et souriant, la crosse du pasteur d'âmes dans la main gauche gantée de rouge et soleillée, bénissant de la main droite gantée de rouge et soleillée, au nom du Père, du Fils et du Saint-Esprit, aux quatre points cardinaux, et il souriait, majestueux et bon, les deux larges rubans de sa mitre d'or voletant sur son cou, sa longue chape carminée faisant des ondes rouges dans le ciel de poix. Il apparut, il bénit, il disparut. Un seul cri monta dans les trois cent mille gorges de Naples, MIRACOLO !... Et les cloches de toutes les églises se mirent à rivaliser avec les écrasants bourdonnements et les explosions lucifériennes de la Muntagna, et Naples de lave et d'airain fut tout à fait étourdie dans un immense tremblement de peur, de joie, de démente espérance. Le Saint Sacrement s'exposa à l'instant dans toutes les églises, les absolutions pleuvaient sur toutes les têtes que le repentir inclinait, les bouches qui s'ouvraient recevaient aussitôt l'hostie consacrée. La procession à longue queue serpentante, et renflée comme un dragon de chair qui se rebiffe contre le dragon de pierre, descendait vers la piazza Mercato, et les croix processionnaires et le baldaquin du sang et le vice-roi et le cardinal et le député In sanguine foedus et les prélats et les dignitaires du Palais et les frères Blancs et les flagellants et les chevaliers espagnols et les chevaliers napolitains et tout le peuple des moines et tout le peuple braillard et débraillé de Naples et les enfants et les vieillards et les femmes pleines au ventre citrouillé et les hommes à lourde braguette, tout se redressait pour aller d'un bon pas, sang de Janvier en tête, défier le flot de feu démoniaque.

Mimmo, Peppe et Masaniello, abandonnant le produit de leurs vols, se virent emportés par la procession et firent trois écailles de plus sur le ventre du reptile. Débordant de l'Inseliciata, le monstrueux serpent, d'où fusaient les invocations à saint Janvier, évolua trois fois autour de la piazza Mercato, en se mordant la queue. Puis il se dirigea, par la porte des Carmes, droit sur le pont de la Madeleine... Grazia ! grazia, San Gennà' ! D' 'e furmine tempestate libera nos, Domine ! Chisto popolo è fedele, San Gennaro miserere !... La première croix processionnaire et la lave en fusion se faisaient face, chacune à un bout du pont. Quand la croix avançait, la langue ignée s'étirait un peu plus. Si la croix reculait, la pointe de la langue se figeait et devenait grise et lançait de petits jets sibilants de fumée. Depuis le gros clerc à la barbe corvine, porteur de cette première croix, jusqu'au vice-roi comte de Monterey, au cardinal Buoncompagni, au député de la chapelle, chacun pouvait voir l'effrayant prodige. Les trois guaglioni s'étaient coulés au premier rang et, sautillant sur leurs pieds à la corne attaquée par le sol brûlant, ils s'étaient hissés, ouèèèè ! ohiiii ! ouèèèè !, sur le large garde-fou de piperne, s'agrippaient par la taille, comme les trois maillons d'une même chaîne de chair, et observaient, muets, la croix reculer devant la lave. Le gros clerc, qui devait avoir de l'honor dans les veines, à sentir tous les yeux fixés sur lui et à entendre l'attente silencieuse des hommes et le grondement vertigineux de la Muntagna, et à voir, du coin de l'œil, les trois guaglioni, d'un seul mouvement de la tête, l'encourager à avancer, le gros clerc fit huit pas et planta, ainsi qu'on pique la hure d'un sanglier, d'un geste de défi l'hast de la croix dans la matière mouvante. Un petit sifflement, une corolle de vapeur, et le long manche de bois fut avalé par la lave : le clerc, bondissant en arrière, les sandales mangées par les cendres, ne put rattraper la croix d'argent, qui sauta de ses mains tremblantes, et fondit sur le bout de la langue de feu, plus vite encore que ne fondent les cristaux d'un sorbet sur la langue d'un prélat... Alors, le cardinal archevêque de Naples, noyé de sueur, poussé au flanc par des coups de coude répétés du vice-roi, s'empara de l'ostensoir du sang, le tint haut au-dessus de sa barrette, et cria comme un qui agonise et, encore lucide, ne veut pas mourir... Ô ! mon puissant saint Janvier, chasse cette cendre et sauve tous ces gens !... Et les clercs et les moines les chevaliers et la foule entière se mirent à hurler Miserere ! Miserere ! MISERERE !... SAN GENNÀ MISERERE !... Et le sang se liquéfia dans les deux ampoules, et à l'instant même la lave se figea et se durcit, telle une coulée de sang qui se coagule. MIRACOLO !... Janvier, plus puissant que Christ, avait arrêté la lave au pont de la Madeleine. Janvier avait sauvé Naples.

Il se fit quelques secondes d'un silence énorme. Si la chaleur montait toujours du sol, par vagues insupportables, la langue de lave, en revanche, s'assombrissait, se racornissait à l'orée du pont, ne se cloquait plus de bulles rouges... La terre ne tremblait plus... Le Vésuve ne grondait plus... Le cardinal penchait et redressait l'ostensoir, à droite, à gauche, à gauche, à droite, comme le balancier hoquetant d'une horloge sans cadran : les deux ampoules de cristal se perlaient, se voilaient du brunâtre liquide... MIRACOLO !... Et de sa tête à sa queue, l'immense serpent qui s'étirait de la porte des Carmes au pont de la Madeleine, s'enfla d'une liesse égale en force détonnante à l'épouvante des heures passées... MIRACOLO !... Un cri qui déchire, effiloche du haut en bas de la Muntagna les rouleaux de plomb, qui s'enroulent maintenant et ne se déroulent plus... MIRACOLO !... Et le gigantesque serpent processionnaire perd sa queue, qui éclate, s'ébouriffe et part en bourre aux quatre coins de Naples... MIRACOLO !... Lentement, le baldaquin chargé du sang liquéfié de Janvier, et le vice-roi vêtu de noir et le cardinal vêtu de rouge et les dignitaires et les chevaliers et tous les religieux rendant grâce en chantant la gloire de Dieu, Alléluia ! Alléluia ! Alléluia !, de la Vierge, de Janvier, ô doux Janvier ! Alléluia ! Alléluia ! Alléluia !, et les flagellants dont le fouet pendait, inerte, au bout de leur bras, la cagoule blanche pointant étonnée vers le ciel éclairci, et le porteur de la croix du Golgotha, qui se faisait aider par deux moines maintenant, et le député barré de rouge, In sanguine foedus, qui, bousculé de toutes parts, tournant sur lui-même comme une toupie, avait perdu son rang, et tout le peuple engorgé devant le pont de la Madeleine, tous pivotèrent pour rentrer dans la ville, comme une armée brûlée par le feu de l'ennemi, en débandade, en loques, mais clamant et pataugeant dans la victoire remportée grâce à deux bulles de sang et un buste d'or.

Soudain, du garde-fou d'où les trois guaglioni, debout, se tenant enchaînés par leurs bras, observaient la serpentineuse procession se dilater, se déliter, se disperser, une joie délirante aux jambes et aux gorges, Masaniello pointa le doigt vers le seul être qui restait, hagard, au milieu du pont... Ouèèèè !... Regardez-moi ça : le gros moine, celui qui a fait fondre sa croix comme un morceau de lard !... De terreur, la barbe corvine du gros clerc était devenue, en quelques minutes, toute blanche.... Il titubait ; il bredouillait ; et, comme il gardait la tête obstinément renversée vers le ciel, on eût dit d'un corps au cou porteur d'un plateau d'argent chargé de viandes rouges ; mais au lieu de s'écarter de la langue de lave, de s'enfuir, il louvoyait sur les cendres brûlantes ; ses sandales, la peau de ses pieds s'étaient envolées en fumée ; de larges craquelures violâtres et grésillantes le lézardaient des talons aux orteils ; il louvoyait tout en avançant vers la lave ardente, et ne semblait rien ressentir. Ses pieds disparurent. Il poussa un cri de damné. Tomba en avant sur la langue racornie, qui se réveilla, flamba, le temps d'un éclair, le temps d'avaler le gros clerc et sa barbe devenue blanche ; et la langue de lave, de nouveau recroquevillée, reprit sa couleur sombre, une couleur d'antique tombe grise couverte de noires, miroitantes brisures. Peppe, Mimmo et Masaniello sautèrent sur le tablier du pont, se penchèrent et vomirent d'abondance entre leurs orteils charbonneux.

Une vieille était encore là, qu'ils n'avaient pas remarquée, une vieille paysanne, probablement, car ils ne l'avaient jamais vue, ni piazza Mercato, ni ailleurs dans la ville : et la vieille les fixait en branlant sa tête grise et glaiseuse, toute couturée de rides. Ses yeux, petits et jaunes, son minuscule nez en bec, ses larges pommettes, l'ourlet de sa bouche édentée, son défaut de menton, les peaux luisantes de son large cou, la noire pyramide de ses robes, elle avait l'air d'une chouette à minuit sous un tremblotant rayon de lune.

« Qui c'est, celle-là ?... D'où qu'elle sort ?... Jamais vue, et vous ? demanda Mimmo aux deux autres.

— Ehi ! La vieille ! héla Masaniello, pourquoi tu restes ici ? Pourquoi tu ne rentres pas chez toi ? D'où tu es ?... Per la Madonna, elle est sourde !... Ouèèèèè ! La vieille !... T'as vu le moine griller plus vite qu'une châtaigne tombée dans un brasero ?... T'as vu le miracle de saint Janvier ?... Mais elle est muette ! Peut-être aveugle aussi !... Elle a la peur à nonante, la vieille !... Et les trois guaglioni s'approchèrent d'elle en ricanant, pour la toucher, ou pour la pousser. Alors, la chouette battit des ailes, se redressa et apparut, aux guaglioni épouvantés, comme une espèce de géante. À son tour, elle marcha sur eux, qui reculaient en pâlissant.

— Ohiiii ! Ohiiiii ! Ohiiii !... Arrêtez-vous, guaglioni, ou vous allez finir par vous évaporer encore plus vite que la barbe blanche du gros clerc !... Et ce serait bien dommage, si jeunes, si pleins de vie, si pleins d'espérances !... Une curieuse destinée vous appelle, pauvres potirons talés roulant autour des carrosses d'or... L'un de vous aura plus d'or que tous les carrosses de Naples n'en pourraient contenir... Gloire, sang, cendres... Poussières dans les yeux des puissants... Trois fois trois jours... Le miracle ? Où est le miracle, mes pauvres guaglioni ?... Lundi, mardi, mercredi : ça vient, ça croît, ça passe : comme tout sur cette terre, comme tout sous cette terre, et la colère des Titans enchaînés aussi, elle vient, elle croît, elle passe...

— Mais qui tu es ? dit Masaniello.

— Je l'ai oublié depuis bien des années... Jadis, j'habitais dans une grotte, et je mugissais pour les foules en files suppliantes que le désir et la peur de l'avenir saisissaient à la gorge... Une grotte aux cent bouches, où pénétraient, le soir au couchant, les rayons du soleil et les doux effluves de la mer, notre berceuse de soie... Je suis arrivée dans Naples il y a trois jours, et je repars à l'instant sous mon noyer, à Bénévent... Tournez-vous, guaglioni, ne me regardez pas partir ! Ô ! poussières dans les yeux des puissants, je ne dirai plus l'avenir !... »

Peppe, Mimmo et Masaniello entendirent, dans le silence infini revenu, le Sebeto bouillonner sous le pont. Et, quand ils se retournèrent enfin, ils aperçurent, loin sur les flots, filant dans le disque du soleil, une barque sans rame et sans voile, où une tache noire faisait une ombre longue, longue sur l'horizon.

Le quatrième jour, le jeudi 18 décembre au matin, le ciel était fouetté au rouge par la tramontane glacée, avec, encore mais légères, des effilures noirâtres ; le Vésuve, cerné de vapeurs gris soufré, poussait de gros soupirs neigeux qu'une flamme, lente et droite, perçait de temps à autre. Lorsque le soleil fut tout à fait levé, un azur d'acier éclaira Naples jusqu'au fond des vicoli. Le grand oiseau qui piquait dans la mer, sur le château de l'Œuf, son masque de tuf creusé d'orbites, et arrondissait ses deux ailes aux rémiges vertes, vers le cap Pausilippe, aux rémiges dorées, vers le bourg de Lorette, et rouait sur le Vomero de sa monumentale queue, dentelles blanches de San Martino, étoile filante du château Saint-Elme, laissait voir de profondes blessures. Des bassi aux étages nobles, beaucoup de maisons à larges fissures ; des corniches par centaines s'étaient écroulées, et les gravats rendaient morts et estropiés ; piazza Mercato, des banquiers, dont le toit de planches s'était abattu sur eux comme la latte d'un piège à rats, agonisaient. Les uns, angoissés de crainte et d'espoir, parcouraient en tous sens les vicoli de leur quartier en criant le nom d'un membre de leur famille qu'ils ne retrouvaient plus ; les autres retrouvaient leurs disparus, morts ou blessés, par malheureux accident ou vile agression, et c'étaient des hurlements éperdus de désespoir et de haine ; d'autres encore ne pouvaient plus monter chez eux : l'escalier effondré n'était qu'un monceau de pierraille ; il y avait ceux qui poussaient la porte de leur basso, et le retrouvaient encore plus vide qu'avant la catastrophe, et c'étaient des cris aux voleurs, aux assassins, à la ville de merde sans foi ni loi. Des fillettes se tenaient à deux mains l'entrecuisse, l'œil écarquillé et rougi de larmes, les lèvres de muge soufflant de courts sanglots. Des enfants appelaient, pleuraient leur mère. Des mères appelaient, pleuraient leurs enfants. Et toute la fourmilière napolitaine grouillait dans les entrailles de la ville si démoniaquement ébranlée, brisée, humiliée, encarêmée sous ce drap de cendres dont la terre et le ciel la recouvraient jusqu'au bout de ses ailes.

Mais dès la fin de la matinée, elle oubliait déjà ses malheurs cautérisés, quelques heures plus tôt, d'effroyables cris, d'évanouissements, de cheveux arrachés, de corps tarentulés, de terribles douleurs, de terribles impressions racontées cent fois, criées cent fois à tout passant, aux quatre vents, et la fièvre de vivre ressaisissait au ventre tous les êtres vivants. Partout on se mettait d'abord à balayer les cendres, on en faisait des tas, que la mer, bientôt, emporterait dans ses nuits d'éternité berceuse. Et tout en balayant ces trois jours d'angoisse et de deuil, on s'approvisionnait de basso en palazzo, on échangeait l'huile contre le sel, on troquait le mou, le liquide et le dur, tout ce qu'un gosier humain peut déglutir, vivement ; déjà, les cris de la vie avaient remplacé les cris de la mort, et les estomacs se dénouaient, et les cœurs se dilataient...

Masaniello avait retrouvé, au retour du pont de la Madeleine, sa mère, ses sœurs et son frère, la criaillante nichée au complet, pour aussitôt, rassuré, filer hors du vico Rotto... Et tâche de ramener quelque chose à manger !... lui hurlait Antonia, quand il passa en courant sous leur fenêtre. La petite troupe des guaglioni s'était reformée, adossée aux murs de l'hôpital de Saint-Éloi, et il fut décidé qu'on irait se couper des bâtons, en dépit de l'ordre maternel qui avait traversé les oreilles de chacun d'entre eux. Ils jouèrent donc de la jambette et se firent des bâtons dans les immenses roseaux et les bosquets qui entouraient le bourg de Lorette, deux ou trois par guaglione, et, en écoutant pour la dixième fois l'effrayant récit de Mimmo, de Peppe et de Masaniello, ils se dirigèrent tous, comme de petits saint Georges en guenilles au-devant du Dragon, vers la langue de lave racornie, qui avait avalé d'abord la croix processionnaire et ensuite, d'une lampée, le gros clerc que la peur avait blanchi et allégé brusquement de sa raison.

Arrivés sur les lieux fatals du miracle, le plus petit d'entre eux, un certain Michele d'environ sept ou huit ans, qui gîtait seul avec sa grand-mère dans un basso du port, et dont la paillasse de varech, quand la mer était tourmentée par les équinoxes, se mettait à flotter sur deux empans d'eau : et les guaglioni du Mercato l'avaient baptisé, ce petit Michele suppliant jusqu'aux larmes de faire partie de leur troupe, Michele Ammare ; or donc, Michel Alamer, le plus petit d'entre eux, eut aussitôt les yeux bandés d'un lambeau de chemise. Masaniello rassembla les bâtons de grandeur et grosseur différentes, fit tourner plusieurs fois Michele sur lui-même, et, prenant un bâton dans le tas, il demandait : À qui, celui-ci ?... Et Michele, aveuglé par le chiffon, répondait un nom au hasard : À Mimmo !... À Cecco !... À Peppe !... À Michele 'o Grosso !... À Gennà !... À Pasquale !... À Giggi 'o Lungo !... À Mario !... À Antonio !... À Giulio !..... À Salvatore !... Comme le nom de Masaniello n'était pas encore sorti du petit gosier, et qu'il ne restait plus personne à nommer, Masaniello se saisit du plus gros, du plus long bâton, et demanda : À qui ?... Et Michele répondit : À toi !... Et le jeu, auquel aucun d'eux ne pouvait se dérober, sous peine de se voir exclu de la bande, inventé le matin même, commença.

Il s'agissait de faire durer le plus longtemps possible son bâton, en l'enfonçant le plus de fois possible dans la langue cendreuse à la pulpe de feu. Michele Ammare était l'arbitre et comptait les coups. Chaque enfant, à son tour, avançait en tremblant, sous les regards de tous les autres allumés de cruauté, vers la monstrueuse et dévorante coulée : il fallait sauter d'un pied sur l'autre, vivement, sans arrêt, pour ne pas trop souffrir des brûlures du sol, et, arrivé à deux demi-cannes du bout de la langue il fallait, sans trop se pencher, en retenant son souffle, tenter, par petits bonds en avant, de piquer la lave, de retirer, dans un mouvement aussi vif, le bâton qui se faisait goulûment avaler en fumant à peine, et plus le bout embrasé se rapprochait de la main du guaglione, plus le guaglione devait se rapprocher de la roche vergetée couvant son feu d'enfer, pour enfoncer et retirer encore et encore, jusqu'à l'instant où, soudain pris dans une bouffée d'insupportable chaleur, la main léchée par l'air brûlant, il jetait, dans un cri de délivrance, la petite demi-canne de bois à l'écorce perlée de sève, qui éclatait en enflant sur la terre ignée, et disparaissait. Plus de trente fois, alors que les autres n'étaient pas arrivés jusqu'à dix, Masaniello planta son bâton dans cette espèce de gueuse, sous les cris d'admiration, de peur et d'envie de toute la bande. Et quand Michele lui cria enfin, de sa voix suraiguë : Masanié !... Arrête !... Tu es le plus fort, tu as gagné !... Masaniello, en éclatant de rire, cramoisi des pieds à la tête, les guenilles roussies, lança le vestige de son bâton dans le Sebeto, des deux mains sortit sa verge, se retourna vers sa troupe et pissa un long jet droit, qui éclaboussa jusqu'aux genoux le demi-cercle ahuri, ébaudi des guaglioni ; alors, hilares, ils firent tous une haie jaune d'amène pluie au jet lumineux du vainqueur.

Une nuit de marbre comme un manteau de roi descendait sur le golfe arrondi par la lune, et la ville se semait de braseros, quand les guaglioni, chantant à tue-tête *Les filles des Gelsi ont des culs de velours*, franchirent la porte des Carmes, Honneur et Gloire, sous les menaces amusées des gabelous. Tout Naples autour des flammes papillonnantes et domestiquées se racontait en riant ses peurs et se consolait en pleurant sur ses malheurs. Chacun disait la phrase consacrée, quand on réchappe, ici, à un péril extrême... J'ai vu la mort avec mes yeux... et frissonnait comme un enfant s'endormant sous les baisers de sa mère qui vient de lui raconter la fable de Cola Pesce figé à jamais dans sa tombe liquide au lieu de sentir craquer sous son jeune corps une bonne paillasse de feuilles de maïs, et claquer sur ses joues deux pétales humides de chair douce... Circulant de brasero en brasero, les guaglioni se réchauffaient tout en écoutant, de plus en plus distraits, la même histoire de tremblements, de lave, de peurs, de morts, de miracles, de San Gennaro... Ils passèrent ainsi la nuit du jeudi au vendredi, blottis les uns contre les autres, autour des dansants braseros que contournait la tramontane, bercés par les mots qui n'en finissaient plus de crépiter sur ces visages sans âge, sur ces âmes craquelées d'ombres et de lumières. À l'aube, quand la lune pâle de décembre semble se diluer toute entière dans le ciel opalescent de Naples, il ne restait, dans les rues et sur les places, que quelques banquiers divaguant encore auprès des feux assoupis. Et les guaglioni, picotés par le froid, tremblant de faim, décidèrent de se réchauffer à leur façon et de tromper en riant l'appel impérieux de leur petite panse.

Alors qu'ils venaient à peine de s'endormir, tout secoués encore des images terrifiantes de ces trois derniers jours, épuisés de peur, bouleversés, exaltés d'amour et de gratitude pour saint Janvier, qui leur était apparu en sa gloire et sa toute-puissance... ce qui est admirable, écrira quelques mois plus tard un voyageur français à la plume chaotique, c'est que toutes ces pauvres gens qui sont ainsi ruinez, et quasi presque tous estropiez, ne font que remercier saint Janvier et la Vierge, et louer continuellement et conter des miracles qu'ils ont faits pendant cet embrasement..., alors qu'ils sombraient tous, après une nuit incertaine, dans le sommeil écrasant du petit jour, les habitants du vico Rotto, du vico dei Lanaioli, du vico del Carminiello, du vico de' Parrettari, du vico delle Barre, du vico dei Spicoli, du vico dei Cangiani, lequel faisait un coude et disparaissait derrière la chapelle de Sainte-Marie-de-la-Neige, se coulant entre l'hôpital et le conservatoire de Saint-Éloi, en somme de tous les rayons nord-ouest de la grande roue du Mercato, se projetèrent de leur paillasse à leur vico, de leur vico au centre de la place, sous le gibet à la hart gonflée de pluie, noircie et pendante comme un lacs de plomb, et puis telle une mouvante spirale, la grande roue du Mercato entraîna le Lavinaro, Forcella, San Lorenzo, tous les quartiers que fend, d'est en ouest, le Spaccanapoli, tous les quartiers que fend, du sud au nord, la strada di Toledo, en moins d'une heure, tous les habitants de Naples réveillés dans l'affolement et précipités en courant à demi nus, des bassi aux palazzi, loin des murs des maisons, loin des campaniles et des coupoles, sur les places et le long du rivage sablonneux, courant jusqu'aux vignobles du Pausilippe, tous se mirent à pousser, hors d'haleine, comme fatalement emportés dans un infernal fourmillement sans fin, ces deux cris d'oiseaux englués à la pipée : TERREMOTO !... AMMUNTAGNA !...

Le sol, pourtant, n'avait pas bougé. Le Vésuve, pourtant, n'avait pas bronché. La terre de Naples s'était, au contraire, immobilisée pour commencer de cicatriser, le quatrième jour, ses larges et sanglantes blessures. Alors ? Que s'était-il passé ?...

Un jeu d'enfants avait soulevé Naples. Masaniello, Peppe, Mimmo et leur petite troupe avaient déchaîné ce pandémonium matinal, et changé la ville en une terrifiante pétaudière en jouant à faire peur aux dormeurs du Mercato. Chaque guaglione s'était d'abord emparé d'un animal vaguant dans les cendres, la boue, les détritus, les gravats : qui tenait un jeune chiot sous le bras, qui un chat, qui une poule, qui un canard, qui un cochon de lait habilement soustrait aux pis d'une truie, qui trois rats couinant comme des coquelets espagnols, à demi assommés, solidement accoués et suspendus à un bâton. Ensuite, les jambes ailées, retenant leurs rires, et puis, se prenant à leur propre jeu, leurs voix éraillées chargées d'angoisse, ils étaient allés de basso en basso, de fenêtre en fenêtre, ils avaient cogné à grands coups de poing contre les portes, secoué, à les décrocher, les jalousies, et, ce faisant, chacun pinçait, tordait, piquait d'un clou ou d'une lame, étouffait, frappait, pelait, plumait son animal capturé, pour qu'il s'égosillât en d'épouvantables cris, tout en criant eux-mêmes, dans une cacophonie panique... TERREMOTO !... AMMUNTAGNA !... Et ils avaient filé, endiablés, recommencer de plus belle dans le vico parallèle... Jusqu'au moment où, en entrant dans le vico de' Cangiani, ils s'étaient trouvés nez à nez avec une femme aux seins nus, un nourrisson entre les mamelles, échevelée, courant dans leur direction, suivie d'autres femmes, d'hommes, de vieillards, le caleçon, la chemise à la main, et qui leur hurla : Mais où allez-vous, malheureux ! ?... Que faites-vous, avec ces sales bêtes ? !... Vous êtes fous !... Terremoto ! A' Muntagna !... Vous n'avez pas entendu ? !... Terremoto ! A' Muntagna ! Vous avez compris ? !... Fuyez les vicoli, venez avec nous, sur la place ! sur la plage ! et laissez tomber, ah ! ils sont fous, ces animaux ! Vous les avez saignés, monstres ! vous les faites crever !... Sauvez-vous !... Guagliù ! Vous êtes fous !... Les guaglioni, couverts de bave et de sang, de poils et de plumes, griffés, mordus, s'arrêtèrent, médusés. La femme au nourrisson s'était enfuie, les gens qui la suivaient aussi : et eux, les guaglioni, ne savaient plus si l'immense brouhaha qui montait de nouveau des entrailles napolitaines et trissait leur échine de froids frissons, avait été produit par leur jeu, ou si leur jeu avait déclenché un vrai tremblement de terre, une nouvelle explosion du Vésuve. Ils tremblaient : mais rien ne tremblait autour d'eux. Les animaux agonisant, chairs et yeux crevés, cous et pattes tordus, poumons écrasés, d'un dernier spasme leur glissaient des doigts et faisaient un tas de chairs hoquetantes à leurs pieds. D'instinct, ils traversèrent comme le vent la piazza Mercato et se réfugièrent, passant par l'église, sous les six arcs à basse voussure de la nef latérale droite, dans le jardin du cloître.

Au pied du palmier se trouvait fra' Savino, la bedaine en avant, les mains sur les flancs ; en face de lui, à deux pas, appuyé contre la fontaine où un putto de marbre blanc laissait couler, de sa bouche à son menton, de son menton à son petit ventre bombé, des plis de son nombril aux fossettes de son genou, un filet d'eau qui lui nourrissait ses petons moussus, devenus gros comme des pattes d'ours émeraude, doctement appuyé contre la fontaine du Putto, des feuillets à la main, fra' Nuvolo déclamait, le rouge aux joues et la bouche pâle, un Mystère qu'il venait de composer dans une cellule du cloître, pendant ces trois jours de terreur générale. L'apparition des guaglioni ensanglantés et pleins de frayeur, coupa la laisse de fra' Nuvolo ; fra' Savino, sans changer de position, se mit à apostropher la troupe, en menaçant chacun de l'estourbir à coups de verges, de lui dévisser la tête, de lui faire avaler ses tripes, de le saigner comme un goret... Et puis, reprenant son souffle, il demanda : Santissima Madonna ! D'où venez-vous, qu'avez-vous encore combiné ?... Quels sont ces cris qui vous poursuivent ?... Hein ? !... Fils de... très saintes femmes, qui avez-vous encore assassiné ?... Tas de petites merdes, allez-vous me dire ce que cazzo vous avez fait à la fin ? !... Ou je vous cisaille l'oiseau vicieux, qui montre son bec mou entre vos jambes !... Masaniello raconta leur jeu, pour se réchauffer, pour tromper la faim, et comment, de vico en vico, ils avaient réveillé tout le Mercato... Pour vous réchauffer ! ! ! !... Bande de Scquacquara !... Par le trou du Diable, vous mettez tout Naples sens dessus dessous, ah ! ah ! ah !, les foutre-en-merde !... Écoute fra' Nuvolo : ça crie, ça grince, de peur ça se monte dessus, derrière ces murs : et tout ça, parce que ces douze gaillards, la morve à la queue, se sont mis à étrangler des canards, des poules et des chats ! Ah ! Ah ! Ah ! Mais bougres de sans cervelle, si vous aviez faim, il fallait me les rapporter vos animaux, tout saignés qu'ils étaient, à plumer, à dépouiller, à dépecer, à vider, à faire griller et à... et à... MANGER ! s'écrièrent les douze en riant... Oh ! Guagliù ! en attendant la marmite, pénitence ! Tous assis, et entendez ce qu'un dominicain peut inventer en tournant le dos à sa fenêtre, quand le ciel et la terre ont manqué nous ensevelir tutti quanti vivants !...

Les guaglioni s'approchèrent de la fontaine, burent l'un après l'autre aux lèvres du Putto, et, les jambes brisées par la fatigue et l'émotion, se laissèrent tomber contre le fût du palmier, lourde grappe palpitante de vie indomptée dans l'ombre protectrice de fra' Savino.

Bon, dit fra' Nuvolo, je reprends : mais je te répète que c'est un projet. Voilà, les enfants, c'est une représentation spirituelle, et que vous pourriez jouer, un jour, avec, cela s'entend, avec le bene placite du Père Supérieur.... Les douze petites têtes dodelinaient déjà, et, aux premiers mots de l'histoire, tous les guaglioni étaient endormis, se tenant chaud, les uns contre les autres, les membres liés, tressés, gerbe de chairs qui s'abandonnent au lent bercement des palmes rosies... Or donc, le titre provisoire est *Le feu du mont Vésuve*. Au début, deux volcans personnifiés, le Vésuve et la Solfatare — et note bien que, jusqu'à présent, les voyageurs passant par Naples parlaient seulement de la Solfatare, on avait oublié que votre Muntagna avait une bouche, une trachée remplie de glaise rouge et bouillante, que par une nuit d'hiver elle allait, comme au temps de Pline, en plein été, alors ! si l'on en croit cet observateur latin, devoir cracher copieusement — le Vésuve et la Solfatare exaltent à l'envi leur puissance, mais se heurtent à l'indifférence de la damoiselle Parthénopé... Ouèèèè ! coupa fra' Savino, damoiselle de mes zingari, Vénus à cuisses ouvertes, bouche ouverte et main tendue, qu'on trouve aux Incarnati, ou aux Gelsi !... de la damoiselle Parthénopé, laquelle assure, pour sa part, n'avoir rien à craindre de quiconque. Immédiatement, Vésuve se met à ricaner... Ouèèèè ! coupa encore fra' Savino, Vésuve ou Vénus, c'est toujours trou d'enfer !... Bon, bon, je ne t'interromps plus, va, continue, dominicain de mes Nues !...

« Tes fautes, ricane Vésuve, peuvent changer mes bienfaits en souffrances pour toi ; tes fautes peuvent transformer ma fertilité en ta stérilité, les larmes de mes vignes en larmes de tes yeux. »

Excité par les démons Asmodée, Belzébuth et Astaroth, le volcan expose ensuite son dessein :

« Détruire, dit-il ; et raser tous les villages vésuviens, Masa, Pollena, San Giorgio, Resina, Torre Annunziata, Torre del Greco, Bosco Ottaïano... Mon gouffre est de feu et ma gueule enflammée crache l'horreur. Mais que sera-ce dans les abîmes, ô pécheurs ?... Tous les éléments y seront conjurés contre vous, et vous, vous n'aurez d'autre issue que la fournaise du désespoir... » Et puis... tu m'écoutes Savino au lieu de tendre l'oreille et l'orteil vers les bruits insensés du dehors ?... Et puis, par le bruitage et les mouvements de scène et les décors qui, par lambeaux couverts de teinture rouge, s'effondreront, je ferais voir les tremblements de terre alterner avec les éruptions, les flammes succéder aux laves, les cendres aux lapilli. Les chrétiens, qui ne peuvent s'enfuir, prient ; ceux qui ne meurent pas, pleurent. Des avares rendent leur dernier soupir en essayant de mettre leur cassette en lieu sûr. Des voleurs sont broyés par les pierres au moment où ils fouillent dans les décombres. Naples toute entière tremble d'être exterminée par Vésuve, qui gronde :

« Je vais te couvrir, ville infâme, comme le couvercle d'une tombe !... » Grâce à Dieu, au tomber du rideau San Gennaro intervient, sauve la ville et les survivants...

— Guagliù !... Debout !... Fra' Nuvolo nous endort

avec ses couvercles, ses mystères tombés de sa cervelle ! Grâce à Dieu !... Tu nous prends donc pour des vignerons ou des lavandières !... Ah ! Ah !... Guagliù, filez aux cuisines, soulevez les vrais couvercles, trempez vos doigts dans ma soupe, rentrez tout droit chez vous, et que je ne vous revoie plus avant le prochain vrai branle du Diable, vrais branleurs et faux diables que vous êtes !... Allez ! Ou je vous trifouille la merde au cul !... »

Lorsqu'ils furent au milieu de la piazza Mercato, ils virent que la fièvre qu'ils avaient, par jeu, suscitée, était retombée. Les gens regagnaient leurs bassi, comme des bondissants somnambules de la peur, maintenant tout à fait réveillés sur le sol immobile baigné de soleil. Ils s'emparaient de nouveau, à pleins bras, à pleins cris, de la vie apaisée. Des légumes et des fruits et des viandes et des poissons, sortis d'on ne savait où, recommençaient de s'amonceler sur des étals qui semblaient magiquement surgis de la terre, à peine fermait-on un œil, à peine tournait-on le dos... Soudain, le petit Michele Ammare tira Masaniello par le coude... Regarde ! Regarde ! lui dit-il en montrant, le bras tendu, le Vésuve dégagé de toute fumée noire, libre de toute floche blanchâtre, dent d'ébène encastrée dans de la pierre d'azur, regarde, Masanié, la Muntagna est double !... Un cône, en effet, s'était dressé sur le flanc du vieil entonnoir, et, pour la première fois depuis le début du monde, le Vésuve dessinait son grand M marial sur la baie de Naples.

Les jouissances du jeune Masaniello

Don Ramiro Felipe de Guzman, prince de Stigliano, duc de Medina, de las Torres, de Sabionetta, Mondragone et Trajetto, marquis de Toral, de Monasterio et de Piadegna, comte de Fondi, Parme, Aliano, Collea, Valdoresa et Carinola, seigneur de la ville de Teano, chevalier de l'ordre de Calatrava, suprême cubiculaire de S.M., grand chancelier des Indes, trésorier général de la Couronne d'Aragon, commandeur de Valdipegna, capitaine de cent nobles à la garde de S.M., châtelain du Château Neuf de Naples, fut vice-roi, lieutenant et capitaine général du royaume de Naples du 13 novembre 1637 au 6 mai 1644.

GIOVANNI SERRADIFALCO
Cronache napoletane, 1898.

Don Giovanni Matteo Peta, curé de Santa Caterina, avait passé Pasqua et Pasquetta, un beau dimanche, un beau lundi de Pâques tout de douce tiédeur, perché dans l'azur au-dessus de la ville, entre les murs aux chaperons de dentelle de la Chartreuse de San Martino et les jardins en terrasses. Là-haut, au pied des gigantesques arêtes du château

Saint-Elme, dont la forme en étoile filante et les cent gueules ouvertes des canons dominent Naples de toutes parts, là-haut, dans le silence infini des cloîtres et le plain-chant et le déchant des moines, le vieux don Peta, invité par un frère convers de ses parents, venait se défatiguer, chaque année, à la Résurrection du Christ, de l'incessant tourbillon des foules assourdissantes du Mercato. Ses doigts osseux à la peau de pattes de gallinacé, avaient tracé sur une armée braillarde de nouveau-nés, sur des processions échauffées de jeunes couples impatients de dire : Oui ! Oui ! et de se noyer dans les humeurs criardes de leurs chairs, sur des mourants de tout âge, faisant : Non ! Non ! de leur bouche déjà prise du muet vertige et de leurs yeux écarquillés de peur, le signe de la croix, et sans trêve le traçait encore, tout au long des années, sauf ces deux jours de fête où, déambulant dans San Martino, il contemplait les beautés que, le septième Jour, l'Éternel dut contempler.

Sur les trois larges terrasses, potagers, jardins, étables, soues, basses-cours, bosquets, cultivées et plantées de fleurs et d'arbres fruitiers, qui, en escaliers l'une au-dessus de l'autre, serpentaient, cernaient en contrebas la Chartreuse du levant jusqu'au couchant, et s'élargissaient comme des champs verts tiquetés de couleurs suspendus dans le ciel et plongeant, à quasi deux cents demi-cannes de hauteur, dans l'échancrure de la baie aux seins bleus, allait et venait le vieux don Peta, piquant la terre de sa canne de bambou, tantôt le noir Vésuve empanaché devant lui et la blanche Solfatare l'encensant de soufre dans son dos, tantôt la blanche Solfatare l'encensant de soufre devant lui et le noir Vésuve déroulant son panache dans son dos. De temps à autre, il suspendait sa marche flâneuse et boitillante entre les deux volcans, et laissait voguer ses regards vers le large, au-delà du château de l'Œuf, au-delà de la ronde des barques, des felouques et des galères et des galions, vers Capri, qu'il voyait comme un escarpin pelucheux posé sur le miroir de la mer. Sur la plus haute terrasse, à main droite, un rideau de grands et touffus eucalyptus, dont le frémissant feuillage lancéolé et les fleurs en dés à coudre palpitaient et chaviraient au moindre souffle du vent dans leurs fines et souples ramures au derme rosi, masquait en partie les murailles aiguës, les falaises du château Saint-Elme ; à main gauche, une haie de genêts aux tiges pointues ployant sous leurs rivières de perles jaunes, semblait flotter à l'horizon marin ; entre les eucalyptus et les genêts, une vaste pelouse traversée sur toute sa longueur d'un chemin de briques ocre, qui descendait en pente douce. Un arc de tuf blanchi. Un puits à margelle de majolique jaune et bleue. Et la deuxième terrasse, qui paraissait s'élancer jusqu'au Vésuve, s'ouvrait, se veloutait comme un tapis volant devant don Peta. À gauche, une tonnelle, ponctuée de petits bancs de majolique jaune et bleue, ourlait de sa vigne ombreuse toute la longueur du mur de soutènement ; à droite, la mer, depuis le cap Pausilippe jusqu'à la presqu'île de Sorrente ; au milieu, une large mêlée moutonnante de buissons fleuris. Les lourdes protubérances des mimosas étaient tombées depuis un bon mois déjà, mais laissaient place au plumage argenté de cet arbre enchanteur dont les feuilles ramagent au vent, et qui charme l'œil et qui séduit l'oreille, après avoir enivré l'air de sa poussière de miel citronné ; les mamelles sucrées des glycines bourdonnantes d'abeilles et formant, de leurs ramures sinueuses, une gloriette au bout de la terrasse, sous le Vésuve, les avaient remplacées ; des fleurs de la passion, par centaines, derrière une glauque chevelure protégeaient du soleil leurs globes oculaires d'un jour à l'iris violacé en double croix superposée ; les roux boutons des roses se dressaient, turgides, courant par bandes spiralées des arceaux de la vigne à la mer, le prépuce feuillu déjà fendu sur la tendre et vive soie des pétales ; d'oblongues touffes de marguerites ronronnaient d'insectes ailés, comme de gros matous blancs safranés et marbrés de gris rêvant de caresses légères ; par-ci par-là, tirait l'œil l'éclat rouge sang d'une fleur sauvage à tige épineuse, pas plus grosse qu'une mouche. Au bout, vers le Vésuve, il fallait passer sous un caroubier géant qui rougeoyait le ciel, pour atteindre, en descendant un escalier voûté et moussu, la troisième terrasse. Là, en silence, des moines au capuchon baissé s'affairaient. Ils labouraient à la houe la riche terre engraissée de laves, déplantaient de jeunes pousses pour les repiquer quelques pas plus loin, sarclaient, brisaient les mottes pour ameublir les longues fentes humides des sillons, toutes velues des semis blond-vert. Contre le mur de soutènement, les arbres fruitiers, poiriers, pêchers, abricotiers, cerisiers nains, se succédaient... Du côté du Vésuve, les oliviers sarrasins aux troncs tourmentés dévalaient la pente jusqu'à la lisière de mûriers des Quartiers espagnols ; du côté du Pausilippe, des vignes semblaient ramper sur leurs ceps au ras des terres, jusqu'à l'éblouissant Écueil du Sel, et, au pied de quatre amandiers aux fûts lisses, au feuillage vert tendre en fines ombrelles argilacées, ronflait un rucher de douze cloches de paille. En contrebas, tout au long de cette troisième terrasse, don Peta voyait les toits de tuiles rondes et roses des pressoirs, du four à pain, du lavoir et de l'étable dont la chanlatte avait l'air de pendre jusqu'aux mottes herbues, comme le lourd fanon d'une vache laitière à la pâture. Et, à se promener ainsi, au-dessus des toits, dans le silence des jardins suspendus, que l'écho de la houe fendant la glèbe ou d'un seau heurtant une pierre prolongeait jusqu'où la mer et le ciel font à l'horizon leur lame de clarté vibrante, don Peta, deux jours durant, avait l'impression d'être entré dans une de ces grandioses compositions que peignent, face aux autels, les Domenico Gargiulo, les Massimo Stanzione, ou les Espagnols ou les artisans venus du nord chercher à Naples la couleur et la vie de leurs pinceaux, un de ces tableaux où les Bienheureux voguent sur une blanche nue, auréolés de la gloire éternelle, à deux demi-cannes de la ville aux noirs réseaux de vicoli, jaunie de soufre et parcourue de pourpres rumeurs diaboliques.

Au soleil couchant, don Peta, céleste contemplateur, se trouvait immobile dans la capiteuse gloriette dont il écartait les grappes moelleuses de suc, comme un saint dans sa cellule écarte une trop suave vision, afin de mieux voir le golfe et Naples toute entière qui s'embrasaient. C'était du feu sur la ville. C'était du sang dans la mer. Et la ouate de Capri prenait des lueurs violettes en s'enflammant sous les derniers rayons rouges qui sortaient aussi par flots de la grotte de Piedigrotta ainsi que du cou coupé d'Olopherne ou de Janvier, O de sang sur une couche ou sur un billot, figuré par maints peintres dans les églises de la ville. Et Parthénopé, la Sirène échouée, et le Grand Oiseau de Naples aux ailes largement ouvertes exhibant le double éventail rougi de ses rémiges blanches, noires, dorées, vertes, et l'Oiseau aux orbites évidées par la grotte de Fiatamore, au bec de Pizzofalcone planté dans le château de l'Œuf, fascinait le vieux curé du Mercato, comme si tout à coup l'éternel Grand Registre des baptêmes, des mariages et des morts du Mercato et du Lavinaro, qu'il remplissait, jour après jour, depuis un demi-siècle, pleins, déliés, volutes des majuscules et des paraphes, croix penchées des mains sans lettres, avec l'encre mauve dansant la nostalgie ivre des destinées humaines, et qui allait rejoindre, dans les armoires de la sacristie, d'autres mêmes registres réunis en livres épais reliés de peau de mouton et fermés de larges ferrures creusées de croix noircies à la forge des Carmes, comme s'il prenait feu tout à coup, l'éternel Grand Registre, dans la splendeur d'un holocauste divin. Et puis, peu à peu, les ailes du Registre brûlé jaunissaient, blanchissaient, grisaillaient, se craquelaient, se racornissaient, noircissaient, et le lait de la lune coulant d'un ciel de centaurée venait soudain zébrer la mer, la ville et les flancs du Vésuve, qui jetait des reflets lilas. Il restait dans l'air quelque chose que le vieux curé percevait vaguement, et qui lui dilatait le cœur : quelque chose des jeunes dieux venus de Grèce, il y avait deux mille ans, pour régner sur cette terre bénie, où la nature immortelle adoucit encore de son sourire crépusculaire l'amertume de la mort. Alors, don Peta, pris d'un long frisson qui faisait battre sa canne de bambou contre ses pieds hésitants, gagnait en boitillant le réfectoire des moines ; mais avant le frugal et muet repas, il allait s'agenouiller dans l'église de la Chartreuse. Là, sa prière chavirait comme l'éclat de cristal détaché et rebondissant dans un lustre aux cent bobèches d'or allumées.

Du pavement étoilé, voluté de marbres aux vives et riches couleurs, telles qu'on n'en avait pas encore vues dans Naples, à la voûte aux cent personnages pris dans des losanges que forment les corps énormes de serpents qui se croisent, torsadés dans leurs écailles dorées ; des fresques de Stanzione ou de Caracciolo aux statues de Pietro Bernini ou de Vaccaro, des neuf chapelles à l'abside, de la table sainte incrustée de lapis-lazuli, de jaspe sanguin, de cipolin vert de Grèce, de jaune brocatelle, d'onyx rouge de Barbarie, de fleur de pêcher, et d'autres marbres précieux encore et d'autres pierres surgies de leur gangue millénaire pour honorer de leur éclat le blanc mystère de la transsubstantiation, de la table sainte au chœur des pères, toutes merveilles architecturales et décoratives conçues par l'esprit fou de Cosimo Fanzago ; des tableaux tourmentés aux anges suspendus à leurs ailes en sautoir, de l'entrelacs des grilles de bronze au drapé des saintes femmes dans l'admirable douleur vertigineuse, dans le désespoir si humain, si napolitain, si déchirant de la *Pietà* que Massimo Stanzione avait peinte trois ans auparavant pour rivaliser avec l'Espagnol jaloux et tout-puissant à Naples, Ribera : mais dans la *Déposition* de Ribera, il y avait deux anges joufflus en trop, en haut, sur la gauche, pour atteindre à la beauté tragique de la *Pietà* de Stanzione (don Peta, comme tous les gens d'Église à Naples, et tous ceux des académies des sciences et des lettres, et ces bruits couraient surtout chez les Oziosi, et tous les nobles et au Palais, n'ignorait pas que Ribera, dans un accès de mortelle jalousie, était allé jusqu'à menacer Stanzione, dague à la gorge, pour qu'il déguerpisse de Naples, lui, ses toiles et ses pinceaux ; était allé jusqu'à faire détruire par la troupe de ses acolytes, à jets d'acide et de goudron, un premier état de la *Pietà*...) ; de ces tourbillons de couleurs aux formes tourbillonnantes de l'église entière, virevoltante bonbonnière qui fluait d'encens et de plain-chant, don Peta ne savait où poser le regard : et il fermait et il ouvrait les yeux, comme ébloui par tout ce faste ruisselant que les cierges réunis en bouquets touffus faisaient danser ; il tournait alors la tête vers le fond ombreux de l'église, vers la toile de Stanzione dont les personnages éplorés sur la dépouille du Christ, la Vierge à demi dressée, en haut, au centre, dans son manteau bleu, et, penchés à sa droite, Jean au manteau rouge, à sa gauche, Marie-Madeleine au manteau safran, et, prosternés, un moine blanc à droite, un moine blanc à gauche ; ces cinq personnages étrangement formaient, de leurs dos et de leurs têtes noués de souffrance, le sublime paysage du jour tombé que don Peta venait de quitter, là-bas, dans la gloriette. Et les deux moines à la robe blanchâtre, et la Pécheresse, si belle encore, aux lèvres gonflées de larmes, et Jean de chagrin se voilant la face inclinée sur la sainte face du Trépassé, et la Vierge-Mère aux yeux tuméfiés de pleurs, qu'elle lève, pleins de prières exhalées, ô ! toujours solitaire Soledad, au ciel noir et muet du Père, ils semblaient tous immergés aux trois quarts dans l'eau lunaire du golfe pour accompagner le Christ mort flottant à la dérive sur son suaire comme une felouque fantôme. Ainsi, même à l'heure du recueillement, dans ce lieu suprême de prière, de silence et de beauté, le vieux curé n'arrivait pas à oublier, fût-ce l'espace de deux jours par an, sa lumineuse et souffrante cité dont il voyait l'image et les tourments se dessiner dans la courbure des marbres et le sombre éclat des tableaux.

Le second soir, il se trouvait de nouveau devant le golfe en feu, où il voyait brûler, sans qu'il se consumât, l'éternel Registre des naissances, des mariages et des morts. Droit dans le parfum suave des glycines, il s'agrippait à sa canne de bambou, qui, à intervalles réguliers, piquait et raclait le sol de briquettes entre ses pieds. Et il se prit à songer à l'un des tout prochains mariages qu'il allait célébrer.

Elle, Berardina, vive, comme peut l'être une Napolitaine du Mercato à seize ans, mûre dans l'éclat de ses tendres chairs, l'œil grand, de jais, d'où jaillissent fièrement les mouvements du cœur, le crin noir, dru comme la queue d'un genêt, toujours piqué d'une fleur rouge, à gauche, juste au-dessus de l'oreille, et qu'une main potelée enfonce, de temps à autre, plus profond dans l'épaisseur des boucles aux reflets bleus ; la hanche ronde et mouvante tel un tonnelet rempli jusqu'à la bonde, qui roule en tanguant sur les montants d'une échelle en pente légère, à travers une trappe, jusqu'au tuf battu d'une cave... Fille de feu, fille d'enfer !... Et sa petite bouche, rose et humide, toujours entrouverte sur deux incisives, plus blanches que l'écume de la mer, et une langue tantôt vibrant comme une fine doloire, tantôt noyée de sourdes langueurs, la bouche d'un mulet bondissant hors de l'eau, vers les clartés rieuses du ciel, pour reglisser dans de visqueux abîmes... Mais brave, mais bonne aussi, pour les plus petits des guaglioni, ceux qui sont à tous, tombés du nid en morve et en larmes, dévouée aux Carmes, trop, pensait don Peta, qui savait la touffeur des cuisines... Enfin, plus belle que d'autres, sans doute, mais une fille comme les autres, l'intelligence affûtée par tous les sens en fleurs, rusée, saisie de brusques et violents abandons, la voix rayée de soleil et de nuit, innocence farouche, élans ardents, grâce d'un jeune animal né des flots tourmentés de cette luxuriante terre, une fille de Naples, une fille du Mercato... Et don Peta, dont le bambou battait plus fort la brique entre ses pieds, comme si de ce long doigt de bois lisse et annelé il voulait tourner plus vite les pages du Grand Registre pour revenir au folio 151, paragraphe 183, du Livre XII des baptisés, se mit à chevroter de mémoire : Ce jour 29 juillet 1625, Berardina, fille de Pietro Pisa et d'Adriana de Satis, née au Mercato le

26 juillet 1625, a été baptisée par moi, D. Giovan Matteo Peta et tenue sur les fonts sacrés par Prudentia Calenda, en l'église des Carmes...

Lui, ah, lui !... Qui ne le connaissait au Mercato, au Lavinaro, et dans tous les vicoli de Porto, Pendino, San Lorenzo, Arenaccia ?... Il l'avait baptisé, il allait le marier, il craignait qu'un jour prochain il n'eût à lui administrer les Saintes Huiles... Le fils aîné de l'Antonia et du Ceccone, le gros Francesco, Cicco venu d'Amalfi, mort le jour de son mariage, sur le lit matrimonial, sans avoir consommé, devant sa jeune épousée grosse de six mois... Il avait fallu une dispense de Monseigneur... Et Thommaso Aniello d'Amalfi était né, voilà bientôt vingt et un ans... Masaniello : le guaglione qui, le jour du Miracle, au pont de la Madeleine, avait pissé, par étrange bravade, tête dure et queue en l'air !..., sur la coulée de lave menaçant la ville, était devenu l'un des jeunes les plus endémenés du Mercato... Tout d'élans violents, cruels, et doux aussi, criant le poisson comme un défi sous le nez du chaland hésitant, l'esprit et la langue déliés jusqu'au délire et aux délices des provocations... la langue n'a pas d'os, mais elle peut briser les dos... soudain pris de tendresse et de dévouement pour sa mère et les frères des Carmes, pour la marmaille du Mercato, au milieu de laquelle il aime se prélasser et jouer les forbans... Sa périlleuse fascination pour fra' Savino, le cuisinier bourru et lippu des Carmes, qui fait danser sous les regards affamés de tous les guaglioni du Mercato, les larges panses cuivrées de ses marmites ronflantes... et qui touille, dans les recoins obscurs et graisseux des cuisines, en retenant des braiements d'âne et en étouffant les plaintes de sa proie plaquée ventre au mur ou au sol, de sa louche forniqueuse les ragoûts d'autres marmites renflées et pantelantes... Et don Peta, pris dans la nasse de corail tombée tel un épervier sur la ville et ses pensées, sentit le soir monter dans sa gorge comme une angoisse... Enfin ! tout est bon pour faire le bouillon du Seigneur, tutto fa brodo !... Qu'il était loin, et c'était hier, le temps où, sur les fonts baptismaux, il chassait Satan du corps du nouveau-né criard à la mèche rousse, avec un filet d'eau du Sebeto et quelques grains de sel de l'Écueil du Pausilippe posés sur la bouche ouverte ainsi qu'une plaie à vif... Et tout en récitant les prières du baptême, dans les glapissements du nouveau-né répercutés en échos cinglants par la haute nef nue de Sainte-Catherine où pénétraient les âcres relents des tanneries chauffées par le soleil de la fin juin, entre les hauts murs du couvent des Carmes et les hauts murs de la ville barrant de la mer, il ne savait pourquoi, le sel dansant sous la flamme des cierges ? les cris de mouette du baptisé ? le châle bleu tendre de la jeune Antonia, qui lui recouvrait le crâne aux cheveux tondus à la mort de son mari et liés aux mains du mort, qui les emporteraient sous la dalle de la fosse commune, selon la coutume : pas de nouvel époux avant la nouvelle chevelure... don Peta ne savait pourquoi un verset du Nouveau Testament lui martelait la tête... Il y a devant le trône sept torches de feu ardent, et devant le trône il y a comme une mer vitrifiée pareille à du cristal. Et au milieu du trône et autour du trône, quatre animaux pleins d'yeux par-devant et par-derrière... Loin le temps, et c'était hier, où, l'enfançon grandi, tout bouclé de cuivre, don Peta était monté au premier étage du vico Rotto, pour offrir, comme il avait accoutumé le jour de l'Épiphanie, là où une femme vivait seule avec un tout petit enfant, un hochet tressé de brins d'osier et qui contenait sept petits cailloux ronds, qu'il allait ramasser lui-même sur la plage des nuits innommables de la Saint-Jean... Sept petits cailloux pour chacun des sept péchés capitaux, l'orgueil, l'avarice, la luxure, l'envie, la gourmandise, la colère, la paresse, et que le bambin secouait en riant à la barbe du Diable... Tutto fa brodo!... Le mariage, maintenant... Un sacrement que l'homme transforme souvent en nouveau hochet... Mais qu'il s'arrange, avec sa Berardina, ce Masaniello, qu'il se range!... Dans les mains de Dieu, la barque tordue ne va-t-elle pas droit au port?...

Don Peta, pour son dernier soir dans la suave gloriette de San Martino, préféra s'abîmer dans le spectacle divin du golfe et de la ville léchés par les feux du crépuscule, plutôt que de ressasser, le bâton de bambou battant nerveusement le pavement de briquettes roses et la pointe de ses souliers, ce qu'il savait sur ce Masaniello, ce qu'on racontait...

... Entre Peppe Palumbo et Mimmo Perrone, qu'on appelait l'Abbé dans la Belle Société Réformée des bas quartiers qu'ils fréquentaient, pour la simple raison que Mimmo avait songé, un jour, à se faire prêtre, flanqué des deux anciens acolytes de son enfance, Masaniello, jusqu'à la veille de son mariage, avait fait les coups les plus pendables. Ce qui lui valait, de la part des rares qui s'enhardissaient à le rabrouer, surtout des vieilles édentées aux cheveux gris hirsutes et roulant à vive allure ou clopclopant dans la cloche pisseuse de leurs noirs jupons, un long et perçant dégueulis, un chapelet d'injures... Ouèèèè ! L'encorné de la bite du Diable !... Ouèèèè ! Corde de pendu, âne bâté de bâtard, bouche à merde, merdillon de mon cul, retourne à tes égouts !... Que ta mère en reçoive mauvaise nouvelle !... Qu'on t'en donne un bon coup, de lame catalane ! Qu'on te serre le cou jusqu'à la dernière secousse, foutre-en-merde ! Et que ton sang t'étouffe !... Que mille maux te viennent toutes voiles déployées ! Pou de lépreux ! Gland d'un prodigue ! Fils de femme à la figue taxée, misérable petit étron, mariole de mon pot de chambre ! Ouèèèè !... Ouèèèè !... Alors, Masaniello éclatait de rire, et montrait deux belles rangées de larges dents, faisait : Hou ! Hou !, s'avançait sur la vieille, qui ravalait sa bave en reculant, jusqu'à ce qu'elle soit acculée, immobile, violacée, les yeux écarquillés, les coudes au front, dans le coin le plus sombre d'une porte cochère. Et, d'un coup, plus vif qu'un merlan sorti de l'eau, il écartait la fente de son caleçon et libérait sa queue bandée comme un arc. La chantepouilles ne respirait plus. Un gloussement semblait couler de ses jupes. Masaniello se plaçait de biais, à deux demi-cannes de la vieille. À sa droite, Peppe, à sa gauche, l'Abbé, qui, tous deux, lui présentaient leurs mains tendues en coupes débordantes d'alberges, ces petits abricots sauvages mouchetés de brun. Masaniello se servait alors de sa queue comme d'une latte élastique : il plaçait l'alberge entre le renflement ourlé de son gland et la peau tendue du prépuce, tirait sa verge raide et gonflée contre sa cuisse, et la relâchait soudain : à toute allure, il lapidait ainsi la vieille, qui couinait comme un rat pris au piège, il la visait à la tête et au bas-ventre, et chaque fois qu'une alberge faisait mouche, ils hurlaient, tous les trois, Cazzo !... Vecchia fica del cazzo !... Et la pluie d'alberges redoublait, flop ! flop ! flop ! flop ! flopflopflopflop !, jusqu'à l'instant où, dans un rugissement qui coupait les jambes de sa victime tombant à genoux, il faisait un bond en avant et baptisait la noire pyramide affaissée de chairs terreuses et ravinées, Au nom du Père ! Du Fils ! Du Saint-Esprit ! hurlait l'Abbé, des blancs jets aspergeants de sa queue. C'était, à la tombée de la nuit, ce que les trois compères appelaient la battue aux abricots. Et c'était là, la plus innocente de leurs chasses.

Certains soirs, après les exercices de vol à la tire, dont le mot d'ordre, liegge ! liegge !, réveillait à la fois l'aérienne agilité des allégeurs de bourses et l'éventuelle poursuite des sbires, Masaniello se travestissait en carmélitaine, et, une aumônière de gros cuir noir à la main, allait, de basso en basso, quêter pour les œuvres pieuses de Notre-Dame-des-Sept-Douleurs, suivi de loin par l'Abbé déguisé en abbé, et par Peppe Palumbo transformé en mendiant unijambiste dont la dépouille vivante se suspendait à deux béquilles au bois moiré de crasse. Les exercices de scippo avaient lieu dans les sous-sols de l'ancien couvent maudit de Saint-Archange, où tant de belles et nobles religieuses au sang bouillonnant des plus fous désirs avaient vécu d'amour et de meurtre, avant de disparaître par le fer ou le poison, et ils consistaient à déshabiller, de pied en cap, un mannequin de chiffon grandeur nature, sans que tintât un seul des vingt et un grelots suspendus çà et là dans les plis du tissu. Pas un guaglione qui n'excellât dans cet exercice, où les trois compères étaient devenus des maîtres, et prodiguaient mille conseils aux plus jeunes. Pour se travestir, Masaniello décrochait les grelots et s'habillait de la robe de bure dont était accoutré le mannequin boudiné de sciure. Un voile plus léger, mais de même couleur, lui entourait la tête, sa tignasse jaunasse et son front fuyant, jusqu'au bord des sourcils, et flottait au milieu de son dos. Une barbette immaculée lui couvrait parfaitement la poitrine et le cou. En un tournemain, le jeune homme était devenu jeune nonne. De taille moyenne, l'œil noisette, qui pouvait se faire plus noir que la poix en feu dans les moments de colère ou de violent désir, le nez droit aux grosses ailes, les lèvres bien dessinées et pleines, soulevées, aux commissures, par des éclairs d'ironie, le torse long et large, les jambes courtes en proportion, les hanches plutôt rondes sur des pieds menus, très cambrés, dansants ; et, ce qui achevait de lui donner l'apparence d'une religieuse à la robe voletante et à la féminine rondeur, c'étaient son visage tout à fait glabre, d'un ovale régulier, que venait clore le muscle rond, mobile et lisse du menton ; et sa voix, dont il pouvait naturellement jouer, dans les aigus émoussés, comme dans les graves les plus caverneux.

La nonne entrait dans les bassi, demandait, humble, délicate, l'aumône au nom de la Madone, au nom de Jésus-Christ Notre Sauveur, puis ressortait, les yeux baissés, un doux mot de reconnaissance aux lèvres, quand il se trouvait plusieurs femmes ou des hommes dans la basse pièce. Mais lorsqu'elle entrait et n'avait devant elle qu'une fillette ou une vieille fille, alors elle était prise d'une quinte de toux à faire trembler les murs, et que l'Abbé et l'unijambiste comprenaient aussitôt. La nonne, tout en s'approchant de sa victime, chantait un Ave Maria, passant insensiblement d'une voix de soprano à une voix de baryton, sous le regard médusé de la fillette esseulée ou de la vieille fille endurcie. Et soudain, lançant en dents de scie des trilles dans les graves et les aigus, elle troussait sa robe jusqu'à la taille, montrait, entre ses jambes nues, sa lourde corne de sang dressée pour l'assaut sanglant. La proie se paralysait, Masaniello la poussait vers la première paillasse venue, elle s'affaissait sans pouvoir émettre un souffle, un cri, et, d'un trait, il la violait. L'Abbé et l'unijambiste accourus, à leur tour, retournaient le corps évanoui, et lui fraisaient le cul. Tous trois filaient ensuite vivement dans la nuit tombante, pour disparaître et changer d'apparence sous les ruines maudites du couvent de Saint-Archange. À la lumière vacillante de deux torches, ils s'arrachaient l'un l'autre, pliés de rire, leurs déguisements, les lançaient en boule sur les membres bouffis du mannequin, et, nus, se saisissant à la taille, tournaient comme une folle toupie égosillée : Ouèèèè ! Ouèèèè ! Ouèèèè ! ! ! ! Dans le champ des tomates / y avait le moine et la nonne / qui faisaient dedans ! Ô ! dehors ! Ô ! / Dans le champ des poivrons / toi Peppe ! Ô ! tu n'es pas bon ! / Dans le champ des aubergines / Ô ! Ninnuccia arrête de balader tes manines ! / Belle ! belle nonne qu'as cette figue / je vais te faire voir / mon mousquet Ô ! comme il tire / triquétrac sous ta robe / je le dresse en l'air / je le pousse vers terre / je lui fais faire Pullecinella !... Ouèèèè !...

C'est entre dix-huit et vingt ans que Masaniello s'amusait de temps à autre à ce genre d'exploits carnavalesques, protégé par la misère extrême d'un peuple fier et souffrant que l'Espagnol et la noblesse napolitaine saignaient à blanc. Des fruits, des légumes, et, pour les moins pauvres, du pain une fois par semaine : Naples mangeait ce que le ciel et la terre voulaient bien lui offrir, ce que les puissants du jour voulaient bien lui laisser, et les fruits lui étaient offerts en une salvatrice abondance ; nulle paresse dans ses mains tendues vers la fleur verte des brocolis et le globe d'or des oranges : où voir au monde fourmilière humaine plus inventive, plus industrieuse et plus acharnée, jour après jour, à se sauver, à tout prix, de la famine, des épidémies, de la mort ? Mais il fallait tant donner et donner tant à droite, tant à gauche, sous la pression des alguazils, au pape, au roi, au vice-roi, au prince, au duc, au comte, au vicomte, au petit marquis, et ils restaient sans rien qu'une poignée de proverbes à la bouche et un éclat de rire au ventre. Et puis, dans l'ombre de toutes ces royales et nobles sangsues, qui dégorgeaient les richesses de la ville et du royaume dans la cendre d'un luxe effréné, il y avait ces monstrueux traitants qui, eux, accumulaient des monceaux d'or en proposant chaque année de nouvelles gabelles et sans cesse l'augmentation des anciennes : et, comme ils se chargeaient, eux, d'avancer le produit des impôts dans les caisses du Palais, en les levant férocement ils en profitaient pour les doubler ou les tripler : quand un doublon tombait dans l'escarcelle du vice-roi, il s'en glissait deux ou trois dans les caves des maltôtiers.

Au premier étage du vico Rotto, Masaniello était resté seul avec sa mère, l'Antonia aux allures appesanties de bufflesse. Ses deux sœurs, grassouillettes beautés aux boucles noires, s'étaient mariées, l'une à treize ans, l'autre à quatorze, l'une avec un petit épicier de Forcella, Girolamo Donnarumma, l'autre avec un maraîcher de Pozzuoli, qui venait à chaque aube déverser sa charretée de légumes et de fruits multicolores sur la piazza Mercato, Mase Carrese. Son frère, Giovanni, foulait, tous les jours que Dieu fait, des peaux de vache et de mouton dans une cuve des tanneries, ce qui lui rapportait, outre deux écuelles de macaronis et un gîte commun aux jeunes tanneurs, une inusable paire de bas tête-de-maure jusqu'à mi-cuisses, des gants marron clair et l'engageait, comme tous ceux de sa corporation, à courir éteindre les incendies, qui ne manquaient pas de se déclarer plusieurs fois par semaine dans la ville des braseros et du salpêtre. Masaniello le rencontrait souvent à la *Taverne des Coqs*, entre la porte des Carmes et la porte de la Tannerie, où le brûlant broccoli al dente attendait les tanneurs; et, en franchissant le seuil après une caresse à la grosse branche d'olivier, qui signalait au passant la présence d'un lieu où se restaurer, il l'apostrophait d'un immanquable et sonore : Ouèèèè ! Ouèèèè !... Voilà mon frère ! Le vicomte de la Cuve ! En bas de soie et gants de peau !... Tu es le plus beau, mon petit frère !... Et celui qui s'avise de me dire le contraire, je lui pisse au trou, per la Madonna !... Et, infailliblement, les tablées éclataient de rire.

Un jour, un commerçant de Pise, qui mangeait seul à la table la plus proche de la porte, tout en maugréant contre Naples et son bruit infernal, et sa puanteur, et ses hommes sans barbe et ses femmes barbues, marmonna dans son pourpoint de velours jaune qu'à Naples on servait même les babouins dans les tavernes... Masaniello qui, dès son entrée dans le local grand comme deux bassi, avait repéré l'étranger à la triste figure, crut entendre le mot : babouin. Il fit un pas vers la table du Pisan. Le silence tomba comme une pierre dans un baquet de boue.

« Vous avez entendu, dit Masaniello, mais vous avez bien entendu... À qui Sa Seigneurie donne-t-elle si gracieusement du babouin ?...

— Hôte ! s'exclama le Pisan, peut-on manger en paix, ici ? !...

— Hôte ! répliqua Masaniello, les canards mangent à table, aujourd'hui, au lieu de rissoler à la broche ? !... Giovanni, Peppe, Mimmo, Giulio, Marco, Carlo, eh ! qu'en pensez-vous ?...

— Hôte ! Je suis un honnête marchand, j'ai faim, je paie, je veux manger !...

— Oh ! Mes amis ! Il a faim !... Sa Seigneurie le

Canard Honnête paie et veut barboter !... Hôte ! L'addition à Sa Seigneurie !

— Mais je n'ai pas encore mangé !... Mais qui êtes-vous ? Mais que me voulez-vous ? Hôte !...

— Canard, tu paies ou le babouin te bouffe !... Joufflu, dodu, ventru, fessu, nasu, coin ! coin ! coin !, lippu, velu, ouèèèè ! guagliù ! Qu'en pensez-vous ?... J'ai faim, je ne paie pas, je veux manger quand même ! Guagliù, à table ! »

Le Pisan n'eut pas le temps d'ouvrir la bouche : couché sur la table, son ventre écrasant l'assiette encore pleine de macaronis arrosés de tomate, il eut ses chausses sur les talons, et, tandis que Peppe lui versait la fiasque de vin rouge sur la tête, il recevait entre les fesses l'abondant jet de Masaniello, qui, ce pissant, s'esclaffait : Ouèèèè ! Guaglioni !... Il boit rouge, le Canard Honnête, et il fait jaune !... Il a l'honnêteté bien bariolée !... Toute la taverne tremblait de rires énormes... À la broche, maintenant ! cria Masaniello : et il lui enfila jusqu'à la paille le goulot de la fiasque dans le cul. Cet hommage rendu à l'étranger bougon, le Pisan, aveliné de sang, de merde, de larmes de douleur et d'indignation, fut enfermé et bien verrouillé, bien gardé dans l'arrière-salle de la taverne. Au milieu de la nuit, Masaniello, escorté de Peppe et de l'Abbé, vint, avec force courbettes, mines contristées et mille excuses pour l'erreur judiciaire commise à l'endroit d'un canard au commerce culier si honnête, vint lui rendre sa liberté, en l'obligeant, pour d'autres négoces bien honnêtes eux aussi, à passer par la porte de Capoue, où ils l'abandonnèrent. Le Pisan disparut dans le quartier des Incarnati, où nul ne se risque s'il ne veut verser le contenu de sa bourse entre les cuisses d'une zoccola, entre les mains d'un menaçant ricottaro : blanche ricotta, revenant-bon du commerce de sa protégée.

L'Abbé et Peppe vivaient de ce négoce. Dans la Belle Société Réformée, ils appartenaient aux ordres mineurs, aspirants camorristes, qu'on appelait chivabos en espagnol et giovinotti onorati en napolitain ; l'honor, venu de Tolède deux siècles auparavant, avait donné à Naples, grâce à un bouffon de Cour, le Camilluto, la constitution secrète et malandrine des droits de l'hombre. De temps à autre, Masaniello prêtait main-forte aux deux riccotari, soit pour surveiller et contraindre les filles, soit pour faire payer et déguerpir certains chalands acharnés aux voluptés incongrues ou récalcitrants à la bourse. Pour la ricotta et le plaisir, il remplissait volontiers son rôle. Pourtant, le jour où il arriva malheur à la Zeza, la plus belle zoccola des Incarnati, et qu'il aimait bien, et dont il venait d'enlever l'huile, selon les droits du ricottaro, qui pouvait, lui le premier, jouir de la figue de sa belle, juste après le passage du médecin et de son gras onguent purificateur, ce jour-là, Masaniello déserta les Incarnati et « l'honor de la ricotta », comme il disait en ricanant.

C'était au début du mois de septembre 1639. La chaleur automnale fendait les fruits gorgés de sucs qui se répandaient en coulant leurs lourds pleurs sur les mains et dans les bouches ainsi que des rayons de miel à la cire éclatée. Déjà, on préparait les trois jours et les trois nuits de bacchanales en l'honneur de la Madone de Piedigrotta et du dieu phallique de Lampsaque, que la Vierge mère roule rêveusement du bout de son pied. Les chasseurs partaient tôt de la ville et, d'un coup d'éperons, filaient, par la Grotte creusée sous le Pausilippe, vers les Champs Phlégréens, les pentes boisées du lac d'Averne, les Astroni où brillaient dans les fourrés marécageux les broches du sanglier, le Monte Nuovo, le Monte di Procida. Ce soir-là, un chasseur, certain marquis Avitabile, traversait à cheval le quartier des Incarnati. Il avait fait buisson creux. Il revenait bredouille. Il se laissait aller, l'air méditatif, au pas de sa monture, le long des bassi où des grappes de femmes hélaient et tentaient d'entraîner dans leur antre, par le charme, la moquerie, la force, parfois, tout homme qui passait à portée de leurs lumignons. Et, dans les venelles tortueuses, noires et luisantes, ces lumignons, par centaines, posés sur les seuils de piperne, donnaient l'impression d'un ciel étoilé tombé sur la terre. Debout devant sa porte, se découpant pleinement sur l'obscurité dansante, cambrée dans sa jupe claire à volants, qu'elle rajustait après l'assaut tendre et rapide de Masaniello, sa chevelure de cavale roulant sur ses seins puissants, une main sur les frisons de sa nuque, une main au creux de sa hanche, Zeza vit arriver le mélancolique cavalier. Elle fit un pas en avant, se trouva au milieu du vicolo, se campa sur ses longues jambes écartées. Le marquis Avitabile tira sur ses rênes, le cheval s'immobilisa, chanfrein face à la femme immobile, effleurant de ses naseaux humides, chauds et frémissants l'épaule nue de Zeza. Aussitôt, cinq, dix, vingt femmes entourèrent ce centaure errant dans la nuit des Incarnati, et crièrent de leurs voix rauques : Ouèèèè !... Cacciatò ! cacciatò !... Chasseur ! chasseur !... Viens donc remplir notre gibecière !... et elles frappaient leur ventre, comme battant la coulpe du désir... Viens, chasseur ! Nos gibecières sont vides, et belles, et poilues, et profondes, comme la tienne !... Ah ! Ah ! Ah !... Vieni, cacciatò !... s'écria Zeza d'une voix plus puissante, plus carnée que les autres, et rejetant en arrière sa tête aux yeux immensément fiers, au menton fort et charnu, aux lèvres gonflées léchées d'une langue provocante, viens !... Et vise, vise cette belle caille !... Des deux mains à ses jupes et d'un coup de reins vers le centaure, Zeza offrit à nu la fente rouge de son sexe ouvert dans sa touffe de poils plus luisante et plus large qu'une anémone de mer... C'est donc ça que tu veux, dit le chasseur entre ses dents ; eh bien ! Margote ! Margote ! voilà au moins une caille qui ne m'échappera pas !... Avant que les autres femmes et Masaniello eussent pu esquisser la moindre parade, le marquis Avitabile piquait des deux : le cheval se cabra, hennit, eut le chemin libre et partit au galop. En frôlant Zeza, le chasseur s'était brusquement courbé sur sa monture et, dans la caille offerte, avait planté une longue dague. Zeza mourut la nuit même. Et Masaniello, en jurant de se venger, quitta à jamais les Incarnati.

De mois en mois, à plusieurs reprises, Peppe Palumbo et l'Abbé étaient revenus à la charge pour inciter Masaniello à repiquer à la ricotta, à prêter serment au sein de la Belle Société Réformée, à se mettre sous la protection d'un des plus grands personnages de la ville... Qui ? faisait Masaniello. Et l'Abbé lui répondait, haussant le chef et le sourcil : Un grand, un très grand !... Viens d'abord avec nous, et on te dira... Masaniello rétorquait qu'il préférait sa liberté, et, qu'autour des Carmes, il y avait toujours de quoi se chatouiller le gosier et se tasser une feuille de chou dans l'estomac... Alors, Masanié ! Libre, traîne-couilles et affamé ?... raillaient-ils, en lui tournant le dos, pour repasser, le timbre haut et goguenard, la porte de Capoue... Scquacquara !... murmurait Masaniello.

Peu à peu, ils ne se rencontrèrent plus que par hasard, sur la piazza Mercato ou à la *Taverne des Coqs*. Un soir, au crépuscule, Masaniello aperçut l'Abbé qui sortait en coup de vent de l'auberge *L'Eau de la Bufflonne*, située en amont du champ des Pierreux, près de la chapelle Sainte-Marie-des-Jardins, et où descendaient les étrangers de passage. Il n'y prêta guère attention, murmura : Scquacquara !..., resta un instant derrière une haie de roseaux, et, revenu piazza Mercato, par la porte de la Tannerie il se dirigea vers la mer, à la Pierre du poisson où il s'embarquait, selon son humeur, deux ou trois fois par semaine, avec un capiparanza, le patron d'une de ces longues et larges barques de pêcheurs, inchangées depuis les Grecs, sans proue ni poupe, et qui ont la forme oblongue de la pupille dilatée des chats.

Il aimait l'eau porteuse, la barque balancée, les filets à hisser, dix mains gercées de sel, agrippées aux mailles lourdes, dans le spasme frétillant des poissons et le raclement des cliquettes sur le bois de la paranza. Il aimait couper la mer du tranchant de la rame, et la repousser en cadence. Il aimait se sentir suspendu, debout, en équilibre, les reins souples, seul sur le monde glissant des silences liquides : et les cris brisés des vieux pêcheurs se répercutaient dans les blancheurs vineuses de l'aube en glauques échos sous-marins. Le rouge bonnet phrygien des pêcheurs enfoncé jusqu'aux oreilles, et dont la pointe tombe et ballotte en arrière, à gauche, à droite, comme une grosse crête souple de coton, il aimait sentir le vent de l'archipel napolitain gonfler sa chemise de toile écrue fendue jusqu'au Fils, ainsi qu'une voile de beaupré, et voleter entre ses seins le noir scapulaire de la Madonna del Carmine suspendu à son cou. Après avoir contourné Capri, Ischia, Procida et son îlot de Vivara où demeurait une très vieille religieuse, une folle, peut-être réchappée dans sa jeunesse des terribles châtiments qui s'étaient abattus autrefois sur le couvent de Saint-Archange, laquelle, depuis toujours, en arrachant ses cheveux blancs, criait aux pêcheurs qui passaient : Ehiiii ! Je suis la Circé-des-Sept-Douleurs, priez ; priez, j'ai peur !... Ehiiii !, en voguant vers les deux ailes déployées du golfe, il aimait, après des heures et des heures à ramer, à cerner, à tirer le poisson, s'offrir au soleil, jambes nues jusqu'à mi-cuisses, chemise coulant sur les épaules, bonnet à la main, tête levée au ciel, yeux fermés, bras en croix, et se laisser triturer, fouetter, dorer, depuis les cheveux jusqu'au creux du ventre, par les gerbes de rayons jaunes qui enflammaient la mer et la terre, palpaient et cinglaient son corps visqueux émaillé d'écailles d'argent.

Vigoureux, vif, tout en rondeurs et muscles et pointes de gestes et de langage, il était apprécié par les capiparanza, qui auraient voulu l'avoir plus assidûment à leurs côtés. Pour sa peine, Masaniello recevait un panier de sardines et quelques merlans, dégabellés à la Pierre du poisson, et il allait crier, de sa voix pleine rayée de soleil, les bontés de son poisson frais... Ouèèèè ! Si frais qu'il remue encore la queue et n'a pas encore fermé les yeux, ouèèèè !..., tout au long du Spaccanapoli, devant la porte des bassi, sous le balcon des palazzi. Et, en fin de matinée, le panier vide, il s'en revenait au vico Rotto, jetait sur la table quelques pièces de cuivre, tombait sur le lit et s'endormait jusqu'au couchant.

Une fois par an, autour de l'Assomption, il apportait une variante à ses sorties en mer. En plein après-midi, quand Naples écrasée de chaleur dort sous le linceul lactescent de son ciel immense, il rassemblait un petit groupe de guaglioni d'une dizaine d'années, assommés de soleil et de puces, chassieux, crasseux, le crâne à moitié rasé couvert de plaques purulentes, la panse en molle poche de cornemuse, tombés de sommeil dans des trous d'ombre chancie et se grattant sans trêve et poussant des cridolins de chiots endormis, le corps galeux exposé sans vergogne entre les longues déchirures des chiffons racornis qui leur servaient, d'un bout à l'autre de l'année, d'unique vêtement, et qui s'envolaient en poussière au fil des jours. C'étaient les enfants d'on ne savait qui au juste, et qui pullulaient autour du

Mercato, les enfants anonymes sortis comme une colique vermineuse du ventre souffrant et boursouflé de Naples. Des barques aux flancs roses, bleus, verts, étaient couchées, délaissées à cette heure sur la grève. Le sable brûlait. La mer était chaude. Masaniello tirait à l'eau la plus petite barque, où s'entassaient, en sautillant comme une troupe piaillarde de moineaux, les guaglioni à la bouche râpeuse étirée dans des rires, aux yeux cerclés d'une soudaine joie, aux gestes libérés des glus de l'abandon. Masaniello ramait, debout, dirigeait avec adresse son embarcation pleine à craquer des menus corps pouilleux, frôlait galions et galères amarrés, propulsait d'un œil sûr, les poignées des rames bien en main, les pales fendant en profondeur, son grouillant chargement vers le large.

Sorti du golfe, il virait soudain vers l'Écueil du Sel, et, là, cessait de ramer. Les cristaux salins éblouissaient, tel un miroir aux millions de facettes, et faisaient du cap Pausilippe une corne aveuglante. La mer s'évaporait en d'infinis voiles d'air flou. La barque, surchargée de toutes ces chairs remuantes, s'enfonçait jusqu'à deux doigts du bord, figée dans une mer de poix. Le fond de la coque faisait eau. Alors, dans la fournaise liquide, Masaniello commençait d'officier, selon son propre rite... Ouèèèè!.. Guaglioni!... Vous êtes trop nombreux dans cette barque trop petite! Vous êtes sales, plus sales que l'eau des macaronis! Vous puez de la tête et du cul! Et vous n'avez pas de nom!... Honte! Honte à vos saintes mères!... Toi, là, je te baptise Primo, au nom du Père, du Fils et du Cazzo, et je te lave, allez! Hop! À l'eau!, de tous tes péchés!... Toi, là, je te baptise Secondo, au nom du Père, du Fils et du Cazzo, et je te lave, allez! Bon!... de tous tes péchés!... Toi, Terzo!... Hop! À l'eau, étronnet!... Toi, Quarto!... Et Quarto reçut un coup de rame dans le dos, car il s'agriffait des deux mains à la barque, et il bascula en hurlant dans la mer... Toi, Quinto!... Et Quinto ne demanda pas son reste, il sauta et se mit à nager vers l'Écueil du Sel, au milieu des quatre autres qui tentaient désespérément de flotter, de s'accrocher en criant à la coque, comme des chats miaulards lestés d'une pierre au cou... Toi, le dernier, quel nom te donner, hein?... Le dernier était le plus petit, il était blond, recroquevillé sur le fond de la barque, presque tout recouvert d'eau; il tremblait de peur et disait Non! Non! Non! en écarquillant ses grands yeux clairs sur Masaniello, qui se dressait, majestueux, au-dessus de lui... Masaniello avait un regard de feu, les lèvres ouvertes sur ses larges dents, la poitrine nue et brûlée, les mains vermeilles, la fourche de son caleçon impérieusement tendue... Et toi?... Ultimo? Piccolo? Sesto?... Masaniello l'enleva à bras-le-corps, le pencha à la pointe de la barque, pour que le front de l'enfant effleurât l'onde chaude et lustrale, et il souffla comme un orque : Je te baptise, au nom du Père, du Fils et de mon Cazzo, ainsi soit-il!... L'enfant déchira le ciel et la mer d'un cri suraigu, Masaniello s'enfonça en trois à-coups entre les tendres fesses ouvertes et poussa aussitôt un puissant râle de jouissance. L'enfant baptiviolé, le blond guaglione Sesto, fut rejeté des deux mains de corail par-dessus bord, et la barque, mâtée de la silhouette noire, s'éloigna dans des clapotis de détresse, et des pleurs et des appels et des cris étouffés, vers la ville silencieuse sous son linceul blanc.

Pour vivre, c'est-à-dire pour manger, et aider sa mère que quatre grossesses portées à terme et quatre autres avortées et les pavements du cloître et de l'église des Carmes frottés et lavé le linge crotté des moines, avaient bien vieillie et lourdement empâtée, Masaniello s'arrangeait, arrangiarsi, le verbe fait chair des Napolitains, de toutes les circonstances auxquelles la nature et les hommes voulaient le mêler. Lors des pluies si terribles, par leur extrême violence et soudaineté, du mois d'octobre, les vicoli se transforment en torrents, l'eau boueuse vous bouillonne jusqu'aux cuisses, les bassi, en quelques secondes, sont inondés. C'est l'époque des fameuses laves d'automne, si funestes au quartier du Lavinaro. Pendant des heures, où l'appel des noyés s'embourbait dans les tourbillons crémeux d'ordures et de chats et de chiens et de cochons et de rats crevés, les tourbillons de la lave tombée d'un ciel de plomb aux nuages plus bas que la poire de fra' Nuvolo, seuls les hommes les plus forts pouvaient se déplacer et, moyennant une obole, porter les plus faibles sur leurs épaules : c'est ainsi que, le temps de ces laves torrentielles, Masaniello se faisait passelave. Il passait sur son dos, d'une maison à l'autre, d'un basso immergé à un premier étage de palazzo, au péril de sa vie, des vieillards grelottants et muets de peur, des enfants hurlant au secours, des femmes qui criaient : J'ai vu la mort avec mes yeux ! Eh ! Jeune ! Tiens-moi bien ou je vais mourir !... Et Masaniello, monture ployant sous l'humaine frayeur, ferme sur ses jambes de pêcheur, coupait de ses hanches les flots des vicoli, tel un mobile étoc salvateur, et disait, dans la pluie qui redoublait et le torrent qui enflait : Ouèèèè ! Ne crains rien, brave femme, petit père, guaglione, ne crains rien, cramponne-toi, c'est moi qui, en pissant, ai arrêté la lave de la Muntagna !.. Ouèèèè ! C'est pas le moment de pisser, je sais ! Accroche-toi, per la Madonna ! Mais de boire, oui ! Boire toute cette eau qui veut pousser Naples dans la mer !... Te voilà au sec, la pièce, vite, que j'aille passer cet autre là-bas, qui veut siffler toute cette chiasse du Diable !...

Quelques jours avant les grandes fêtes napolitaines, Pâques et Pasquetta, la Madonna del Carmine, le 16 juillet, la fête de saint Janvier, le 19 septembre, la fête de Piedigrotta, onze jours plus tôt, Noël, l'Épiphanie, et tous les saints des Sièges, le départ d'un vice-roi, l'arrivée d'un vice-roi, une naissance, un mariage au Palais Royal, et, de mois en mois, les mâts de cocagne où l'on cloue des moutons vivants pour distraire le menu peuple des tourments révoltants de la faim et appliquer la règle des trois F, règle d'or des gouvernants, Fête, Fourche, Farine, quelques jours avant ces grandioses jubilations des ventres et des cœurs, les écorcheries de la ville, celle, en particulier, qui se trouve derrière Sainte-Marie-des-Mouches, font couler leurs rivières de sang dans le sauvage concert strident des animaux égorgés. Masaniello devenait alors poumonnier. Deux grands paniers au bout des bras, chargés à ras bord de rouges et gélatineux poumons encore tièdes tombés des bœufs qu'on venait d'équarrir, il allait, dès potron-minet, de bassi en palazzi vendre ses molles alvéoles pour la friture des plus pauvres et le régal des chats des plus riches. Il allait par les vicoli et les piazze, suivi et précédé de dizaines de matous errants attirés par l'odeur du mou, et qui faisaient autour de lui, jusqu'entre ses pieds nus, un onduleux tapis de fourrure bigarrée et criarde. De temps à autre, pour se dégager de son félin encerclement, il lançait derrière lui un petit morceau de poumon : et il filait en jetant des coups d'œil en arrière, sur la mont-joye féroce et feulante des chats qui s'écharpaient à coups de griffes et de dents, et il riait en criant : Ouèèèè ! Poumons ! Poumons ! Ouèèèè ! Poumons plus frais que vos foies ! Pour éclaircir vos pets et adoucir votre voix ! Poumons ! Poumons !...

Et puis, dans ses temps morts, Masaniello offrait ses services aux Carmes. C'était là sa vraie famille, entre fra' Savino, sa mère, les guaglioni, toujours les bienvenus — T'as faim ? Trempe ton doigt et suce ! —, les moines affairés autour des autels et dans la sacristie aux bois parfumés de cire et d'encens, et tout le peuple du Mercato qui, à un moment ou l'autre de la journée, passait dans la grande nef dorée de l'église aux marbres rutilants, asile de paix et de fraîcheur où chacun se sentait chez soi et venait, après un rapide signe de croix, s'asseoir, bavarder en confidence, s'endormir contre un pilastre cannelé, déambuler le long des douze autels des allées latérales, allumer un cierge, faire un vœu, commander une messe, rêver devant les saints magnifiquement parés, les anges en cipolin, la lente danse des officiants ailés de bouillons de dentelles, de nues d'encens et de soies vives brodées de fils d'or ou d'argent. En pleine messe dominicale, fût-ce à l'instant le plus sacré de la consécration du pain et du vin en la chair et le sang du Christ, des enfants déguenillés couraient et se pourchassaient dans l'allée centrale, en pouffant de rire et en se roulant de joie jusqu'au pied de la table sainte, sous le sourire complice des hommes et les sssst ! sssst ! indulgents des femmes et des prêtres. Et les deux orgues latérales brillaient de tous leurs tuyaux aériens qui, tels deux bosquets de blancs bambous, surgissaient des buffets caramélisés de feuilles, de fleurs et d'archanges aux ailes suavement déployées.

C'est autour de la mi-juillet que l'église des Carmes et son haut campanile aux neuf étages de noir piperne planté dans le ciel comme le majeur d'un titan bagué de marbre blanc à l'ongle verni de jaune, de vert, et fourré en son milieu des cinq cloches géantes, Loreto, Marina, Carmela, la reine de bronze au battant plus lourd que trois hommes, Lavinaro, Mercato, c'est à la mi-juillet que les Carmes et la piazza Mercato, et le Pendino, et le Lavinaro deviennent le cœur martelant de Naples qu'irriguent tous les vicoli de la ville, par où les gens des bassi et des palazzi affluent en lourdes vagues, continûment. Le 16 juillet, Naples fête à sa manière Notre-Dame-du-Mont-Carmel. Depuis quelques années déjà, l'organisateur des réjouissances était fra' Savino ; et Masaniello se voyait confier le rôle principal, dont il retirait quelques réaux et tant de plaisir !

Pour lui, la fébrile agitation commençait dix jours

plus tôt, car il devait entraîner ses troupes en vue de l'attaque et de la défense du Château de la Marmaille. Il s'agissait d'une construction en bois, dressée, l'avant-veille de la fête, au centre de la piazza Mercato : avec l'habileté et la célérité qui caractérisent les artisans napolitains ; charpentiers et menuisiers convergeaient de tous les vicoli environnant le Mercato, qui poussant une charretée de planches, qui fouettant un attelage de mulets tirant à grand-peine un éfourceau chargé de poutres, qui voûté sous le poids d'un gros sac rempli de coins, de marteaux, de clous, de haches et de rabots. Les bois de la potence servaient de premier support à la construction ; s'il y avait un pendu, exposé par ordre de Justice, en un clin d'œil et en mille plaisanteries sur sa bonne mine, on le dépendait, et le corps, emporté par des guaglioni, disparaissait dans les Fossés aux grains, où une meute de chiens affamés se ruait. Avec la corde, on hissait les plus grosses pièces de bois, au fur et à mesure que s'élevait l'assemblage : deux tours, d'environ dix demi-cannes de hauteur, réunies entre elles par un entrelacs d'escaliers et d'échelles, renforcées par de solides étais enfoncés de biais dans le sol, en un tournemain badigeonnées de chaux où se dessinaient à la poix les pierres et les créneaux, formaient enfin, parfaitement échafaudé, le formidable Château de la Marmaille.

L'entraînement avait lieu dans le champ des Pierreux. Cinquante contre cinquante, une centaine de guaglioni entre six et quinze ans s'affrontaient, sous le commandement euphorique de Masaniello, tous armés d'un bâton qu'ils avaient coupé eux-mêmes dans les marais de l'Arenaccia ou sur les flancs du Vomero... Attenziò !... Battagliò !.. E tutta 'a popolaziò !... Et dans les sables, la pierraille, les herbes et les roseaux, les deux troupes ennemies manœuvraient, l'air féroce, le bâton menaçant, mais plutôt comme deux processions du Saint Sacrement qui se croisent et mesurent en rivales la beauté des parements, la hauteur des croix, l'éclat de l'ostensoir, en somme la grosseur et la longueur des bâtons, la rondeur du mollet, la force des pognes. Soudain, Masaniello donnait l'ordre de la mêlée, en criant cet appel : Popolo mio !... Mon peuple !... Et les guaglioni en guenilles, pieds nus, jambes nues, torses nus, un chiffon déchiré entre les fesses et qui tombait en lambeaux jusqu'à mi-cuisses, petits et grands dans un même sauvage tourbillon de hurlements et de bâtons levés, cognés, abattus, se ruaient les uns sur les autres. Aux premiers coups, aux premiers pleurs, Masaniello ôtait son bonnet phrygien, ouèèèè !, et agitait bien haut ce drapeau rouge de la trêve... Attenziò !.. Battagliò !... E tutta 'a popolaziò !... Et les manœuvres dandinantes des deux troupes rassemblées en deux serpentins s'enroulant sur eux-mêmes et se déroulant en soufflantes volutes poussiéreuses, se poursuivaient jusqu'à ce que le Pausilippe, d'un coup, avale l'énorme orange sanguine du soleil. Alors, les cent guaglioni, boitillant et meurtris, débordant d'allégresse, de rires et de lazzi, redescendaient sur la piazza Mercato déposer, par faisceaux de dix, selon les ordres fantasques de Masaniello, leurs bâtons tout autour de la potence, où s'élèverait le Château de la Marmaille ; après quoi, filant par la porte des Carmes, ils se glissaient, jeunes tritons saisis de volupté, dans le rouge miroir régénérant de la mer.

Le 16 juillet, quand, vers la vingt et unième heure, Naples s'enveloppe de nuit claire, et qu'une lune de ricotta s'enfle sur l'horizon d'argent, la piazza Mercato tout entière, de Saint-Éloi à l'église des Carmes, et à l'intérieur et à l'extérieur de l'immense ovale de l'Inseliciata, est enfiévrée d'une foule grouillante, gesticulante, gueulardante, dont on ne voit, à la lueur des rares torches et flambeaux qu'on a piqués, de-ci de-là, aux façades des maisons qui paraissent vaciller ainsi jusqu'aux toits en terrasses sous la pression de cette marée humaine, que les faces brunes aux milliers d'yeux de diamant noir. C'est alors que la Carmela sonnait trois coups, et ses puissantes ondes d'airain déferlaient sur la ville et dans les cœurs, et la fête commençait, et c'était l'impitoyable assaut au Château de la Marmaille. Aux cris de : Mamà li Turchi !, répercutés dans la foule frissonnante qui se souvenait des bien réelles et cruelles incursions de ces atroces pillards et violeurs dont on ne cessait de redouter les nocturnes irruptions, les cinquante assaillants bondissaient des quatre points cardinaux, une torche allumée dans la main gauche, le bâton brandi dans la droite, étirant des flammes au-dessus des têtes toujours surprises, comme un vol de monstrueuses lucioles, comme une danse cyclopéenne d'yeux bridés, illuminant la place par longues traînées fumantes... Mamà li Turchi !... hurlaient en écho les cinquante guaglioni qui surgissaient, tout de blanc vêtus, des entrailles ligneuses de leur Château, les uns au sommet des tours, les autres, sur deux rangs, tout autour des murailles de bois, faisant barrière et piques de leurs bâtons tendus à bout de bras. MAMÀ LI TURCHI ! Et dans la nef ovoïde du Mercato, couverte du dais vaporeux de la nuit, les Turcs avançaient sur le Château. Ces enfants, qui fendaient lentement la foule le feu à la main, la face toute mâchurée de larges rides de charbon, rougie par places selon les caprices de la poix enflammée et le soudain papillonnement de tous ces corps sertis les uns dans les autres et, bousculés, s'ouvrant brusquement pour laisser le passage, ces enfants enturbannés de chiffons rouges et de sauvagerie avaient l'allure de vieux boucaniers et soulevaient des clameurs d'étonnement où perçait la crainte que la fête ne devînt jeu tragique, ne préfigurât d'autres, de véritables, périlleuses apparitions. Hommes et femmes faisaient les cornes de la conjuration quand ces nains diaboliques venaient à les frôler dans leur farouche avancée. Bientôt, la bataille s'engageait. Brève échauffourée, en vérité, où en deux coups de bâton et trois cris d'assaut, les terribles Turcs au turban rouge faisaient s'envoler la Marmaille blanche.

Il arrivait qu'un blanc guaglione ou deux prolongeât l'escarmouche, affrontât plus courageusement la meute mâchurée. Aussitôt les spectateurs les conspuaient, les agonissaient d'injures, Bêtes à foin !... Ouèèèè ! Merdillons pour médailles de héros !... Dentelles de pissat !.., Ah ! les petites oies !... Qui ne savent pas qu'un héros mort vaut moins cher qu'un âne vivant !... Laissez le Château aux Turcs, ouvrez les portes, guaglioni !... Et gardez vos vies !... Regardez-moi ça ! Ils veulent se battre ! Ma parole, ils ont leurs petites couilles à la place de leur cervelle !... Caleçon aux talons vaut mieux que pieds en avant !... Le Château ne vaut pas votre peau ! Ouèèèè !... Alors, les plus obstinés de la Marmaille abandonnent leurs positions, s'abandonnent devant les lazzi de leurs pères et les menaces des Turcs : ils se rendent à une antique sagesse, se jettent à genoux, ouvrent les bras et laissent tomber leur arme. Les Turcs sont les maîtres du Château et ils poussent d'abominables gloussements de victoire, qui font écumer de frissons d'impatience la piazza chauffée comme un four à pain. Par gerbes de torches, les turbans rouges apparaissent au sommet des tours, tandis que le gros des barbares fait une ronde endiablée autour des murailles. Et, soudain, les Turcs s'évanouissent dans la foule, et le Château, ainsi qu'un gigantesque brasier, crépite et flambe de sa base aux créneaux. Et toute la piazza Mercato, en un charivari d'Enfer, chavire de liesse comme une nef folle, et trépigne et hurle sa délivrance ardente quand les flammes immenses ouvrent un trou d'éclatante lumière dans le dais souverain de la nuit. Au même moment, la Carmela sonne à toute volée, et cette liesse viscérale se transforme en délire : quelques poignées de secondes, et les dix étages du campanile se sont embrasés, et le titanesque doigt noir bagué de blanc perce à son tour la nuit de mille langues de feu. Une silhouette, défiant les ondes du bronze et la chaleur de la fournaise, monte et descend inlassablement le long du doigt de piperne et de marbre, se penche dans le vide, agite son bonnet phrygien au-dessus de la houle humaine qui redouble de cris, disparaît du premier étage pour reparaître sous l'ongle verni de jaune de fra' Nuvolo, sort soudain sa tête d'un oculus blanc, et hurle à déchire-gorge : OUÈÈÈ !... OUÈÈÈ !... OUÈÈÈ !... mais son appel tonitruant s'emporte dans les appels de la Carmela, et, un instant, c'est la tête effrayante d'un décapité, aussitôt engloutie dans l'ombre et dans les flammes, et la silhouette entière apparaît de nouveau, hissant sur ses épaules un gros fagot de bois sec, curieux bossu à l'agilité caprine, là-haut, tout là-haut, non, en bas, là, plus haut, non, plus bas, oui juste au milieu du campanile, oui, sous les cloches, et jette son fagot, et sa bosse s'enflamme où les flammes qui s'affaiblissaient font alors un grandiose bouquet d'étoiles rouges et blanches qui montent en un vol puissant jusqu'à la poire de nouettes miroitantes et coulent comme un torrent écumeux ou la queue d'une comète jusqu'au tapis de têtes levées et éblouies... Dans la fournaise verticale qu'il alimente ainsi qu'un servant de Pluton, Masaniello se sent plus ailé de bonheur qu'un ange du Paradis. Et avant que le campanile des Carmes ne fusionne à nouveau avec la nuit, la lune et les constellations aveuglées, fra' Savino a enflammé les mèches d'un feu d'artifice.

Le battant de la Carmela s'est immobilisé à la première explosion de la poudre colorée. Le campanile fait une braise qui s'étire dans le ciel, tel le rire carmin d'une femme masquée. Sur le parvis, entre la base du doigt de feu aux larges gaufrures et la porte vert-de-grisée et cabochonnée de cuivre de l'église, deux autres explosions, aussi fortes que des coups de canon tirés d'un galion amarré dans le golfe ou tirés du château Saint-Elme, ébranlent le sous-sol creux de la piazza, et la foule flageole sur ses jambes, et chacun se trouve au comble de la fête, en perdant, saisi d'une soudaine ivresse, son centre de gravité, comme chacun se trouve au comble du malheur, quand les secousses cryptiques se propagent des entrailles de la terre aux entrailles des hommes, et lézardent les cœurs au lieu de les gonfler de joie, et lézardent les murs au lieu de les diamanter de couleurs. Quelques minutes, la terre tremble par un jeu luciférien, et Naples la ludique fait la nique aux létales puissances souterraines. Rouges, jaunes, vertes, des fusées sillonnent, ziiiippbaoummcrapetriquééééétraaaac !, la façade de l'église et vont faire des bouquets tournoyants, plus haut que le campanile et retombent en une impalpable pluie qui ocelle le ciel de mille tourbillonnantes lueurs, tandis que des paquets de soufre et de salpêtre explosent en un apocalyptique rosaire d'éclairs et de tonnerres. Des floches de poudre planent sur l'ovoïde place, et s'effilochent dans les milliasses de gosiers qui halètent béatement des oh ! et des ah !... L'odeur poivrée ajoute à l'ivresse du branle de la terre et des fulgurantes arabesques suspendues dans les gouffres de la nuit : piazza Mercato a levé l'ancre, et, comme une seule chair dilatée d'émerveillement, la foule fascinée par la fureur de la fête flotte entre le sol qui se meut et les coulées lumineuses du ciel.

Tout à coup, un laps de silence lacère la place où tout un peuple tangue dans le tohu-bohu d'un étourdissant oubli. Seul fra' Savino aidé de Masaniello, s'agite au pied d'un mystérieux treillis de bois qui grimpe le long du mur blanc du cloître et le dépasse de plusieurs demi-cannes. Quatre chuintements en quatre secondes se font quatre boules de feu qui roulent et se croisent, comme prises au piège et affolées au pied du mur. Elles claquent, se heurtent, fusent, se dédoublent, et, de nouveau quatre, deux au centre et une aux deux bouts, les voilà qui filent comme des rats éclatant de lumière, jaillissant d'étincelles, vers le haut du mur. Et chacune, sur son parcours-éclair, trace une large ligne de vives couleurs, bleues, roses, jaunes, vertes, rouges, et les quatre lignes s'incurvent, se redressent, se courbent encore, volutent, s'entrecroisent en filant toujours plus haut au-dessus du mur blanc ; et enfin, une forme se dessine et brille et illumine le dais de la place, une autre forme aussitôt se dessine, brille, illumine et se blottit dans la première : couronnée du M d'or marial, MARONNA ! MARONNA !, ce sont Notre-Dame des Carmes et l'Enfant Jésus, GIESÙ ! GIESÙ !, dans l'exultation cosmique de la foule hurleuse et gesticulante, qui palpitent au-dessus du Vésuve, et disparaissent d'un coup, tandis que la nuit trémulante et son silence éraillé se renversent sur la ville. Un instant, la foule aveuglée et assourdie reste figée dans l'attente d'autres prodiges. Perché au dixième étage de son cendreux campanile, assis les pieds dans le vide, Masaniello contemple cette mer de faces levées dans un même ébahissement, aussi affamée de spectacles que de pain, et qui devient livide comme une mousse de cire, au moment où l'énorme disque verdâtre de la lune roule à nouveau sur Naples ainsi que l'œil mort d'un cyclope.

Cependant, les réaux qu'il recueillait des mains de fra' Savino pour l'entraînement des guaglioni à l'assaut du Château et l'embrasement du campanile dont il avait aussi, chaque année, la charge, ne tombaient pas tous, tant s'en fallait, en une joyeuse bruine cliquetante sur la table maternelle du vico Rotto. La plus grande partie de ses petits gains s'en allait à la fortune de ses dés, dans l'arrière-salle de la *Taverne des Coqs*, dans les sous-sols de *L'Eau de la Bufflonne*, ou même sur la table du fond de la taverne la plus mal famée de Naples, mais celle où l'on mangeait le mieux, *Le Cerriglio*, en haut du quartier du Port : les dés y roulaient dans l'espace délimité par les poignards des joueurs : chacun, en s'asseyant à la table de jeu, devait sans attendre coucher son arme devant lui, ce qui formait un rectangle de lames glacées où venaient heurter les dés obliquement giclés du gobelet. Au moindre soupçon de tricherie, le rectangle se brisait, les tabourets se renversaient, les fers se croisaient, et, en moins de temps qu'il ne faut à un dé pour donner son nombre de points noirs, les pointes rougies avaient percé les chairs. Masaniello ne s'était jamais battu au *Cerriglio*, mais au *Cerriglio*, il avait toujours tout perdu. Ici, comme un peu partout dans Naples, il jouissait de sa réputation de jeune original à la langue et à la couille bien pendues, de risque-tout ingénu et improductif en mal d'exploits, dont les renardises tenaient davantage du Scquacquara que du vrai filou ; et, au fond, à son attachement aux chaudrons des Carmes, à ses travestissements en nonne ou en capitaine d'une troupe d'enfants, chez les guappi à miséricorde tranchante et sans merci, on en était venu à le considérer comme un brave garçon, bien brave, buono buono buono, trois fois bon, c'est-à-dire, en napolitain, un peu fêlé... Pour une zoccola qui avait eu un malheur, n'avait-il pas abandonné le juteux métier de ricottaro, n'avait-il pas tourné le dos à la souterraine et puissante Société Réformée, ne se trouvait-il pas de plus en plus isolé, avec ses verges de juillet, son Château de la Marmaille, ses enculages de guaglioni abandonnés à l'Écueil du Sel, ses services capricieux à la Pierre du poisson, ses bons services de passelave, ses ventes miaulardes de mou, et sa dévotion pour fra' Savino qui, à l'époque de l'Avent, allait jusqu'à le charger de construire la grande Crèche des Carmes, au pied de la chaire, occupation de vieille femme ou de bedeau à laquelle Masaniello s'employait des journées entières, et d'évidence avec la joie d'un enfant ?...

Lors de son séjour prolongé dans la ville, fra' Nuvolo avait certes fait œuvre admirable d'architecte, en déposant au sommet du campanile sa poire aux écailles jaunes et vertes, mais il avait aussi, plus secrètement, donné vie, sous le regard émerveillé de fra' Savino et de Masaniello, à une multitude de personnages hauts comme deux empans. Dans le jardin du cloître, près de la fontaine moussue du Putto, à force de piétiner autour de ses projets théâtraux il avait trouvé une couche de glaise à peine recouverte par le terreau. Et, tout en méditant sur le mystère de l'Incarnation, il s'était mis à modeler des têtes, pas plus grosses que des alberges, mais d'un réalisme frappant : têtes d'enfants ébouriffés, têtes de femmes au doux ovale, têtes d'hommes, jeunes, vieux et ridés, imberbes ou à la barbe frisée, chauves, chevelues, lèvres fines, lippes épaisses, ouvertes dans un éclat de rire ou tordues dans un cri d'appel, légèrement étirées dans un sourire moqueur, yeux baissés dans l'adoration ou la soumission, sourcils levés dans l'interrogation ou le défi, têtes endormies ou vibrantes d'excitation, fra' Nuvolo semblait vouloir rivaliser avec les foules du Mercato créées par le Doigt de la Genèse, en pétrissant la glaise de ses dix doigts créateurs... Il en remplissait des corbeilles, qu'il emportait précautionneusement dans les cuisines, attendait quelques jours que les têtes fussent à un juste degré d'humidité, et les cuisait dans un four que fra' Savino avait mis à sa disposition. Chaque tête avait son cou et son buste, l'un et l'autre aussi finement modelés, mais, bien que Naples fût la ville des prodiges, nul n'y vivait sans un corps agité de rêves et de désirs. Et fra' Nuvolo, suivant le cours de son inspiration, imagina de faire des bras et des jambes et des mains : des mains lisses et potelées, des mains osseuses aux veines enflées, de longues mains ouvertes et hélantes, des mains à demi fermées, prêtes à saisir, à porter, à entraîner, des mains aux doigts écartés ou resserrés, tendus ou recourbés, selon le langage muet de ce peuple, dont la bouche crie les plaisirs et les peines à pleins poumons, et qui n'exprime qu'avec les vifs mouvements du corps les mille nuances du cœur et de l'esprit.

Cependant, il fallait donner couleur, vigueur à ces

têtes, à ces membres, avant de les assembler par un système ingénieux de fils, de bouts de fer et de minuscules poulies, que l'architecte avait confectionné par dizaines, avec l'aide de Masaniello, de Peppe, de Mimmo et de trois ou quatre autres guaglioni. Fra' Nuvolo fit alors appel à un jeune homme, qui avait dix-huit ans à l'époque, donc cinq ans de plus que Masaniello, et qui, déjà, proposait, d'église en église, ses vessies de couleurs suspendues aux épaules, ses pinceaux en bouquet à la main, d'exercer un art qui, plus que ses mordantes satires, le rendrait bientôt célèbre à Naples et dans le monde, Salvatore Rosa. Et Salvatore au fin visage de Christ, rassemblant sa longue chevelure noire sous son chapeau à larges bords, donna non seulement chair et âme à la glaise, mais, tout en sifflotant des airs de sa composition, tout en faisant mourir de rire les guaglioni et les moines par ses bons mots et la verdeur de son langage et les ressemblances que son pinceau joueur faisait naître entre les têtes enfilées dans les cinq doigts de sa main gauche pour les animer en les peignant, et les marchands et les chalands et les banquiers et les femmes et les curés et les guaglioni du Mercato connus de tous, tout en chantant à tue-tête et d'une voix aiguë et doucereuse inspirée des castrats, *Les filles des Gelsi ont des culs de velours, aïe-aïe-aïe,* non seulement il mit, d'un coup de pinceau, une chair vivante et des yeux humains à ces fantômes de terre rousse, mais il voulut aussi peindre la Grotte, la Taverne, le Ciel, les fruits de la terre et tous les animaux... y compris les anges !... ajouta-t-il dans un grand rire solaire. Alors, en plus du bœuf et de l'âne, fra' Nuvolo dut modeler des troupeaux de moutons, de vaches, de buffles, d'oies, de cochons, et des chats couchés en boule, et des chiens errants, maigres à prendre par les peaux, la queue entre les pattes, et des chiens bergers, le fouet fièrement levé, et des mâtins gros comme deux moutons, tout gris, la babine baveuse, le croc menaçant, sans queue du tout et sans oreilles... d'autres monstres, outre nous, les doux Napolitains, qu'adorent nos si chers Espagnols !... commentait Salvatore. Et Masaniello, sept ans plus tard, comme il l'avait fait chaque année depuis, rebâtissait, seul maintenant, mais en riant tout en la disposant d'une main sûre, cette humanité de deux empans, en riant tout seul au souvenir de la voix gouailleuse du peintre, revivant ces joies oublieuses de son enfance, quand les dés ne roulaient pas encore dans leur couloir de lames...

C'était l'Antonia, sa mère, qui avait habillé tous les personnages de la Crèche, de Joseph aux Rois Mages, des mendiants aux belles paysannes, des buveurs de la Taverne à la Vierge Marie. Elle avait découpé la dentelle de vieux parements d'autel, découpé des aubes perdues au fond des profondes armoires de chêne, découpé le satin rouge, violet, blanc, vert, jaune des chasubles usées, dont elle tirait les fils d'or pour en tresser des bracelets, des colliers, des boucles d'oreilles, découpé, pour les bergers, les mendiants, les banquiers, les plus pauvres clients de la Taverne, ceux qui restent allongés par terre, à côté du chat endormi ou du chien errant aux côtes dépouillées et aux grands yeux suppliants, pour les plus humbles, les plus hébétés de misère, elle avait découpé un pourpoint effiloché, des hauts-de-chausses qui montraient la trame, et qu'un dépouille-pendus à la charrette pleine de chiffons arrachés aux justiciés de la corde, lui avait donnés pour trois calles. Elle découpait, puis elle cousait, avec la rapidité et l'habileté d'une fée, de ses doigts enflés, rougis et crevassés par les lessives, par les vaisselles et par les pavements frottés des Carmes ; et Masaniello l'admirait : il admirait la magie de la couture qui, du plat petit morceau de tissu, sculpte les formes rondes, plissées et souples d'une manche de chemise moirée, au poignet s'épanouissant de broderies, et les deux tuyaux de lin lisse ou de velours satiné des hauts-de-chausses ; ceintures de flanelle, bas de soie, larges chemises de toile écrue déchirées jusqu'au Fils, caleçons élimés aux fesses et aux genoux, ceintures à rosaces de nacre, bonnets phrygiens, chapeaux ornés de plumules, justaucorps, jupes et sous-jupes, pourpoints à crevés, rubans de toutes les couleurs, fraises moussues comme écume de lait à peine giclé des trayons dans les jattes, sabots, bottes, gants, rien ne manquait autour des vastes jupons noirs d'Antonia, pas le plus petit lacet de cuir, pas le plus petit linge intime, pour habiller de pied en cap l'immense et tourbillonnante foule de la Crèche. Antonia avait fait le trousseau de tout un peuple.

Chaque année, Masaniello disposait le décor avant de remettre chacun des personnages, chacun des animaux à sa place. D'abord le rocher, où se creuse la grotte de la Nativité surmontée des trois colonnes doriques d'un temple grec, les mêmes que celles de l'église de Saint-Paul, et d'où s'envole dans les cieux et redescend sur terre, pour annoncer au monde la Merveille, une théorie d'anges chanteurs et musiciens. Sur le faîte de la construction, il fallait donc qu'il situât le Mystère, c'est-à-dire le groupe de la Sainte Famille ; le Gloria : anges, putti, chérubins ; les Bergers de la Merveille, ceux qui reçoivent la Nouvelle en dormant ; les Bergers en marche, en somme les paysans qui apportent leurs dons, fruits, légumes, brebis, paniers d'œufs et de poules, à Jésus ; enfin, les Soufflants, joueurs de hautbois et de cornemuse. Tout cela ne représentait qu'un tiers de l'espace de la Crèche, le côté miraculeux le plus banal, qu'on oubliait bien vite, après un coup d'œil distrait, pour se réjouir et jouir du vrai miracle... Une armée d'affamés à demi nus affluait des lointaines campagnes, fuyant la terrifiante rapacité des baronnets qui étaient pires que les plus injustes des vice-rois : et dans la gigantesque Taverne, avec ses annexes craquant jusqu'aux toits de victuailles, ils s'apprêtaient à faire réparatrice, terrestre bombance : à plonger corps et âme dans une débordante corne d'abondance ; et plus ils approchent de la Taverne, plus ils deviennent rubiconds de plaisir, sous le flot continu de la mangeaille et des inhabituelles libations. Ah ! le bonheur tombé des cieux !... Entre les macaronis coulant jusqu'à terre des assiettes trop pleines et l'Enfant-Dieu arrondi de chairs dans son berceau, entre les melons éclatés, les grappes de tomates, les hottes de raisin, les provolonis, les cacciottes, les mozzarelles et les joueurs de musette descendus des Abruzzes, entre les bourriches de merlans, de rougets, les cuvettes d'anguilles vivantes, les tranches rouges d'espadon et les Rois Mages venus d'Orient, or, myrrhe et encens, entre les brocolis, les poires, les pommes, les figues sèches, les noix, les noisettes, les amandes, les châtaignes grillées sous la cendre, les tonnelets et les fiasques de vin, les pauvres par centaines sont devenus des princes, dans une souveraine soif de plaisirs, de beauté, de jeux, de fables et de rêves, où les anges battent des ailes au milieu des aulx en gerbes, des quartiers de bœuf saignants, des moutons dépecés, des oignons tressés et des tresses de mozzarelle, des poissons argentés, des mont-joyes noires de moules et des flaques de poulpes violets. Les tripes dégouttantes de jus de citron sont vernissées comme le ventre rebondi de Jésus. Et Masaniello avait l'impression de donner vie paradisiaque à tous les vicoli de sa ville qui emboyautent le même flot de malheureux rêvant semblable ripaille à chaque lever de soleil : et les personnages de deux empans de haut clamaient leur faim de vie, Masaniello les reconnaissait, il les écoutait parler, crier, héler le passant, bouffer, séduire, mendier, pleurer, supplier, hurler de rire, jouer la comédie, marchander, ronfler contre un pan de mur romain, danser la tarentelle, mandolines, violons, castagnettes, poutipous et tambourins, dans la Grotte d'abondance, dans le ventre affamé et généreux de Naples...

... Notre Crèche, disait en ricanant Salvatore, qui ne cessait de peindre, avec une précision, une fidélité absolues, le plus petit poireau comme le plus gros bœuf écorché, la fleur du chou comme l'œuf de la poule, et le chou et la poule, notre Crèche est respectueuse de votre latin, n'est-ce pas, fra' Nuvolo ?... Praesepium : c'est une mangeoire, tout simplement, c'est le divin rêve de mangeoire !... Mangez, mangez, poursuivait Salvatore, tout en se servant de ses plus fins pinceaux, mangez, que ça fait du bien ! Mangez, ouèèèè !... Mangez, car mieux vaut aller dans l'autre monde avec la panse bien remplie, qu'avec le ventre creusé d'envies !... Sainte Mangerie est née avant Jésus-Christ !... Mangez ! Ouèèèè ! Miracolo !... Et, avec cinq saucissons de thon, il fit l'Étoile des bergers.

Manger... les dés jetés dans le couloir des lames lui coupaient les vivres. Alors, pour semer quand même sa bruine joyeuse sur la table maternelle, Masaniello avait recours à la périlleuse contrebande. Pour qui voulait risquer, et gagner ainsi du simple au double, et vite, il n'y avait pas le choix car tout ce qui se mange, à l'exception toute provisoire des fruits frais, avait été soigneusement, férocement taxé par l'Espagne : et, d'abord, le vin, le pain, le sel, la viande, le poisson, la farine. Plus d'une fois, il avait goûté à l'amère humiliation de se faire prendre par les gabelous, qui non seulement veillaient aux très nombreuses portes de la ville, une porte tous les cent pas du côté de la mer, mais rôdaient, plissant leurs yeux de chacal autour des écorcheries, des magasins à farine et à blé, des trois Pierres du poisson, dont la principale se trouvait sur la Marina, à main droite en sortant par la porte de la Tannerie, et les deux autres, à Santa Lucia et à

Chiaia, entre le château de l'Œuf et Piedigrotta. Masaniello évitait les portes qui donnaient sur la mer, où les gabelous le connaissaient bien et se méfiaient de lui. Un jour, on l'avait arrêté à la baraque de la porte des Carmes sans qu'il fût porteur de la plus petite sardine de contrebande, simplement pour l'avertir, en digne fils de son père, le Cicco d'Amalfi, qui n'aimait pas payer, le gros filou, l'octroi sur les queues de thon... et deux vieux alguazils, assis au milieu de leur baraque, tout hannetonnés de cuir et de fer, avaient éclaté de rire en se renversant sur leur chaise, la panse secouée de bouffons hennissements, comme au souvenir d'une bonne farce des temps passés. Masaniello n'y avait rien compris ; jusqu'au moment où, tout à trac, l'un des deux alguazils avinés, l'eut menacé de la geôle en titubant vers lui, son poing levé s'abattant sur le vide, pour les mauvais traitements dont il était coutumier, on se plaignait, ils en avaient la preuve, envers les enfants et les jeunes filles, et même les vieillardes !... Masaniello avança un pied, le hanneton y achoppa et tomba comme du plomb : dans la confusion qui s'ensuivit, les jurons et les rots, le fils de Cicco d'Amalfi disparut aussi vite qu'un macaroni dans le gosier d'un guaglione.

Une autre fois, on l'avait arrêté tout de bon, et jeté dans un cachot du Grand-Amiral où il était resté trois jours. Sous sa large chemise flottante, à même la peau, dans son dos et sur ses côtés, il s'était bardé de poissons attachés les uns aux autres par une fine ficelle passée dans leurs ouïes : et ces chapelets gluants glissaient de ses épaules à ses reins à ses hanches à son ventre, en un mouvement descendant et ascendant, à chaque pas qu'il faisait, et il avait l'impression de glisser lui-même, tout en avançant vers la porte de Saint-Janvier, celle qui se trouve le plus loin de la mer, au nord de la ville, l'impression d'entrer dans un corps tiède et visqueux et d'en sortir, à chaque pas. Cette fois-ci, il ne joua pas de chance : alors qu'il passait, l'air dégagé et moqueur, sous la porte du saint patron de Naples, après avoir contourné toute la partie est de la ville, un petit merlan eut la tête coupée par le frottement de la ficelle et, décapité, rebondit par terre, comme un point d'exclamation bleuâtre et luisant sous le soleil. Aussitôt gabelous et alguazils s'emparèrent du contrebandier, et, séance tenante, devant un attroupement de marchands bien en règle avec les gabelles, ils le tannèrent de coups de pied, de poing, jusqu'à ce que, de toute la surface de son corps, Masaniello, hurlant sous la terrible rossée, débagoule les brouailles des dizaines de poissons écrabouillés. Malgré la violence des coups, la tête protégée de ses bras, le torse et le ventre et l'entrecuisse protégés par des coussinets de gras poissons, malgré son apparence d'écorché vif, tant il était maculé, des cheveux aux orteils, de sang et de chairs écrasées, Masaniello marcha droit et fier vers son cachot. Cela fit grande impression dans les marchés matinaux qu'il dut, sous bonne escorte, traverser au milieu d'un tropel de muchachos criards que les alguazils éloignaient de la pointe de l'épée, en les maudissant. Une femme lui tendit un gobelet d'eau sulfureuse du Chiatamone, le Mont-qui-respire, qu'on appelle aussi Chiatamore, le Mont-du-souffle-d'amour, où elle venait de presser un gros et pulpeux citron de Sorrente. Un alguazil gifla la femme, le gobelet s'écrasa par terre et une gerbe de soufre citronné fit des larmes autour des yeux reconnaissants et narquois de Masaniello... Signora... e Signori, grazie !... lança-t-il à la femme et aux alguazils, en grimaçant de ses lèvres fendues.

Derrière les barreaux aux épais sourcils de piperne plissé, à trois demi-cannes sous terre, où la lumière avait peine à se frayer un chemin, Masaniello discernait quand même quelques pauvres têtes du Mercato, du Lavinaro, de Porto... Ouèèèè ! Masanié !... Quelle bonne surprise ! Tu viens nous tenir compagnie ?!... Salut ! mes beaux compères !... Oueèèè ! Mais c'est toi qui nous parfumes ainsi notre Palais Royal !... Ouèèèè ! Masanié ! tu pues encore plus que la Pierre du poisson !... Pas tant que vos pets de porc dans cette bauge noire et sans air, mes amis !... Qui est le porc, ici, hein ? nous, mis à rafraîchir pour simple distraction au passage d'une bourse bien remplie, ou lui, qui se sert de sa queue comme d'un groin et fouille, depuis les guaglioni jusqu'aux vieilles, tous les tas de merde de la ville !... Tous éclatèrent d'un rire ricaneur, sauf Masaniello qui serrait les poings et l'ombre assise et muette d'un captif enchaîné au fond du cachot, que le nouveau venu distinguait à peine. Au lieu de s'avancer sur le groupe des railleurs, qui étaient prêts à parachever l'ouvrage des gabelous et des alguazils, Masaniello mesura aussitôt le danger et fut traversé d'un éclair d'ironie... C'est donc ma queue, que vous voulez voir ! s'écria-t-il ; eh bien, regardez !... Et, dans la demi-obscurité, tournant le dos au quadrillage des barreaux, il fit sortir de son caleçon un merlan long de trois empans, à la tête écrasée et pleine de sang, il le secoua, à deux mains, de haut en bas, à plusieurs reprises, sous les yeux écarquillés des prisonniers ahuris à l'humeur batailleuse, et, soudain, il le laissa tomber en poussant un terrible cri de douleur : il se plia en deux, se redressa d'un coup, et partit d'un grand rire joyeux en écartant les bras. Tout le cachot résonna alors du même rire, et Masaniello fut ainsi le bienvenu, lui, ses farces et sa puanteur.

Le captif enchaîné avait remué dans ses chaînes... Et lui, demanda Masaniello, qui c'est ?... Lui, répondit une ombre, c'est quelqu'un qui n'aime pas grand-monde : il n'aime ni les Espagnols, ni nos Seigneurs napolitains, ni les commerçants qui vont en carrosse, ni d'ailleurs ceux qui vont à pied la bourse bien pleine : il n'aime, à ce qu'il paraît, que les va-nu-pieds et grappilleurs de notre genre, c'est pourquoi il se trouve ici, avec nous, en notre si aimable compagnie !... Mais au lieu de se servir, comme nous, de ses dix doigts, le pauvre jeune homme, poursuivit une autre ombre, il se sert un peu trop de sa langue, et si sa langue était une lame, nous serions les rois de Naples, nous, à l'heure qu'il est, et nous irions nous faire couronner au Palais Royal, sur un tapis bien douillet de cadavres de ces pauvres maltôtiers !... C'est ce qu'on raconte, reprit la première ombre, les geôliers, et d'autres, qui se trouvent ici ou qui sont passés par le Grand-Amiral au grand cul bas !... Et si humide, que les champignons te poussent entre les doigts de pied !... Et le salpêtre dans les cheveux ! Et le jour où tu sors du Grand-Cul-de-l'Amiral, passe à l'ombre ! ou le soleil te fait exploser la tête !... Nous, quand on est arrivés ici, il soutenait déjà le mur du fond, comme l'autre, l'ami de Jésus-Christ, le Samson, qu'il s'appelait... Le Samson ! couille d'âne, il soutenait rien du tout, c'est tout le contraire, quand les poils de son cul, que sa putain de Dalila avait coupés au plus beau moment, où l'homme fait zac et zac et drinnt et drinnt !, et ne sent plus que le bout de sa queue dans tout l'univers, et même sa propre mère peut appeler au secours, à ce moment-là, il ne l'entend pas, porca Madonna !..., quand les poils de son cul eurent repoussé, il a retrouvé sa force, et patatracboum !, il les a foutus en l'air, oui, et pas soutenus, les murs de sa prison !... Voilà qui ne risque pas d'arriver à notre jeune homme plus muet qu'un sourd à présent : c'est dehors que tu aurais dû baisser cabeza et fermer ta bouche !... Tu connais pourtant le proverbe, eh ! l'étudiant !... Docteur, qu'il est ! Eh Dottore !.. Ne fais pas tout ce que tu peux, ne mange pas tout ce que tu veux, ne dépense pas tout ce que tu as, et — ça, c'est pour toi, parce que, question manger, t'es plutôt le roi du jeûne !... — ne dis pas tout ce que tu sais !... Masaniello s'approcha du captif enchaîné et se laissa glisser contre le mur, assis à côté de lui. Le groupe des ombres, au milieu du cachot, s'était soudain transformé en une paillarde assemblée de théologiens où, d'allusions en propos crus, l'on discutait ferme des poils coupés de Samson et des poils touffus de Dalila, et de la position du couple biblique en amour, au moment de la délicate et traîtresse épilation...

« Je m'appelle Marco Vitale, j'ai fini mes études de droit, il y a à peine un mois ; le jour même, j'étais arrêté par les sbires de San Lorenzo, à mon domicile, et attaché au bain-marie où tu me vois à présent, pour la simple raison, ainsi que te l'ont si bien expliqué nos amis, que je dis tout haut ce que le peuple pense tout bas en riant sur lui comme un enfant qui se pisse dessus : trois cent mille Napolitains pourrissent dans la misère, trois cents Napolitains pourrissent dans l'or, et l'Espagne dont l'Empire, des Indes aux Flandres, flageole, jouant les bons offices entre nous, remplit ses canons, ses galères et ses galions en taxant tout ce qui pourrait entrer dans notre gargamelle, jusqu'à la plus petite sardine que tu vends... Propos séditieux, attitude rebelle, et me voilà ici, en ce séjour divin, pour quelques semaines encore... si on ne m'oublie pas... comme cet étrange vieillard capturé dans sa fuite vers Marseille, exilé sur un écueil africain, au Peñon Velez de la Gomera, afin d'y dénombrer pour l'éternité les grains de sable que jette la mer autour de sa prison ; celui que ses ennemis, les miens, appelaient "le vieux démagogue", ce Giulio Genoïno sorti du Pot-de-Chambre de la Campanie, comme moi, et dont tu n'as sans doute jamais entendu parler, mais qui essaya de nous sortir de notre bain de purin, et qu'on a plongé dans un bain d'oubli... En attendant, Masaniello, si t'as faim, mon écuelle de ce matin doit être encore pleine... et laisse la moitié pour les rats, c'est la règle ici, quand on veut repasser entier la porte du Grand-Amiral... »

Pendant trois jours et trois nuits, face à la pâle lumière découpée tombant des cinq gros barreaux profondément plantés dans le piperne et barrés d'un sixième les traversant de part en part en leur milieu, dix carrés d'aube et de fer, Marco Vitale mit des mots et des noms sur l'histoire d'une ville que, d'instinct, Masaniello connaissait, sens et intelligence, par cœur, sans savoir quelles vagues de fond en faisaient violemment mouvoir la surface... Lucullus, homme de lettres, d'armes et de table, et don Pedro de Tolède, qui fit fermer les grottes où la servante de Quartilla ouvrait ses cuisses aux mystères priapiques ; la Sirène échouée et l'entrée des Enfers ; les Grecs, les Romains, les Espagnols ; Naples pouilleuse, le Potosi d'Europe ; les jeux antagoniques et complices de la noblesse napolitaine et des vice-rois espagnols... Les événements historiques éclairaient la prolifération des fables, les fables illustraient d'un jour nouveau le flot quotidien des événements subis ; la réalité et la fable tressaient à chaque pas, à chaque siècle son immarcescible et vertigineuse trame de vie et de mort...

Masaniello, bercé par cette voix chaleureuse aux riches images, tout en grattant les écailles qui séchaient et se racornissaient dans sa peau, semblait entroublier son existence dans la geste modeleuse des dieux et des hommes qui avaient fait Naples. La dernière nuit, comme il disait, en contant un peu sa vie, qu'il avait un beau-frère à Pozzuoli, Marco Vitale lui raconta, à sa manière, l'histoire du saint patron de Naples... En ce temps-là, à la place des Espagnols se trouvaient les Romains et le vice-roi de Naples s'appelait le proconsul Timothée. C'était un tyran d'une très grande cruauté, et tellement assoiffé de sang, que le sang, parfois, couvrait ses yeux d'un voile sanglant, et, pendant des heures, il restait aveugle et fou de douleur. Il s'était fixé pour tâche de réprimer les songes et la vie du peuple. Les chrétiens étaient ses bêtes noires, parce qu'ils rêvaient d'un autre monde, plus juste, plus heureux, où chacun pourrait manger à sa faim du poisson et du pain. Janvier était évêque de Bénévent, le pays des sorcières, dont il se riait, la croix à la main, et quand il apprit que deux de ses amis, Fête et Désir, avaient été jetés dans les geôles de Cumes, il accourut leur porter aide et consolation, entouré de dizaines de fidèles. Le proconsul ordonna à ses soldats d'arrêter et d'emprisonner ce tas de va-nu-pieds ; il ordonna aussi qu'on lui amenât leur chef. Quel est ton nom ? Janvier. Ton âge ? Vingt-sept ans. Ta patrie ? Naples. Sais-tu que tu te comportes en rebelle quand tu prêches ce que tu appelles la justice du Christ ? Demander justice, est-ce une preuve de rébellion ? La justice, c'est moi qui en décide : si tu n'acceptes pas ma justice, tu es un traître à Rome. Seule la justice du Christ est ma justice. Ta justice est donc celle d'un rebelle : alors, tu sais les supplices qui te sont réservés ? Je les attends avec calme... Janvier fut lié et jeté dans une fournaise, et aussitôt, l'ouverture par où on l'avait poussé fut murée aux yeux de la population accourue, plus curieuse qu'émue, pour assister au spectacle. Des flammes s'élevèrent. Le proconsul était vengé de l'homme qui avait osé lui tenir tête. Or, quelques instants plus tard, un chant céleste montait de la fournaise, dont les murs s'abattirent comme par enchantement : Janvier en sortit, dansant, léger, sur les charbons ardents : pas un seul de ses cheveux n'avait brûlé. Janvier n'en profita pas pour s'enfuir à l'instar des soldats qui, de terreur, avaient pris la poudre d'escampette à son apparition : il regagna sa prison dans les louanges du peuple agenouillé. Alors Timothée ordonna qu'on le torturât soigneusement, pour voir si Janvier était bien fait de chair et d'os comme tout le monde. Il alla même jusqu'à tremper un bout de sa toge dans le sang du martyr aux os disloqués par les tourmenteurs : c'était bien du sang humain, et pas de la liqueur rouge tirée d'un fantôme !... Mais, pour que la mort de Janvier fût plus spectaculaire et exemplaire, il voulut qu'on le jetât dans un cirque, au milieu de fauves plus affamés que des Napolitains.

À quelques lieues de là, il y avait le grand cirque de Pozzuoli, le plus vaste qui existât au sud de Rome, celui qui pouvait contenir le plus de spectateurs : pour voir l'inglorieuse loque de chair et de sang dévorée par les lions... Or, en une nuit, Janvier s'était parfaitement rétabli de ses tortures. Timothée, à cette nouvelle inouïe, éprouva une telle rage, qu'une idée infernale traversa son esprit : il avisa que ce serait faire merveille que d'ajouter l'humiliation à la douleur, et imagina de faire traîner son char, depuis Cumes jusqu'à Pozzuoli, par l'évêque et ses deux compagnons, Fête et Désir. Il tablait sur le ridicule des trois hommes attelés pour susciter les huées de la foule qui ferait haie sur le chemin. C'était bien mal compter avec le sang napolitain qui, d'une façon ou d'une autre, relève tous les défis en rengrégeant sur la prépotence des puissants ou en la détournant comme une fluide étoffe insaisissable par les vents, et qui, de son apparente soumission, fait ludique victoire. On attela Janvier au char consulaire, entre Fête et Désir : mais on n'eut pas le temps d'abattre le fouet levé sur leurs échines. Janvier s'élança d'un bond, entraîna avec lui ses deux compagnons, renversa sur son passage soldats et curieux. En vain, les meilleurs cavaliers tentèrent de rattraper le char du proconsul, lequel, vert de peur, se cramponnait à son siège en criant pitié : il tomba à genoux, muet, les mains sur les yeux. Enfin, en vue de Pozzuoli, Timothée poussa un tel hurlement d'épouvante que Janvier suspendit sa course. Qu'y a-t-il mon ami ? Il y a que je veux moins de violence et plus de lenteur, au pas, je te prie, sinon : et, déjà oublieux de sa peur, les pieds bien assurés sur le sol, Timothée relevait son fouet... Nous irons au pas, dit Janvier.

Arrivé à Pozzuoli, le proconsul fit mettre aux fers les trois compagnons, et lui-même dut se reposer trois jours et trois nuits, brisé de fatigue et d'étonnement. Le matin du quatrième jour, la foule se pressait sur les gradins de l'amphithéâtre. À peine le proconsul eut-il pris place sur son trône que Janvier, Fête et Désir furent attachés dans l'arène où s'élancèrent les animaux de carnage. Les vingt mille spectateurs applaudirent. Les animaux rugirent.

Lions, tigres, hyènes, mâtins, tous privés de nourriture depuis des jours, bondirent vers les trois hommes qu'on leur livrait en pâture, et là, au lieu de déchirer les chairs offertes, ils se couchèrent aux pieds des trois martyrs, tandis que Janvier bénissait en souriant les spectateurs. Au même instant, Timothée fut aveuglé par un nuage de sang, et dans des tourments atroces, l'amphithéâtre fut dérobé à sa vue. Alors, le fier et cruel proconsul, pour la seconde fois, cria pitié à Janvier. Et, pour la seconde fois, Janvier eut pitié de Timothée. Et Timothée ouvrit les yeux : sa guérison si promptement obtenue, il oublia aussitôt sa souffrance, et, rentré au palais au milieu de la foule qui moquait son impuissance à mi-voix et louait à pleins gosiers le miracle de l'évêque, il ordonna, puisque le feu ni les animaux féroces n'avaient pu venir à bout des trois rebelles, qu'ils eussent la tête tranchée... Un bel enfant de la Madone ! s'écria Masaniello, un beau foutre-en-merde ! Et San Gennaro, au lieu de laisser cet homme de merde aveugle et crevant de douleur, il est pire qu'une zoccola soumise avec son ricottaro, per la Madonna !... Eh là ! Eh là ! Tout doux !... On ne touche pas à San Gennaro, mon beau pêcheur !...

À la première exclamation de Masaniello, le groupe des ombres s'était rapproché des deux hommes assis et les entourait d'une demi-lune noire... Du calme, du calme, dit Marco Vitale, il fallait bien que l'évêque Janvier subît le martyre pour devenir notre saint patron ; et puis, Masaniello, attends la suite... C'était par une de ces belles matinées d'automne, quand les abeilles s'affolent dans la douceur des vignes et que les portes de Naples ne semblent pas assez hautes pour laisser passer les montagnes de fruits : c'était le 19 septembre de l'année 305. Un silence de tombe planait sur le blanc volcan de la Solfatare, à l'orée duquel Timothée avait décidé d'en finir avec l'évêque et ses deux acolytes : sur les collines de Pozzuoli, à bonne distance de la ville où auraient pu sourdre des tumultes. Cette fois-ci, seules quelques vieilles femmes avaient été admises sur les lieux du supplice. Et le silence n'était troublé que par l'ébrouement des chevaux et le cliquetis des armures. Le bourreau attendait en tremblant, sa large épée à deux tranchants à la main ; il s'approcha de Janvier, son corps se raidit, l'épée lui échappa, tomba sur le sol creux et retentit comme un glas. Eh bien ! qu'attends-tu ? lui dit Janvier en présentant son cou. Sans ta permission, je ne peux relever cette épée. Mais, je t'en prie, mon ami, relève et coupe sans plus trembler... Le sourire du saint s'envola dans une gerbe de sang. L'herbe et les pierres alentour devinrent vermillon ; le ciel et la mer, en pleine matinée ouateuse, s'embrasèrent des feux du couchant. D'un seul coup d'un seul, avec une rage diabolique, le bourreau fit rouler plus loin les têtes de Fête et de Désir. Et puis, tandis que les vieilles étaient tombées à genoux et hurlaient leur douleur, comme pris de folie, l'épée dégoulinante tendue au-dessus de sa propre tête et lui engluant la face d'une épaisse pluie rouge, le bourreau courut derrière les soldats qui redescendaient à vive allure vers la ville, colique aux couilles, les dépassa pour arriver le premier devant le proconsul afin d'avoir l'honneur du premier rapport sur la mission glorieusement accomplie.

Le palais du proconsul était vide et désert, les esclaves l'avaient pillé, les femmes l'avait abandonné avec horreur. Le bourreau résolut d'avancer, la tête haute et sillonnée de sang : au premier pas qu'il fit à l'intérieur du palais, il tomba raide mort. Timothée n'était plus qu'un cadavre décomposé dont les émanations pestilentielles frappèrent telle la foudre non seulement le bourreau, mais tous les soldats ahanants et hilares qui, porteurs de la bonne nouvelle, se précipitaient sur ses talons... Enfin ! s'exclama Masaniello, o' Miracolo !.. Et la lune noire, trouée de cris de victoire, se mit à applaudir comme à un exploit de chevalerie que déclament les chante-histoires hissés sur un tréteau à l'angle des places ou au bord de la mer...

... Attendez ! Attendez ! Voici la fin de l'histoire, et vous saurez pourquoi saint Janvier est vraiment notre saint patron... Il ne manquerait plus que ça, qu'il ne le soit pas, ouèèèè, Dottore !... Le silence se rétablit, Marco Vitale déplaça ses chaînes, et il reprit... Une des vieilles, qui assistaient à la décapitation, sitôt le bourreau et les soldats disparus, souleva ses jupes de gros drap noir pour en extraire deux burettes de cristal et une éponge ronde comme le poing d'un enfant. Et la petite vieille, qui était venue de Naples la veille au soir dans la charrette vide d'un maraîcher, s'en retourna à Naples, dès l'aube du 20 septembre, dans la charrette pleine de choux d'un autre maraîcher, après avoir, pieusement agenouillée dans l'herbe rouge, recueilli avec son éponge, et jusqu'à ce que toute l'herbe fût redevenue verte, le sang précieux du martyr, dont elle emplit à moitié les deux burettes. C'était la première de ces vieilles impérieusement suppliantes, exigeant le miracle du sang, elles qui ne saignent plus, et qu'au cours des siècles on appellerait les parentes de saint Janvier. C'est ce même sang qui, depuis plus de mille trois cents ans, protège Naples de l'inondation des hommes et de l'inondation des flammes et de tous les fléaux, famines et épidémies, et tous les rois et tous les vice-rois passent, Normands, Souabes, Angevins, Aragonais, Espagnols... Espérons ! Espérons ! Dottore !... tous, et il ne reste ici que le peuple et saint Janvier. Comme pour Timothée, le bourreau et les soldats : ils sont tous morts, pourris et enterrés, et Janvier, qu'ils croyaient avoir tué, est le seul de tous qui soit encore vivant... Naples, voyez-vous, c'est pareil : nous plions la tête, nous ouvrons les bras aux envahisseurs, et notre sang qu'ils sucent les empoisonne et les fait pourrir, tous, les uns après les autres... Saint Janvier est vivant, tout enfermé qu'il est dans ses deux burettes de cristal ; nous, nous sommes vivants, tout enfermés que nous sommes derrière des barreaux, ou prisonniers des gabelles et des maltôtiers : la différence, c'est que nous, nous n'avons pas encore fait le plus petit miracle, que notre sang coule, devient mortel pour nos ennemis, mais un ennemi de perdu, dix de retrouvés ! Alors ?... Alors, Masanié, et vous autres, les forts en poils ?!... Pas un rayon d'espoir, derrière ces barreaux ?... Et si on n'attendait pas le bourreau, pour une fois ?... Ouèèèè ! Dottò ! Tu confonds tout ! On est peut-être bono bono bono comme San Gennaro qui tend le cou, mais on n'est pas des saints, nous ! Ouèèèè ! Et le miracle, tu peux toujours l'attendre !... Et plus longtemps que le bourreau !... Le miracle, répliqua Marco Vitale, ce serait que saint Janvier vous transforme tous, un beau jour, en autant de diables fourchus pour précipiter dans les flammes ceux qui nous précipitent dans le cul du Grand-Amiral !... Bravo ! Bravo ! Dottò !... Un dottore, ça sait causer, et ça sait écrire aussi, et puis ça vous roule de la tête aux pieds dans du papier, ouèèèè ! Dottò ! Dottò !.. Qui naît carré ne meurt pas rond !... Et la lune noire se disloqua en se tordant et en pouffant de rire, et les ombres s'éparpillèrent à l'autre bout du cachot. Masaniello resta jusqu'au matin, sans rien dire, à côté du captif enchaîné qui s'enferma de nouveau dans son silence. Ils partagèrent leur écuelle, sans oublier d'en laisser la moitié pour les rats.

L'hast d'une hallebarde lui faucha le pas : à peine sorti du Grand-Amiral, à peine la lourde porte basse refermée derrière lui dans un bruit sourd, qu'il goûtait de nouveau à la liberté, le nez dans la terre battue. En se relevant, il jeta un regard de feu aux cinq hannetons espagnols qui promenaient, majestueux et indifférents, le fil glacé de leurs lunes d'acier à une demi-canne au-dessus de leurs têtes, murmura entre ses dents Mort à vos morts ! et, longeant la mer hors les murs, se dirigea vers le pont de la Madeleine.

Le soleil de la mi-juin, en cette matinée de l'année 1640, lui enveloppa le corps d'une brûlante et délicieuse caresse. Il laissa sur sa gauche la porte des

Carmes, et, pour se laver des brouailles qui l'amidonnaient, et dont la chaleur augmentait l'ammoniacal fumet, il entra dans la mer. D'une traite, à longues brasses, la tête effleurant l'eau ou tout entière sous le drap liquide, il arriva à l'embouchure du Sebeto. Là, entre les courants doux et les courants salés, tel un noyé ou un bateau fantôme, il se laissa longtemps flotter sur le dos, les yeux clos, la chevelure jaune et rouge onduleusement étirée, la chemise ouverte jusqu'au Fils et le caleçon ouvert sur son sexe algué, chemise et caleçon gonflés comme la poche d'une cornemuse. D'une traite, il s'en revint sur la plage, à l'endroit même où, enfant au milieu des enfants, il avait dessiné et dévoré tant de figures de fruits ; et, comme un fauve dans son ressui, il s'endormit.

Les sept coups du battant de la Marina, qui appelait aux vêpres, le réveillèrent en sursaut. Sur la piazza Mercato, il croisa fra' Savino — Ouèèèè ! Guagliù ! Tu as l'air d'un matou réchappé d'un de mes chaudrons !... Ils t'ont repris, n'est-ce pas ? Et cette fois, ça a été le cul du Grand-Amiral, hein !... Pas très malin de passer le poisson par la porte de San Gennaro, où les gabelous attendent précisément qu'il soit détourné par les filous de ton acabit, et tendent leurs filets... Et maintenant, plus de porte, pour toi !... Laisse les dés, et viens m'aider ; ou va crier un bon poisson bien taxé : petits gains, mais vive la liberté !... Ô, Masanié ! J'ai vu ta mère entrer dans l'église : un peu d'eau bénite pour te laver les ongles, un Tantum ergo pour te rincer le gosier et un nuage d'encens pour t'élever l'âme, porca Madonna ! ça ne te ferait pas de mal !... —, et il franchit le parvis des Carmes.

Masaniello passa, en une enjambée, d'un bain de clarté et de chaleur à un bain de pénombre et de fraîcheur. Des cierges brûlaient çà et là et les ors et les marbres luisaient à leurs lueurs dansantes. Il prit sur la droite et avança le long des autels latéraux, sous les six arcs fleur de pêcher bas et trapus, qu'il traversait en courbant la tête. Au niveau de la chaire, il tourna et s'assit sur un agenouilloir de la nef principale. À droite et à gauche, les premiers bancs jusqu'au transept avec, se faisant front, ses orgues aux tuyaux roulants dans la coulée caramélisée de leur buffet, le dos noir des femmes, les robes claires des fillettes, quelques hommes et des enfants, qui gigotaient ou se pourchassaient d'une travée à l'autre. Personne ne paraissait vraiment s'abîmer dans la prière vespérale, mais tous jouir d'un repos rêveur et bienfaisant, à peine troublé par les gambades et les appels à mi-voix des plus petits. L'officiant lui-même, à la chasuble et à l'étole rouges, en ce jour de la Saint-Vite, flottait autour de l'autel dans des moutons d'encens, et psalmodiait en napolitain, ainsi qu'une berceuse venue du fond des âges,... les montagnes bondirent comme des béliers, les collines comme des agneaux. Qu'as-tu, mer, à t'enfuir, et toi, Jourdain, à remonter ton cours ?... Masaniello croyait avoir reconnu sa mère, au milieu des femmes du premier rang. Il ferma les yeux, huma l'encens à pleins poumons et se laissa porter par le bruissement apaisant de l'église et du prêtre... Et vous montagnes, à bondir comme des béliers, et vous collines, comme des agneaux ?... Agnelli, Thommaso Agnello, Masaniello... Que disait le Dottore enchaîné ?... À la diffusion du culte de saint Janvier, s'est ajouté, après la terrible éruption du Vésuve de l'année 685, celui de l'évêque Agnello... Quant à Thomas, c'est lui, tu le sais, qui a mis le doigt dans la plaie du Christ ressuscité : sans toucher, il n'y croyait pas : un vrai Napolitain !... Agnello qui a invoqué la colère du volcan pour punir les péchés de ses concitoyens... Tremble, ô terre, devant la face du Seigneur, qui change le roc en nappe d'eau, le piperne en source d'eaux vives. Non pas à nous, Seigneur, non pas à nous, mais à ton nom donne la gloire. Dans ton amour, dans ta fidélité. Pourquoi les nations diraient-elles : Où est leur Dieu ?... Où est ma mère ?... Masaniello avait ouvert les yeux, il ne la devinait plus au premier rang, non, elle devait être à la troisième rangée, juste sous la statue de saint Michel embrochant le dragon furieux : elle penchait la tête sur son épaule gauche, comme lorsqu'elle s'endormait d'un coup, le soir, après la dernière cuillerée de minestrone, et que son fichu noir lui glissait jusqu'à la saignée du bras... Ou alors, là-bas, dans l'autre travée, sous l'ange de l'orgue... Dans cette semi-obscurité, ces dizaines de femmes en jupons noirs, qu'il voyait de dos, assises ou agenouillées, figées de somnolence dans l'uniforme bourdonnement de la prière et le cliquètement de la cassolette d'encens... Masaniello allongea les jambes, écarta les bras, prit appui des deux mains sur le banc et, sa tête ébouriffée dodelinant sur sa poitrine, il referma les yeux... Et sa miséricorde s'étend d'âge en âge sur ceux qui le craignent. Il a déployé la force de son bras, il a dispersé les hommes au cœur superbe. Il a renversé les puissants de leurs trônes et élevé les humbles. Il a comblé de bienfaits les affamés et renvoyé les riches les mains vides...

Étiré du fond de l'église jusqu'à l'autel, emplissant le vaisseau depuis le damier blanc et noir de son pavement jusqu'aux caissons d'or de son plafond, où plane, en ronde-bosse, la géante Madonna Bruna, le gémissement saccadé de la porte sur les grosses ferrures de ses crapaudines et ses larges lanières de cuir, suivi du bang ! du battant négligemment lâché, fit sursauter Masaniello. Il se retourna. Il la vit, et son cœur monta dans sa gorge.

Elle s'avançait dans l'allée centrale, seule, en robe blanche cerclée, à hauteur du genou, d'un passement de soie rose, les bras nus, un châle rose jeté sur les épaules, et dont les longues pointes frangées, formant un nœud bouffant sur la poitrine, allaient se perdre, en coulant sur son ventre et ses cuisses, jusqu'entre ses chevilles ; une crinière bouclée, noire, lui couvrait le front, jouait en longues crêpelures autour de ses joues pleines et, plus que descendre au milieu de son dos, semblait grimper sur son cou et sa tête, tel un paquet de lianes luxuriantes. Elle s'avançait dans l'allée centrale, cambrée et onduleuse, l'air plus fier que l'officiant à l'autel : et dans l'église entière, seul résonnait le tac-tac, tac-tac, de ses sabots aux hauts talons, et ses talons de sumac tissaient autour d'elle une trame de chair flammée de débordante vie. Elle rayonnait de grâce vigoureuse. Dans le tac-tac des sabots de sumac, qui portaient l'ovale de deux rondes hanches mouvantes, si vivantes, si mourantes, il y avait le plus sensuel des défis. Elle parcourut ainsi toute l'allée centrale, sans jeter un regard à personne, sans s'agenouiller, sans se signer une seule fois, comme immergée dans sa superbe beauté sauvage, prit le transept à gauche, et disparut par la porte latérale. Lorsqu'elle tourna, Masaniello vit une fleur rouge piquée dans la chevelure de la fille, au niveau de l'oreille.

Masaniello était resté cloué à son banc : elle, disparue, il écarquillait encore les yeux dans la pénombre qui dansait à la lueur des cierges, entre l'or et les marbres. Tout en bondissant sur les pas de cette apparition, qui avait éclipsé le monde entier autour de lui, et le passé et le présent, dans les flots de son cœur bouleversé, il fut tenté de voir, en cette inconnue, une jeune capa nenna liée à la Belle Société Réformée, ce genre de filles hardies, qui vivaient à l'orée des Gelsi ou des Incarnati, sans y mettre toutefois les pieds ni leurs charmes, dévouées aux intérêts de la camorra, et capables de tenir tête aussi bien à des femmes qu'à des hommes. Une de ces filles qui savaient se servir de la spatella, ce tout petit poignard effilé que les femmes portent parfois, caché dans leur chevelure.

Sorti de l'église comme une flèche, Masaniello ne vit qu'un groupe de guaglioni qui jouaient à hanche de Nicolas : la robe blanche et la fleur rouge et les sabots s'étaient évanouis... Il tourna sur lui-même comme un toton... Où ? Guagliù ! Ouèèèè !... Écoutez-moi : où est-elle allée ?... Où ?... Il tournait comme un toton, sans paraître même attendre une réponse, il tournait au rythme de son sang qui lui inondait l'ouïe et la raison... Où ?... Vous l'avez sûrement vue, tout en blanc, une fleur rouge dans les cheveux, elle est passée par cette porte, juste devant vous... Ouèèèè ! Guagliù ! Mais vous dormez debout, vous ne voyez rien ni personne, vous avez les yeux sur le cul, ou quoi ? !... Et, laissant là, aussi brusquement qu'il les avait interpellés, les enfants muets et tout ahuris, Masaniello se précipita au milieu de la piazza Mercato, qu'il se mit à sillonner, ivre fou, en tous sens, renversant de rage les étals vides sur son passage, bousculant sans s'excuser les familles cacardantes qui titubaient de torpeur, encore lourdes de la sieste poméridienne, flanquant des coups de pied aux animaux domestiques, poules, chiens, chats, cochons, qui se trouvaient sur son chemin déboussolé... Où est-elle ?... Où ?... Par où a-t-elle disparu ?... Qui l'a vue ?... Qui est-elle ?... Il courut derrière une grosse petite vieille tout en noir, qui avançait péniblement dans la direction du vico Rotto, un pesant panier de cerises tenu d'une main en anse sur sa tête. Ehi !... La vieille !... T'aurais pas vu... Il se projeta si fort contre la femme en noir, qu'il la heurta à l'épaule, avant qu'elle ait eu le temps de se retourner : elle en fut déséquilibrée, le panier roula par terre et les cerises firent un monstrueux caillot brillant sur le sol, où une volée de gallinacés se mit aussitôt à picorer à coups de becs voraces... Maudit ! Maudit ! Maudit !... hurla la femme, et elle se retourna, la main levée, l'œil glacé de braises : au son de la voix, Masaniello s'était figé : tous deux, lui et sa mère, se faisaient face, l'une furieuse, l'autre anéanti de stupeur... Masaniello saisit la main au vol, qui allait s'abattre sur sa joue : et le fils et la mère mesurèrent, une seconde, toute leur haine et tout leur amour... Mais tu es devenu complètement fou ! J'ai un idiot de vingt ans ! Ramasse et rentre à la maison !... et d'un tic violent elle fit voler ses mèches blanches dans ses yeux. La lente forme noire avait disparu, quand Masaniello se releva, le panier à demi rempli à bout de bras. Tout en recueillant les cerises, il avait tordu le cou à une poule, qu'il cacha et emporta sous sa chemise.

Après le minestrone, enrichi du gras bouillon de volaille, Masaniello s'étendit sur le lit matrimonial et, muet, hébété d'émotion, sombra dans le plus profond sommeil. Il n'entendit pas sa mère se coucher. Il n'entendit pas sa mère se lever.

Il se réveilla à la rumeur montante du marché. Sauf la partie sud, encore dans l'ombre des hautes maisons sommées de terrasses aux tonnelles de vigne feuillues, toute la place nageait dans un lac de soleil. C'était lundi, jour de la plus grande affluence, avec le vendredi, et Masaniello se pencha à sa fenêtre, au-dessus du tourbillon vertigineux d'ondes de bruits et de cris, l'œil girouettant sur l'ovoïde piazza Mercato striée de mille couleurs. La chanson que fra' Savino s'amusait à dire aux enfants venus se réfugier et se restaurer dans les cuisines des Carmes, et que le moine appelait en riant « les rogations de l'Arche de Noé », lui monta aux lèvres, et, dans le brouhaha qui l'assourdissait et l'excitait, il se mit à la réciter par cœur, comme la turgescente litanie païenne de sa ville affamée...

...Je dirai la grande place du Marché où tous affluent, affluent, affluent toute l'année au moins deux fois par semaine, toujours, toujours, qui pour vendre, qui pour acheter qui pour regarder, regarder, regarder, regarder ! Montagnes, monts, monticules, - le blé, et l'orge, et le mil et tout près, encore, les pois chiches, les haricots et les fèves fendues et grains et semences en quantité, en quantité qu'il convient de semer dans les champs, et des lupins pour les jardins, et des gesses odorantes et du laurier et du thym et de la menthe. Cent chariots de vins, l'un après l'autre placés en ordre les uns et les autres chargés de fûts, là vous verrez, là cent portefaix le dos bossu de tonnelets attendant le chaland toujours prêts, prêts pour le gain. Plus loin, vous verrez les lins, blancs, forts et mûrs, mais plus que le fer, durs, ainsi que les veut mon Napolitain, mûris à Agnano, et appelés comme le lac qui blanchit le lin sans le saler. Ici cochons, ânes, chèvres, agneaux, et bœufs en quantité infinie vous verrez, ici cent et mille paniers, corbeilles, ô femmes, vous retrouverez, cent et mille bannettes, mannes, cent et mille cageots, bourriches de poissons et de fruits, et tous rares, et beaux et colorés par les pinceaux du soleil, et des pommes et des poires, des merveilles, et là mille corbeilles, mille paniers de raisins, de pêches, de figues, longues iédételles, noires servantines, grasses graissanes, et des cascades vertes et jaunes de melons ; de l'autre côté, cent monts de noix et de noisettes, d'amandes et de châtaignes fraîches ou sèches. Là-bas, encore encore, juments et chevaux, des troupeaux, et là des poules et des oies, des canards et des coqs à la queue rousse et dorée. Cent et mille coupons déroulant leurs tissus, ô femmes, vous retrouverez, pour habiller l'homme et le fils et la fille, du bleu de la mer au vert espagnol, sans oublier le rouge qui coule à flots comme une lave, et des blanches et des noires et des toiles fortes de cinq cents sortes que portent les jeunes paysannes en fête, et qui feraient envie aux femmes de Cava. Et puis, tout près du défilé des panses vertes d'huile d'olive qui coule du col étroit des bonbonnes, trois cents herboristes et leurs simples précieux et parfumés, depuis la rue jusqu'aux armoises, où viennent en foule vieilles édentées et apothicaires pour leurs mixtures amères ; des simples et des simples, dont la fleur guérit des malheurs et souventes fois chasse la mort...

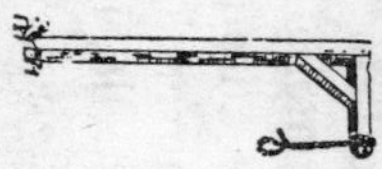

Masaniello eut le souffle coupé. D'un bond de chat, au risque de se briser une jambe ou de rompre les os aux passants qui grouillaient, il sauta de sa fenêtre et courut en zigzaguant au milieu de la foule et des étals, vers les toiles tendues, les sachets dodus et les petites balances de cuivre aux éblouissants plateaux pleins de soleil : il l'avait vue, il l'avait reconnue, là-bas !... Là-bas, flâneuse, toute blanche côtoyant les robes noires, une tache rouge dans les cheveux, fouillant les herbes médicinales du regard et de la main. Il arriva derrière elle, et, en digne maître du mannequin à grelots, plus léger qu'un zéphyr, il lui enleva sa fleur. Plus vive que l'éclair, elle se retourna : la spatella effilée brillait dans sa main. Il y eut du vide autour d'eux, des cris d'orfraie... Et ils se reconnurent.

... Mais tu es Masaniello, le fils de l'Antonia des Carmes !... Et elle se détendit, d'un geste dans sa chevelure fit disparaître son dard, l'œil de jais perlé d'un reste de colère, d'interrogations muettes, de victorieuse provocation. Ses lèvres cerise et parfaitement ourlées sur la fossette ronde du menton, s'ouvraient et se refermaient en une palpitation d'oiseau déniché ; le double ovale de ses jeunes seins dorés montait et descendait vivement dans l'échancrure carrée de sa robe ; ses mains et ses bras potelés s'agitaient autour d'elle en un gracieux et anxieux et labile rempart. Elle avait quinze ans : pour une Napolitaine, l'âge de l'éclatante beauté... Mais qu'est-ce qui te prend ? Que me veux-tu ? Rends-moi cette fleur !... Et elle tendit sa main, impérieuse. Masaniello, encerclé de jupons noirs et piailleurs, lentement, un rire de carnassier découvrant ses larges dents, déposa la fleur au creux de la paume offerte, et, d'un mouvement brusque, emprisonna les doigts écartés de la fille : avant qu'elle ait pu esquisser la moindre défense, il la tira contre lui, et lui dit, presque sur la bouche... Mais tu es Berardina ! Comme tu as changé ! Comme tu es belle !... Puis, relâchant aussi brusquement son emprise, il se fondit dans les vagues de la foule, tel un poisson qu'on rejette à l'eau.

Il la retrouva, le soir même, quatre venelles plus haut que le vico Rotto, vico de' Parrettari, près du basso des Pisa, où elle semblait l'attendre. Elle avait mis une robe amarante, plus sombre que sa fleur, et relevé ses cheveux sur sa nuque, en deux lourdes tresses, entre lesquelles papillonnaient des frisons bouclés, qui se posaient sur un col de dentelle blanche : légèrement cintrée à sa taille fine, rebondissant sur ses hanches rondes et mouvantes, sa robe fluait jusqu'à ses pieds chaussés de bottines noires. Autour d'elle, des enfants de sa famille et du voisinage, qui gerbaient de cris joyeux son rire rauque rayé de soleil. Des femmes papotantes, assises à éplucher des légumes ou à coudre des vêtements. Un homme, silencieux, en tablier de cuir, le visage pâle piqué d'une barbe grise de plusieurs jours, affairé derrière une longue table couverte de petits godets de cuivre, de grosses boules de fer pour les machines de guerre, de sachets de plomb, de sachets de poudre : l'établi, avec sa balance et son étau à balles, du parrettaro, dont tous les bassi du vicolo étaient munis. Masaniello s'avança, droit, un peu raide, son bonnet phrygien à la main, et, sous le regard attentif et le geste suspendu de tous, il demanda à Berardina si elle voulait bien faire le tour de la place avec lui. Berardina le fixa un instant, sourit, regarda les femmes, regarda l'homme derrière l'établi, ébouriffa deux petites têtes qui levaient le nez vers elle, et dit à la ronde : Un tour, et je reviens...

Ce jour-là, ils firent le tour de la place. Le lendemain, le tour de la ville. Le premier jour, alors qu'il allait la quitter à l'entrée du vico de' Parrettari, en riant et sans qu'elle s'en aperçût presque, Masaniello, d'un geste merveilleusement léger lui effleura les cheveux, et lui présenta, entre le pouce et l'index, la pointe effilée de la spatella : avant que, stupéfaite, elle eût pu la reprendre, du même geste de magicien il avait replacé et caché sous les tresses, à l'endroit précis où il l'avait subtilisée, la fine et périlleuse lame. Elle lui coula un regard chargé de reproches et d'admiration. Et tous deux, renversés dans un grand rire fou, burent toute la lumière de Naples.

Masaniello et Berardina ne se quittaient plus. Trois mois ne s'étaient pas passés, que les fiançailles furent décidées. Dans les premiers jours du mois de septembre 1640, le jeune homme vêtu de neuf, ample chemise blanche échancrée et caleçon de belle toile écrue, large ceinture de lin rouge roulée autour de la taille, bonnet phrygien, rouge comme la ceinture et faisant fière crête de coq, sabots de frêne à l'empeigne de cuir blanchi, rendit sa première visite officielle, la traditionnelle sagliuta, à la famille de sa future épousée. Il apportait à sa fiancée les cadeaux qu'il fallait faire en la circonstance, et que permettaient l'indigence des temps et la pauvreté de chacun. À peine franchi le seuil du basso des Pisa, il lança un fort et joyeux : Salute a tutti ! et s'approcha de Berardina dont les joues rondes rougissaient de bonheur. Et, du creux de sa chemise, qui faisait poche sur son ventre, comme d'une hotte de Noël, il sortit et déposa dans la conque tendue des deux mains potelées, deux pendentifs et un collier, qu'il avait confectionnés lui-même avec ces coquillages mordorés, gros comme la première phalange du pouce, au dos bombé couleur topaze, lactescent sur les bords et à l'ouverture longue, aux bords replets, sinueuse et cillée de petits traits brun foncé, lisse et brillante, d'une douceur soyeuse au toucher, et qu'on appelle du beau nom de porcelaines, tant la fente qui les parcourt sur leur face a l'apparence sensuelle d'une vulve de truie; et puis, il déposa une gorgerette brodée par Antonia, un éventail en lin bleu et branches de roseau, deux paires de bas tricotés en fine laine barbaresque, une cascatelle veloutée et serpentine de rubans roses, et une broche de corail, un cœur peau d'ange, que 'a Sciancata avait offerte jadis à sa mère, et que sa mère lui avait donnée pour qu'il l'offrît à la future mère de ses enfants. Alors, les deux fiancés s'entre-harpèrent et, dans les applaudissements et les cris et les vœux de bonheur, ils échangèrent un long baiser, scellant devant tous leur réciproque promesse de mariage. Porté par un guaglione sautillant et rieur, le plateau d'osier chargé des rousses plaquemines aux peaux déchirées coulant leur miel, fit aussitôt le tour des présents. Les mamelonneux citrons d'Amalfi furent fendus par des ongles et pressés sur les fruits de l'automne à la pulpe savoureuse et gluante. Oh ! magie ! Sous les palais enchantés les fruits de la terre se changèrent soudain en fruits de la mer : et chacun, comme un augure de merveilleuse et cosmique harmonie, dégustait en bavant de joie gloutonne l'huître détachée de sa branche aérienne, que langues ni lèvres n'auraient pu distinguer de l'huître lucrine arrachée à son rocher lacustre.

À partir de ce jour, au-dessus de la porte du basso de Berardina, comme à la fenêtre du vico Rotto, où demeurait Masaniello, et durant une semaine, on vit pendre des couvre-lits brodés de mille motifs floraux et des couvertures aux vives couleurs, selon la coutume, pour signifier à tout passant que, sur cette terre ballerine et sous la ronde des astres, deux jeunes vies s'étaient données l'une à l'autre pour l'éternité.

Ils n'avaient pas attendu le baiser solennel pour s'éjouir et s'occocouler dans le martèlement affolé de leurs cœurs. Cherchant la solitude, ils étaient bientôt sortis de la ville, avaient parcouru des journées entières le Vomero et le Pausilippe, roulant dans la glèbe chaude, fouettés par les tiges des genêts, griffés à l'ombre des myrtes épineux, glissant sur les touffes d'aches aux blancs bouquets d'ombelles. De leurs bouches et de leurs mains, ils avaient mis le feu à leurs corps, et joui de toutes les caresses, lentes, légères, fortes, profondes, que leurs doigts et leurs langues exigeaient dans une fulgurante gourmandise charnelle. À pleines paumes, il savait la prendre entre les cuisses, et d'un mouvement circulaire du gras de son pouce, la faire pisser et hurler de jouissance. À pleine bouche, elle savait le prendre à la queue, lui faire un doux nid brûlant entre sa langue et son palais, et jouer de son souffle, de sa salive et de ses joues, de ses lèvres gonflées sur l'ourlet du gland plus dur que le piperne, plus lisse que l'œuf, de ses doigts voletant sur les nervures velues et mouvantes de ses rondes bourses, et lui faire pousser le râle aigu de jouissance, dans l'offrande saccadée et grumeleuse qu'elle engloutissait. Souvent, elle s'allongeait sur le dos, écartait les jambes, écartait les bras : alors, il remontait sa robe jusqu'au-dessus de l'ovale palpitant de son ventre tendrement arrondi, il découvrait d'un coup les deux mamelons pointus de ses seins, enfonçait sa tête étourdie de térébrants désirs, entre ses cuisses, et il léchait, léchait voluptueusement, en miaulant de désir, la longue fente de ses fesses, sa motte corvine aux lèvres rouges ouvertes comme un pavot, le bouton carmin épanoui sous le buisson de Vénus, le roux bouton étoilé dans la moire du triangle diabolique et sacré, lentement, du dos satiné de sa langue, tout en roulant de l'index et du pouce le bout rose et turgescent de ses seins. Corps en croix gémissant sur la terre, clouée par quatre doigts et une langue, Berardina est prise d'une houle céleste et infernale jusqu'à ce que son ventre enfle de rouleaux nacrés de sueur, se raidisse comme un onduleux mont de chair, et que tout entière elle exulte son plaisir plus aveuglant que la boule du soleil ; d'une main prise de furie, elle branle alors en trois coups rapides le membre droit et vibrant de Masaniello, dont les gerbes d'ivoire font trembler la lumière.

de naissance à [illegible], elle [illegible]
à [illegible] deux [illegible]
[illegible] ses paupières [illegible]
[illegible] de sa [illegible] grandes [illegible]
les [illegible]
[illegible] ongles [illegible]
[illegible] des pointes et [illegible]
[illegible] dont [illegible]
[illegible]
[illegible]
[illegible] horizontal [illegible]
[illegible] de son [illegible]
[illegible] découverts [illegible]
[illegible]
[illegible]
[illegible]
[illegible]
[illegible]
[illegible] de [illegible]
[illegible] dans la [illegible]
[illegible]
[illegible] de l'Inde [illegible]
[illegible] Ce [illegible]
[illegible]
[illegible]
[illegible]
[illegible]
[illegible]
[illegible] de l'Inde [illegible]
[illegible]
[illegible] de sa fille, dont les yeux [illegible]
[illegible]

Dix minutes, cacciatò !...
Dix minutes !

Qu'il n'aille pas pieds nus, celui qui sème des épines.

(Dicton napolitain.)

Quelques jours avant leur mariage, qui eut lieu le 20 avril 1641 dans la charnelle allégresse napolitaine, Masaniello et Berardina quittèrent Naples de bon matin pour une longue promenade qu'ils voulaient faire durer jusqu'au soir. Croisant le train des maraîchers qui les apostrophaient, joyeusement obscènes... Ouèèèè ! Guagliù ! On se lève pour se coucher !... Masanié ! Ne laisse pas ton doigt dans le dé !... Ouèèèè ! Masanié ! Vise à la caille !... Salade ! Une belle frisée !... On se défile pour s'enfiler !... Attenziò ! Battagliò ! Un et un font trois !... Crampette, oui, mais pas trempette !.. Ouèèèè ! Berardì ! Tu es belle comme un melon ! Ouèèèè ! Signurì ! Qu'est-ce qui se met dur et se retire mou ?!... 'O macarun' !... Une femme, un grand panier d'œufs sur la tête, passa en chantant : Maria la mariole / porte à boire aux poules / et les poules font l'œuf / et Maria la mariole !... Tais-toi la vieille, fesse de bufflesse !

cria l'homme qui l'accompagnait... Ouèèèè ! Masanié ! Scie, scie, scie ! Mais ne laisse pas de sciure au sillon !... Comment as-tu fait, eh ! la belle, pour tomber amoureuse de ce casse-coucouilles ! ?... Et d'un autre chariot, un vieux paysan répondit : Saint Antoine aussi est tombé amoureux d'un cochon !... Ouèèèè ! Auguri, les amoureux ! Et vive l'amour, qui vous coupe l'appétit et vous gonfle les parties !... Ouèèèè !..., frôlés par les chariots et leurs exubérants chargements de verdures et d'hommes agrippés aux ridelles, tous deux, tantôt enlacés au cou et à la taille, tantôt se tenant par leurs mains aux doigts entrecroisés, bercés par l'aube et le tressautement des hautes roues et le piétinement des mulets et les cris et les mots et les rires des maraîchers, ils avaient bifurqué, et s'étaient mis à grimper sur le Vomero, par la calata San Francesco, la roide rampe des lavandières.

Ils n'entendirent bientôt plus que leurs deux souffles haletant dans l'immensité du silence. Leurs pieds nus glissaient sur la cendre grasse des lessives, et ils se retenaient l'un à l'autre en poussant de petits rires, des cris étouffés sous les caresses que l'un modelait par petites touches appuyées sur le corps vacillant de l'autre. En haut de la calata, devant la villa des comtes Zampino, ils croisèrent la vieille Liberella, sourde et muette, mais bavardant avec tout le monde et comprenant tous les langages, si maigre et si vive dans ses jupons noirs, l'épaisse chevelure blanche nouée en chignon sur la nuque, qui traînait à la longe sa chèvre aux lourdes mamelles ballantes. Elle s'arrêta, en voyant le jeune couple monter vers elle, émit de sa bouche barbue et édentée quatre vocalises complices, se courba en deux et, soulageant d'une écuelle de lait les trayons tendus de sa chèvre, Buvez ! Buvez ! Auguri ! Auguri !, elle leur offrit la chaude boisson mousseuse, et continua, en sautillant, de descendre vers la ville au sombre réseau de vicoli, qui attendait, de basso en basso, le blanc suc nourricier. Avant de prendre à gauche, et de poursuivre leur chemin au milieu des vignes, des bosquets et des prés, dans les sarriettes, les santolines et le fenouil branchu, Masaniello et Berardina se retournèrent : la calata, dans la lueur rose du jour naissant, faisait un long sillon tracé jusqu'à la mer ; et la vieille et la chèvre semblaient former ensemble le soc brinquebalant d'une charrue tiré par la lune qui pâlissait au ras de l'eau. Ils reprirent leur onduleuse marche. Les effluves d'une glycine miellaient l'air d'un parfum chavirant.

Le soleil était au zénith, quand ils arrivèrent, les jambes rougies par les cépées, en plein dans les Champs Phlégréens. À leur gauche, se dessinait le rond cratère boisé des Astroni ; à leur droite, l'œil vert du lac d'Averne ; devant eux, la Solfatare et le golfe de Pozzuoli. C'est à Pozzuoli qu'ils s'étaient promis de se rendre, pour faire une visite surprise, un' improvvisata !, à la sœur de Masaniello. Le capricieux destin, qui règne en maître ici, entre la porte des Enfers, le sang répandu de Janvier et les transes de la Sibylle de Cumes, en décida autrement.

Ils s'allongèrent face au soleil, sur une sorte de terre-plein blanchâtre quasi nu de végétation, et s'étonnèrent que la terre humide fût plus chaude à leurs corps que le soleil, et que le sol sonnât creux sous leurs mains et leurs talons. Tout en se tenant enlacés, ils cessèrent un instant de s'embrasser, s'assirent et aperçurent, à quelques demi-cannes en contrebas, un écran de brume qui troublait l'horizon s'élever autour de hauts buissons aux feuilles lancéolées... Per la Madonna Bruna, Berardina, ils font du feu, là-bas ! Il y a donc des gens ! Reste ici, je vais voir ces étrons qui veulent nous enfumer comme deux jambonneaux !... Masaniello dévala la légère pente qui résonnait sourdement sous ses pieds, soulevant par endroits une poussière blanche, et disparut derrière un rideau d'eucalyptus et de roseaux. Là, quelle ne fut pas sa surprise, quand il vit que la fumée montait d'une source chaude qui sortait d'un poreux rocher de tuf et se perdait dans une large mare de boue bleutée ! Il héla Berardina, qui fut aussitôt près de lui : mais, déportée par son élan, elle perdit l'équilibre, glissa et, poussant un cri d'effroi, tomba à la renverse dans la boue. Masaniello sauta à son secours dans la mare aux reflets bleu nuit, la hissa contre lui, et, l'un l'autre se voyant tout crépis jusqu'aux cheveux de cette glaise sombre à l'odeur de soufre, debout au milieu de la molle et douce terre grasse d'une délicieuse chaleur, ils éclatèrent de rire. D'un seul geste, ils se débarrassèrent de leurs vêtements, que Berardina jeta, en amont, dans une petite cuvette que formait la source, et, tels de jeunes chiots ivres de vie, ils se roulèrent dans la boue comme on se roule dans l'écume de la mer.

Ils s'enfonçaient tout entiers sous la terre liquide, et surgissaient, monstres dégoulinant de leur molle peau céruléenne, et criaient leur bonheur en se précipitant, en s'éclaboussant dans les bras l'un de l'autre. Masaniello faisait des crocs-en-jambe pour que Berardina tombât de tout son long, Plaoufffff !, et Berardina tentait de se retenir à la queue argilée et glissante de Masaniello qui bandait comme un âne d'Amalfi. Masaniello essayait de saisir Berardina à ses seins, qui se soulevaient de désirs, mais ses mains chiaquaient sur les durs mamelons huileux de terre collée, il perdait à son tour l'équilibre, et Plaoufffff !, aspergeait de glaise le ciel et le soleil.

Enfin, essoufflés, impatients de caresses et de jouissances, ils remontèrent sur le terre-plein, quand Berardina, en deux ou trois torsions rapides du linge dans l'eau chaude de la source, eut rincé leurs légers vêtements. Et de nouveau, devant leurs deux corps nus dévorés de boue dans un bain de lumière, ils furent pris d'un grand rire fou, se léchèrent l'un l'autre le visage, recrachèrent la glaise en tordant la bouche en d'affreuses grimaces, qui leur faisaient des masques changeants d'animaux fabuleux dressés sur leurs pattes postérieures. Et, dans la rumeur viscérale de la terre en fusion, entourés de touffes de menthe sauvage, de myrte et de lentisque à moitié brûlés par le souffle des mofettes et des fumerolles, foulant en cadence les blancs reflets du sol éblouissant, ils se mirent, dans les soudains et irrépressibles mouvements de leurs corps, à danser la tarentelle... Ouè ! Ouè ! Ouè ! Ils frappaient dans leurs mains et scandaient les trois temps de la danse, ouè ! ouè ! ouè !, lançaient une jambe et puis l'autre, mains sur les hanches, face à face, dos à dos, iioup ! iioup !

iioup !... Hahein ! hahein ! hahein !..., de leurs doigts claqués, des claques sur leurs cuisses, de leurs bouches, de leurs pieds frappant, ils imitaient à merveille les instruments de la danse, le tambourin et les castagnettes et le poutipou, ohou ! ohou ! ohou !... Ils frappaient des mains lancées sur leur tête, sautaient en avant, sautaient en arrière, virevoltaient, se faisaient face à nouveau, iioup ! iioup ! iioup !, avançaient le pied droit, hop ! hop ! hop !, avançaient le pied gauche, hop ! hop ! hop !, et d'un coup de reins en avant, les seins jetés en arrière, les jambes à peine écartées, ils se heurtaient le ventre et le sexe en saccades, hahein ! hahein ! hahein !, les mains cymbalant au-dessus de leur tête... Les rythmes s'accéléraient, et, à intervalles réguliers, bouches closes, ils poussaient ensemble de petits cris miaulés.

Les hanches rondes de Berardina roulaient à en donner le vertige, sa croupe haute et rebondie s'offrait et se dérobait sans trêve, ses seins ballottés faisaient oui ! oui ! oui ! de leurs mamelons, non ! non ! non !, de leurs mamelons de cinabre. La corne de chair de Masaniello sautelait jusqu'à son nombril, contre son ventre cerné de flammes, découvrant l'oursin durci de ses couilles, battait comme un gong contre la motte de Berardina ouverte en pétales de pavot... Ils dansèrent ainsi, flagellés de clarté, jusqu'à ce que la boue cloque sur leur peau, sèche, s'écaille, se craquèle, se détache par plaques ou rus de poussière grise, et quand leurs deux corps sortirent entièrement, lisses et rosis, de leur gangue de limon, ils s'abattirent sur le sol, dans le même élan de fusion avec leur terre pyrogène, et, d'une seule poussée,

Masaniello dépucela Berardina, qui s'arquecria de douleur et de jouissance. Leurs sangs bouillonnaient comme ces Champs Ardents sous leurs étreintes avides et rageuses. Ils s'empoignaient le sexe. Il lui disait : Ô ! ma belle ciacella !... Elle lui disait : Ô ! mon gros mazzariello !... Envulve-moi la queue !... Enqueule-moi la vulve !... Des vagues de lave les parcouraient, la terre s'agitait, frémissait, sifflait, soufflait, résonnait, menaçait, poreuse et dilatée, de les engloutir dans ses abîmes de feu liquide, et le ventre de la femme happait la verge cosmique dans son sillon igné, et la femme hurlait le branle d'un nouveau monde emporté dans la blancheur fulgurante d'une nouvelle galaxie, et l'homme supplicié de plaisir gémissait son bonheur telle une bête blessée à mort, Ô ! Berardì ! Fais-moi mourir !, et Berardina lui feulait dans le cou : Ô ! Masanié ! Tu me fais mourir !... et ses nons-nons devenaient rauques d'encores et de ouis. Et le monde mourait autour d'eux, comme une bulle du blanc cratère à la terre effervescente, et leurs deux corps emperlés de sueurs soufrées s'épanouissaient de luxurieuse violence jusqu'à la voussure aveuglante du ciel.

Un hennissement les réveilla. Ils entendirent le bruit lancinant d'un sabot qui serfouissait le sol. Un cavalier, en pourpoint de velours noir et collet vidé, était apparu derrière le rideau de roseaux et d'eucalyptus. Immobile sur sa monture, il les observait. Ils bondirent sur leurs pieds.

« Xolo ! » appela le cavalier.

Masaniello qui, d'instinct, protégeait de son corps le corps de Berardina que, d'un bras, il tenait derrière lui, tourna la tête et fut parcouru d'un frisson de stupeur et de dégoût. Un chien nu les reniflait à une très courte distance : nu comme la paume de la main, nu comme eux, mais sans le moindre poil, à part une petite brosse sur le crâne. Le chien les fixait en tremblant sur ses fines pattes. Sa robe était de la couleur du piperne, il avait de grandes oreilles dressées et pointues, des yeux jaunes pleins de mélancolie.

« Ouèèèè ! Cavalié ! ! ! ! Tourne la bride et rappelle ton monstre ! s'écria Masaniello... Ou je te fais le museau, à toi cavalié !, comme si tu venais de manger un pigeon cru !...

— Xolo !... » Le chien détala vers son maître qui, docilement, offrit à Masaniello la croupe pommelée de son cheval.

À peine rhabillé, Masaniello dévala vers le cavalier, suivi de loin par Berardina. Le cavalier descendit de sa monture, s'inclina et s'excusa : il recherchait son chien, qui les avait découverts, et venait d'arriver quand ils s'étaient réveillés : pour lui, à son âge, l'amour n'avait plus de secrets, et il désirait souhaiter le plus grand bonheur aux jeunes époux... Il était venu de Naples dans un but expérimental, et voulait tester la résistance aux émanations carboniques des différentes races de chiens, dont il possédait un élevage. Aujourd'hui, c'était le tour du chien nu du Mexique. Si les jeunes mariés voulaient bien le suivre, et trouver quelque amusement à l'observation d'une expérience scientifique, cela lui ferait plaisir, et réparerait peut-être sa bien involontaire indiscrétion, dont il s'excusait encore...

Berardina, qui s'était rapprochée, pressait le bras de Masaniello, lui jetait des regards suppliants, pour qu'il refusât l'invitation : ce cavalier l'avait vue nue, elle se sentait offensée, et ne comprenait pas que Masaniello fût devenu muet à l'écoute des paroles doucereuses, se fût figé comme une statue au lieu de demander raison, poignard à la main. En revanche, Masaniello lui lança, à elle, un regard d'autorité plein de feu, et ouvrit enfin la bouche, pour dire : Entendu, cavalié ! Allons voir cette expérience... Et, merci !... alors Masaniello tira d'un brusque à-coup Berardina par la main, comme la vieille Liberella sa chèvre par la longe, et tous deux suivirent sans un mot l'homme, le cheval et le chien.

Rien, sur le visage ni dans les gestes de Masaniello, ne trahissait la rage vengeresse qui l'avait envahi. À l'instant où il s'était approché du cavalier descendu de sa monture, son sang s'était glacé et, de stupeur, sa langue, ses bras et ses jambes s'étaient paralysés : le marquis Avitabile !... Du premier coup d'œil, il l'avait reconnu, le chasseur bredouille, le meurtrier de la Zeza. Maintenant, en la présence de Berardina, il fallait qu'il exécute sa promesse de vengeance. Et, tel un félin à l'affût, il guettait le moment le plus propice, qui, dans cet isolement total, ne manquerait pas de se présenter. Mais il voulait aussi prendre son temps, savourer la pensée du geste le plus cruel, qui eût réjoui la Zeza si cruellement, si vilement saignée. Tout en marchant dans le soufre et les genêts, la joie d'un juste châtiment lui dilatait les poumons, lui nouait la gorge, lui inondait le cœur, car le crime d'Avitabile était double, à présent : il avait percé de sa lame le ventre de la Zeza ; il avait percé de son regard le ventre de sa Berardina. L'heure avait sonné : il lui fallait la mort du marquis, et que le marquis se souvînt, en mourant, de la double offense faite à son honneur.

Comme ils longeaient une haie d'eucalyptus, le marquis mit pied à terre, et, arrachant une poignée de baies dorées d'un arbrisseau à larges feuilles et branches rousses, il dit à la ronde : Ziziphus lotus, très commun dans notre région !... jeta, du geste nonchalant dont on déploie un éventail, les baies dans les eucalyptus, et ajouta : Tout ça, c'est bon pour les faibles du poitrail !... Alors Berardina, retenue par Masaniello dans l'humble mouvement qu'elle eut de se baisser pour ramasser les baies retombées, qui s'éparpillaient sur le sol, murmura : Jujube... lança un regard encore plus lourd de reproches à son Masaniello plus muet que jamais, et dont elle ne comprenait décidément pas la façon d'agir... Puis le marquis appela : Xolo ! et le chien nu, dont la peau transpirait comme celle d'un être humain, vint en deux bonds joyeux lécher la main de son maître.

— Voyez-vous, mes jeunes amis, ce chien n'a pas besoin de tirer la langue, comme ses congénères : il ne la sort qu'en signe d'amitié... Savez-vous qu'avant l'arrivée de nos chers conquistadores espagnols au Mexique, ce chien était très recherché par les gastronomes du Nouveau Monde !... Ah ! Ah ! Ah ! Mais oui, mais oui !... Et Xolo était en même temps, pour ces messieurs les Aztèques, un animal sacré, représentant sur terre le dieu Xolotl et chargé, à ce titre éminent, tel le dieu Anubis des Égyptiens, nos ancêtres à nous, Napolitains, avec les Grecs, bien sûr, chargé d'escorter dans l'Au-delà l'âme des défunts... Oui ! Oui !... Et avec ça, même si, à la voir, sa peau rappelle celle des pachydermes, qu'on la touche et elle se révèle douce, lisse comme la peau d'un nourrisson, d'un nouveau-né dont la température constante cependant varierait entre une fièvre d'homme et une fièvre de cheval... Curieux, non ? !... Mais nous voici arrivés sur les lieux de notre expérience.

Ils avaient contourné une colline d'yeuses et de pins, et se trouvaient à mi-pente. Devant eux, l'œil vert du lac d'Averne aux longs cils argentés d'eucalyptus. À l'horizon, l'île de Capri flottant sur la mer étale et bleue, telle une dague offerte dans un écrin de soie. Ils étaient sur une étroite plate-forme grossièrement formée au flanc de la colline, et le chemin qu'ils avaient emprunté finissait là. Pas le moindre chant d'oiseau, pas l'aile d'un traîne-buisson. Sur cette hauteur, il régnait un silence abyssal plus profond que les eaux du lac. Le marquis attacha la bride de son cheval... Un Bisignano ! mes amis, de la race des Sanseverino, la plus célèbre d'Europe !..., et il flatta l'encolure de l'animal de trois petites tapes affectueuses, avant de leur tourner le dos pour écarter une cascade de lianes et de lierre. Masaniello eut un sursaut de surprise : le rocher de tuf était fermé par une épaisse porte basse à fortes pentures de fer forgé. La serrure grinça, la porte s'ouvrit et la colline souffla son haleine humide et empoisonnée sur les visiteurs.

— Spiracula et scrobes Charoneae mortiferum spiritum exhalantes !... C'est Pline qui le dit, et nous pouvons le croire ! Voyez-vous, venez, approchez-vous, mes amis !... Voyez-vous, le sol de cette grotte dégage une fumée, qui n'est autre que de l'acide carbonique : tout être vivant, au contact de cette exhalaison, perd connaissance et, en quelques minutes, plus ou moins longues selon la hauteur et la résistance de l'animal, il meurt et s'en va rejoindre ses mânes, pour le dire avec le divin Virgile... Un chien s'y asphyxie en trois minutes — mais cela dépend du chien, et nous verrons avec Xolo, dont la peau respire comme celle de l'homme... —, une poule, en deux minutes, un lapin aussi, ces bas animaux de basse-cour, tout juste bons pour la broche ! Il faut quatre minutes pour le chat, cinq pour la grenouille, sept pour le serpent : animal très résistant, puisqu'il dure aussi longtemps, bien qu'il rampe à même l'acide carbonique ; ses écailles doivent le protéger, ce qui voudrait dire que Xolo en aura pour moins des trois minutes octroyées à sa race, encore que, plus proche de l'homme par son système respiratoire, il pourrait nous réserver des surprises... et c'est précisément là le but de mon expérience. Quant à l'être humain, le fameux rex totius terrae, il vit trois minutes de plus que le serpent, et trouve donc la paix éternelle au bout de dix minutes : cela est prouvé par le bon vice-roi don Pedro de Tolède, qui s'est manifestement beaucoup occupé de grottes, au cours de son règne à Naples !.. Ici même, il a généreusement sacrifié deux de ses serviteurs sur l'autel de la science... Dix minutes et pfuit ! Charon vous pousse dans sa barque !... Mais avant le voyage minuté de Xolo dans l'Au-delà, observez ce tour de magie, braves époux !... Approchez, approchez donc ! N'ayez pas peur ! Là !...

Masaniello et Berardina furent sur le seuil de la grotte. Le marquis pénétra dans l'antre et revint avec une torche, qu'il alluma : tous trois se serraient sur l'ouverture de la cavité, qui n'avait pas une demi-canne de large, peut-être une de hauteur, mais dont la profondeur incommensurable se perdait dans d'inquiétantes ténèbres. Le marquis approcha la flamme de la floche rampante, et elle s'éteignit aussitôt, comme par enchantement. Il la ralluma à l'air libre, avança d'un pas à l'intérieur de l'antre et se mit à faire une série de moulinets au-dessus de sa tête en tenant la torche à bout de bras : et tout l'antre prit l'aspect fantastique d'un lac parcouru d'ondes glauques... Et le marquis Avitabile riait, il riait et ses yeux disparaissaient dans la graisse de son rire, il riait comme s'il avait mangé du safran, en voyant l'étonnement de ses deux spectateurs, et il faisait tourner la flamme de plus en plus vite et il avait l'air de nager dans des vagues de feu. Sa tête, fendue par les éclats de rire, semblait flotter à la dérive sur le plateau blanc de son collet. C'est alors que Masaniello, tirant Berardina par la main, fit un bond en arrière et, plus vif qu'un poisson sorti des mailles du filet, referma la porte sur l'homme dont le rire s'étrangla dans un affreux grognement.

« Ouvrez ! Ouvrez !... Mais qu'est-ce qui vous prend ? Ouvrez donc !... Je vous ferai battre, je vous ferai pendre ! Ouvrez !... Lazzaroni ! Morts-de-faim ! Bêtes envulvées !... Je vous ferai percer la cricoïde !.. Maudits ! Maudits ! Ouvrez !... »

Arc-boutés, Masaniello et Berardina bloquaient la porte de tout leur poids réuni. Le marquis poussait, tambourinait, hurlait, chantait pouilles, menaçait de la hart, en vain.

« Ouvrez ! Ouvrez !... Je vous en supplie ! J'étouffe ! Ouvrez !... Si vous ouvrez, je vous donnerai la moitié de ma fortune, tout ce que vous voudrez !... Vous serez riches ! Ouvrez !... Mais pourquoi ? Pourquoi, mes amis ?... Par la Madone, ouvrez-moi !...

— Marquis ! s'écria Masaniello, tu vas mourir !... Et laisse tranquille la Maronna, elle ne viendra pas au secours d'un assassin !... Cacciatò ! Vise à la caille, cacciatò !... Vise à la caille, maintenant !... Ouèèèè ! Cacciatò ! Mais vise à la caille !... Plus de caille, cacciatò, ni à saigner, ni à lorgner ! Dix minutes, cacciatò !.. Nu' poco di pazienza !... Dix minutes !... Et on verra si le vice-roi avait raison ! Vive ta science ! Caquepensées ! Vive ta science ! Et au Diable, cacciatò !...

Il y eut un long silence derrière la porte close. Un long gémissement, et le bruit d'un corps qui tombe comme tombe un corps mort. Berardina, le visage débordant de fierté et de reconnaissance, retint Masaniello, qui voulait ouvrir la grotte pour voir si le noble et savant chasseur tortillait bien de l'œil. Et ils bloquèrent encore la porte, enlacés dans la cascade de lianes et de lierre, deux fois dix minutes, et peut-être plus encore, jusqu'à ce que le soleil glisse ses rubans rouges dans l'épingle de nourrice du cap Misène.

Ils tirèrent le cadavre jusqu'au bord du lac d'Averne, et le laissèrent rouler dans les eaux vertes cernées d'une brume de soufre, qui lui firent un vaporeux lit de parade. Le corps du marquis Avitabile s'enfonça lentement dans l'âpre liquide ; comme une pastèque éclatée et pourrie, sa face se tourna vers eux, avant de s'engloutir dans un bouillonnement de marmite infernale.

La nuit tombait sur la Campanie Heureuse, ainsi que l'ont rimée les poètes latins qui virent la puissance romaine fondre de jouissance sur cette terre brûlant de tous les plaisirs, sur cette terre de délices, où chacun pouvait trouver le chemin des Enfers, où tous les peuples à la poreuse histoire fusionnaient dans une même destinée. Naples offrait ses seins bleus au monde, et le monde n'en était jamais sevré. Et Naples nourrissait le monde de son sang et de ses songes. Et le monde voyait dans Naples crucifiée sur la Sirène morte à la fraîche voix, le miroir du Paradis. La nuit était tombée sur Naples, un fleuve d'étoiles, une nuit d'avril, une nuit d'amour saturée des effluves fruités des arbres et des fleurs.

Masaniello et Berardina avaient fait de nouveau et encore chanter leurs corps à cœur perdu... Tu es ma moitié d'orange !... Et toi, tu es ma moitié d'orange !..., et ils se retrouvaient, à présent, au sommet du sillon de la calata San Francesco dorée par la lune.

Le cheval de la race des Sanseverino, détaché par Masaniello, s'était cabré, avait henni vers le soleil couchant, les yeux cerclés de blanc, et disparu au galop dans la forêt des Astroni. Il devait maintenant galoper, la selle vide, les étriers évidés battant ses flancs chargés d'écume, à la recherche affolée de l'homme qui le montait, chauvant des oreilles, se sabotant de feu entre les fûts tourmentés des pins et des chênes, qui allongeaient leurs ombres torturées sous les rayons opalescents de la lune.

Xolo, qui était d'abord resté assis, muet devant l'œil vert du lac d'Averne, les avait suivis de loin, les avait rejoints au moment où ils s'enlaçaient dans la glèbe tiède en une tendre étreinte, et il s'était couché à leurs pieds. Berardina, en tremblant, avait caressé sa peau de nourrisson fiévreux, et Xolo, une patte en l'air, lui avait léché la main.

Dans le sillon caressé par la mer, ils descendaient tous les trois vers la gigantesque ruchée napolitaine. Masaniello, l'œil plein de jeux et de flammes, allait bourdonner son amour, Ô ! ma belle ciacella !, et crier son poisson, une balance de cuivre sur l'épaule, deux petits cuviers de bois à chaque main, à travers le labyrinthe dilaté de tuf et de chair où il avait dansé ses jeunes années, entre les laves de la terre et les laves du ciel.

Six ans après

Car la dance vient de la pance

FRANÇOIS VILLON

Mardi, 16 juillet 1647. L'aube frôlait de sa pâle lumière l'aigle à deux têtes qu'une main napolitaine, prophétique et ironique à la fois, avait repeint quelques mois auparavant. Noir, ourlé de jaune, serres et becs acérés et symétriquement écartés, pennage épineux, grand de cinq empans, le bicéphale oiseau de puissance prenait des pustules, s'écaillait par endroits, et le mur chaulé qui le portait cloquait sous les chaleurs humides venues d'Afrique et le sel mêlé aux blocs de tuf granuleux. Dans le vico Rotto al Mercato, passage qui se « brise » en donnant sur le côté nord de la piazza Mercato, les libres porcs de saint Antoine, bénéficiant sur toute la ville de l'immunité ecclésiastique, sortaient de la nuit en grognant par à-coups, piquaient de la hure dans les tas d'immondices, fougeaient voracement, détalaient d'un jet rebondi et criard quand un rat aux yeux rouges, plus gros qu'un sabot de sumac, surgissait sur la glissoire des détritus, entre un crâne de mouton et un trognon de chou. L'écume de la mer aspirée par le sable berçait Naples de son friselis de soie. Les ploufs réguliers de deux rames s'éloignaient de la grève : dans sa barque à la forme inchangée depuis les Grecs, sans proue ni poupe, oblongue comme la pupille dilatée des chats, un vieux pêcheur, probablement, qui lancerait son filet loin des eaux tumultueuses de l'histoire.

Dans la basse maison d'angle haillonneuse d'écaillures et marquée à l'aigle impériale de Charles Quint, au premier étage, tombé, livide et usé, en travers de son lit, les yeux exorbités, la main droite serrant une dague, Masaniello ne dormait pas. C'était un corps sans repos, à feu et à sang, à l'image de sa ville dont il était depuis neuf jours le chef, le capopopolo *absolu. Hélas, dans ce visage d'angoisse et de passion, dans ces membres extraordinairement amaigris, qui aurait pu reconnaître le spirituel et sémillant crieur de poissons, dont le verbe coloré et captivant, dix jours plus tôt, ouvrait encore d'une moquerie bouffonne ou d'une grimace les cœurs rugueux du Mercato et du Lavinaro ? Nul passant n'aurait établi un rapport entre ce jeune homme émacié, aux cernes qui lui rognaient la moitié des joues, creusés par neuf nuits sans sommeil, et le turbulent capitaine de cette enfantine, allègre et invincible troupe armée de joncs, que chaque année, à la mi-juillet, le soir anniversaire de la Madone Brune, face au campanile bulbeux qu'à chacun de ses cinq étages un grand brasero rougeoyait, face à ce flambeau de Géant dressé dans la nuit pour narguer le Vésuve, il portait à l'assaut du Château de bois échafaudé sur la piazza Mercato et défendu par une autre troupe de « guaglioni », ces gamins aussi vifs que les plus acérés des lazzi, enturbannés, eux, de chiffons rouges et mâchurés en Turcs. De la prise du simulacre, livré pour finir aux flammes et aux cris de joie, à la liesse gesticulée d'un peuple entier, à la prise de possession réelle de la ville avec ses trois cent mille bouches soufflant leur colère, il n'y eut qu'un pas, une sublime fureur et beaucoup de cadavres.*

Une ride serpente au jeune front ouvert et loyal, effacée, par moments, d'une volée de souvenirs. Petit garçon, deux guenilles sur le dos, il pataugeait dans les cuisines des Carmes, brisant plus d'assiettes qu'il n'en lavait, et filait le soufre aux talons se fondre à la foule de la piazza Mercato pour déjouer les attaques velues du bon Fra' Savino, le cuisinier aux potages légers et aux lourds horions. Et puis, guaglione au milieu des guaglioni, écumant la ville par bandes de quatre ou cinq, c'était la chasse aux carrosses espagnols : tant qu'ils n'avaient pas reçu un demi-carlin du beau chevalier ou de la belle dame qui, d'un escarpin délicat, descendaient le marchepied vivement déroulé par le laquais, ou un coup de fouet du cocher lequel, engoncé dans sa livrée, maudissait la morveuse canaille, ils mimaient la chute du diable, 'a caruta d'o diavulo.

Qui l'eût dit, que le fils du pauvre Cicco venu d'Amalfi dans la capitale du royaume, avec pour tout viatique sa peau sur ses os, le misérable vendeur d'anchois frais qui, suivi d'une auréole de mouches, parcourait tout Naples nu-pieds, portant, suspendue à son cou par une mince lanière de cuir, une planche cassée, présentoir où s'entassait le fretin aux reflets bleus, qui l'eût dit qu'à vingt-sept ans, à la tête de deux cents enfants, il deviendrait le capitaine général du peuple napolitain ! Pas même ce fier agitateur et indomptable vieillard que fut don Giulio Genoïno, lequel, cependant, avait remarqué et choisi le crieur de poissons entre tous les humiliés et les rebelles, pour la révolte qu'en quarante années de liberté et quarante années de cachot, il n'avait cessé de tramer. A lu tiempo de la malora / Masaniello è 'nu piscatore. *Don Giulio l'emmena plusieurs fois aux mystérieuses réunions, là-bas, dans la déserte campagne, à l'auberge* l'Eau de la Bufflonne. *Ou, plus périlleusement, en pleine piazza Mercato, dans l'arrière-salle de la* Taverne des Coqs, *que signalait un rameau d'olivier. Et le* piscatore, *qui sans doute n'était destiné à représenter qu'un rôle fort secondaire dans la révolte projetée, par une imprudence ou par un hasard en devint le chef obéi et craint comme un roi parmi les plus glorieux et les plus triomphants qu'ait connus la terre. De l'index il se grattait le cou, et la tête de l'homme qu'on lui présentait, à lui le pêcheur débraillé rendant justice gouailleuse sous sa fenêtre, assis les jambes ballantes sur une estrade de saltimbanques dressée contre le mur de sa maison, et la tête, fût-elle poudrée à frimas, tombait à ses pieds ocellés de poussière et de sueur, coupée net. Les puissants Espagnols à la morgue fameuse, dont il était devenu à Naples le souverain, dépêchaient à Philippe IV d'humbles et pressantes demandes de secours contre* el maior monstruo del mundo *devant qui, verts de peur, ils se mottaient. La haine haleinait Naples. Naples réclamait la lumière avec le masque de la nuit.*

Masaniello serre sa dague, pâle gisant aux aguets. Quand il criait et poussait au cri trois mille Napolitains en furie : Mora il malgoverno!, *il n'en voulait pas précisément au gouvernement espagnol, puisqu'il ajoutait aussitôt :* Viva il Ré di Spagna! *C'est aux nobles sangsues napolitaines, le duc de Maddaloni, le prince Ottaïano, don Ferrante Caracciolo di Santobuono, acoquinées avec des boutiquiers engraissés par les gabelles, genre Alfonso Valenzano, caissier de la gabelle de la farine, enrichi au point de ne plus vouloir chier que dans des vases de vermeil, qu'il faisait volontiers dégorger le sang. Et il ordonnait qu'on brûlât tous leurs biens, chevaux et pistoles compris, dans les grands brasiers de l'expiation. Ou encore, il s'en prenait aux hommes de loi véreux, tel le président Cennamo, à qui on coupa la tête sur un demi-tonneau renversé, non sans peine d'ailleurs, car la lame du coutelas était mal affûtée, et le cou fut scié plus que tranché, comme la queue d'un thon. On traîna tête et corps de compagnie jusqu'au Mercato. On déshabilla le cadavre, et on l'assit, la tête sur les genoux, le cul dans son sang, plus nu qu'un verrat ébouillanté, afin qu'il assistât d'abord à l'autodafé de son riche pourpoint et de ses chausses de satin. Et puis, ce fut une parodie d'audience, devant ce Président écorché qui tenait sagement son chef sur ses pudenda : Attention, bataillon, le Président, la Cour, les Tribunaux royaux, écartez-vous, reculez, circulez!... Messieurs, l'audience est levée, le Président veut reposer... Le Prési-*

dent veut écrire ! Et on apportait au cadavre acéphale suintant d'humeurs une corne de bœuf en guise d'encrier, une plume arrachée au croupion d'une poule caquetante qui becquetait le sang et la cervelle à longues becquées goulues, le papier huileux d'une fenêtre. Avec la plume, on lui picora les yeux, et quand les orbites furent évidées, on chaussa au bigleux des lunettes en écorce de bigarade. Avec le papier, on lui torcha le fondement. La corne, on la lui planta dans le col. Enfin, comme le Président était d'une propreté maniaque devenue proverbiale (« propre comme le Président » équivalait à notre « propre comme un sou neuf »), un cercle hurleur se forma autour du tas de chairs puantes, et vingt jets de pisse arrosèrent la Justice, qu'on abandonna soudain aux dents blanches des cochons.

L'aurore vineuse tombe maintenant sur le gisant à la dague serrée. Vêtu d'un pourpoint turquin lamé d'argent, il avait traversé, l'avant-veille, donc le dimanche 14 en fin d'après-midi, après que le vice-roi eut signé les Capitulations, la double accolade du golfe, depuis la marine des Carmes jusqu'à la pointe du Pausilippe, doublant la majestueuse avancée du château de l'Œuf, mollement allongé sur un matelas onduleux de coussinets de soie, seul maître à bord de la felouque du duc d'Arcos. Au Palazzo, don Roderigo Ponze de Leon duc d'Arcos, marquis de Zaara, comte de Bailen, seigneur de Marchena et de Garzia, vice-roi de Naples, lui avait tapé sur l'épaule : « Allez, mon cher, vous divertir, allez pazziar *dans ma villa du Pausilippe ! Si, si ! Permettez. Après ces journées de luttes victorieuses, ces nuits troublées ! Vous gouvernez votre peuple, moi je gouverne la noblesse : à tous les deux, nous tenons Naples comme les deux mains d'un même cavalier tiennent la bride de son coursier, n'est-ce pas, l'ami !... Acceptez,* favorite : *je vous prête mes gens, qui sont à vos ordres, et ma felouque. Allez, généralissime, un bal masqué vous attend... et des plaisirs, je l'espère, bien gagnés !... » Sous le dais de velours rouge damasquiné de chevaux cabrés en fils d'or blanc, bercé par les rames en cadence et la succion de l'eau qui se fendait sous la coque, il s'endormit un instant. Le temps de redevenir petit enfant et d'entendre la voix éraillée de sa mère, cette montagne de tendresse humide et chaude sillonnée d'éclairs de violence, qu'il avait toujours fuie, qui l'avait toujours poursuivi, le menacer de mille morts et du sort atroce de Colas Poisson, quand il sortait en casse-cou des cuisines de Fra Savino. « Ouèèèè ! Masanièèèè !... Malheureux ! Viens ici ! Viens ! Tu me feras mourir ! Ou je te tuerai moi ! Malheureux !...* Vieni, vieni, figlio di mammà. *Tu la sais, hein, l'histoire de Colas Poisson ! » Pour la centième fois, elle lui rappelait l'aventure du petit bonhomme recouvert d'écailles et brandissant un poignard, qu'on voit sculpté depuis deux mille ans sur un mur de Naples. Inaltéré dans son marbre antique, il s'est curieusement déplacé dans la ville, au cours des siècles : aujourd'hui, le totem ambulant se trouve au bas de la via Mezzocannone, à gauche en montant, sous l'aileron d'un palais baroque.*

Colas, enfant plus pétulant qu'il n'est permis, fût-ce

dans la plus dissipée des cités, passait ses journées à nager dans la mer, loin du souffle âcre et cotonneux des noirs jupons, au point que sa mère finit par s'en fâcher et, dans un mouvement de dépit, lui lança une malédiction : « Qu'il devînt donc poisson ! » Colas vécut dès lors comme un poisson, demeurant des jours et des jours sous les ondes, dans le royaume glauque et froid des algues échevelées ainsi que gorgones endormies, et parcourant grâce à la ruse de très longues distances au sein des profondeurs marines. Petit Jonas enjoué, il se faisait avaler par les gros poissons aux larges cirres, puis, pour sortir de la nuit aqueuse et voir de nouveaux paysages, il se libérait de ses berceaux galbés, vifs et glissants, en leur ouvrant le ventre avec son poignard. Mais un jour, le roi mit Colas Poisson à l'épreuve et lui enjoignit de ramener à la surface un boulet de porphyre tiré dans la mer. Quand, relevant le défi, l'enfant voulut, le boulet dans ses mains, émerger au soleil, la mer se durcit comme le marbre glacé d'un sépulcre, et Colas Poisson mourut.

Dans la villa du vice-roi, tout le monde était masqué, hommes, femmes et domestiques, sauf lui, Masaniello. A lu tiempo de trarimiento / Masaniello'o vestono 'argiento : *vêtu d'argent au temps de la trahison, ainsi que la voix populaire, par ses chantefables, l'a propagé au cours des ans. Le soir de son arrivée, on offrit un banquet somptueux au généralissime du peuple, un de ces repas tels que Lucullus les inventait seize siècles plus tôt, oubliant aux fins plaisirs du palais ses exploits guerriers et sa fabuleuse bibliothèque, dans son domaine sis au Pic-du-Faucon, Piz-*

zofalcone, le cœur de Naples. Du vin blanc greco-di-tufo, du rouge lacryma-christi coulaient aux robinets d'argent niellé des tonnelets dont les douves s'ornaient de frises colorées de bacchus pansus jubilant dans les pampres. Des cascades versicolores de fruits à la douce, agaçante et ferme pulpe juteuse pour rafraîchir les gosiers gorgés de viandes, de poissons grillés et de gâteaux. Des tornades de gâteaux, sucemiels-à-la-sagesse, moustachus, rococos, pâtes royales blanches, roses, vertes, avec au centre une petite dragée d'argent en forme de cœur, amande, sucre et chocolat savamment dosés ; et les moelleuses pastières de blé trempé dans la fleur d'oranger, qui se présentent, rondeurs dodues aux suaves douceurs de quatre empans de diamètre, dans le cerceau refroidi de leur moule caressé au saindoux, les struffoli, que les Grecs appellent « lukumatès », petites billes de pâte frite enrobées de miel, amoncelées pour former d'étranges vésuves dont les jets de pierres ponces retomberaient caramélisés, safranés et semés de diavollili, bons diables colorés un peu plus gros que des têtes d'épingle, dans le cratère même qui les aurait crachées. Enfin, ce dessert sauvage et olympien, le sanguinaccio, crème douce, divine coulée de lave affolant Naples, et qu'en transgressant les interdits de saint Antoine, on fabrique en mêlant le sang des porcs au cacao. Mais d'abord les estomacs vides avaient dû se capitonner de l'énorme fourmillement du spaghetto arrosé de tomates fraîches et piqué de branches de basilic, sans quoi le généralissime, en vrai Napolitain, n'eût pu commencer son repas. Masaniello, qu'on se plaisait à entonner, s'amusait comme un chèvre-pied, bâfrait à pleines mains, buvait sans retenue, et, de ses doigts fouilleurs, pelotait avec de grands éclats de rire tout ce qui passait dans le voisinage de son fauteuil. Il se sentait roi, il se sentait dieu ; et ce Titan sorti des soues criardes et mélancoliques de Naples avait les heures pingrement comptées, dans sa culbute du pouvoir absolu à la folie rageuse et plaintive, et de la folie à la mort violente.

Lui fit-on absorber, ce soir-là, un poison malin ? Ou plutôt retrouva-t-il soudain plus de plaisir à déraisonner d'insouciance entre la mer et le ciel, qu'à raisonner sur les gabelles au milieu d'une forêt de piques oscillant sous le poids des têtes à sa discrétion décollées ?

Un théâtre avait été dressé sous les étoiles, dans les jardins du vice-roi, suspendu au-dessus de la mer. Au premier rang, on avait installé le généralissime, faune ivre affalé sur son outre vidée. Derrière lui, dix rangs de noblesse espagnole. À côté de lui, une jeune femme au corps parfaitement espagnolé dans un vertugadin massaca brodé d'or rouge, et dont une manière de bautta *de soie noire, cet étrange loup vénitien à longue voilette de dentelles, tout ensemble cagoule à crevés et mantelet, laissait deviner le sourire d'une bouche dédaigneuse et le feu sensuel de deux yeux de braise. Un double ru de perles irrégulières parait le crin noir d'une abondante chevelure baroquement roulée dans une résille à larges mailles. En cette année 1647, le musicien Claudio Monteverdi était particulièrement fêté, et ses fables pour musique par-dessus tout, qu'on faisait jouer dans le privé, afin de ne point trop offusquer les sentiments jésuites. Tout Naples, à travers les émeutes, les épidémies et les tueries, chantait les arias* *de Monteverdi, en ce quarantième anniversaire de l'*Orfeo, *qui était aussi le septième du* Ritorno d'Ulysse in patria. *« Ah ! vision trop chère et trop amère ! Par ton excès d'amour tu m'as perdue... Quel occulte pouvoir, loin des horreurs, de ces horreurs aimées, malgré moi me conduit et me ramène vers l'odieuse terre ? » Pour le* Retour d'Ulysse, *on donna la scène des prétendants qui rivalisent de grâce et d'empressement autour d'une fléchissante Pénélope : les instruments à vent trompettent leurs appels conquérants et couvrent de sons gaillards et lestes les langueurs vibrionnantes des luths.*

Ce fut bientôt le massacre des prétendants : et Masaniello, à la voix vengeresse d'Ulysse, sortit soudain des vapeurs du vin aux sombres feux. On fit une ovation aux acteurs chantants ; mais, à peine tiré, le rideau se rouvrit sur un aède à longue barbe tenant un flambeau dans sa dextre, drapé d'une cape noire, masqué d'un bec de coq à longs barbillons cramoisis, peu ferme sur ses jambes, et que tout le monde oublia pour s'aller reposer ou promener sous la lune, avant de choquer un dernier verre et d'étreindre un nouveau corps, quand il eut lancé en tremblant cette laisse où se mélangeaient volontiers les auteurs : « ... Après elle, son fils reçut en héritage les innombrables maux que peuvent déchaîner les furies d'une mère. Trois fois la fait virer à toutes ondes : au dernier coup il fait voler la poupe et la proue engouffrer, par loi hautaine. Lors fut la mer par-dessus nous reclose... » À ces mots, le généralissime bondit, hurla au foireux et voulut étriper le chantre. Un bras massaca se lova, léger, sous son bras turquin lamé d'argent, et la noire bautta *l'entraîna dans la nuit.*

Elle le guida par une sente creusée dans le tuf, et qu'une touffe de luxuriants oléandres rouges dérobait à la vue. Seule la maîtresse des lieux pouvait aussi sûrement diriger ses pas et ceux d'un hôte, sans achopper une seule fois à la racine d'un myrte, ni se laisser fouetter le masque par les tiges flagellantes des genêts, sur la sente invisible qui sillonnait les ténèbres. Au détour d'une butte d'yeuses, la femme s'arrêta, fit face à son hôte, et trancha d'une voix rauque marquée de l'accent ibérique : « Généralissime vendeur de poissons, abandonne la direction de Naples à ceux qui, par la grâce de Dieu, doivent la diriger : et d'abord au vice-roi... En amie, je te dis : disparais quelques années de la ville, emmène avec toi Berardina... Je te donnerai de quoi vivre en seigneur, une terre, un titre, du côté de Venise... Sinon... » Masaniello ne lui laissa pas le temps de formuler une menace : il la saisit aux bras, lui tordit ses frêles poignets jusqu'à ce qu'elle tombât à genoux devant lui. « Mais qui es-tu !... Qui es-tu pour oser parler de la sorte à celui qui peut, demain s'il le veut, couper la tête au vice-roi, putain de Dieu ? Qui es-tu pour m'insulter, purcchiacca, *sale suceuse espagnole !... Quel est ton nom ? » Sans gémir, la voix ferme, elle répondit : « Baubo, et je te veux du bien. » Alors, il lui arracha le loup, mais il ne put distinguer sous les arbres tortus aux denses cépées que deux grands yeux plus noirs que la nuit, plus lumineux qu'une danse affolée de lucioles. Il la renversa ventre au sol, et la prit d'un trait de sang, là où il voulait jouir et l'humilier. Elle hurla. Il se releva, elle se retourna sur le dos, ouvrit les cuisses tant qu'elle put, et, palpitations ignées, la vulve mamelonneuse aussi lui-*

sante que l'œil, elle lui dit dans un souffle caverneux, tout en écartant des deux mains ses genoux tirés à toute force en arrière : « Viens, Baubo te veut du bien, viens, capitaine du peuple, Baubo a envie de toi... viens pêcheur de sardines... » Il se baissa et d'un geste brusque et précis gicla son poing dans le ventre ouvert. Elle fit un ciseau de ses jambes, enserra le torse lamé d'argent, s'arqua en un spasme lunaire et poussa un long râle avant de s'effondrer sur l'humus, anéantie.

Les porcs poussèrent soudain des grognements en dents de scie. Pris de peur, ils détalent vers le centre de la piazza où, dressé sur la fontaine des sphinx aux puissants seins gicleurs, l'obélisque de piperne montre de son doigt noir le ciel blanchissant reflété par plaques dans l'eau sombre qui gargouille. La nuit du vico Rotto serpente de pas étouffés, de souffles retenus, d'hommes que la prudence voûte. Masaniello gît, dague en main, paladin tombé sur sa paillasse de varech.

L'avant-veille, le dimanche 14 juillet, six heures après midi, un carrosse de cour tiré par six alezans à longues aigrettes blanches et accompagné de quatre hallebardiers allemands, fendait, superbe, la piazza Mercato pour s'arrêter d'un coup face à l'aigle écaillée, dans les étincelles des roues cerclées d'acier et la corne cramée des vingt-quatre sabots. Sous la croupe des chevaux, fixée à l'avant du carrosse, la petite amphore de parfum en laiton doré laissait échapper des bouffées de benjoin. Le piaffant et suant attelage immobi-

lisé, un laquais sauta du caisson, ouvrit la portière armoriée, déroula le marchepied et se roidit, le dos tourné à la voiture vide, qui continua d'osciller sur les souples lames des ressorts. Au-dessus du tréteau, les jalousies s'ouvrirent d'un coup, poussées largement par deux bras dodus pincés de joncs d'or jusque dans l'âcre buisson épanoui des aisselles, comme les deux ailes de bois d'un archange baroque prêt à planer loin des vains combats lucifériens. L'archange aux jalousies secouait sa tête ronde, charmante, charnue, frisée d'un crin noir : bouclettes papillonnant en grappes sur des épaules tendres, glissant en écume de jais sur la jubilation de deux seins projetés hors des bogues éclatées du linge : « J'arrive ! J'arrive ! » lança Berardina Pisa à l'attelage figé ; et sa voix chaude prise de bonheur, et son regard brûlé de fierté, rebondissant des laquais poudrés aux crottins parfumés, et tournoyant des hallebardes enrubannées à la coque dorée du carrosse, fit battre d'admiration le cœur des lazzarones, d'envie le cœur des commères.

Quand le vice-roi, dès le 10 juillet acculé au succès foudroyant et à la popularité sans faille de Masaniello, demanda à ses espions et à ses conseillers : « Que veut le ver du Mercato ? De l'or ? Quel est son prix ?... Hein ? Une sinécure au Palais ?... La direction de la police citadine ?... Un régiment de l'armée du Royaume ? Que veut-il enfin, ce ver !... Combien ? », il lui fut répondu : « Nada. Il ne veut rien pour lui. Pour Naples, seulement : il exige l'application des chimériques privilèges de Charles Quint, de “Colaquinte” comme il dit dans son ignorance... ce qui, concrètement, signifie d'abord l'abolition de toutes les gabelles.

La noblesse, pour sa part, est déjà exempte d'impôts : si le peuple l'emporte, qui vise à l'égalité des droits avec la noblesse, cela veut dire que Son Excellence, d'ici quelques semaines, aura ses caisses aussi vides que les palais où plus rien ne reste que la pierre des murs, après le passage des hardes du crieur de poissons... » « Assassins ! Voleurs ! Sacs de merdaille ! » coupa le duc d'Arcos. « Assassins, sans nul doute, Excellence : ils surinent, égorgent, éboyautent et raccourcissent les nobles qui les ont pressurés, disons, sans trop d'égards... Et une saignée mesurée de cette arrogante noblesse napolitaine ne nuira pas aux intérêts de l'Espagne. Mais voleurs, avec la permission de Son Excellence et tout le respect que je lui dois, voleurs, point du tout. Ce Tommaso Aniello, qui brait aussi bien qu'un âne, n'a rien d'un agneau mais ne croit que ce qu'il touche, et il a fait décapiter, hier à la brune, un lazaro, *l'un des siens, de la première heure, car, au lieu de bouter au feu une centaine de sequins vénitiens qu'un meuble éventré avait rendus, le bon diable s'en était alourdi les poches !... » « Ah ! ce Masaniello qui, dès le 7 à mon lever, a manqué m'assassiner en envahissant le Palais avec la tourbe enflammée de ses coupe-jarrets, ah ! c'est donc un pur ! Oyez-moi ça ! » siffla le vice-roi, qui poursuivit en triturant de rage son nez enchifrené : « Ce qu'on m'avait rapporté est bien vrai : à tous les coins de rue, il se vante, ce ver des Carmes, ce carême-prenant à la bouille de rascasse : "Moi, j'ai les mains propres !* I'teng'è mani pulite !", *et en tire partie de son autorité, de son prestige, de sa diabolique séduction... Eh bien ! ses mains propres, je vais les lui merguiller, moi !... » Ainsi, au plus fort* des tumultes, le sarcasme estompant l'effroi, le duc d'Arcos commençait, non sans raison, d'aigrement s'éjouir.

Trois jours après, alors que les couleuvrines des révoltés tenaient Naples au bout de leur mèche, conseillée par le très vénéré cardinal Ascanio Filomarino, archevêque de Naples, Berardina, la toute jeune femme du *capopopolo*, se déclarait fort honorée d'une invitation au Palais que, sans tralala, lui mandait la duchesse d'Arcos. Le lendemain en plein midi, Bernardina reçut un somptueux costume de soie que les quatre pages blonds de la vice-reine lui offrirent, genou en terre, après avoir traversé au pas de parade, dans leur habit de lumière blanc et or, et les huit bras fuselés présentant aux yeux de la foule le riche chef-d'œuvre de couture, de Saint-Éloi au vico Rotto, toute la longueur de la piazza Mercato. On bouscula sans ménagements une vieille toute fripée qui s'exclamait bien ébaubie : « Mais regardez donc ! Ouèèèè ! On dirait les Rois Mages devant *Gesù Bambino* ! »

Un cri de louange parcourut l'attroupement des lazzarones, lorsque Berardina s'avança majestueusement vers le carrosse : dépouillée de ses misères hilareuses, elle portait, avec le naturel enjoué et la grâce audacieuse des femmes de Naples, les atours d'une reine. Une large collerette de dentelle blanche, un corps-de-robe gorge-de-pigeon à la pointe duquel brillait une merise de rubis ; des mancherons en ailes bleu nuit qui se fendaient largement de l'épaule au poignet pour découvrir, sous une gaze à ramages, la tendre saignée du bras ; un bas-de-jupe grenat fermé sur le devant par sept rubans aurore à ferrets de rubis. Avant de monter *dans le carrosse, ce bouquet d'ixias aux chairs épanouies se pencha vivement et arracha quatre ferrets qu'en une explosion de joie elle lança à la foule, qui lui répondit aussitôt en hurlant :* « Viva la Spagna, viva il popolo, viva Masaniello ! », *puis elle bondit dans la coque dorée en laissant luire, là où manquaient les deux rubans, la moire envolée de sa rose friponne.*

Arrivée aux jardins du Palais, Berardina prit place dans la chaise de la duchesse d'Arcos. Au bas de l'escalier d'honneur, la vice-reine attendait, debout, dans une ample jupe massaca ; le carmin mouillé de sa bouche, le sombre éclair de ses yeux d'aveline, ses longues mains souples frémissaient aux alvéoles de la collerette et des manchettes de dentelles brodées de fils d'or. De son col au bas de sa jupe, elle était couverte d'une centaine de galants noirs, chacun piqué d'un diamant, troublantes pipistrelles de soie à l'œil blanc, au vol capricieux, aveuglées par l'éclat de la beauté.

Dans la salle des Indes aux lustres gigantesques faits de cacatoès en cristaux du Brésil, lambrissée de marbre, d'ébène et d'or jusqu'à la cimaise, et peinte au plafond de fresques mythologiques hyacinthe et bleues dans la manière de Massimo Stanzione, sans conteste la plus fraîche et la plus belle salle du Palais, avec ses quarante-quatre miroirs de Venise décorés, entre le mercure et le verre, de vaporeuses scènes galantes, la généralissime du peuple, présentée par la vice-reine, reçut l'accueil empressé de doña Catarina d'Ayala, épouse du visiteur général du royaume don Juan Chacon y Pons de Leon, du capitaine de la Garde vice-royale, du Grand-Écuyer, du frère de la vice-reine don Vincente d'Aragon, du cardinal Filomarino et de quelques-unes des premières femmes de la ville. Illustrissima muy bien venida*! Et l'illustrissime femme du crieur de poissons plaqua un baiser sonore sur les deux joues de sa commère, la duchesse d'Arcos, vice-reine du royaume de Naples. Une table en U, recouverte d'une épaisse nappe de dentelle nacrée, se trouvait plantée à intervalles réguliers, ainsi que les clous luisants d'un fer à cheval, de hanaps d'argent bosselé remplis de rossolis, ce vin doux à la sève veloutée ; une ronde de petits calices de vermeil courait en spirales autour des hanaps. Au deux bouts de la table, on avait dressé une mont-joye de fruits encore accrochés à leurs branches vives et feuillues formées en faisceaux, au pied desquels luisaient des cœurs en pâté de mauviette sommés d'une ronde truffe blanche du Piémont. Deux laquais puisaient à un cratère d'argent emperlé de gouttes glacées, et déposaient dans les coupes de Bohême un sorbet neigeux de mûres, de nèfles rousses et de citrons de Sorrente mêlés.*

À la tombée du crépuscule, Berardina fut jusqu'au vico Rotto raccompagnée en carrosse par la vice-reine en personne, qui lui donna, chemin faisant, une parure de diamants que les nobles mains voulurent aussitôt assujettir elles-mêmes au cou et aux oreilles de la popolana*. L'escorte était nombreuse et magnifique, avec ses vigoureux flambeaux ; et on joua de la trompette marine sous l'aigle cloquée de l'empereur. Les derniers feux du couchant qui rougissaient encore les coulées de dalles noires de la piazza Mercato, et les flammes hautes de l'escorte à cheval, et les piques ployant sous les têtes cueillies en flagrant délit de traîtrise durant le jour, et la troupe gaillarde et crasseuse* du généralissime, convergeaient sur Bernardina passée en un clin d'œil du basso au palazzo. Des femmes aux yeux cousus d'envie murmuraient, en lavant le sang sur leur seuil, que la Berardina, avec sa robe de Madone et ses bijoux de princesse, décidément prenait son cul pour le Vésuve. Dès le lendemain, le vieil agitateur Giulio Genoïno laissait courir le bruit dans les bas quartiers de la ville, que Masaniello serait fait duc, selon les vœux du vice-roi.

Le gisant n'eut pas le temps de daguer les trois ombres qui, hissées en silence sur le tréteau, s'étaient glissées par la fenêtre : il eut une poire d'angoisse dans la gorge à l'instant même où des cordes lui ligotèrent bras et jambes. Trois de ses plus proches lieutenants : son secrétaire Marco Vitale, petit-fils du gouverneur de l'Annunziata, compagnon de cachot, ennemi farouche des Espagnols et des froids compromis à la Genoïno, son beau-frère le fruitier, Maso Carrese, dont un quintal de figues à truies, ces énormes gouttes de lave venues d'Amalfi avec leur peau veloutée comme une mamelle porcine, renversé de colère au pied des gabeleurs, avait donné le signal des tumultes ; enfin, le toujours vert Fra' Savino, confident de Masaniello, confesseur de Berardina et dépuceleur d'icelle, à en croire d'indiscrètes rumeurs. Ils passèrent le capopopolo par la fenêtre et, pour le réduire à une totale impuissance, ils le lièrent à doubles nœuds, dos aux planches du tréteau. En gémissant, en criant : « Core mio ! Core mio ! Core mio ! », *Berardina, résignée, assistait à la scène.*

Il fallait d'abord mettre aux ceps la folie de Masaniello, en ce mardi 16 juillet où la Cour, la Curie, tout le peuple assemblé rendraient à la Madone Brune solennels hommages et dévotions, en lente procession sur la piazza Mercato, en prières et cantiques dans l'immense nef de l'église des Carmes. Il faudrait ensuite qu'il abandonnât, sans possibilité de s'en ressaisir, les rênes, tantôt trop courtes, tantôt trop lâches, d'un pouvoir qui, selon son entourage, lui était monté à la tête ; enfin, qu'il quittât Naples.

Ce n'était pas le jour et ce n'était pas la nuit. L'œil rouge du brasero semé aux quatre coins de la piazza ouvrait lentement, pour la refermer aussitôt, sa paupière de cendres. Des tas d'hommes, des tas d'enfants dormaient encore, couchés sur les armes blanches ou sur les armes à feu, leurs cacafuoco *soufrés. Comme il était calme, on lui enleva son bâillon : il hurla :* « Sfacim' emmerda ! Guagliù ! Tagliate chiste tre cape ! » : *personne ne bougea ; il y eut des ricanements d'un bout à l'autre de la piazza ; le silence revint ; les trois têtes à couper, qu'il voyait remplies de foutre et de merde, s'éloignèrent du vico Rotto, muettes. Alors, il dit : « Que d'étoiles ! Que d'étoiles ! » Et il vit l'aube rouer comme un paon au-dessus du Vésuve. Le généralissime du peuple, en l'espace d'un jour, était tombé de la felouque éolienne hérissée de rames d'acajou, de la frairie la plus enivrante, des honneurs les plus étourdissants, de la soie des masques, des sublimes harmonies tremblées de Monteverdi et des chairs grisantes aux grottes satinées, de la liberté tyrannique aux liens du tréteau des farceurs folliants. Attaché à la planche d'où il avait régné, rendu sanglante et ludique justice, et reçu, à la pointe de sa hallebarde, les billets des réclamants, qu'il tendait à Marco Vitale, après les avoir parcourus à l'envers sans comprendre. Neuf jours durant, les planches des bateleurs, des saltimbanques, des bouffons, des danseurs, des orviétans, des funambules, des baladins, des conducteurs de singes, des montreurs d'ours, des tambourineurs, des fifres, des sistres, des flageolets, des* tricchebballacche, *ces castagnettes en forme de lyre de cinq empans qu'on empoigne à deux mains et dont les marteaux battus claquent ainsi qu'un rosaire de pétards, des cornemuses des Abruzzes, et autres timbaliers, dans un charivari extraordinaire peu à peu bariolé de mauvaise folie, tout Naples idolâtre à son cri avait crié :* — Viva ! — Mora ! *Le 13 juillet au matin, on lui présente un homme accusé d'être un partisan du duc de Maddaloni. Il se met à rire, se gratte le cou et ajoute à cette laconique sentence le cri racoleur et solaire du marchand de melons d'eau :* « Taglia ch'è russo ! » — *Coupe, il est rouge ! Quelques instants plus tard, l'homme décapité fut reconnu innocent, ce que Masaniello fit proclamer en guise de réparation.* Taglia, ch'è russo ! *Et son éclat de rire montait en volutes sonnantes jusqu'aux nouettes de faïence, cuivrait les écailles jaunes et vertes du campanile bulbeux de Fra Nuvolo. La tête de don Giuseppe Carafa, frère du duc de Maddaloni, tomba, elle, à bon escient, et le généralissime demanda qu'elle fût exposée dans une cage à papegai aux barreaux dorés, en compagnie d'un corbeau, suspendue à la porte la plus célèbre de la ville, celle de Saint-Janvier, avec cet écriteau qu'il dicta : « C'est là don Giuseppe Carafa di Maddaloni, traître au Roi notre Seigneur et au très fidèle Peuple. Bon appétit corbeau ! »*

Cependant trop de têtes roulaient, décollées sans rime ni raison, trop se voyaient menacées par les extravagances du capopopolo, *qui n'hésitait pas maintenant à faire trembler ses plus proches compagnons d'émeute. Il s'en prit même à Genoïno, flairant sans doute le double jeu du vieux renard, qu'il serra au cou, gaula comme un noyer et projeta par terre en lui criant sa fureur d'un trait fulgurant :* « Potenzia, fetenzia ! » *Trop tard pour sentir que la puissance puait : le parfum sucré des gants d'Espagne avait pénétré ses mains nues. On avait maté le vice-roi avec le fou.*

Ligoté sur le tréteau des farceurs, dans les feux du levant il revoit brûler maisons de plaisance et maisons de bouteille, haut dans les cieux nocturnes de Naples, et plus vivement l'incendie, qu'il dirigeait en personne, des biens du duc de Caïvano : il fallut amonceler trois gigantesques bûchers, tant le palais renfermait de richesses. Si hautes étaient les flammes que les religieuses du tout proche monastère de Saint-François crurent flamber avec les meubles, les tableaux, flagellations de José Ribera, pendaisons de Domenico Gargiulo, mises en croix de Michelangelo Merisi, le balafré de l'auberge du Cerriglio, les caisses de vaisselle d'argent et de vermeil. Joyaux, chandeliers, cassettes remplies d'or, tout allait au feu, sous l'œil des lazza-

rones en guenilles, ces âmes du Purgatoire aux ailes de flammes, aux mains rougies du sang des chevaux tirés des écuries à toute force, cabrés, les yeux désorbités de peur, jetés à moitié égorgés sur les brasiers de l'expiation : la flamme fuligineuse étouffait dans leurs naseaux affolés le dernier hennissement, grillait leurs yeux à fleur de tête, faisait crépiter l'élégant nattage de la crinière, et leur queue tressée éclatait comme un feu d'artifice. On couvrit de galants verts et jaunes un petit genêt, on lui passa au col les rivières de diamants de la duchesse de Caïvano, on lui fixa entre les oreilles une couronne ducale faite de branches de céleri, et des brandons mouillés aux flancs, avant de lui enfoncer une pique dans le poitrail ruisselant de sueur : lancé sur ses deux pattes antérieures, il se dressa au-dessus de la tourbe en liesse, unicorne accusant les étoiles de sa corne sanglante, et fit, sous le chapiteau de la nuit, rouge monstre égaré écumant, soufflant de souffrance muette et déroulant à ses flancs des guivres de fumée, le tour complet d'un bûcher, et s'abattit dans les flammes.

Masaniello sent, les yeux fixés dans l'azur du ciel qui commence à se voûter de feu, se dilater les éventails de son cœur. C'était le jour des Capitulations, et lui, le généralissime, et son compère le vice-roi, duc d'Arcos, paradaient à cheval dans Naples en fête, suivis d'un long serpent de noblesse, de clergé et de peuple. Le cardinal Ascanio Filomarino les avait précédés dans l'église des Carmes. Aux balcons pendaient les plus belles couvertures d'apparat. Caracolant sur son cheval blanc à housse de satin vert moucheté de pois jaunes, engoncé dans son habit turquin lamé d'argent, Masaniello piquait soudain des deux pour foncer d'un bout à l'autre du serpent et brailler l'ordre de crier vive le vice-roi, vive l'Espagne, vive le cardinal, vive la Madone. Il flanquait des coups d'épée au hasard dans la foule, là où on ne criait pas assez fort à son gré. Puis il galopait s'accoter au noir pur-sang à housse de satin amarante : et le vice-roi, dont le triple panache du grand feutre vert se balançait avec nonchalante dignité, réglait le pas de son cheval sur le blanc pégase du crieur de poissons. Comme ils passaient sous l'horloge de Saint-Éloi, le généralissime se déboutonna, pris d'une envie subite, et il invita le duc d'Arcos à en faire autant : « Voyons, monseigneur, qui pisse le plus loin. » Le vice-roi sourit et observa Masaniello qui dirigeait un jet jonquille par-dessus la crinière, juste entre les oreilles dressées de son cheval. Il secoua son vit comme un aspersoir, consciencieusement, mais le laissa baller au milieu des galants de son tablier. Et de nouveau, il repartit tout à coup de la main.

Devant l'église, il glissa de sa housse pour pisser derechef, le dos au campanile, face à la foule ahurie. Il courut botte levée se jeter aux pieds du cardinal, qui attendait à l'autel, assis en majesté dans la pourpre, sur son trône archiépiscopal aux sept escaliers d'ébène. Le cardinal tenta de relever la folle tête, allons, allons mon fils, c'est un jour glorieux pour toi, pour nous, pour Naples... Masaniello roulait entre les jambes du prélat, glapissait, dégringolait les sept degrés, agitait les clochettes du culte, embrassait les pantoufles rouges et dorées. Il se précipita enfin sous la chaire où il s'allongea et parut s'assoupir, le temps d'un tonnant Te Deum laudamus. *Quand le vice-roi eut prêté serment sur les Capitulations, il pria en sincère amitié le généralissime capitaine du peuple de faire retour avec lui au Palais, où il lui offrit la jouissance de sa felouque, marotte pour le crieur de poissons devenu tout à la fois le roi et le fol de Naples.*

Ah ! la clapotante felouque, la mer berceuse et la chair felouquée de Baubo, ah ! l'arrogant histrion plein d'hilarité farouche qui troque son auréole de mouches contre l'auréole de gloire, et son braquemart démâté contre un poing rageur, ah ! sa mère, veilleuse aveuglante qui passe dans la fureur minérale du ciel et lui dit : qu'il s'est fait dur le sang que tu as sucé à mon sein ! Masaniello aux liens, lié sur ces planches comme sur la nappe du cerf, voit tout à coup un nuage de guaglioni fondre sur lui : « Ouèèèè ! Masanièèèè !... Ouèèèè ! Masanièèèè !... » Son armée est là autour du tréteau des farceurs et ricane et clabaude, obscène, et lance d'infâmes lazzi en dansant une folle tarentelle au pied de son corps encore glorieux : mais au bout du jonc vainqueur de la ville, il y a neuf jours à peine, voici qu'ils ont fixé maintenant des vessies de porc qui s'agitent, s'inclinent à le frôler et courent au-dessus de lui, chacune contenant une poignée de pois chiches, sonnant sa grêle râpeuse au rythme ternaire de la danse, fracas lancinant dans sa tête vide, ces hochets de pois, ces crânes translucides éblouis de soleil. Ah ! la douloureuse voie !

La lame glacée d'un stylet glisse sur ses mains. Berardina s'allonge sur lui, le baise au torse, au cou, aux yeux, mordille le muscle rond de son menton, et coupe les liens qui l'immobilisent et le retiennent au tréteau. Elle le couvre de son corps, et coupe, le presse et ondule sur lui, lente et lourde salamandre s'agglutinant à un tison, et coupe, lui halète à l'oreille core mio, core mio, core mio, *et d'un trait, sous les yeux du peuple apitoyé et moqueur qui se tourne un instant vers la masse compacte et frémissante, du vif anneau fiévreux de ses doigts avides, elle le fait triquer à blancs jets dans les plis ténébreux de ses jupes. Masaniello pousse un raclement de râle d'eau fléché en vol, repousse Berardina qui roule en hurlant et tombe au bas du tréteau, et tombera vite plus bas encore forcée des mois jusqu'à la mort sous la soldatesque, bondit sur ses pieds et, le triboulet encore dégorgeant, lance son cri de commandement :* « Popolo mio ! » *Débraillé, en rut, la crinière jaunasse s'effilochant fourrée en hâte sous le rouge bonnet phrygien des pêcheurs, les bras bistres lancés en V vers le ciel, les jambes nues jusqu'au genou, les hauts-de-chausses souillés, un drap informe et déchiré en guise de chemise, offrant la poitrine lisse éclaboussée de blanche efflorescence où se colle le noir scapulaire de la Madone, l'œil de lave éclatée, les lèvres déformées par le cri et que la soif et que la fièvre gercent, il veut arrêter le flot de sa gent qui coule vers les Carmes, et l'oublie. Mais les femmes détournent la tête en lui faisant les cornes du mauvais œil :* « Vergogna ! » *; et les* *enfants crachent dans sa direction, « Ptou ! », d'un brusque coup de tête vers le sol ; et ils entrent plus de huit mille dans l'église pour se prosterner devant la Madone Brune, le cardinal Filomarino et le duc d'Arcos.*

Alors, Masaniello saute du tréteau, fend en foudre la foule fourmillant sur le parvis et qui s'écrase en vain pour franchir le tambour craquant de corps pressés, prend la basse poterne qui ouvre, à gauche du campanile, sur le jardin du cloître, traverse la sacristie, grimpe deux courtes rampes d'un escalier en colimaçon, se trouve dans la galerie intérieure qui donne, à sa gauche, sur les cellules des moines, à sa droite, par une porte étroite marbrée comme le marbre des murs, directement sous l'abat-voix de la chaire, où il apparaît tout à coup, ange déchu hélant dans sa chute un énorme grouillement de têtes noires immobiles sous la ronde dorée des girandoles de cierges géants. L'orgue aux vingt-huit trompettes de cuivre chinois ravale son vibrant appel triomphant, au cri fou du crieur de poissons : « Popolo mio ! » : *et la stupeur dessine son rictus sur un paysage lunaire de huit mille visages d'un seul mouvement levés. « Laisse-moi te dire deux mots, pour ma satisfaction. Souviens-toi,* popolo mio, *dans quel état t'avaient réduit les si nombreuses et si lourdes gabelles, les extorsions multiples, et le poistron bourré de coups de pied, tu rampais comme un chien battu, tu couinais comme une portée de rats. Pour un bas que ta femme remplissait de farine et dorlotait tendrement en passant l'octroi, faux bébé pour une vraie faim, si elle se faisait prendre, les geôliers de Castelnuovo, la première nuit, te plantaient de force des cornes plein la tronche, et ta femme tronchée, sans farine mais peut-être glaireuse d'un vrai bébé, si tu la revoulais, il te fallait tout vendre, jusqu'à l'herbe moisie de ta paillasse !... Ah ! Les gabeleurs au poil lisse et à la main crochue, tu les oublies maintenant que, grâce à Dieu et à la Vierge des Carmes (et ce disant il palpe le scapulaire à l'étoffe humide qui pend de son cou sur la foule), tu patauges dans l'abondance, le pain blanc, les pommes d'amour et la graisse qui frisille et te fait baver les babines : sans gabelles et sans gabeleurs ! Et tout ça, grâce à qui,* popolo mio*? Et comment me récompenses-tu de mes peines, de mes jours, de mes nuits ?... En me tournant le dos, peuple ingrat, en me crachant dessus ! Mais n'importe, je te l'ai dit : je ne commande plus, je ne veux plus être le duc du peuple.* Popolo mio*! Tu n'as qu'un duc : monseigneur le duc d'Arcos, qui est, par la grâce de l'Espagne, notre maître à tous. Vive le vice-roi ! Vive la felouque ! Vive l'Espagne !...* Popolo mio, *je reviens à mes poissons, aux daurades dorées, aux rougets roses, aux sardines bleues : je ne veux pas mourir et tu vas me tuer ! Je le sens,* popolo mio, *je suis mort, j'ai vu la Montagne contre moi : elle a vomi sur moi un déluge de feu : le Vésuve m'enlave ! Je suis nu, faces de safran, regardez, mais regardez, par la fente sacrée de la Madone Brune !... Regarde,* popolo mio, *je n'ai plus que des os blanchis et un sac de couilles mortes ! Je t'ai tout donné, et tu m'as abandonné...* Guagliù*! Je ne suis plus pour longtemps avec vous. C'est écrit sur mon œil à la pointe d'une aiguille. Mais comme ce Christ en croix, je te pardonne,* popolo mio, *et je veux te donner les cinq bénédictions pour les cinq* *plaies de ce Christ, et même sept, pour les sept allégresses, non, non, je veux être plus généreux, je te donne neuf bénédictions pour les neuf mystères... » L'immense assemblée ne l'écoute plus, murmure de colère, et quand Masaniello annonce qu'il veut construire de ses mains un pont pour relier Naples et l'Espagne, la nef éclate d'un rire fou. Alors, Fra' Savino arrivé derrière lui par la même petite porte en trompe-l'œil, le tire au coude, l'apaise et le conduit, comme on guide un aveugle, se reposer dans une cellule ombreuse.*

À l'instant où Masaniello disparut de la chaire, des hommes du vice-roi se dressèrent sur les marches de la table sainte et, l'épée nue agitée bien haut, hurlèrent les nouveaux ordres : « Vive le roi d'Espagne ! Et que personne ne s'avise d'obéir ou de nommer Masaniello !... » Dans le tumulte qui suivit, quatre lazzarones coururent vers le cloître et se précipitèrent dans le petit escalier en colimaçon. C'étaient des compagnons d'émeute, Salvatore et Carlo Cattaneo, Angelo Ardizzone et Andrea Rama, armés chacun d'une arquebuse chargée de dix balles carrées. Dans le long couloir vide tapissé à main gauche de portes de cellules, où parvenaient par bouffées ouatées les psaumes à la Vierge que chantaient huit mille gosiers, ils hélèrent par trois fois Masaniello. La troisième fois, une porte s'ouvrit : « Me voilà, popolo mio*», et quatre arquebusades aux plombs carrés le firent rouler tel un lièvre fauché devant son gîte. Andrea Rama, le plus leste des quatre, fut d'un bond sur Masaniello dont le regard était encore d'un enfant étonné, et, avec le coutelas qui pendait à sa ceinture, lui trancha la tête.*

Le corps fut traîné dans Naples, et conspué et compissé à la joie de tous. La tête plantée au bout d'une pique et présentée au vice-roi, qui, tenant sa promesse, dénoua largement sa bourse. Marco Vitale, le fidèle secrétaire, fut poignardé, et l'on attacha son corps à la queue d'un cheval, avant de le jeter en charpie dans l'égout du Saint-Esprit. Bruyante et sauvage, la joie explosait de toutes parts : les palais rouvrirent enfin fenêtres et balcons et s'illuminèrent a giorno ; les bourgeois les plus agités descendirent dans les rues pour clamer leur bonheur et lancer des pétards multicolores étourdissants ; les lazzarones, ceux-là mêmes à qui Masaniello avait octroyé une puissance inouïe, se grisèrent comme fourmis grouillantes sur une lanière de couenne, jouant jusqu'au dégoût avec le cadavre du chef acéphale. Cueillant le fruit de ses sinueuses renardises, Giulio Genoïno fut, par le vice-roi, nommé Président de la Chambre royale.

Mais le soir même, le pain manqua à Naples ; et à la Porte de Capoue, un chevalier menaça de faire avaler au peuple du pain de terre fourré d'étrons. Les ambassadeurs se rendirent au Palais, pour présenter leurs félicitations au vice-roi, que le cardinal Filomarino archevêque de Naples courut embrasser ; un messager exprès partit pour Madrid annoncer la bonne nouvelle.

Le lendemain matin, mercredi 17 juillet 1647, une poignée de guaglioni retrouva le corps jeté sur un monceau d'ordures, et qui paraissait palpiter sous les dents et les griffes des rats. Avec d'infinies précautions, les enfants l'emportèrent jusqu'aux seins gicleurs de la fontaine des sphinx, et le lavèrent. Des lazzarones se joignirent à eux, et, animés d'une nouvelle ferveur, ils filèrent vers les Fossés aux grains où la tête avait été exposée comme celle d'un malfaiteur, d'un méchant larron. Ils unirent la tête au corps et transportèrent la pauvre dépouille dans l'église des Carmes, au pied de la Madone Brune. Quelques pieuses femmes allumèrent des cierges, d'autres firent un catafalque où l'écale de chair violette aux os brisés fut déposée. Des arums et des roses dessinèrent une amande mystique autour de Masaniello, et dans la foule venue peu à peu des six Sièges de Naples, ce n'étaient que pleurs, sanglots et lamentations éperdues. Il y eut des scènes de délire. Certains touchaient le cadavre de la corolle d'une fleur, ainsi qu'on en use pour les saints ; d'autres disaient qu'il avait ouvert les yeux ; quelqu'un jura l'avoir entendu parler. Des hommes s'évanouirent. Des femmes furent prises de convulsions.

Avec la bénédiction du cardinal et l'accord du vice-roi, « le cadavre, rapporte un témoin, sortit de l'église des Carmes à vingt-deux heures du jour et y revint à trois heures de la nuit. Il eut des funérailles de monarque. Les impropères chantés, on souleva la première dalle centrale à l'entrée de la nef, et là fut enseveli Masaniello ». Le bourdon du dôme, fait du corps fondu d'un cheval de Neptune, ébranlait la ville entière, mugissait dans les grottes de porphyre, les galeries de cinabre, du Vésuve à la Solfatare, et sous le noir miroir de la mer répercutait ses ondes d'airain. Quatre mille prêtres brandissant des torches aux hautes flammes précédaient le cadavre « suivi de cent orphelins et de quarante mille personnes », qui fut porté en cercles concentriques à travers Naples, sur une couverture de damas blanc. Seuls découverts, le visage et les mains s'offraient à la nuit laiteuse. La main droite posée sur la garde de l'épée, la main gauche sur le bâton de capitaine général. Les bords de la couverture étaient tenus par les capitaines des milices, et les autres chefs militaires avançaient avec leurs compagnies aux armes tournées vers le sol. Quarante mille personnes aux pieds de cendre et aux larmes de cire suivaient, cierge en main, les étendards traînés sur le damier de lave, et frissonnaient de peur au roulement des tambours désaccordés, poignant rappel d'outre-tombe dans la baie saturnienne, battu jusqu'au silence des peaux sonores.

Naples roulait devant le sépulcre des peuples le miroir dérisoire du monde.

D'une chronique napolitaine
du XVIIe siècle traduite par l'auteur.

Alléluia !	13
La noce	23
Le voyage	59
Signum crucys	121
Entre le couic et le couac	167
Au théâtre des martyrs	187
La semence du feu	215
Les jouissances du jeune Masaniello	251
Dix minutes, cacciatò !... Dix minutes !	331
Six ans après	347

DU MÊME AUTEUR

Essais

NAPLES, *Le Seuil*

DÉSIR D'ITALIE, *Gallimard*, Folio essais n° 288

Récits

CHRONIQUES NAPOLITAINES, *Gallimard*, Folio n° 2008

Romans

LA DANSE DES ARDENTS OU LA VIE DE MASANIELLO, *Gallimard*, Folio n° 3464

LES RENDEZ-VOUS DE FAUSTA, *Gallimard*, Folio n° 2283

L'ÉDUCATION ANATOMIQUE, *Gallimard*

Le calligramme de la page 323
a été réalisé par André Leroux.

Composition Bussière
et impression Bussière Camedan Imprimeries
à Saint-Amand (Cher), le 8 décembre 2000.
Dépôt légal : décembre 2000.
Numéro d'imprimeur : 2351-004629/1.
ISBN 2-07-041634-8./Imprimé en France.

97780